KB105801

길 없는 길

崔仁浩

장편소설

최인호 장편소설

길 없는 길 3

1판   1쇄 발행 | 1993년   3월   15일
1판   27쇄 발행 | 2001년   11월   11일
2판   8쇄 발행 | 2007년   6월   20일
3판   7쇄 발행 | 2013년   6월   14일
4판   2쇄 발행 | 2014년   2월   20일
5판   1쇄 발행 | 2020년   3월   20일

지은이 | 최인호
펴낸이 | 정태욱
펴낸곳 | 여백출판사

등 록 | 2019년 11월 25일 제 2019-000265호
주 소 | 서울시 성동구 한림말길 53, 4층 [04735]
전 화 | 02-798-2368
팩 스 | 02-6442-2296
E-mail | yeobaek19@naver.com

ⓒ 최인호 2008. Printed in Korea
ISBN 979-11-90946-11-7 04810
ISBN 979-11-90946-08-7 (전4권)

길 없는 길

崔仁浩
장편소설

3

생각의 화살

여백

천장사에 있는 경허 선사의 염궁문(念弓門) 친필 현판.

평소 좌선하던 금선대 경내에 있는
만공대에 앉아 있는 68세 때의 만공 스님.

일제의 식민 불교정책에 항거하여 전통불교 고수 투쟁을 선언한
1941년 선학원 고승대회 기념사진. 앞줄 오른쪽에서 네 번째가 만공 스님.

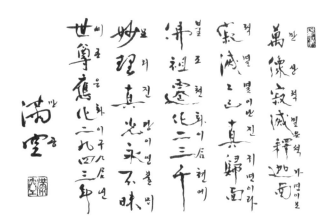

만공 스님이 46세 때 마곡사에서 읊은 게송.

만공 스님이 발심하여 초견성한 아산 봉곡사.

수덕사 백련당

견성암 칠근루

덕숭산에 세워진 우리나라 최초의
비구니 선원 견성암 현액

만공 스님의 친필 현액들.

차 례

생 각 의　　화 살

콧구멍이 없다는 사람의 말을 갑자기 듣고
삼천세계가 바로 내 집임을 별안간 깨쳤는데
유월의 연암산 밑의 길이여
들사람은 일이 없어 태평가를 부르네.
— 경허 성우 / 오도송

생각의 화살

1

까딱하면 이정표를 놓칠 뻔하였다. 길은 천주교의 성지로 유명한 해미에서 두 갈래로 나누어진다. 한쪽은 서산으로 가는 길이고, 다른 한쪽은 홍성으로 가는 길이다.

한때는 영장(營將)을 두고 서해안 방어의 임무를 담당하던 해미읍성의 가게 앞에서 나는 차를 세우고 천장사의 위치를 물었다.

"천장사라면 홍성 쪽으로 곧장 가셔유. 10여 분 가시다가 언덕길 오르막 끝나는 데서 잘 보시면 왼쪽으로 들어가는 팻말이 있을 거구먼유."

나는 찬 음료수를 사서 선 채 벌컥벌컥 들이켰다. 날씨는 몹시 더웠다. 장마철이어서 간혹 장대비 같은 비가 쏟아지다가는 언제 그랬는가 싶게 햇살이 내리쬐고 뭉게구름이 피어오르는 무더운 한낮이었다. 한낮의 읍 거리는 지나가는 행인조차 없을 만큼 깊은 정적에 잠겨 있었다. 수백 명이 넘는 천주교 신자들을 한꺼번에 생매장하였다는 읍성의 내부가 활짝 열린 대문 너머로 엿보이고 있었고, 노인들이 부채를 들고 그 성문 앞 그늘에 옹기종기 모여 있었다.

성곽을 따라 망루가 우뚝 솟아 있었고 옥양목처럼 길게 드리워져 있었다.

"잘 보셔유. 한눈 파시다간 잘못하면 못 보실 거구먼유."

나는 친절한 가게 여주인에게 인사를 한 후 다시 차에 올라탔다. 차 안은 한낮의 열기에 불가마 속처럼 뜨거워져 있었다. 거리의 가로수에서 귀가 찢어질 만큼 시끄러운 소리로 매미들이 울고 있었다.

그 여인이 가르쳐 준 대로 홍성과 서산으로 갈라지는 두 갈래 길에서 나는 홍성으로 들어가는 길을 택해 개천 위를 가로지르는 작은 다리를 지났다.

내친걸음이었다.

내친걸음에 쉬지 않고 목적지인 천장사까지 들어가자고 나는 생각하였다. 차창의 문을 모두 활짝 열어젖혔으므로 달리는 속도에 따라 봇물 터지듯 바람이 쏟아져 들어오고 있었다.

그러면서도 나는 두 번이나 주의해서 팻말을 살펴보라는 가게

의 여주인 말을 무시하고 있었다. 아무리 무심하게 차를 몰아 나간다 하더라도 거리에 세워진 이정표를 놓칠 리가 있겠는가.

길은 2차선의 좁은 도로였지만 오가는 차들의 통행량이 적었으므로 나는 한껏 속력을 높이고 있었다. 어제 한 차례 비가 내린 탓으로 길 옆의 논과 밭은 물기에 젖어 있었고 길 옆의 수로를 따라 졸졸졸졸 물이 흘러가고 있었다. 이따금 들판에는 가뭄 끝에 내린 빗물을 제대로 받아내기 위해 나온 농부들의 모습이 드문드문 보이고 있었다.

10여 분 달렸을까. 그 여인의 말이 정확하다면 이제쯤 팻말이 나올 때가 되었다고 생각되어, 신경을 집중해 길 양옆을 살피면서 오르막길을 오르고 있는데도 까딱하면 이정표를 놓칠 뻔하였다. 길가에는 제법 키 큰 소나무들이 모여 송림을 이루고 있었는데 그 짙은 소나무숲 사이에 이정표가 매달려 있었다. 몹시 작고, 수줍은 듯 숨어 있었기 때문에 처음에 나는 무심코 지나쳤다. 지나쳐서 언덕길을 내려가다 말고 나는 아차, 하였다. 그래서 다시 차를 후진시켜 언덕길로 되돌아와 소나무숲 사이에 매달린 이정표를 보았다.

그곳엔 다음과 같이 쓰여 있었다. '천장사 4km'

길은 쨍쨍 내리쬐는 햇볕으로 바짝 말라 있었다.

나는 소나무숲 사이로 난 사잇길을 차를 몰아나갔다. 간신히 차 한 대가 빠져 나갈 만큼의 외줄기 도로가 송림 사이로 뻗어나가 있었다. 길은 비포장 도로였고 뻘건 흙먼지가 피어오르는 황톳길이었다. 길은 울퉁불퉁하여 목적지인 천장사까지는 10여

분 거리인 4km밖에 되지 않지만 가는 동안 몹시 시달릴 것이 분명하였다.

그나마 비가 내리지 않는 게 다행으로, 만약 비가 계속 내렸다면 진흙탕에 바퀴가 빠져 4km를 차로 가지 못하고 꼬박 걸어가야 했을지도 모를 만큼 황톳길이었다.

할 수 없이 나는 차창을 모두 닫을 수밖에 없었다. 에어컨이 달린 차가 아니었으므로 차창을 모두 닫자 금방 땀이 솟아올랐다. 땀을 뻘뻘 흘리면서도 내 마음에 떠오르는 위안 하나는, 이 황톳길을 1880년 초봄, 32세의 청년승 경허는 줄곧 걸어서 갔으리라는 생각이었다. 저 너머 보이는 연암산(燕巖山)까지. 마치 제비가 날개를 펼치고 있는 형상이라 하여 이름 지어진 연암산. 그 속에 숨어 있는 작은 암자 천장암까지 4km의 황톳길을 경허는 흙먼지를 날리면서 홀로 걸어갔을 것이다.

당시 천장암에는 경허의 형, 태허(泰虛 性圓)가 주지로 머무르고 있었다.

그는 공주 마곡사(麻谷寺)에서 득도하였으며 천장암으로 건너와 이 작은 암자에서 어머니를 모시며 살아가고 있었으므로 경허가 32세의 나이로 이 작은 암자를 찾아온 것은 어머니와 형님을 한꺼번에 만나기 위함이었을 것이다. 그러나 그것뿐이었을까. 속가의 어머니와 형님을 다만 혈육이라 해서 찾아온 것뿐이었을까.

길이 몹시 험했으므로 차는 곡예하듯 울퉁불퉁한 황톳길을 빠져 나가고 있었다. 이 근처 일대가 담배 산지인지 길 양옆 밭에는 담배들이 잔뜩 웃자라 있었다.

　도시를 잇는 국도의 주요 간선도로에서 겨우 한 마장 비껴 들어왔을 뿐인데도 이처럼 한촌일까 싶게도 깊은 산골이었다. 시뻘건 황토가 펼쳐진 평원에는 인가도 보이지 않고, 어디선가 도로공사라도 하고 있는지 맞은편에서 흙을 잔뜩 실은 트럭이 올 때면 나는 한곁에 바짝 차를 대고 트럭이 아슬아슬하게 스치고 지나갈 때까지 기다려야 했다. 트럭이 지나가면 한참이나 흙먼지가 자옥하게 피어올랐으므로 가라앉을 때까지 차 속에 앉아 있어야만 했다.

　그때도 이처럼 흙먼지가 피어오르는 황톳길이었을까.

　1880년 초봄, 32세의 청년승 경허가 이 길을 걸어 연암산 밑 천장암으로 걸어가고 있을 때도 이처럼 붉은 흙먼지가 피어오르는 황톳길이었을까.

　'나귀의 일이 다 끝나기도 전에 말의 일이 닥쳐왔도다(驢事未去 馬事到來).'

　영운 선사의 '나귀의 일, 말의 일'이란 화두를 선택하여 방문을 닫아 걸고 용맹전진으로 들어간 것이 1879년 7월의 일이었다.

　그러하면 경허가 이 붉은 황톳길을 걸어 걸어 천장암으로 가고 있던 1880년 초봄까지 10개월 간에 도대체 무슨 일이 있었던 것일까. 방문을 닫아 걸고 수마(睡魔)의 조복(調伏)을 받고자 턱밑에 날카로운 송곳을 세워놓고 있다가 깜박 졸 때면 날카로운 송곳이 턱을 찌르고 이마를 찔러 붉은 선혈이 흘러내리는 무서운 정진을 하던 경허는 무슨 일로 문을 박차고 일어나 동학사에서 이 깊은 산골의 천장암까지 찾아가고 있는 것일까.

맨 처음 방문을 걸어 잠글 때 화두를 타파하여 도를 이룰 때까지는 절대 이 자리를 떠나지 않으리라 맹세하였던 경허였으므로, 그러하면 그는 이미 화두를 쳐부수고 견성을 한 것일까.

소원대로 30년 동안 검을 찾던 나그네가 붉은 복숭아꽃을 보고 다시는 의심치 않았다던 영운 선사처럼 경허도 그 붉은 복숭아꽃을 마침내 바라보게 된 것일까.

경허는 꼬박 넉 달 간 방안에서 꼼짝도 하지 않았다. 방문 앞에 '묵언(默言)' 패를 내걸고 그 여름이 지나고 가을이 지나고 마침내 11월의 초겨울이 될 때까지 방안에서 나온 적이 없었다. 동학사에 머무르고 있던 여러 대중들도 그를 가만히 내버려둘 뿐이었다. 아무도 그를 본 사람이 없었고, 그를 보기 위해 방문을 두드려 문을 열고 방안으로 들어가는 사람도 없었다. 끼니 때마다 행자승이 문 앞에 공양을 내려놓고 '스님, 공양하십시오' 하고 돌아가곤 하였으나 하루에 한 끼 이상 먹질 않았다. 어떤 때는 몇날 며칠 동안 손도 대지 않은 채 그대로 상을 물리곤 하였고, 산사에는 계절이 빨라 11월에 벌써 초설이 내렸으므로 공양 위에 참다랗게 눈이 덮여 있기도 하였다. 겨울이 왔음에도 덧문조차 닫질 않아서 한밤이면 행자승이 덧문을 닫아 주곤 했다. 낮에도, 밤에도 방안에 불이 켜진 적이 없었으며 말소리 하나 들려온 적이 없었다.

이때 경허의 시중을 든 행자의 이름이 동은(東隱)이었다고 전해진다. 그는 당시 12세 소년으로 동학사 근처에 살고 있는 이 진사(進士)의 아들이었다. 이 진사란 사람은 몰락한 양반으로 고향에 내려와 근근이 밥술이나 먹으면서 지내고 있었는데, 그는 독실한 불교신자여서 자신의 아들을 동학사에 보내 행자수업을 시키고 있었다. 비록 몰락한 양반계급으로 하향하여 벼슬도 못하고 있는 처지였지만 그는 꼿꼿한 선비로서 학문은 물론 유전(儒典)과 선도(仙道)에도 조예가 깊었다.

그는 자신의 아들에게 글공부시키느니 불문에 들여 행자수업을 시키는 것이 훨씬 더 값어치 있는 일이라 생각하고 스스로 어린 아들을 끌고 동학사로 찾아가 삭발케 한 선비였다.

방문을 걸어 잠그고 용맹정진하고 있는 경허의 온갖 시중을 든 사미승이 바로 그 선비의 아들이었다. 그는 경허에게 때맞춰 공양을 올리는 것은 물론, 밤이면 덧문을 달아 주고 방안에 군불을 땔 때 방을 데워 주곤 하였다.

경허의 방을 드나들 수 있는 유일한 사람이 이 행자승이었다. 그는 바깥 출입을 하지 않는 경허의 방안에 자리끼를 넣어 주는 유일한 사람이었으며, 용변을 방안에서 처리하는 경허의 요강을 깨끗이 부셔 다시 방안으로 들여놓는 유일한 시자였다.

동은이 방안에 들어서도 경허는 본 체도, 들은 체도 하지 않았다. 벌써 넉 달이 지났으므로 머리는 자라 어깨를 덮었으며 수염이 뒤덮인 얼굴은 짐승의 형상이었다.

사미승 동은의 눈으로 보아 그것은 살아 있는 사람의 형상이 아니었다. 숨은 분명히 쉬고 있었으나 분명히 그것은 돌덩어리인 석상에 지나지 않았다. 마침내 수마를 이겨냈는지 더 이상 턱

밑에 송곳은 세우지 않아 피가 흘러내리지 않았으므로 귀신의 형상은 아니었지만 수염이 자라고 머리카락이 얼굴을 뒤덮고 있었으므로 완전히 산짐승이었다. 살아서 빛나는 것은 두 눈뿐이었다.

뒤덮인 수염과 머리카락 사이에서 두 눈만은 살아 형형하게 불을 뿜고 있었다.

그나마 짧은 문답이긴 하지만 경허가 말을 나누는 상대는 이 사미승이 유일한 사람이었다. 아궁이에 불을 너무 많이 지펴 방 안이 더워지면 느닷없이 경허의 목소리가 터져나오기도 하였다.

"그만 되었다. 그만 지피거라."

어느 날 동학사에서 많은 스님들이 삼삼오오 떼지어 탁발을 나가게 되었다. 마침 동짓달이었으므로 더 이상 겨울이 깊어 가기 전에 겨우내 먹을 양식들을 구하고 모으기 위해 대중들이 탁발승이 되어 각 고을을 돌아다니면서 경을 외어 주고 곡식이나 금전을 시주받아 돌아오도록 되어 있었기 때문이었다.

이때 학명(學明 道一) 스님은 사미승 동은과 한짝이 되어 아랫마을을 돌아 탁발하도록 되어 있었다. 종일토록 고을을 돌아다닌 후 저녁 무렵 학명 스님은 사미승 동은의 집으로 함께 찾아갔다. 서로 체면을 차릴 필요도 없는 스스럼없는 사이여서 저녁밥도 얻어먹을 겸 사미승 동은에게 오랜만에 하룻밤 속가에서 지내게 하려는 생각 때문이었다.

이 진사는 오랜만에 아들과 학명 스님을 만나자 몹시 반가워하면서 저녁상을 내어 함께 밥을 먹었다. 상을 물리고 나서 이 진사는 학명 스님에게 물었다.

"어디를 다녀오시는 길입니까."

그러자 학명 스님은 시주가 가득 들어 있는 걸망을 가리키면서 대답하였다.

"겨우내 먹을 양식을 구하기 위해 고을을 돌아다니면서 탁발을 하고 돌아오는 중입니다."

"그래 시주는 많이 받으셨습니까."

"곡식도 받고 금전도 받았습니다."

그러자 이 진사가 물어 말하였다.

"형편들이 어떠하던가요."

"올 여름에 돌림병이 돌았으므로 인심들이 흉흉하고 농사를 짓는 일에 전념치 않아 흉년이 들어 여의치가 않습니다. 이러다간 겨울 동안 모두들 굶어 죽겠습니다."

학명 스님은 농조로 얘기하고 크게 웃었지만 이 진사는 따라 웃지 않고 정색을 하고 물었다.

"탁발말고는 스님께선 요즈음에 무엇을 하고 지내십니까."

정색을 한 이 진사의 질문에 학명 스님은 무심코 대답하였다.

"경 읽고 염불하며 주력(呪力)하고 가람 수호하는 일과의 연속입니다."

학명 스님의 말을 듣자 이 진사는 말을 받았다.

"그래요. 그렇게 중노릇 잘못하시면 이 다음에 죽어서 소가 되고 맙니다."

불가에서는 출가한 스님이 공밥이나 얻어먹고 돌중노릇이나 하면서 그럭저럭 한평생을 보내다 죽으면 소가 되어 버린다는 속설이 전해져 내려오고 있다. 이에 학명 스님이 웃으면서 말하였다.

"그러면 어떻게 중노릇을 하여야 죽어서 소가 되지 않을까요. 중이 되어 심지(心地)를 밝히지 못하고 다만 신도들의 시물만을 받아 먹고 있었으므로 죽으면 반드시 시은(施恩)에 얽매여 소가 되고 말 것이 아니겠습니까."

그러자 이 진사는 꾸짖듯 말하였다.

"소위 출가한 사문의 대답하는 말이 그래가지고서야 어찌 도리를 깨달은 말이라고 하겠습니까."

동은의 아버지 이 진사는 비록 속가에서 살고 있었지만 다년간 좌선을 하여 개오처(開悟處)가 있다는 소문으로, 따라서 진사라고 불리기보다 처사로 불리곤 하였다. 보기 좋게 한 방 얻어맞은 학명 스님이었지만 서로 스스럼없는 사이였으므로 부끄럽기보다 깨닫고 싶어 이 진사에게 따져 물어 말하였다.

"소승은 선지(禪旨)를 알지 못하여 그렇게 대답하였으니 그러하면 어떠한 대답을 하여야 옳겠습니까."

그러자 이 진사가 대답하였다.

"어찌해서 이렇게 대답하지 못하십니까. 죽어서 소가 된다 하더라도 고삐 뚫을 구멍이 없다(無穿鼻孔處)고 대답하셔야지요."

순간 학명 스님은 당황하였다.

도대체 이 무슨 소리인가.

도대체 이 무슨 대답인가.

죽어서 소가 된다 하더라도 고삐 뚫을 구멍이 없는 소가 되어
야 한다고.

학명 스님은 묵연히 더 이상 대답할 수 없었다. 말이 막히고
생각이 막혀, 이 진사의 대답 한소리에 당황하여 그대로 벙어리
가 될 수밖에 없음이었다.

그날 하루를 이 진사 집에서 자고 난 후 이튿날 새벽 이 진사
의 아들 동은 사미와 함께 다시 동학사로 길을 떠나려 할 때 학
명 스님은 마중 나온 이 진사에게 먼저 입을 열어 말하였다.

"어젯밤에는 한숨도 눈을 붙이지 못하였습니다."

그러자 이 진사가 말을 받았다.

"아니, 왜요. 어디가 불편하셨던가요."

"아닙니다."

학명 스님은 말하였다.

"잠자리가 불편하였기 때문이 아니라 처사님의 대답 한소리
에 말문이 막혔기 때문입니다. 도대체 그 말의 뜻이 무엇입니까.
명색이 출가한 스님이 되어 그 말의 뜻을 깨닫지 못하면 그야말
로 죽어서 소가 될 수밖에 없지 않겠습니까. 죽어서 소가 되어도
고삐 뚫을 구멍이 없는 소가 되어야 한다는 말은 도대체 무슨 뜻
입니까."

이른 새벽에 길을 떠나는 스님과 아들을 배웅 나온 이 진사는
학명 스님의 질문에도 그저 가만히 소리 없이 웃을 뿐이었다. 그
리고 나서 이 진사는 담담히 동구 밖까지 따라가면서 입을 열어
말하였다.

"옛날 고려 때에 진각(1178~1234)이란 스님이 있었습니다. 호는 무의자(無衣子)라 하였고 속성은 최(崔)씨였습니다. 나주 화순현 출생으로 고려 신종 4년(1201) 진사시험에 합격하여 태학에 들어가 정진을 하다가 어머니의 병환으로 고향에 돌아와 시탕(侍湯)하던 중 관불 삼매(觀佛三昧)에 들어 어머니의 병이 나았습니다. 그러나 이듬해 어머니가 세상을 떠나자 어머니의 왕생을 빌기 위해 송광사(松廣寺)에 갔다가 스승 보조를 만나 비로소 중이 되었습니다. 진각 스님은 보조 국사로부터 출가 득도를 얻고 나서 지리산 금대암(金臺庵)에 들어가 피나는 정진을 하였는데, 송광사에 있는 비문은 이때의 모습을 다음과 같이 표현하고 있습니다.

'진각이 오산에 있을 때 그는 반석 위에 앉아 주야를 가리지 않고 선경(禪經)을 익혔다. 오경만 되면 게송을 읊는 소리가 우렁차 10리까지 들렸는데 조금도 때를 어기지 않아 듣는 사람은 그로써 아침이 된 줄을 알았다. 또 지리산 금대암에 있을 때는 대 위에서 고요히 가부좌하여 쌓이는 눈이 정수리를 묻었고 마른 나무처럼 움직이지 않았으므로 여러 대중들이 죽었나 의심하여 몸을 흔들면 눈을 반쯤 뜨곤 하였다.'

마침내 깊은 깨달음을 얻은 진각은 고려 희종 5년(1209) 스승 보조에게 깨달음을 인가받기 위해 백운암(白雲庵)으로 찾아갑니다. 스승 보조를 만나러 가던 진각은 백운산 아래에서 잠깐 쉬다 스승 보조가 시자를 부르는 소리를 듣습니다. 시자를 부르는 스승의 목소리는 메아리쳐 진각의 귀에 파도처럼 밀려왔지요. 이 순간 진각은 다음과 같은 시를 지었습니다.

  아이를 부르는 소리 소나무숲 안개 속에 울려퍼지고
  차 달이는 향기는 돌 많은 길 바람으로 스쳐온다
  백운산 밑의 길을 들어서자마자
  나는 벌써 암자 안의 노스님을 뵈었다.
  呼兒響落松蘿霧　煮茗香傳石徑風
  才入白雲山下路　已參庵內老師翁"

  때는 벌써 동짓달이 지날 무렵이었으므로 간밤에는 건듯 눈이
라도 내렸는지 동구 밖으로 나가는 길 위에는 소금을 뿌린 듯 싸
락눈이 쌓여 있었다. 가을은 벌써 지났으므로 거리 위를 구르는
낙엽조차 보이지 않고 새벽바람은 삭풍처럼 맵고 차가웠다. 이
진사는 천천히 걸으면서 말을 이어 내려갔다.
  "진각은 마침내 백운암에 올라 스승 보조를 만나 깨달음을 인
가받고 그 인가의 증표로 손에 들고 있던 부채를 건네 받았지요.
부채를 받아 법을 전수받고 나서 그는 다음과 같은 게송을 지었
습니다.

  전에는 스승의 손에 있더니
  지금은 이 제자의 손에 왔구나
  만일 더워서 허덕일 때면
  마음대로 맑은 바람 일으키리다.

昔在師翁手裡 今來弟子掌中
若遇熱忙狂走 不妨打起淸風

— 부채〔扇〕

　　진각은 마침내 국사가 되어 고려의 희종(熙宗), 강종(康宗), 고종(高宗)에게 깊은 감화를 주었습니다만 그는 뛰어난 선기(禪機)와 뛰어난 문학적 재능으로 탁월한 선시를 수없이 남긴 무애자재한 자유인이었습니다. 고종 20년(1234) 월징사(月澄寺)에서 57세의 나이로 열반하였는데, 열반이 다가오자 눈치를 챈 제자 마곡이 진각에게 물었습니다.
　　'어디가 불편하십니까.'
　　그러자 진각이 대답하였습니다.
　　'오늘은 노한(老漢)이 매우 바쁘다.'
　　다시 마곡이 물었습니다.
　　'무엇이 그리 바쁘십니까.'
　　진각이 말하였습니다.
　　'이제 고향으로 돌아가야지.'
　　이에 마곡이 말하였습니다.
　　'한말씀 하시고 가셔야지요, 스님.'
　　그러자 진각은 다음과 같은 열반송을 지었습니다. 이 게송이 그의 비문에 새겨져 있지요.

　　어떠한 괴로움도 이르지 못하는 곳

26

그곳에 따로이 한 세상이 있다
묻노니 그곳이 어떠한 곳인가
크게 고요한 열반의 문이니라.
衆苦不到處 別有一乾坤
且問是何處 大寂涅槃門

진각은 마지막으로 이 열반송을 노래하고 나서 주먹을 쥐고 다음과 같이 말하였습니다.

'이 주먹이야말로 또한 선(善)을 말할 줄 안다. 너희들은 이를 믿는가, 안 믿는가.'

다시 주먹을 펴고 말하였습니다.

'이것을 열면 다섯 손가락이 각각이다.'

다시 주먹을 쥔 후 말하였습니다.

'이렇게 합하면 다시 한덩어리다. 이와 같이 열고 닫음〔開合〕이 자재하고 적고 많음〔一多〕이 무애하다. 그러나 아직 이 주먹은 본분(本分)을 말하고 있지 아니하다. 그러하면 무엇이 이 주먹의 본분 설화인가.'

이렇게 말입니다."

밤새 그쳤던 싸락눈이 다시 조금씩 흩날리기 시작하였다. 바람에 실린 싸락눈이 동구 밖으로 걸어나가는 세 사람의 얼굴을 때리고 있었다. 이 진사는 주먹을 쥐었다 폈다 하면서 말을 이어 내려가고 있었다.

"아무도 진각의 물음에 대답하지 못하였습니다. 그러자 진각은 주먹을 쥔 후 스스로 앉은 채 입멸하였는데 이때가 그의 나이 57세, 고려조 고종 21년(1235) 6월의 일입니다. 그런데 진각은 입적할 무렵 눈을 감으면서 수수께끼의 난해한 화두를 하나 남기고 떠났는데 그 말이 다음과 같습니다.”

이 진사는 일단 말을 끊었다.

세 사람은 어느새 마을 밖 동구 어귀에 와서 섰다. 싸락눈이 제법 알이 굵은 함박눈으로 변해 있었다. 동구 밖 언덕에는 수백 년 묵은 느티나무가 서 있어 한여름에는 마을 사람들이 모여 나무 그늘에 앉아 바람을 쐬곤 하였지만 이제는 한겨울이었으므로 나뭇잎들은 낙엽이 되어 떨어져 헐벗은 채로 불어오는 칼바람을 정면으로 맞고 있었다. 길을 떠나는 사람들이나 마을로 들어오는 사람들이나 거리를 구르는 돌을 하나씩 주워 느티나무 밑동에 차곡차곡 쌓아올려 탑을 만드는 관습이 있었으므로 이 진사는 허리를 굽혀 구르는 돌멩이 하나를 주워 조심스레 돌탑을 쌓으면서 말을 이었다.

“진각은 숨을 거두면서 다음과 같은 말을 남겼습니다. ‘이것이 선사의 콧구멍을 꿰어 끌고 왔다가 끌고 간 고삐다’라고 말입니다.”

이 진사는 말을 끝내고 잠시 소리내어 웃고 나서 다시 말하였다.

“스님께서 간밤에 제가 말하였던 한마디로 한숨도 잠들지 못하셨다는 말을 듣고 갑자기 진각 선사의 옛 일화가 떠올라 잠시 중얼거려 본 것뿐입니다. 스님, 간밤에 제가 스님께서는 요즈음 무엇을 하고 계십니까, 하고 물었더니 스님은 경 읽고 염불하고 주력하고 가람 수호하는 일과의 연속이라고 말씀하셨습니다. 그래서 제가 말하였지요. 그렇게 중노릇 잘못하시면 죽어서 소가 되십니다. 그러자 스님께서 제게 물으셨지요. 그러면 어떻게 중노릇하여야 죽어서 소가 되지 않을까요. 그때 제가 말하였지요. 죽어서 소가 된다 하더라도 고삐 뚫을 구멍이 없다고 대답하셔야지요. 바로 그 한마디 때문에 스님께서는 간밤에 한잠도 못 주무셨다고 말씀하시며 그 말의 뜻이 무엇인가 물으셨지요. 그래서 제가 진각 스님의 옛 이야기〔古話〕 하나를 말씀드려 본 것입니다. 스님, 진각 스님이 숨을 거둘 때 말씀하셨던 '이것이 선사의 콧구멍을 꿰어 끌고 왔다가 끌고 간 고삐다'라는 말에서 '이것'은 무엇을 뜻하는 것이겠습니까."

이 진사는 말을 끝내고 나서 두 손으로 합장하고 머리 숙여 학명 스님과 자신의 아들인 동은 사미를 마주보고 작별인사를 나누면서 말하였다.

"부디 성불하십시오. 나무아미타불 관세음보살."

학명 스님은 이 진사와 헤어져 동은 사미와 동학사로 돌아오는 동안 내내 말이 없었다. 명색이 출가한 중으로서 먹물 들인 승복을 입고, 신도들이 시주한 시물을 받아먹는 중노릇을 하고 있으면서도 속가에 머무르고 있는 속인의 말 한마디에 그만 벙어리가 되어 버리다니, 죽어서 소가 된다고 하더라도 고삐 뚫을 구멍조차 없다는 말의 뜻이 무엇인가 묻자 이 진사는 한술 더 떠 진각 선사의 마지막 유언 한 마디를 덧붙여 말함으로써 설명은

커녕 의운(疑雲)의 구름 하나를 덧붙였음이 아닐 것인가.

'이것이 선사의 콧구멍을 꿰어 끌고 왔다가 끌고 간 고삐다.'

이것이 무엇인가.

숨을 거둘 무렵 진각 선사가 자신의 콧구멍을 꿰어 끌고 왔다가 끌고 간 고삐라고 말한 바로 이것이 무엇인가.

무엇이 진각 선사의 콧구멍을 꿰었던 코뚜레인가. 무엇이 진각 선사의 콧구멍을 꿰었던 고삐인가.

이것이 바로 무엇인가. 이것이 무엇인가. 이 뭣고(是甚麼).

학명 스님은 동학사로 돌아와서도 이 의문을 씻어낼 수 없었다. 그래서 그는 절에 올라오자마자 여러 대중들에게 간밤에 동은 사미의 아버지인 이 진사와 만나 나누었던 설화를 전하고 그 뜻이 무엇인가를 물어보기 시작하였다.

"중노릇 잘못하면 죽어서 소가 되는 이치가 무엇입니까."

"죽어서 소가 된다 하더라도 '고삐 뚫을 구멍이 없다'는 뜻이 무엇인가요."

"진각 스님이 입적할 무렵 '이것이 선사의 콧구멍을 꿰어 끌고 왔다가 끌고 간 고삐다' 하셨는데 진각 스님이 가리킨 이것이 과연 무엇입니까."

수많은 대중들이 학명 스님으로부터 이야기를 전해 듣고 질문을 받았지만 단 한 사람도 이 질문에 똑바로 대답하는 사람이 없었다.

"우리 모두 이 말의 깊은 뜻을 알지 못하니 죽으면 모두들 아랫마을의 소들이 되고 말겠구먼."

학명 스님이 탄식조로 말하자 나이 든 스님 하나가 입을 열어 말하였다.

"깊은 뜻을 알 수 있는 사람이 우리 가운데 한 사람 있긴 있네만."

"그 사람이 누구입니까."

학명 스님이 묻자 그는 잠자코 법당과 숙모전(肅慕殿) 사이에 있는 '염화실'을 가리키면서 말하였다.

"바로 저 안에 앉아 있는 사람뿐일세."

학명 스님은 그가 가리킨 손끝을 따라 방향을 짚어 보았다. 그 곳은 조실(祖室)로 오래전부터 경허 스님이 참선을 하고 있는 염화실이 아닌가.

그렇다. 지난 여름부터 가을이 지나 겨울이 되기까지 4개월이나 그 염화실 속에 앉아 참선을 하고 있는 경허라면 그 말의 깊은 뜻을 단박 알아낼지 모른다.

그러나 학명 스님은 망설였다. 그는 지금 용맹정진 중이다. 승당 앞에 묵언패를 내걸고 좌정 중이다. 묵언패를 내건 사람에게 말을 건네는 것은 금기의 불문율로 되어있다. 듣자 하니 자는 것, 먹는 것, 눕는 것 모두 잊고 턱밑에 날카로운 송곳을 세우고 앉아 참구하고 있다는데 어찌하여 사사로운 질문으로 그를 어지럽힐 셈인가.

그러나 학명 스님은 물러서지 않았다.

그로서는 도저히 이 캄캄한 무지와 수치심을 감당해 낼 수 없었기 때문이다. 그는 자신이 직접 염화실로 찾아가 경허에게 물어 금기를 깨뜨리기보다 한 가지 방편을 구하여 순리를 거스르지 않기로 꾀를 냈던 것이다.

학명 스님은 동은 사미를 이용하기로 마음먹었다. 동은 사미는 오래전부터 경허의 시자였으며 경허의 처소를 드나드는 유일한 사람이었다. 그는 때마다 경허에게 공양을 올렸으며 밤이면 자리끼를 들여놓고 아궁이에 불을 지펴 방을 데우는 유일한 사람이었다. 뿐만 아니라 동은은 경허와 몇마디 안 되는 대화를 나누는 단 하나의 사람이었다.

동은을 시켜 경허에게 그 말의 깊은 뜻을 묻는다면 이는 승가의 불문율을 깨뜨림도 아니요, 삼매에 들어 있는 경허의 선정을 방해함도 아닐 것이다.

그래서 학명 스님은 동은 사미를 불러, 한밤에 경허의 처소인 염화실에 들어가면 다음과 같이 물어보라고 일러 주었다.

동은 사미는 12세의 어린 소년이었으므로 단순하고 꾸밈이 없었다. 그래서 그는 학명 스님이 시키는 대로 밤이 깊을 무렵 개울가로 내려가 동짓달에 벌써 얼어붙은 얼음을 깨 얼음이 둥둥 뜬 차디찬 자리끼를 들고 종종걸음으로 계단을 올라가 염화실 방문을 열면서 말하였다.

"스님, 탁발 나갔다가 이제야 돌아왔구먼유. 그 동안 별일 없으셨지유."

이때가 고종 16년(1879) 11월 15일이었다고 전해진다. 일기는 청명하고 보름달인 만월이 하늘에 가득하고 성신(星辰)이 밤하늘에 무수히 총총하였다고 전해지고 있다.

자리끼를 들고 간 동은 사미는 학명 스님이 시키는 대로 다음과 같이 물었다고 전해진다.

"소가 되어도 고삐 뚫을 구멍이 없다는 것이 도대체 무슨 뜻입니까."

이 우연한 한마디가 시위를 떠난 활처럼 날아가 단박에 명중되어 경허의 화두 한복판을 꿰뚫었다.

예로부터 선의 삼매에 이르러 정신이 한곳으로 집중되어 밥 먹는 것, 걷는 것, 말하는 것 그 모든 행위를 잊어버리고 오로지 몸과 마음이 화두 하나로 순일하게 잡혀 있으면 전혀 엉뚱한 작략(作略)에도 단박 깨우칠 수 있다고 전해지고 있다. 그리하여 선기가 있는 사람들은 그때그때의 기회와 인연에 따라 화두를 타파해 버리고 도를 이룰 수 있는 법이라고 전해지고 있는 것이다. 때문에 서산 대사는 마을을 지나다 한낮에 닭이 우는 소리에 크게 깨닫게 되었으며, 신라의 스님 원효(617~686)는 해골에 담긴 물을 마시고 깨달았다. 부휴(浮休 善修 : 1543~1615)는 큰 구렁이를 본 순간 깨달았으며, 구지(俱胝)는 손가락 하나를 세우는 모습에서 깨달았다. 동산(洞山 良价 : 807~869) 스님은 다리를 건너다 물 위에 비친 자신의 그림자를 보고 깨쳤으며, 향엄 스님은 기왓장이 대나무에 부딪히는 딱 하는 소리에 깨쳤으며, 백우 스님은 찻잔을 받으려 하다가 깨쳤으며, 의현 스님은 옆방 사람이 중얼거리는 말소리에 깨쳤다고 전해지고 있는 것이다.

예로부터 선을 닦는 데는 큰 믿음[大信根]과 큰 용기[大勇猛]

와 큰 의혹[大疑團]의 세 가지만 구족(具足)되면 그때그때의 인연에 따라 당장에 이루어질 수 있다 하였는데, 경허는 전혀 우연한 학명 스님의 명을 받은 12세 사미승 동은의 질문 하나에 안목이 움직여 활짝 열렸다.

이때의 모습을 만해 한용운은 다음과 같이 표현하고 있다.

"이 말을 들은 순간 경허 스님에게는 대지가 둘러빠지고 물건과 내가 함께 공(空)하며 백만 가지 법문과 한량없는 묘한 이치[無量妙義]가 당장에 얼음 풀리듯 하였다."

보다 극적인 표현은 경허의 법제자인 한암에 의해 다음과 같이 그려지고 있음이다.

"이 말을 들은 순간 경허 화상은 홀연히 일어나 예를 다하여 큰절을 올렸다. 이 순간 옛 부처[古佛] 나기 이전의 소식이 활연히 눈앞에 열렸으며, 대지가 온통 둘러빠지고 물건과 내가 함께 잊혀져 옛사람[古人]들이 곧바로 쉰 경지에 도달하였으며, 마음 밖에 법이 없어 눈에 가득히 보이는 설월(雪月)과 높은 산 흐르는 물, 낙랑장송 아래 영원한 밤, 맑은 하늘 곳곳마다의 참소식을 듣게 되었다."

제자들의 다른 표현을 빌릴 필요 없이 당사자인 경허는 훗날 지은 오도가(惡道歌)의 한 구절에서 다음과 같이 표현하고 있음이다.

홀연히 사람에게서 고삐 뚫을 구멍이 없다는 말을 듣고
문득 깨닫고 보니 삼천대천 세계가 다 내 집이로구나.

忽聞人於無鼻孔　頓覺三千是我家

　소가 되어도 고삐 뚫을 구멍조차 없다는 말을 들은 순간 경허
는 '나귀의 일이 다 끝나기도 전에 말의 일이 닥쳐왔도다'라는
영운 선사의 '여사마사(驢事馬事)'의 화두를 비로소 타파하게 되
었으며, 이로써 30년 동안 검을 찾아 헤매던 영운 선사가 어느
날 문득 본 복숭아꽃을 함께 보게 되었음이다. 경허는 자신의 표
현대로 문득 깨달은 순간 옛 부처들과 조사들이 남긴 1,700가지
의 공안들을 천천히 머리 속으로 떠올려 보았으며, 그 순간 단
하나의 의심도 없이 그 모든 공안들이 확연히 풀리고 있음을 깨
닫게 되었다.

　순간 경허는 춤을 추면서 벌떡 일어났다고 전해지고 있다. 춤
을 추며 일어난 경허는 여름, 가을, 겨울에 이르도록 굳게 닫힌
덧문을 박차 열어젖히고 허공에 걸린 묵언패를 들어 댓돌 아래
로 던져 버렸다고 전해지고 있다. 그리고 나서 우렁찬 목소리로
동은 사미를 불렀다고 전해지고 있다.

　"동은이 게 있느냐, 동은이 게 있느냐."

　동은 사미는 이때 아궁이에 불을 지피고 있었는데 느닷없는
고함 한소리에 소스라쳐 놀라 달려가니 동짓달 밝은 보름달 아
래 묵언패 나뭇조각이 산산조각 나 깨뜨려져 있었고 툇마루에는
태산과 같은 큰 체구의 경허가 우뚝 버티고 서 있음을 보았다.

　"삭도(削刀)가 있느냐. 있으면 좀 찾아오거라."

　삭도란 스님들이 머리카락이나 수염을 깎는 데 쓰는 칼. 느닷

없는 명령에 동은 사미가 삭도와 숫돌을 들고 달려가니 이미 경허는 성큼성큼 계단을 내려 계곡 아래로 내려가고 있었다.

이때가 기묘년(己卯年 : 1879) 11월 15일 야반 삼경.

스승도 없는 31세의 청년승 하나가 마침내 도를 깨닫고 부처가 되어 제 발로 닫혀 있던 문을 박차고 일어나 꽁꽁 얼어붙은 계곡의 바위에 걸터앉아 스스로 그 동안 가득 자라 가슴을 덮었던 수염을 깎아 내린다. 머리는 동은 사미가 깎아 주었는데 그 동안 자란 머리카락이 어깨를 덮었지만 하늘에는 보름달이 대낮처럼 밝아 날카로운 삭도로 머리카락을 잘라내는 데 전혀 어둡지 않았다고 전해지고 있다.

2

길은 안으로 들어가면 갈수록 더욱 좁아지고 험하였다. 차 한 대가 겨우 들어갈 수 있는 좁은 도로는 한창 새마을 사업이라는 콘크리트 포장 작업이 진행 중이었는지 곳곳마다 공사 중이었으므로 진흙탕에 가까운 우회도로를 몇 번씩 거쳐야만 하였다.

알 수 없는 것이 장마철의 날씨였으므로 그처럼 햇볕이 쨍쨍하고 뭉게구름이 피어오르던 맑은 하늘에는 어느새 먹구름이 드리워지고 있었고 햇살은 가리워져 있었다. 또다시 한바탕 소나기라도 퍼부어 댈 모양이었다.

목적지인 천장사로 제대로 가고 있는지 알 수 없었지만 어쩌는 수가 없었다. 간선도로에서 들어올 때 분명히 천장사로 들어

가는 이정표를 보았고 그곳에는 4km라는 거리까지 안내되어 있었지만 막상 사잇길로 빠져들고 보니 일단 감감 소식이었다. 길은 여러 갈래로 구불구불 나누어져 있고 산문으로 들어가는 길이 어느 길인지 알 수 없었으므로 그때마다 차를 세우고 사람들에게 물어볼 수밖에 없었다.

인적이 드문 산골이라 밭에 나와 일하는 사람들도 드물고 인가도 없었으므로 물어볼 사람을 찾는 일도 쉽지가 않았다.

이따금 밭일을 하는 농부들을 볼 때면 나는 으레 차를 멈추고 소리를 질러 묻곤 하였다.

"말씀 좀 묻겠어요. 천장사로 들어가는 길이 어디입니까."

그들은 대부분 길에서 멀리 떨어진 밭 한가운데에서 일하고 있었으므로 나는 자연 차창을 열고 그들에게 소리쳐 물어볼 수밖에 없었다. 그럴 때면 그들은 말없이 그냥 손을 들어 어떤 방향을 한번 가리키고는 그만이었다.

순식간에 하늘이 어두워져 한바탕 소나기가 쏟아져내릴 것만 같아 마음이 조마조마하였지만 질러가는 길도 따로 없고 길은 줄곧 험하였으므로 나는 그 농군들이 시키는 대로 울퉁불퉁한 흙길을 나아갈 수밖에 없었다.

무엇이 경허의 화두를 타파하게 한 것일까.

나는 차를 몰아나가면서 생각하였다.

그 어린 사미승이, 학명 스님이 시키는 대로 물어보았던 '소가 되어도 고삐 뚫을 구멍이 없다는 뜻이 무엇입니까'라는 질문 한 소식에 경허는 마침내 깨달았다. 도를 이루었다. 부처가 되었음이다.

그러하면.

나는 소리를 내어 중얼거렸다.

그 말의 무엇이 경허에게 도를 이루게 한 것일까. 그가 노래하였던 오도가처럼 그 평범한 질문 어디의 무엇이 경허를 삼천대천세계(三千大千世界 : 소천세계, 중천세계, 대천세계를 이르는 불교총칭)가 모두 나와 다름없는 한몸이고 내 집임을 문득 깨닫게 한 것일까.

훗날 경허는 '오도가'에서 다음과 같이 노래하였다.

'어떤 사람이 희롱하여 말하기를 '소가 되어도 고삐 뚫을 구멍이 없다' 이 말로 인해 나의 본심을 깨닫고 보니 이름도 공하고, 형상도 공하며, 공허한 허적처(虛寂處)에 항상 밝은 빛이여.'

그러하면 경허는 그 말의 무엇에서 자신의 본래면목을 깨닫게 된 것일까.

그것을 짐작하기란 불가능한 일일 것이다. 그것은 마치 향엄이 기왓장을 무심코 던져 대나무에 부딪히는 딱, 하는 소리에 도를 이루었다는 말을 듣고 자신도 기왓장을 대나무에 던져 딱, 하는 소리를 듣는 일에 지나지 않는다. 또한 서산 대사가 우연히 한낮에 마을을 지나다 울타리 너머에서 낮닭 우는 소리에 도를 이루었다는 말을 듣고 낮닭 우는 소리에 유심히 귀를 기울여 보는 것과 같다. 서산에게 그 낮닭 우는 소리는 화두를 타파하고 도를 이룬 기연(機緣)이 되었을지는 모르지만 보통사람에게 있어서 그 소리는 다만 한낮에 닭이 홰를 치면서 꼬끼오— 하고 우는 소리에 지나지 않을 것이다.

그러므로.

나는 차를 몰아나가면서 생각하였다.

그러므로 동은 사미가 무심코 물었던 '소가 되어도 고삐 뚫을 구멍이 없다는 말의 뜻이 무엇입니까'라는 질문의 어떤 점이 경허를 부처로 만들었을까 생각해 보는 일은 어리석은 일일 것이다.

아무래도 곧바로 한바탕 소나기가 퍼부어 내리려는 듯 하늘은 컴컴해지고 풀섶을 스쳐 날아가는 흰 나비들은 낮게 낮게 떠다니고 있었다. 한 떼거리의 잠자리들도 폭격을 단행하는 비행기들처럼 낮게 저공비행을 하고 있었다. 벌써 저 먼 산 아래에서는 소나기라도 퍼붓는지 유난히 시커먼 구름이 몰려 있었고, 이따금 그 구름 사이에서 번개의 불빛이 번득였다. 우르릉 우르릉, 하늘이 무너지는 천둥 소리도 들려 오고, 먹구름을 조금씩 조금씩 주위로 좀더 짙게 퍼뜨리고 있었다.

우장을 쓴 농부들은 밭 가운데에 앉아 김을 매고 있었고, 가까운 풀밭에는 말뚝에 매어놓은 소 한 마리가 누워서 한가로이 풀을 씹고 있었다.

가위 우습구나 소를 찾는 자여
소를 타고 다시 소를 찾고 있구나.
可笑尋牛者　騎牛更覓牛

풀밭에 매인 소를 보자 내 머리 속으로 경허가 지은 〈소를 찾는 노래(尋牛頌)〉의 한 구절이 떠올랐다. 이 노래는 원래 서산 대사가 그의 제자 소요(逍遙 太能)에게 준 선시로서 경허는 깨닫고 난 후 이미 소를 타고 있으면서도 그것을 모르고 소를 찾고 있었던 자신을 빗대어 그렇게 노래하였다. 여기에 소란 물론 불성(佛性), 곧 진리를 가리키는 말임이 분명하다.

사방이 한밤중처럼 어두워져 사위는 캄캄하였다. 벌써 길 양옆에 웃자라고 있는 푸른 담배잎에는 후드득후드득 빗방울이 듣고 있는 것이 보였지만 아직 소낙비가 되어 쏟아지지는 않고 있었다.

그러나.

나는 울퉁불퉁한 황톳길을 나아가느라고 운전대를 꽉 부여잡은 채 소리를 내어 중얼거렸다.

나 자신이 경허와 한몸이 아니므로 그 말의 무엇이 경허에게 이미 소를 타고 있으면서도 소를 찾아 헤매는 우스꽝스런 모습을 깨닫게 하였는지 정확히 알 수는 없다고 하더라도 대충 짐작이야 할 수 있을 것이 아니겠는가.

경허는 일찍이 그의 법제자인 한암에게 다음과 같이 말하였다고 전해진다.

"난 정말 중노릇이 하기 싫었네. 이날 이때껏 기회가 있을 때마다 중노릇을 때려치우려고 노력하였네. 그래서 한때《장자》를 천 번이나 읽었네. 중노릇을 안하면 선비가 될 수밖에 없을 터인데 선비들과 사귀려면 한문을 많이 알아야 하므로 그래서 젊었을 무렵 《장자》를 천 번이나 읽었지. 그러나 막상 중노릇을 그만두려고 하니 차마 부처님의 말씀을 여읠 수가 없었네그려."

경허가 그의 말대로 《장자》를 천 번이나 읽었다면 아마도 동학사에서 강사 스님을 하던 30세 전후의 일이었을 것이다. 훗날 경허가 수염에다 머리까지 기르고, 승복도 아니고 속복도 아닌 옷을 입고 유유자적 전국을 돌아다닌 것을 보면 그의 말대로 장자풍의 선도의 영향 때문이었을 것이다.

그렇다면 '소가 되어도 고삐 뚫을 구멍조차 없다는 뜻이 무엇입니까' 하는 질문 한소식에 활연대오한 경허는 어쩌면 그가 천 번이나 읽고 또 읽었던 《장자》 속에서 어떤 번개와 같은 직관과 영감을 얻어 활짝 개오하였던 것은 아닐까.

순간 내 머리 속으로 《장자》의 제17편 '추수(秋水)'의 한 구절이 떠올랐다. 장자는 '추수' 편에서 다음과 같이 설하고 있다.

'도를 아는 사람은 사리에 통달하고, 사리에 통달한 사람은 일에 걸리지 않으며, 물은 그를 해치지 못해 안으로는 하늘과, 밖으로는 사람의 공(功)을 얻게 된다. 그래서 옛말에 '자연은 안으로 발현하고 인위(人爲)는 외부에 존재하며 덕(德)은 하늘에 있다'고 한 것이다. 소와 말은 네 발이 있으니 이것을 천(天)이라 한다. 천은 자연이다. 말머리에 굴레를 씌우고 쇠코에 코뚜레를 꿰면 이것이 인위이다. 그래서 인위 때문에 천진(天眞)을 멸하지 말고 사지(私知)로써 천명(天命)을 멸하지 말며 명예를 위해 덕

을 멸하지 말라고 한 것이다.'

마침내 쏴아아— 장대비가 쏟아지기 시작하였다. 천지를 분간할 수 없을 만큼 알이 굵은 장대비였다. 다행히 황톳길은 끝나비가 그칠지라도 길은 진흙탕을 이루지 않을 것이 분명하였으므로 나는 길 한곁에 차를 세웠다.

잠깐 퍼붓다 스쳐 지나갈 소낙비가 분명하였으므로 그칠 때까지 차를 세우고 기다리기로 마음을 먹었기 때문이었다. 길 한곁에 차를 세우고 시동을 끄자 차체를 두드리는 대못 같은 소낙비 소리가 북을 두드리는 북채 소리처럼 들려오고 있었다.

《장자》의 '추수'편에는 다음과 같은 유명한 말이 나오고 있다.

'사람들은 이 천지 사이에 무궁한 도가 있음을 모른다. 그들에게는 무궁한 무엇을 말해 보아도 그것을 이해하지 못할 뿐 아니라 이해하려고 노력하지도 않는다. 말하자면 '두레박줄이 짧은 것은 생각하지 않고 도리어 우물이 말랐다(不思綆短 却謂泉涸)'고 하는 것과 같은 것이다. 여기에서 크고 작은 대소의 구별이 확연하다. 그러나 대소를 구별하려는 것은 아직 도를 모르기 때문이다. 곧 물량은 무궁하고 시간은 끝이 없으며 득실은 무상하고 기한은 종말이 아니라는 것을 모르기 때문이다.'

그리고 나서 장자는 '쇠코를 꿰지 마라(不要穿牛鼻)'라는 유명한 설명을 부연하고 있다. 이 설명은 황하의 신(神)인 하백(河伯)

42

과 북해의 바다의 신인 약(若) 사이에 나누었던 대화의 형식으로 진행되고 있는데, 두 신이 이야기를 나누게 된 경위는 다음과 같다.

가을 물이 때가 되어 모든 냇물이 황하로 들어오니 탁한 물결이 멀리 흘러넘쳐 양쪽 기슭에 놓아 먹이는 마소를 분별하기 어려웠다. 이에 황하의 신인 하백은 흔연히 기뻐하면서 천하의 장관이 모두 자기에게 있다고 생각하고 강의 흐름을 따라 동쪽으로 가서 북해에 이르렀다. 거기서 다시 동쪽을 보니 그 물 끝을 볼 수 없었다. 자기가 주관하는 황하야말로 이 세상에서 가장 넓고 큰 물이라고 생각하고 자랑하던 하백은 그 물의 끝을 볼 수 없는 바다를 직접 눈으로 보게 되자 비로소 얼굴빛을 고치고 바다의 신인 약을 향해 탄식하면서 이렇게 말하였다.

"옛말에 '백쯤의 도를 듣고 천하에 자기만한 사람이 없다고 생각한다'고 하더니 그것은 나를 두고 한 말이 아닌가 하오. 또한 나는 일찍이 공자의 학문을 작게 여기고 백이의 의(義)를 가벼이 여기는 사람이 있다는 말을 듣고 처음에는 그 말을 믿지 않았더니 이제 당신의 그 끝없음을 내 눈으로 직접 보게 되니 만일 내가 당신의 눈앞에 나오지 않았더라면 대도(大道)를 얻은 사람들에게 웃음거리가 될 뻔했소이다."

이렇게 시작된 강의 신 하백과 바다의 신 약의 대화는 주로 물을 빗대어 도(道)를 이야기하고 있는 것이다.

이 대화의 중간 무렵에 하백은 바다의 신에게 다음과 같이 묻는다.

"무엇을 하늘이라고 하고 무엇을 사람이라 합니까."

여기에서 하늘[天]은 자연을 뜻하고 사람은 인위를 말하고 있는 것이다. 그러므로 이 질문의 뜻은 다음과 같다.

"무엇을 자연이라고 하고 무엇을 인위라고 합니까."

이 질문에 바다의 신 약은 다음과 같이 대답하고 있다.

"소와 말의 발이 각각 네 개인 것을 하늘, 즉 자연이라 하고 말머리를 얽매어 굴레를 씌우고 쇠코를 구멍 내 뚫어 고삐를 만드는 일을 사람, 즉 인위라고 한다. 그러므로 옛말에 이르기를 '사람으로서 하늘을 망치지 말고 고(故)로써 명(命)을 잃지 말고 덕으로써 이름에 따르지 말라'고 한 것이다. 이 세 가지를 삼가 지켜 잃어버리지 않는 것을 '참[眞]으로 돌아감'이라고 부르는 것이다(天以人滅天 天以故滅命 天以德殉名 謹守而勿失 是謂反莫眞)."

바다의 신, 약의 대답을 알기 쉽게 풀이하면 다음과 같다.

'인위로써 자연(天眞)을 망치지 말고 유의(有義)로써 천리(天理)를 거스르지 말고 천덕으로써 명예나 인사(人事)에 따르지 말라. 이 세 가지를 잃지 않는 것이야말로 참, 즉 천진으로 돌아가는 것이다.'

"스님, 소가 되어도 고삐 뚫을 구멍이 없다는 말의 뜻이 무엇입니까."

동은 사미의 말 한소리에 경허는 어쩌면 천 번이나 읽고 또 읽었었던《장자》의 목소리를 저 하늘을 찢는 천둥소리처럼 떠올렸을지도 모른다.

'쇠코를 꿰지 마라.'

번쩍번쩍 검은 하늘에서 날카로운 과도로 과일을 단숨에 쪼개내듯 번개가 내리치더니 연이어 우르릉 쾅, 천둥 소리가 들려왔다. 동은 사미의 그 말에 어쩌면 경허의 뇌수 속에 저와 같은 번개를 번득이고 연이어 그의 마음속에 저와 같은 깨달음의 천둥을 일으켜 마침내 낙뢰(落雷)되어 삼천대세와 하나 되는 깨달음의 벼락을 맞은 것이 아닐까.

그렇다.

그는 벼락을 맞았다. 그리하여 깨달은 사람이 되었다.

무심코 질문하였던 동은 사미의 말에서 경허는 자신이 진리를 구한다 하면서 줄곧 진리의 코에 고삐 구멍을 뚫으려 하고 있었다는 사실을 번개처럼 느꼈을 것이다.

경허가 일찍이 노래하였던 〈소를 찾는 노래〉에서처럼 이미 그는 소로 상징되는 불성 위에 올라타고 있음이었다. 그럼에도 그는 다시 소를 찾아 헤매고 있었던 것이다. 마치 화두를 들고 참구한다는 일이 천진 그대로의 불성에 공연히 구멍을 뚫고 코뚜레를 꿰어야만 직성이 풀리는 우스꽝스런 인위의 일임을 경허는 번득이는 영감과 함께 깨닫게 되었을 것이다.

장자의 말처럼 자연 그대로의 쇠코에 공연히 구멍을 내어 고삐를 만들고, 말머리를 얽매어 굴레를 씌우는 인위적인 사람의 일처럼 자신은 진리를 구한다 하면서 끊임없이 생각의 콧구멍을 꿰어 고삐를 만들려 하고 끊임없이 사념의 머리에 굴레를 씌우려고 안간힘을 쓰고 있었음에 지나지 않는다.

자연 그대로의 소는 사납다. 야성 그대로의 소는 맹수보다 무섭다. 소가 유순한 것은 코에 구멍을 뚫어 뚜레를 꿰었기 때문이다. 뚜레를 꿰었으므로 소는 유순해져 잡아 끄는 대로 이리로 오라 하면 이리로 오고 저리로 가라 하면 저리로 간다.

자연 그대로의 말도 거칠다.

그러한 말을 인간이 탈 수 있는 것은 그 머리에 굴레를 씌웠기 때문이다. 그래서 말 위에 올라탄 사람이 굴레를 잡아당겨 달리라 하면 달리고 서라 하면 선다.

소는 코뚜레를 꿰어 길들여지고 말은 머리에 굴레를 씌워 순치(馴致)되었다.

경허는 불성을 보아 견성(見性)하려 하면서도 머리 속으로는 분별하고, 사려하고, 차별하고, 상량하면서 끊임없이 불성의 콧구멍에 구멍을 내어 제가 원하는 대로 이리저리 끌고 갈 수 있도록 길들이려 하고 있었으며, 달리라 하면 달리고 서라 하면 서는 길들인 말처럼 불성의 머리에 굴레를 씌우는 일에만 몰두하고 있었음을 동은 사미의 질문에서 마침내 깨닫게 되었을 것이다.

영운 선사는 복숭아꽃을 보기 위해 30년을 떠돌아 헤매고 있었다. 복숭아꽃은 해마다 그의 바로 눈앞에서 활짝 피어나고 있었지만 그는 복숭아꽃을 봐야 한다는 강박관념에 사로잡혀 복숭아꽃을 보면서도 그 꽃의 빛깔과 형상을 따짐으로써 복숭아꽃의 코에 구멍을 뚫어 코뚜레를 꿰려고 안간힘을 쓰고 있었던 것뿐이었다.

복숭아꽃의 코에 구멍을 뚫어 고삐를 꿸 수 있다면 그 다음엔 복숭아꽃은 그에게 길들여져 이리 오라 하면 이리 오고, 저리 가라 하면 저리 가는 그의 사유물이 될 수 있을 것이 아니겠는가.

복숭아꽃의 콧구멍에 고삐를 뚫으려는 마음을 버렸을 때 영운 선사는 비로소 30년 만에 처음으로 있는 그대로(天眞)의 복숭아꽃을 보게(見) 된 것이었다.

경허 역시 쇠코의 구멍에 고삐를 뚫으려는 마음을 버렸을 때 이미 자신이 소 잔등 위에 올라앉아 소를 타고 있음을 깨닫게 되었을 것이며, 있는 그대로의 복숭아꽃을 비로소 눈으로 보게 되었을 것이다.

장대 같은 빗줄기는 대지를 흠씬 두들겨 패대고 있었다. 서방질하는 짓거리를 보다보다 마침내 더 이상 참을 수 없다는 듯 분노가 폭발한 하늘은 노기를 띤 목소리로 고함지르면서 대지의 머리채를 질끈 부여잡고 발길로 차고, 주먹질로 산과 들판을 마구잡이로 두들겨 패고 있었다.

지나가는 소나기라고는 하지만 금세 그칠 것 같지는 않았다. 지나가는 비라면 먹구름이 바람에 실려 빠르게 흘러가야 하는 법인데 하늘은 아직 그대로 이맛살을 잔뜩 찌푸린 채였고 먹구름 사이로 쪼개지는 번개의 섬광도 여전하였다.

벼락을 맞은 경허는 어째서 이 외지고 외딴 천장암으로 들어온 것일까.

경허는 일찍이 이 천장암에 머무르고 있으면서 자신의 심경을 다음과 같이 말하였었다.

"천장암이 좋다고 함은 한쪽에는 첩첩 산이요, 한쪽에는 푸른

바다가 보이기 때문이다. 비록 그러하나 너무 외져 경치를 구경하는 관광객도 아직 이르지 못할 뿐 아니라 통인(通人) 달사(達士)와도 또한 교섭하지 못하며, 다만 통인 달사뿐 아니라 심지어 부처와 조사도 오히려 만날 수 없음이로다. 괴롭고 괴롭도다. 이곳을 어찌 가위 말할 수 있으랴.

이 경허는 오로지 배고프면 배고프다 말하고, 추우면 춥다고 말할 뿐 그 나머지는 잠이나 잘 따름이로다. 도무지 수행한다는 생각도 없음이로다. 다행히 두세 명의 선승이 함께 있어 산노래〔山歌〕와 들곡조〔野曲〕를 서로 부르고 화답하니 이 소식이 얼마나 즐거우랴.”

그러하면 경허는 심지어 부처와 조사도 만날 수 없는 이 외진 천장암으로 무엇 때문에 찾아온 것일까.

괴롭고 괴롭도다. 이곳을 어찌 가위 말할 수 있으랴 하고 탄식할 만큼 깊고 외딴 이 산중의 천장암으로 무엇 때문에 찾아온 것일까.

3

경허가 활연대오한 것은 1879년 11월 보름이었고, 그가 다시 지금 내가 찾아가고 있는 연암산 밑 천장암으로 자리를 옮긴 것은 이듬해 1880년 봄이었으니 봄이 오기까지의 엄동설한을 아직 경허는 동학사에서 지내고 있었다.

참선하는 동안 줄곧 묵언패를 내건 채 문을 꼭꼭 닫아걸고 좌정하고 있던 경허는 사미승으로부터 '소가 되어도 고삐 뚫을 구멍이 없다는 뜻이 무엇입니까' 하는 질문 한소식에 활짝 개오한 후로는 방문을 열어놓고 낮이나 밤이나 잠자고 있을 뿐이었다.

경허가 마침내 견성하여 도를 이루었다는 소문은 곧 사방으로 번져나가 동학사의 모든 대중들이 다투어 조실로 경허를 찾아와 보곤 하였다. 수많은 대중들이 찾아와도 경허는 그들이 찾아오거나 말거나, 들여다보거나 말거나 항상 비스듬히 누워 잠자고 있을 뿐이었다. 낮에는 낮대로 잠자고 밤이면 밤대로 잠자곤 하였다.

어떨 때는 창문을 열어두고 벽에 기대어 낮잠을 잘 때도 있었는데 덧문이 바람에 흔들리면서 잠든 경허의 얼굴을 사납게 때려 피멍이 들곤 하였었다. 그런데도 아픔을 잊어버렸는지 경허는 사나운 겨울 바람이 덧문을 덜컹거려 얼굴을 치든가 말든가 계속 눈을 감고 잠자고 있을 뿐이었다.

이때 지은 경허의 시 한 수가 지금까지 남아 전한다.

머리 숙이고 항상 조느니
조는 일말고는 무슨 일이 또 있단 말인가.
조는 일말고는 다시 일이 없어
머리를 숙인 채 항상 졸고만 있네.
低頭常睡眠 睡外更無事
睡外更無事 低頭常睡眠

— 졸음〔睡眠〕

경허가 해탈하였다는 소문을 들은 강주(講主) 만화 화상이 비로소 경허를 찾아 '염화실'로 건너왔다. 만화 화상은 동학사에서 가장 높은 어른이었음에도 경허는 한낮에 목침까지 베고 깊은 낮잠에 빠져 있었다.

주위의 시자들이 당황해 잠든 경허를 흔들어 깨웠다. 혼곤히 잠들어 있던 경허는 주위에서 흔들어 깨우자 어렴풋이 눈을 떠 자신의 앞에 서 있는 만화 화상을 바라보았다.

"일어서십시오. 스님. 강주 스님께서 오셨습니다."

동은 사미에게 질문을 주어 경허에게 전하게 하였던 학명 스님은 당시 사무 소임을 맡고 있었는데, 제일의 어른이신 만화 화상이 찾아왔음에도 이를 모르고 곤히 잠들어 있는 경허를 보자 민망해서 경허에게 소리쳐 말하였다.

분명히 눈을 떠서 눈앞에 서 있는 만화 화상을 보았음에도 경허는 일어서지 않고 돌아누우면서 곧 다시 코를 골기 시작하였다.

당황한 학명 스님이 다시 다가서서 경허를 흔들려고 하자 만화 화상이 이를 제지하고 자신이 경허의 곁에 앉으면서 물어 말하였다.

"어째서 한낮에 이처럼 누워 있는고."

그러자 경허는 돌아누운 채 입을 열어 답하였다.

"잠을 자고 있습니다."

감히 쳐다보지도 않고 돌아누워 등을 보인 채 대답하는 경허의 무례에도 만화 화상은 낯 하나 찌푸리지 않고 담담한 표정으로 다시 물어 말하였다.

"간밤에는 무엇을 하고 이렇게 한낮에 무슨 연고로 오래도록 누워 낮잠에 빠져 있는가."

"지난 밤에도 잠을 잤습니다."

다시 경허는 대답하였다.

"그러하면 어째서 그대는 낮에도 잠을 자고 밤에도 잠만 자고 있는가."

그러자 경허는 단숨에 잘라 말하였다.

"일이 없어 그렇습니다."

"일이 없다니."

경허의 말을 이해하지 못한 만화 화상이 소리를 높이며 말을 받았다.

"절 안의 모든 스님들이 안팎으로 일이 많아 바쁘고 겨우살이 준비로 분주하거늘 그대 혼자만 일이 없다니."

그러자 경허는 돌아누운 채 대답하였다.

"제게두 일이 있습니다."

"일이 있다구."

만화 화상이 다시 물었다.

"도대체 그대의 일이 무엇인가."

그러자 경허는 답하였다.

"일 없음이 오히려 제가 바로 할 일입니다〔無事猶成事〕."

만화 화상으로서는 이미 마음을 보아 도를 이룬 경허의 선지를 깊이 알아차릴 수 없음이었다. 그래서 어이없는 표정으로 말을 이었다.

"일 없음이 그대의 일이라구."

"그렇습니다. 저는 잠을 자는 일만으로도 바쁘고 분주합니다."

끝내 등을 보이고 누워 쳐다보려고조차 않는 제자 경허를 보자 만화 화상은 화를 내기보다 어이없고 민망스런 표정으로 조실방을 나가 버렸다고 그의 법제자인 한암은 술회하고 있음이다.

주위 사람들이 다시 경허를 깨워 일으켜 최소한의 예라도 갖추려고 하자 만화 화상은 이를 만류하면서 다음과 같이 말하였다.

"내버려두어라. 경허는 잠을 자는 일만으로도 바쁘고 분주하다."

경허는 평생 잠을 잤다. 그의 생은 잠 속에서 보는 한바탕의 꿈에 지나지 않았다. 그의 말은 잠꼬대에 불과하였으며 그는 죽을 때까지 잠타령을 계속하였던 '꿈꾸는 사람〔夢人〕'이었다.

꿈꾸는 몽유행자(夢遊行者)로서의 경허는 잠타령으로 다음과 같은 절창의 선시를 지었다.

〈우연한 노래〔偶吟〕〉라고 일컬어지고 있는 5편의 이 선시는 경허의 빼어난 문학적 재능이 엿보이는 가장 유명하고 대표적인 작품으로 알려져 있다. 이 5편의 시 역시 모두 졸고 있는 자신의 잠을 예찬하고 있음이다.

노을 비낀 빈 절 안에서
무릎을 안고 한가로이 졸다가
소소한 가을 바람소리에 놀라 깨보니

서리친 단풍잎만 뜰에 가득해.

斜陽空寺裸　拘膝打閑眠　蕭蕭驚覺了　霜葉滿階前

시끄러움이 오히려 고요함인데

요란하다 해도 어찌 잠이 안 오랴

고요한 밤 텅 빈 산달이여

그 광명으로 한바탕 베개 하였네.

喧喧寧似默　攘攘不如眠　永夜空山月　光明一枕前

일 없음이 오히려 할 일이거늘

사립문 밀치고 졸다가 보니

그윽이 새들은 나의 고독함을 알아차리고

창 앞을 그림자 되어 어른대며 스쳐가네.

無事猶成事　掩關自日眠　幽禽知我獨　影影過窓前

깊고 고요한 곳 이산(那山 : 마음산)에서

구름을 베개 하여 졸고 있는 내 행색

에헤라 좋을씨고 그 가운데 취미를

미친 십자로(十字路 : 온 세상)에 놓아두리라.

那山幽寂處　寄我枕雲眠　如得其中趣　放狂十路前

일은 있는데 마음을 헤아리기 어려워

나른해지면 이내 잠을 잘 뿐이다

예부터 전해 오는 이 글귀는

오직 이 문 앞에만 있을 뿐이다.

有事心雖測　因來卽打眠　古今傳底句　祇在此門前

— 우연한 노래

경허가 결정적으로 동학사를 떠난 데는 또 다른 이유가 있다. 설혹 그러한 돌발 사태가 일어나지 않았더라도 경허는 스스로 일어나 자기 발로 동학사를 떠나야 했을 것이다.

어느 날 밤 동학사에서 야간 법회가 열리게 되었다. 그날의 법사(法師)는 본방(本房) 강주 스님인 만화 화상이었다. 만화 화상의 소문은 널리 퍼져 방방곡곡에서 수많은 사람들이 모여들었고 만화 화상과 각별히 친하였던 명성황후 때문에 왕실에서도 몇몇 상궁들이 직접 내려와 참여할 정도로 법회는 대만원이었다.

법당은 한 사람도 더 참여할 수 없을 만큼 대만원이었는데 참석한 사람들이 놀란 점은 그 청중 가운데 경허가 앉아 있음이었다.

경허는 육척 장신의 거구였으므로 앉아 있는 것만으로도 사람들 사이에서 금방 눈에 띌 정도였다. 사람들은 법회에 경허가 참석하여 앉아 있는 모습을 신기하게 생각하고 쑥덕공론을 벌이고 있었다.

경허는 항상 낮이나 밤이나 벽에 기대면 기댄 채로, 목침을 베면 누운 대로 졸고 있었으므로 한저녁 야간 법회에 잠들어 졸지 않고 스스로 제 발로 나와 참석하고 있음은 가히 놀랄 만한 일이었기 때문이었다.

곧 이어 법회 시간이 되자 눈부시게 금란가사를 두른 만화 강백이 법당에 나타났다. 주위의 시자들이 그를 부축하여 법상 위에 오르게 하자 그는 오른 후 잠시 눈을 감고 침묵하였다. 법당 안을 꽉 메운 청중들은 깊은 침묵 속에서 만화 화상의 입술로 시선이 집중되었다.

이윽고 눈을 번쩍 뜬 만화 화상은 주장자로 법상을 세 번 내리치는 것으로써 법문을 시작하였다.

그날의 법문 주제는 어떻게 하여 바르게 살 것인가 하는 내용으로 대충 다음과 같았다.

"항상 몸가짐은 바르게 갖고, 걸음걸이는 똑바로, 문을 열고 닫을 때에는 두 손으로 그 문 닫는 소리가 들리지 않도록 해야 하느니라. 사람이 만물 가운데 영장이라 하는 것은 그 규범과 질서를 알고 이를 행하고 따르기 때문이니라.

말은 반듯하고 고운 말만 가려 쓰고, 남에게 이로운 말만 골라 쓰되 아예 남을 해치거나 거슬리는 말은 삼가야 하느니라. 그리고 말을 할 때는 쓸데없는 말은 한마디도 해서는 안 되느니라. 말이란 한번 입 밖으로 나가게 되면 다시는 주워담을 수 없기 때문이다. 옛말에도 '구시화문(口是禍門)'이란 말이 있지 않은가.

이렇듯 나무도 비뚤어지지 않고 곧아야만 쓸모 있으며 그릇도 찌그러지지 않은 그릇이라야 쓸모가 있을 것이며 사람의 마음도 불량하지 않고 착하고 정직해야만 쓸모 있는 사람이라고 말할 수 있을 것이다…."

위와 같은 내용의 설법을 마치자 법당 안은 감동의 파도가 물결치고 있었다. 사람들은 강주 스님의 법문에 감화를 받았으므로 법회를 끝내고 만화 화상이 법당을 나가기까지 꼼짝도 하지 않고 자리를 지키고 앉아 있었다.

"잠깐, 내가 한마디 덧붙여 말하겠소."

바로 그때 앞자리 쪽에서 한 사람이 우뚝 일어서면서 인경 소리와 같은 우렁찬 목소리로 말하였다. 사람들은 놀라 소리친 사람을 보았다. 일어선 사람은 경허 스님이었다.

경허는 누가 시키지도 않았는데 스스로 성큼성큼 사람들을 제치고 나아가 법상 위에 올라가 앉았다. 거구의 몸이었으므로 그가 법상 위에 앉자 엄청난 바윗덩어리 하나를 옮겨다 올려놓은 듯하였다.

서서히 일어나서 떠나려던 사람들은 이 느닷없이 나타난 젊은 승려의 기세에 압도되어 흔들림 없이 제자리를 지키며 숨을 죽여 경허를 쏘아보았다.

종전에 설법하였던 만화 화상의 그 찬란하던 금란가사와는 달리 이 스님은 다 해진 걸레조각과 같은 납의(衲衣)를 걸치고 있었다. 그 옷 한 벌로 여름 가을 겨울이 지나도록 꼼짝도 하지 않고 일대사(一大事)를 마쳤으므로 옷은 누더기나 다름이 없었다.

"내 보기에는 조금 전 만화 강백께서 하신 말씀은 모두 틀린 말이오. 만화 강백께서 하신 말씀은 좋은 말이긴 하지만 옳은 말은 아니라고 할 수 있소이다."

입을 열어 토해낸 경허의 법문은 마치 폭풍과도 같았다. 법당 안을 메운 사람들은 느닷없는 경허의 사자후에 술렁이며 서로의 얼굴을 마주보았다.

"여러분은 만화 강백의 설법에 속아넘어갔을 뿐입니다. 이왕 내가 지금 법상 위에 올라왔으니 몇마디 허튼소리나 던지고 내려가겠소이다."

그리고 나서 경허는 한바탕 즉흥곡을 붙여 노래하기 시작하였다.

"학의 다리가 비록 길지만 자르려 하면 근심이 되고 오리 다리가 비록 짧지만 이으려 하면 걱정이 되노라. 바리때〔鉢盂〕는 자루를 붙일 필요 없고 조리〔笊籬〕는 새는 것이 마땅하도다. 금주땅에는 부자(附子 : 한약재)요, 병주(並州) 땅에는 쇠〔鐵〕로다. 만물이 다 저마다 좋은 것이 있으니 양식이 풍족하고 연료 또한 많아 네 이웃〔四隣〕이 다 풍족하도다. 이와 같이 호남(湖南)성 아래에서 화로에 불을 부는 입부리는 뾰족하고 글을 읽는 혀는 날름댐이니 바로 이것이 대우(大愚)의 가풍이로다."

한바탕 큰소리로 노래를 부르고 나서 경허는 잇따라 폭풍과 같은 법문을 토해 내기 시작하였다.

"이 세상엔 쓸모 없는 물건은 하나도 없고 쓸모 없는 사람은 하나도 없습니다. 도둑놈은 도둑놈대로 쓸모가 있고 선비는 선비대로 쓸모가 있습니다. 잘난 놈은 잘난 놈대로 쓸모가 있고 못난 놈은 못난 놈대로 쓸모가 있고 좋은 놈은 좋은 놈대로 쓸모가 있는 법입니다. 삐뚤어진 나무는 삐뚤어진 대로, 찌그러진 그릇은 찌그러진 대로 반듯하며 불량하고 성실치 못한 사람도 그대로 착하고 순수함이 있는 것입니다."

막힌 데 없이 토해 내려가는 경허의 우렁찬 목소리는 좌중을 압도하였다. 스스로 깨달아 이루었으면서도 이를 인가받을 스승도, 의발을 전해 받을 사람도, 전해 줄 사람도 없는 독자(獨子)로서의 경허가 처음으로 토해 놓은 상당(上堂) 법어는 이렇듯 엉뚱하고 우연하게 시작되었음이다.

"이 세상에 있는 온갖 만물이나, 수많은 사람들 가운데 쓸모없어 버릴 수 있는 것은 단 하나도 없습니다. 도둑이 있기 때문에 착한 사람의 값어치가 있는 법이요, 선비가 못하는 일을 건달패가 능히 하는 법입니다. 게으름은 병이라 합니다만 어떤 사람에게 있어서 게으름은 없어서는 안 될 휴식입니다. 더러운 것은 더러운 대로 쓸모가 다 있는 법입니다. 보시오. 성벽을 쌓는 데도 모두 네모지고 반듯한 돌만 있다면 튼튼한 성벽은 쌓아 올릴 수가 없는 것입니다. 작은 돌, 모난 돌, 둥근 돌, 비뚤어진 돌, 각양각색의 돌이 있어야만 수천년의 풍우에도 무너지지 않는 튼튼한 성벽이 쌓아 올려지게 되는 법입니다."

한바탕 질풍과 같이 휘몰아치는 설법을 끝내고 나서 경허는 다시 곡을 붙여 한 노래를 다음과 같이 부르기 시작하였다.

신령스런 광명이 홀로 빛나서
하늘을 덮고 땅을 덮을지라도
오히려 이것이 뜰 아래 어리석은 놈이니
정혼을 희롱하는 다리와 손이라.

도깨비 장난을 하지 않음이 좋다.

또 일러라.

보았다 하는 놈이 과연 무엇인고.

노래를 그친 경허는 순간 허공을 향해 고함을 쳐 일갈하였다. 그리고는 스스로 법상에서 일어나 자신의 기세에 압도되어 어안이 벙벙해 앉아 있는 사람들을 가로질러 법당을 나와 버렸다.

법당을 나오니 절 경내로 삭풍에 실린 눈발이 어지럽게 쏟아져 내리고 있었다.

떠날 때가 되었다.

경허는 성큼성큼 계곡을 지나 조실인 염화실로 돌아오면서 소리내어 중얼거렸다.

이것으로 나는 만화 화상의 법상을 뒤집어 거꾸러뜨림으로써 그 동안 동학사에 머무르면서 입었던 은혜를 갚았음이다.

생각해 보면 열네 살의 사미승으로 이 동학사로 건너와 이제 20년의 세월이 흘러 가버렸다. 20년의 세월에 걸쳐 받은 만화 화상의 성은(聖恩)을 그의 목에 검을 들이대고 숨통을 끊어 죽임으로써 이제야 갚아 주었다.

바람에 실린 눈발은 한꺼번에 쏟아져 날아오는 화살촉(鏃)이 되어 그의 전신을 꿰뚫고 있었다.

그리하여 경허는 봄이 오자 미련 없이 동학사를 떠나 버린다.

예로부터 도를 깨달아 도를 이룬 사람들은 일단 깨달은 도를 보호하고 지켜나가기 위해 보임처(保任處)를 구하곤 하였다.

깨달은 자(覺者)는 자기의 본질을 발견함으로써 참의 자기, 즉 대아(大我)가 된다. 대아란 모든 욕망과 번뇌의 속박으로부터 해방된 자기인 것이다. 그러나 이렇게 해방된 자기가 되었다 해도 실제 생활과 행동에서 보면 이것을 지켜나가기는 쉬운 일이 아니다.

옛 중국의 조사들을 보아도 그것을 미뤄 짐작할 수 있을 것이다.

6조 혜능도 깨달음을 얻어 오도(惡道)하였으나 전국을 15년 동안이나 돌아다니면서 보임생활을 하였다. 마조의 제자 대매(大梅)도 깨달음을 얻은 후 40년 동안이나 산 속으로 들어가 산을 내려오지 않고 보임생활을 하였고, 백장의 제자 위산(潙山)도 산으로 들어가 5, 6년 동안이나 도토리와 밤을 주워 먹으면서 보임생활을 하였던 것이다.

보임이란 '보호임지(保護任持)'의 준말인데 견성하여 참된 자기(眞我)를 발견한 뒤에 이 발견한 참된 자기를 보호하고 지켜나가는 생활을 가리키는 불교 용어인 것이다. 깨달아 대오(大悟)하는 것보다 깨달아 이를 지켜나가는 보임생활이 훨씬 더 어려운 것이다.

도를 이뤄 깨달아 참된 자기를 발견하였다 해도 참된 자기로서의 자기를 자기이게 하기 위해서는 부단한 극기의 보임생활이 필요해지는 것이다.

경허 자신도 얻기는 쉬우나 지키기는 어려운 보임생활에 대해 다음과 같이 경계하고 있음이다.

'선악이 모두 한마음이니 가위 써 닦고 끊지 않음이 옳으냐. 충독지향(蠱毒之鄉 : 중국 운남 귀주 지방의 산 속에서 물을 마시면 즉사한다는 고사) 같아서 한 방울도 입에 적시지 않음이 옳으냐. 마음에 다른 마음이 없으니 탐심과 음심(淫心)도 끊지 않음이 옳으냐. 사무쳐 다한 이때에 죽은 사람의 눈(死人眼)과 같음이 옳으냐. 이것이 다함께 험한 길이라 가위 행한 것이 못됨이로다.

또한 이르노라. 어떤 것이 옳은 것이냐. 구구는 팔십일이니 또한 필요 없는 물건(捲達邱)이로다. 용천(湧泉) 선사는 40년 동안 주작(走作)함이 있었고, 향엄(香嚴) 선사는 40년에 한 덩어리(一片)를 이루었도다.

탄식하노니.

얻기는 쉬워도 지키기는 어렵도다(得易守難). 또한 조금 얻은 것을 만족해 하지 마라. 모름지기 많은 단련의 고행이 있어야 비로소 얻으리라.'

경허는 스스로의 표현대로 '얻기는 쉬워도 지키기는 어려운 보임생활'을 위해 마침내 1880년 3월 동학사를 떠나 천장암으로 자리를 옮겨온 것이다. 40년 동안이나 보임하였던 용천, 향엄 두 선사의 행적을 좇아 경허는 자신의 표현대로 '많은 단련의 고행(鑪鞴多方)'을 이겨내기 위해 천장암으로 찾아온 것이었다.

물론 천장암에는 자신의 형 태허와 어머니(密陽朴氏)가 머무르고 있었다. 경허가 천장암을 보임처로 선택한 것은 그곳에 친형과 어머니가 머무르고 있기 때문은 아니었을 것이다. 비록 천장암이 깊은 산 험한 계곡에 숨어 있는 산사가 아니고 키가 낮은 얕은 연암산에 파묻혀 있는 작은 암자에 불과하였지만 경허는 그곳이야말로 한쪽은 첩첩산중이고 한쪽은 푸른 바다로서 경치를 구경하는 관람객은 물론 선비들도, 심지어 부처와 조사들도 찾아오지 않는 잊혀진 곳임을 잘 알고 있었기 때문이다.

4

아무리 미친 기세로 퍼붓는 소나기라 하지만 지나가는 나그네 소나기임이 분명하여 한창 때는 번개에 천둥까지 총동원하여 죽일 듯 패고 두들겨 부수던 그 미친 광기는 어느새 씻은 듯이 가셔 버렸다.

여전히 비는 내리고 있었지만 빗발은 세우(細雨)로 변해 가늘어져 있었고 하늘에는 검은 구름들이 재빨리 달려가는 바람에 실려 엇샤엇샤 달리기 경주를 하고 있었다.

빗줄기 사이로 걸어가는 한 사람의 등이 보였다. 걸망에 짚신 두어 개를 달랑달랑 매달고 승복인지 속복인지 알 수 없는 누더기를 걸친 32세의 청년승 경허의 뒷모습이, 어디라고 한 군데도 빈 곳이 없이 고루고루 비 뿌리는 들판의 외줄기 황톳길을 구름에 달 가듯이 걸어가고 있는 경허의 뒷모습이 내 눈에 보였다.

나는 그 사람을 쫓아가기 위해 잠시 꺼두었던 차의 시동을 걸어 앞으로 나아갔다.

길은 완만하게 경사를 이루면서 구릉을 가로질러 산 속으로 뻗어 올라가 있었다.

인가는 거의 끊겨 있었고 이제부터는 산으로 오르는 외줄기 길뿐이었다. 차 한 대가 간신히 빠져 나갈 수 있는 좁은 길이 숲 사이로 나 있었는데 재미있는 것은 차 한 대가 빠져 나갈 부분에는 콘크리트로 두 개의 평행선이 그어져 있는 점이었다. 아마도 그 좁은 길 전면을 콘크리트로 포장하기에는 예산이 부족하였음인지 차가 오르내릴 수 있는 부분만 겨우 포장되어 있었다.

그래서 그 길을 따라 산을 오르는 느낌은 마치 레일이 깔린 협궤를 굴러 올라가는 느낌이었다.

포장이 안 된 흙 부분에는 잡초들이 웃자라 있었고, 산문에 들어서자 갑자기 울창한 삼림들이 하늘을 가리고 있었다.

입구에서 본 이정표의 팻말이 정확하다면 4km의 천장암은 이제 거의 다 왔을 무렵이었다. 그런데도 산 어디에도 절의 모습은 보이지 않았다. 들판을 지날 때까지만 해도 완만한 경사의 산행이라 은근히 깔보고 있었지만 막상 산 속으로 들어와 보니 숲은 울창하고 그윽하리만큼 깊었다.

일찍이 경허는 천장암에서 다음과 같은 노래를 지은 적이 있었다.

산은 절로 푸르고 물도 절로 푸른데
맑은 바람 떨치니 흰구름 돌아가네
종일토록 바위 위에 앉아서 노나니
내 세상을 버렸거니 다시 더 무엇을 바랄 것인가.
山自靑水自綠 淸風拂白雲歸

盡日遊盤石上　我捨世更何希

— 청산(青山)

과연 얼핏 보면 비산비야(非山非野)의 작은 암자 같았지만 막상 산문 안으로 들어서고 보니 경허가 지은 시구처럼 세상을 버릴 만큼 깊고 아득한 암자였다.

숲으로 난 오솔길이 끝난 부분에 흙을 쌓아 만든 자그마한 공터가 하나 있었다. 아마도 암자를 찾아오는 사람들이 어쩌다 차를 타고 오면 그곳에 차를 세워 두고 올라오라고 만들어 놓은 간이주차장인 모양이었다. 왜냐하면 길은 그곳에서 끊겨 있었기 때문이었다. 주차장으로 만들어 놓은 곳이었지만 차는 한 대도 세워져 있지 않았다. 공터의 한쪽 부분에 차를 세우고 밖으로 나오니 아직 비는 완전히 그치지 않아 이따금 꼭 쥐어짜지 않은 빗방울들이 뚝뚝 듣겨 내리곤 하였다.

비 온 뒤끝이었으므로 골짜기로부터 물안개가 피어오르고 있었고, 그 뽀얀 운무 사이로 절로 오르는 길임이 분명한 돌계단이 절벽에 가까운 골짜기를 따라 수직으로 뻗어올라가 있었다.

일일이 인위적으로 깨어 만든 돌계단이 아니라 함부로 굴러다니는 자연석을 쌓아 만든 돌계단에는 이끼들이 잔뜩 끼어 있었고 이끼들은 방금 내린 소나기의 물기운을 잔뜩 머금고 있었으므로 자칫하면 넘어질 만큼 미끄러웠다.

수직에 가까운 돌계단을 오르는 느낌은 마치 깊은 우물 밑에서 두레박을 타고 올라가는 느낌이었다.

돌계단을 다 오르자 비로소 천장암의 모습이 보였다. 절이라고는 하지만 실은 작은 암자에 지나지 않았다. 손바닥만한 경내의 뜨락에는 키가 작은 석탑 하나가 세워져 있었고 뜨락에서 내려다본, 차를 타고 올라온 계곡 아래는 물안개에 젖어 그대로 구름의 바다였다.

법당이라기보다 독립된 한옥과 같은 암자는 반쯤 문이 열려 있었는데 나는 다가가 그 안을 들여다보았다. 벽에는 작은 관세음보살상 하나가 안치되어 있었고, 이중으로 만들어진 중문(重門) 천장에는 다음과 같은 현판이 내걸려 있었다.

'염궁문(念弓門).'

나는 그 현판에 씌어진 글씨를 우러러보았다.

비록 자신의 친필임을 확인하는 낙관(落款)이나 관지(款識)가 보이지 않았지만 한눈에도 그 글씨는 경허의 법필(法筆)임이 분명했다.

생전에 경허는 누구든 글씨를 청하면 닥치는 대로 글을 써주는 것으로 유명하였다. 먹은 있으나 붓이 없으면 마침 방을 청소하던 빗자루에 먹을 묻혀 그것으로 글씨를 써주기도 하였다.

'염궁문'

경허가 쓴 글씨를 보면 대번에 그의 활달하고 거침이 없는 성격을 느낄 수 있다. 글씨가 곧 인격임이 분명하다면 경허의 글씨로 미뤄 그가 활달하고 거침이 없는 성격을 지녔음을 짐작하는 것은 어려운 일이 아닐 것이다.

무슨 뜻일까.

경허는 이 작은 암자에서 일년 이상을 보임생활하였다고 전해지고 있다. 32세 되던 그해 봄, 천장암에 들어와 암자에 딸린 한 평도 채 되지 않는 쪽방에 앉아 꼬박 1년 3개월 동안이나 꼼짝도 하지 않았다고 전해지고 있다. 도를 이루고 나서는 '일 없음이 나의 할 일〔無事猶成事〕'이라고 말하고는 낮이나 밤이나 무릎을 껴안고 졸던 경허는 그 1년 3개월의 보임생활 동안 면벽하고는 단 한번도 눕지 않고 장좌불와(長座不臥)하였다고 전해지고 있다.

자신이 그토록 철저히 보임하였던 암자의 처마 밑 현판 위에 써내린 '염궁문'의 뜻은 무엇일까. 한자를 뜻풀이한 그대로 '생각의 화살이 쏘아지는 문'이라는 뜻일까.

이 작은 암자 안에서 경허가 보낸 1년 3개월 동안의 보임생활은 상상키 어려운 처절함의 극치였다고 전해지고 있다.

경허는 천장암에 이르자마자 지고 온 바랑에서 옷 한 벌을 내놓고 이곳에 머무르고 있던 어머니 박씨에게 그 옷 속에 솜을 넣어 누벼 달라고 청하였다고 전해진다. 어머니 박씨가 솜으로 누빈 누더기 한 벌을 만들어 주자 곧바로 그것을 입은 채 요사(寮舍) 옆에 붙어 있는 쪽방에 들어가 그대로 앉은 채 '살아 있는 등신불'이 되어 버렸다고 전해지고 있다.

절대로 눕지 않았다고 한다.

벽에 기대는 일도 없이 허리를 곧추세우고 바위로 빚은 석상처럼 항상 앉아 있었다고 한다. 이미 수마의 조복(調伏)은 받았으므로 동학사에서 참선할 때처럼 턱밑에 송곳을 곧추세우거나

넓적다리를 찔러 피를 내는 일은 없었다고 한다. 동학사의 참선이 화두를 타파하기 위한 것이었다면 이 천장암에서의 보임은 모든 감각을 죽이고 저 암자에 내걸린 경허의 글씨처럼 모든 생각을 화살로 만들어 하나의 문을 향해 쏘아 날려 버리는 처절한 수행이었을까.

생각이 일어나면 그때마다 화살로 만들어 마음의 문을 향해 쏘아 날려 버린다. 날려도 날려도 마음의 문은 명중되지 않을 것이다.

모든 화살을 다 날려 버리면 그때 모든 생각은 다 그쳐 버리고 마침내 빈 시위만 남을 것이다. 생각이 다 그쳐 마음이 고요해지면 날리려고 해도 날릴 생각의 화살은 더 이상 일어나지 않을 것이다. 생각의 화살이 다 소용없어져 버리면 그때는 활에 살을 꿰어 잡아당기는 시위마저도 필요 없게 될 것이다.

무념처(無念處).

생각이 없는 곳.

그곳이야말로 생각의 화살로 명중시켜야 할 단 하나의 과녁이다.

1년 3개월 동안 쪽방에 앉아서 경허는 그 무념처를 향해 끊임없이 생각의 화살을 쏘아 보냈을 것이다.

면벽 1년 3개월 동안 몸도 씻지 않고 오직 솜으로 누빈 누더기 한 벌만 입은 채 한여름을 보냈으므로 마침내 온몸과 머리에서는 싸락눈이 내린 것처럼 이들이 들끓었다고 한다. 이들이 얼마나 많았는지 마치 두부를 짠 비지를 온몸에 문질러 놓은 성싶게 허옇게 들끓었다고 한다. 이들의 무서운 번식력으로 경허의 몸은 만신창이가 되었는데도 한번도 몸에 손을 대 긁은 일이 없었다고 한다.

생각을 없이 하려면 감각의 문을 닫아야 할 것이다.

그리하여 이 암자에서의 경허의 보임생활은 감각과의 싸움이었을까. 깨달아 도를 이루었지만 육신 안에서 일어나는 온갖 번뇌의 습성과 외부에서 오는 감각의 그 어떤 유혹에도 호리(毫釐)만큼도 동요되지 않는 자신의 법력을 스스로 시험하고 있었음이었을까.

그리하여 마침내.

33세가 되던 1881년 6월.

1년 3개월에 걸쳐 철저히 용맹정진으로 보임하였던 경허는 문을 박차고 일어나 이가 들끓고 있는 누더기 한 벌을 활짝 벗어버리고 짚고 다니던 주장자를 문밖으로 내던져 꺾어 버린 후 다음과 같은 오도가를 불렀다고 전해지고 있다.

사방을 둘러보아도 사람이 없어 의발(衣鉢)을 누구에게 전하랴. 아아, 의발을 누구에게 전하랴. 사방을 둘러보아도 사람이 없구나. 봄산에 꽃이 활짝 피고 새가 노래하며 가을밤에 달이 밝고 바람은 맑기만 하다. 정녕 이러할 때 무생(無生)의 한 노래〔一曲歌〕를 얼마나 불렀던가. 한 노래를 아는 사람이 없음이여.

때가 말세더냐, 아니면 나의 운명이냐.

산빛은 문수(文殊)의 눈〔眼〕이요, 물소리는 관음(觀音)의 귀

〔耳〕로다. '이랴, 쯧쯧' 하고 소 부르고 말 부르는 소리가 곧 보현(普賢)이요, 장(張) 서방 이(李) 첨지가 본래 비로자나(毘盧遮那)로다. 불조(佛祖 : 석가모니)가 선(禪)과 교(教)를 설한 것이 특별한 무엇이었던가. 분별만 냄이로다.

석인(石人)이 피리 불고 목마(木馬)가 졸고 있음이여. 범부들이 자신의 성품을 알지 못하고 말하기를 '성인의 경계이지 나의 분수가 아니다〔聖境非我分〕'라고 한다. 아아, 참으로 가련하구나.

이런 사람은 지옥의 찌꺼기밖에 못 됨이로다. 나의 전생 일을 돌이켜 생각하니 4생〔생물이 태어나는 네 가지 형태 : 태(胎), 난(卵), 습(濕), 화(化)〕과 육취〔六趣 : 중생이 업에 따라 지옥, 아귀(餓鬼), 축생(畜生), 아수라(阿修羅), 인간, 천상(天上)의 여섯 가지로 태어나는 것〕의 그 험한 길에 오랜 세월 돌고 돌아 신고(辛苦)를 겪음이 이 금생에 와서 눈앞에 대한 듯이 분명함이라. 사람으로 하여금 차마 어찌하랴.

다행히 숙연(宿緣)이 있어 사람 되고 장부 되고 출가하고 득도하니 네 가지 얻기 어려운 일 가운데 하나도 모자람이 없도다.

어떤 사람이 희롱하여 말하기를 '소가 되어도 고삐 뚫을 구멍이 없다〔作牛無鼻孔〕'고 하여 그 말 한마디에 나의 본래면목을 깨닫고 보니 이름도 공하고 형상도 공하고 공허한 처적처(處寂處)에 항상 밝은 빛이여.

이로부터 한번 들으면 천 가지를 깨달아 눈앞에 의로운 광명이 적광토(寂光土 : 부처의 대각경지)요, 정수리 뒤의 신비한 모습은 금강계(金剛界 : 만적이 대적 못할 무적의 제왕 금강신)로다. …

(중략)… 또한 기특하고 기특하도다.

시원한 솔바람이여, 사면이 청산(靑山)이로다. 가을달 밝은 달빛, 하늘과 물이 하나로다.

노란 꽃, 푸른 대〔翠竹〕, 꾀꼬리 소리, 제비들의 노랫소리들이 항상 그대로의 대용(大用)이어서 어느 곳에서도 드러나지 않음이 없도다.

하늘의 명을 받아 나라를 다스리는 천자(天子)가 무엇이 특별히 귀할까 보냐. 모름지기 평지 위의 파도요, 아득한 하늘에 도장을 찍듯 한 물건의 형적도 없어 '구천(九天)의 옥인(玉印)'이로다.

참으로 괴이하도다.

해골 속의 눈동자여. 한량없는 불조(佛祖)가 항상 나타남이여. 초목 기왓장과 자갈이 곧 화엄(華嚴)이며 법화(法華)로다.

내가 늘 설하노니 가고 머무르고 앉고 누움이 곧 이것이며, 부처도 없고 중생도 없는 것이 곧 이것이로다.

내가 거짓을 말하지 않노라.

지옥이 변해서 천당을 이루니 다 나의 마음 작용에 있으며 백천 법문과 무량묘의(無量妙義)가 마치 꿈속에서 연꽃이 핀 것을 깨달음과 같도다.

이변(二邊 : 有나 無)과 삼제(三際 : 과거, 현재, 미래)를 그 어느 곳에서 찾을 것인가. 시방세계가 안과 밖이 없이 큰 광명 한 덩어리뿐이로다.

일언이폐지하고 내가 큰 법왕(法王)이 되었음이로다. 저 모든 법에 다 자재(自在)함이니 옳고 그르고, 좋고 나쁘고 어찌 걸림이 있을까 보냐. 어리석은 사람은 이 말을 들으면 내가 헛소리를 한다 하여 믿지를 않고, 또 따르지도 않을 것이다. 그러나 만일 귀 뚫린 사람이 있어 자세히 믿어 의심이 없으면 문득 안신입명처(安身立命處)를 얻게 되리라.

문득 진세인(塵世人)에게 말을 붙이노니 한번 사람의 몸을 잃으면 만겁(萬劫)에 다시 만나기 어려움이니 하물며 또한 뜬 목숨이 아침에 저녁을 꾀하지 못함이로다.

눈먼 당나귀가 다리만 믿고 가다가 안전하고 위태로움을 알지 못하는구나. 저것도 이러하고 이것도 이러함이니 어찌하여 그대들은 나에게서 무생법(無生法)을 배워 인천(人天)의 대장부가 되려 하지 않는가.

내가 이와 같은 까닭에 재삼 입을 수고로이 하여 부촉(咐囑)하노니 일찍이 방랑자가 되었기에 내 나그네를 불쌍히 여기노라.

아아, 슬프고 슬프도다.

이를 어찌할 것인가.

대저 의발을 누구에게 전할 것인가. 사방을 둘러보아도 사람이 없구나. 사방을 둘러보아도 사람이 없으니 의발을 도대체 누구에게 전할 것인가.

생각의 화살을 마음의 문을 향해 쏘아 날리고, 쏘아 날리고, 다시 쏘아 날려 마침내 마음의 문을 명중시켜 더 이상 쏘아 날릴 생각조차 떨어져 경허의 마음에는 빈 전통(箭筒)만이 남아 버렸다. 그리하여 마침내 전통마저 소용없음이 되어 경허는 자신이 부른 깨달음의 노래처럼 큰 법왕이 되었음이다.

그러나 큰 깨달음을 얻어 대법왕(大法王)이 되었다 해도 그의 깨달음을 인정해 줄 스승도 없고, 또한 깨달음을 전해 줄 제자도 보이지 않는다.

그래서 그는 이렇게 노래하고 있는 것이다.

'사방을 둘러보아도 사람이 없구나. 사방을 둘러보아도 사람이 없구나.'

예부터 납자들은 큰 깨달음을 얻으면 반드시 눈 밝은 선지식을 찾아가 깨달음을 인정받은 후에라야 비로소 부처가 되어 도를 이루었음을 널리 알리고 중생을 제도하는 길에 오르게 되는 법이었다. 그러나 경허는 큰 깨달음을 얻어 법왕이 되었음에도 찾아가 이를 인정받을 스승조차 없음이었다.

그래서 그는 마침내 깨달아 문을 박차고 일어나 누더기를 벗어 던져 버리고 주장자를 내던져 꺾어 버린 후 큰 소리로 이와 같이 한탄하고 있는 것이다.

'아아, 정녕 이러할 때 무생의 한 노래를 아는 사람이 없음이여. 때가 말세더냐, 아니면 나의 운명이냐.'

이 무렵은 경허의 한탄처럼 국운이 기울고 나라가 망해 가는 조짐을 보이던 말세였다. 일본은 서울은 물론 원산, 부산에 영사관을 개설하였고 심지어 경찰서까지 설치하였으며 조선을 집어 삼키려는 청국, 노서아, 일본 등 열국들은 다투어 채굴권을 얻어 국내의 금과 은을 파서 빼앗아 가고 있었다. 미국, 독일, 영국 등

외부 세력들은 강제적인 우호조약을 맺음으로써 조금이라도 빨리 이권을 확보하려고 물밀듯이 쳐들어오고 있었으며, 일본은 마침내 육·해군의 군대를 동원하여 제물포로 들어와 무력 시위를 벌이고, 청국은 대원군을 납치해 청국으로 호송하여 인질극을 벌이고 있을 무렵이었다.

어지러운 것은 나라의 정세뿐이 아니었다.

전국의 사찰들은 구도자들의 수행처가 아니라 이미 도둑들의 소굴이 되어 있었다.

그러므로 스스로 깨달아 스스로 독각(獨覺)을 이룬 경허는 유명한 자신의 '깨달음의 노래〔惡道歌〕' 속에서 스승도 없고, 제자도 없고, 사방을 둘러보아도 들어 줄 귀 뚫린 사람조차 없음을 어지러운 말세 때문인가, 아니면 자신의 운명 때문인가 하고 한탄하고 있는 것이다.

한탄조의 오도가를 부르고 난 후 경허는 마침내 게송 하나를 더 지음으로써 장문의 노래를 마무리짓는다.

경허의 오도가는 워낙 길어 흔히 사람들이 떠올리는 그의 오도가는 마무리 노래인 이 짧은 게송으로 압축되곤 한다.

홀연히 사람에게서 고삐 뚫을 구멍 없다는 말을 듣고
문득 깨닫고 보니 삼천대천세계가 다 내 집이로구나
6월 연암산 저 아랫길에는 들사람 일이 없어 태평가를 부르네.
忽聞人語無鼻孔　頓覺三千是我家

六月燕巖山下路　野人無事太平歌

　나는 우러러보던 현판에서 눈을 떼며 물러나 사방을 둘러보았다.
　'염궁문'
　자신이 그토록 철저하게 보임생활을 하던 암자의 처마 밑에 내걸린 현판에 써내린 경허의 법필.
　그러나 그 붓글씨 하나만 100여 년 전 이 작은 암자에서 경허 자신의 표현대로 법왕 하나가 탄생하였음을 나타내 보이고 있을 뿐 그 어디에도 경허의 흔적은 보이지 않는다.
　저 작은 경내의 뜨락 한가운데 세워진 석탑도 100여 년 전 경허가 이곳에 머무르고 있을 무렵 함께 그 자리에 서 있었을 것이다. 저 마주 보이는 벽 앞에 안치된 작은 관세음보살상도 100여 년 전 경허와 함께 이곳에 앉아 있었을 것이다. 석탑도 남아 있고 불상도 남아 있고 작은 암자도 남아 있고, 너무나 깊이 숨어 있어 하늘도 땅도 감추어진 곳이라 일컬어지는 천장암의 하늘도 아직 그대로 남아 있는데 경허의 모습은 그 어디에도 보이지 않는다.
　그뿐인가.
　낯선 외부인이 불쑥 찾아와 문이 열린 법당 안을 이리저리 들여다보고, 현판을 우러러보고, 여기저기 뜨락을 거닐면서 살펴보아도 누구 하나 나와 맞아 주는 사람도 없고, 눈이 마주치는 사람도 없다. 그렇다면 이 암자는 이미 사람이 끊긴 폐사(廢寺)

74

가 되어 버린 것일까.

그렇지 않다.

관세음보살상 앞에 향로가 있고, 그 향로 속에서는 향이 타오르고 있다. 향이 타오르고 있는 것을 보면 누군가 법당 안에 들어와 예불을 올렸다는 증거가 아니겠는가. 반쯤 열린 법당 밖으로 향 냄새가 아직 비가 가시지 않아 온 계곡과 온 산마루를 뒤덮고 있는 물안개 사이로 은은하게 번져 나가고 있다. 툇마루에는 범종 하나가 놓여 있었고, 그 앞에는 방금 치다 놓고 간 듯한 목탁 하나도 놓여 있었다.

그런데도 아무곳에서도 사람의 인기척이 느껴지지 않는다. 들려오는 것은 여기저기서 화답하며 울어예는 산새 소리뿐. 그리고는 함부로 내깔기고 가버린 듯한 산사의 정적뿐. 싸지르고 내뺀 듯한 시치미뗀 적요(寂寥)뿐.

나는 사람을 찾기 위해 법당 뒤꼍으로 돌아가 보았다.

이곳을 목표로 길을 떠날 때부터 나는 허락된다면 이 암자에서 하룻밤을 묵어 갈 요량이었다. 낯선 암자에서 하룻밤이라도 유할 때는 물론 절 측의 허락이 있어야 할 것이다. 빈방이 없거나 절 측의 특별한 사정이 없는 한 하룻밤 머무르고 떠나는 것은 특별히 어렵지 않을 것이라는 낙관적인 생각을 나는 갖고 있었다.

마침 장마철의 하한기였으므로 이 깊은 산 속에 숨어 있는 작은 암자로 몰려드는 사람도 없을 것이다. 경허의 보임지였다는 사실 하나를 빼놓으면 따로 이 절이 관광객을 끌어 모을 만한 특별한 이유는 없을 것이다.

산세가 수려하다거나, 특별히 볼거리가 있다거나, 계곡의 물이 맑아 휴식처로 유명하다거나 하는 관광지와도 거리가 먼 곳이어서 경허가 이곳에서 자신의 친구였던 자암(慈庵)에게 보낸 편지의 문구에서처럼 부처와 조사까지도 찾아오지 못하는 외지고 궁벽한 곳인 것이다.

경허의 보임지였다는 사실도 아는 사람이 몇이나 있을 것인가.

아니다.

경허라는 이름 한 자가 구한말의 뛰어난 선승으로 끊긴 선맥을 이어내린 대선사임을 아는 사람이 과연 몇이나 있을 것인가.

그러므로 길을 떠날 때부터 나는 천장암에서 하룻밤 묵는 것은 그리 어렵지 않으리라 혼자 낙관하고 있었던 것이다.

그런데 도무지 사람이 보이지 않는 것이다. 이미 오후 서너 시가 되어 점심마저 거르고 내처 이 암자에 도착한 뒤끝이라 시장기까지 느끼고 있었으므로 나는 마음이 급해졌다. 땀을 흘리고 허이허이 계단을 오른 후라 갈증에 목도 타고 있었다.

법당 뒤꼍으로 돌아가자 쪽문 하나가 나 있었고, 그 안으로 법당 뒤편과 연결되어 있는 살림채가 드러나 보였다. 쪽문도 활짝 열려 있었는데 그 어디에도 사람의 모습은 보이지 않았다. 사람의 모습은커녕 수군거리는 말소리, 헛기침과 같은 인기척도 전혀 들려오지 않고 있었다.

그렇다고 함부로 문안으로 들어서서 집안의 형편을 살필 수는 없는 노릇이어서 나는 일부러 기침을 해 보인 후 큰소리로 소리쳐 말하였다.

"계십니까, 안에 누구 안 계십니까."

얼마 후 신발을 끄는 듯한 소리 하나가 안쪽에서부터 들려왔다. 나이 든 여인네였다. 방금 김치를 담그기 위해 배추 같은 것을 다듬다 왔는지 손에는 버무린 고춧가루가 잔뜩 묻어 있었다.

"웬일이셔유."

여인은 불쑥 나타난 내 모습이 오히려 신기하다는 듯 나를 찬찬히 훑어보면서 말하였다.

"주지스님 계십니까. 스님이 계시면 좀 만나뵐까 해서요."

"주지스님은 출타 중이시구 여름 공부하느라고 와 계신 객 스님 한분만 계시는데유. 어쨌든 들어오셔유."

나는 문을 지나 마당 안으로 들어섰다. 법당 뒤에 붙어 있는 두 채의 작은 승당은 한꺼번에 묶어 살림채로 쓰고 있는 곳이었다. 비가 와도 마당에만 떨어질 뿐 살림채 어디에도 우산 없이 갈 수 있을 만큼 처마로 연결되어 있었고 뒤편은 암벽과 숲으로 막혀 있었다.

밥을 짓는 부엌이 그대로 법당 뒤의 헛간과 연결되어 있었고 내가 안내받은 방이 가장 큰 방이었는데도 사람 서너 명이 앉으면 꽉 차버릴 만큼 작았다.

활짝 열린 방문 바깥으로 조막손만한 마당이 손바닥을 활짝 펼치고 있었고 처마 끝에서 떨어지는 낙숫물로 마당은 쭉 돌아가면서 오목오목 땅이 패어 있었다.

뒤편의 산은 그대로 적막이었다.

스님을 부르러 간 아낙네 역시 한참이나 소식이 없고 나는 낮잠을 자다 일어난 사람처럼 무심히 달팽이 한 마리가 맨드라미의 꽃잎 속으로 천천히, 아주 천천히 이삿짐과 같은 짐을 지고 들어가는 모습을 한참이나 지켜보았다.

이곳은 한여름에 찾아올 것이 아니라 한겨울에나 찾아올 곳이군. 눈이 강산처럼 내리면 이 암자는 완전히 눈에 덮여 오도가도 못하고 눈에 막혀 버릴 것이다. 저 뒤편으로 보이는 암자와 숲은 흰 눈의 설의(雪衣)로 갈아입고 암자는 흰 눈을 가득 뒤집어쓴 한 그루의 낙락장송이 되어 버릴 것이다.

문득 내 머리 속으로 눈 덮인 이 암자에서 지은 경허의 시 한 구절이 떠올랐다.

연암산 눈옷 입은 아래
흰꽃과 같은 하루는 이미 저물고
서동이 찾아와 내게 말하기를
밥북〔飯鼓 : 공양을 알리는 북소리〕은 이미 울었노라고.
燕巖雪衣下　白花日已曛
書童來我告　飯鼓已鳴云

그때였다. 법당 반대편에 스님들이 머무르는 작은 승당이 따로 있는지 맞은편 방향에서 흰 고무신을 신은 사람의 발걸음이 눈에 띄더니 곧 이어 밀짚모자를 쓴 스님 하나가 마당으로 나타나 내게 합장하고 고개 숙여 인사를 했다.

"기다리게 해서 죄송합니다."

밀짚모자를 벗자 이제 겨우 서른의 나이가 될까 말까 해 보이는 젊은 스님이었다. 그는 목이 마르실 텐데 하고 차디찬 차를 내왔는데 몇 모금에 갈증이 가실 만큼 물맛이 좋고 향기가 있었다.

"칡차입니다."

내가 단숨에 들이켜자 스님은 거푸거푸 따라 주면서 말하였다.

"조갈(燥渴)이 금방 가실 것입니다."

스님은 이 암자의 주지스님은 일이 있어 서울로 출타 중이고 자기는 여름 하안거(夏安居)를 이곳에서 보내기 위해 주지스님의 허락을 얻어 한여름 머무르면서 공부하고 있는 객승이라고 자신을 밝힌 다음 주(主) 아닌 객(客)이 대신 나와 손님을 맞아서 죄송하다고 정중하게 말하였다.

나는 별수없이 지갑을 뒤져 명함을 꺼내 내 신분을 밝힐 수밖에 없었다. 그리고 나서 말하였다.

"허락된다면 하룻밤만 머무르고 갈 수 있을까 해서요."

그러자 젊은 스님은 쾌히 승낙하면서 답하였다.

"물론입니다. 저 역시 손님인데 손님인 제가 손님을 마다할 수 있겠습니까. 다만 암자의 형편상 방은 작고 누추해 주무시기 불편할 것이 마음에 걸립니다만 이 방 뒤쪽으로 쪽방 하나가 있습니다. 지난 여름까지 그곳에서 누군가 공부하고 있었다 하더니 집으로 가고 돌아오지 않아 빈방으로 남아 있습니다. 아주 작은 방인데 괜찮으시겠습니까."

"물론입니다."

"그럼 일어나시지요. 제가 안내해 드리겠습니다."

젊은 스님은 성큼 일어서더니 짐이라고 할 건 없지만 몇 가지 일상용품을 넣은 가방을 자신이 먼저 챙겨들고 앞장 서 마당으로 내려섰다.

"공양을 하셨습니까. 배가 고프실 시간인데, 마침 점심 공양으로 국수를 삶아 콩국수를 만들어 먹고 나서 남은 게 몇 가닥 있을지도 모르겠습니다. 산중에 사는 중들은 국수를 별미로 여기지요. 그래서 국수만 보면 미소(微笑)가 떠오른다 하여 저희들은 국수를 미소면이라고 부른답니다. 제가 직접 불린 콩을 맷돌로 갈아 콩물을 듬뿍 남겨 놓았으니 불은 국수라도 소금 넣어 드시면 맛이 있으실 겁니다. 보살님한테 말씀드려 곧 만들어 올리라고 하겠습니다."

우리는 다시 쪽문 밖으로 나왔다. 문밖 한곁에 한지를 바른 방문이 닫혀 있었다. 그 방문을 한 손으로 열어제치면서 젊은 스님은 혼잣말로 말하였다.

"이 방이 이처럼 작아도 우주처럼 넓어 보이는 것은 이 방에서 위대한 도인 한 사람이 태어났기 때문입니다. 100여 년 전 도인 하나가 이 방에서 1년 반이나 꼼짝도 않고 앉아 있다가 마침내 도를 이뤄 부처가 되었지요. 우리는 그 부처의 이름을 경허라고 부르고 있습니다."

나는 내가 왜 이 작은 암자를 찾아왔는가를 얘기하지 않았음에도 그 젊은 스님이 어떻게 마침 경허가 100여 년 전 보임하였던 쪽방을 안내하여 주었는지 이상하게 생각하였다.

이것이 인연이라는 것일까.

경허의 행적을 좇아 이 암자까지 찾아온 나의 마음이 무언중에 그 젊은 객승의 마음으로 전해져버린 것일까.

누우시면 발이 창문 밖으로 튀어나올 만큼 좁아 우리들은 이 방을 흥부네 방으로 부르고 있답니다. 방이 좁지만 옛날 이 쪽방에서 위대한 도인 한 분이 탄생하신 유서 깊은 자리이므로 하룻밤 주무시는 사이에 도를 이루어 성불하십시오. 헛허허."

객승은 자신이 들고 온 내 짐가방을 방안에 들여놓더니 쾌활하게 웃으면서 말하였다.

"더우시면 요 밑에서 훌훌 벗고 씻으시지요. 샘물이 흘러나와 물이 아주 찹니다. 찾아올 사람도 없고, 볼 사람도 없으니 걱정 마시고 땀을 씻으시지요. 그럼 편히 쉬십시오."

젊은 객승은 말을 마치고는 합장하여 인사를 나눈 후 훌쩍 사라져 버렸다.

나는 그 쪽방 안으로 들어가 보았다.

정말 그 젊은 승려의 말대로 누우면 그대로 발이 창문 밖으로 튀어나갈 만큼 작은 방이었다.

그러나 이 방에서 100여 년 전 경허는 눕지도, 벽에 기대지도, 서지도 않고 오로지 허리를 곧추세우고 앉아서 장좌불와의 1년 반 보임생활을 마쳐냈었다.

이때의 철저한 수행생활이 경허의 마음을 목석(木石)과 더불어 둘이 아닌 하나임을 깨닫게 하였음일까. 먼 훗날 경허의 법제자 만공이 바로 이 천장암에서 경허의 시자로 있던 어느 여름날 밤, 만공이 법당 안에 볼일이 있어 호롱불을 들고 들어갔더니 법당 안에 경허가 '큰 대' 자로 누워 있었다. 지나가는 얼결에 스승 경허를 본 듯한 만공은 너무나 놀라 하마터면 들고 있던 호롱불을 떨어뜨려 그대로 깨뜨릴 뻔하였다.

스승 경허의 배 위에 길고 시커먼 물체가 걸쳐 놓여 있었는데 자세히 보니 그 물건은 꿈틀거리면서 움직이고 있었다. 그것은 커다란 뱀이었다. 뱀일 뿐 아니라 한번 물리기만 하여도 그대로 즉사할 만큼 치명적인 독을 갖고 있는 독사였던 것이다.

"스님, 이게 무엇입니까."

그러자 경허는 비로소 감았던 눈을 뜨고 제자를 마주 보며 물었다.

"뭘 말인가."

기가 찬 만공이 배 위에서 꿈틀거리는 독사를 가리키면서 말하였다.

"스님의 배 위에 독사가 걸쳐 있습니다."

그러자 경허는 자신의 배 위를 꿈틀거리면서 기어다니는 독사를 만져 보고는 놀라지도, 쫓지도 않고 그대로 누운 채 다음과 같이 말하였을 뿐이다.

"가만히 내버려두어라. 실컷 배 위에서 놀다 가도록 내버려두어라."

이 작은 쪽방에서의 철저한 보임생활이 경허를 그러한 등신불로 만들었음일 것이다.

경허의 행적을 좇아 이 멀고먼 암자까지 찾아온 나를 하룻밤 머무르도록 허락한, 바로 그 경허가 보임하던 작은 쪽방.

나는 활짝 방문을 열어제쳤다.

방문 앞은 그대로 숲이었다. 물안개는 어느덧 걷히고 밝은 햇살이 눈부시게 빛나고 있었다. 하늘을 보니 언제 그랬느냐는 듯 맑게 개어 있었고 뭉게구름이 피어오르고 있었다. 귀가 따가울 정도로 매미와 쓰르라미가 합동으로 숲 사이에서 울고 있었다.

그 죽음도 불사한 철저한 보임을 통해 마침내 확철대오하여 다시는 의심치 않게 된 경허는 이 쪽문을 박차고 뛰어나가 저 숲 사이에서 누더기를 활짝 벗어던지고 주장자를 꺾어 내던진 후 소리쳐 깨달음의 노래를 토해냈었다.

그 모든 것이 이 작은 쪽방에서 이루어진 일이다.

그리하여 경허가 도를 이뤄 부처가 되었다는 소문은 이 작은 암자에서부터 번져 나가 온 호서 지방에 자자하게 되었으니, 이는 바람에 따라 풀(草)이 누워 나부끼는 풍미(風靡)처럼 자연스런 일일 것이다. 소문을 듣고 이 작은 암자로 몰려든 사람들은 한결같이 경허에게 법문을 청하였으나 경허는 또다시 동학사 시절처럼 낮이나 밤이나 누워서 잠을 잘 뿐이었다.

이 무렵 이 작은 암자에는 경허의 어머니 밀양박씨와 경허의 형 태허가 주지스님으로 있었는데 몰려든 사람들은 법문을 청하여도 경허가 들은 체도 않고 누워서 잠들고, 기대어서 잠들고, 앉아서도 잠들고 하였으므로 경허의 어머니나 혹은 형 태허 스님을 청해 법회를 열어 줄 것을 간청하였다.

비록 경허 자신의 표현처럼 깨달음을 인정해 줄 스승도, 의발을 전해 줄 제자도 없는 말세의 시절이라 하더라도 소문을 듣고 몰려든 신도들은 한결같이 부처가 된 경허의 첫 법문을 듣기를 간청하고 있었다.

외딴 암자의 주지로서 태허는 소문을 듣고 몰려들어 오는 신도들이 반가웠을 것이다. 구차하고 궁핍한 절 살림에 신도들이 몰려온다는 것은 어차피 반가운 일이었을 것이다. 신도들이 몰려온다면 자연 시주도 많아질 것이요, 그렇게 되면 절 소문이 나서 더 많은 신도들에게 널리 알려지게 될 것이요, 자연 살림살이가 펴져 넉넉해질 것이 아니겠는가.

그런데도 경허는 낮이나 밤이나 잠을 자고 있을 뿐이었다.

답답한 쪽은 오히려 경허의 어머니 박씨였을 것이다. 박씨는 자신의 손으로 직접 아홉 살의 어린아이 동욱(東旭)을 청계사에 데리고 가 머리를 깎게 하고 출가를 시켰었다. 그 아홉 살의 동승이 마침내 20여 년의 세월이 흐른 지금에 와서 도를 이뤄 부처가 되었다는 소문이 자자하니 기쁘기가 한량없었을 것이고, 그럼에도 궁핍한 절 살림에 대해서는 모른체 잠을 자고 있는 아들 경허가 답답도 하였을 것이다.

그래서 넌지시 경허에게 법회를 열어 줄 것을 간청하였을 것이다.

"좋습니다, 어머니."

마침내 경허는 어머니 박씨의 간청에 마음이 움직여 법회 열 것을 허락하였다고 전해진다.

"그 대신 그 법문은 어머니를 위한 내용으로 하겠습니다. 그러하니 모든 사람들이 모이면 그렇게 전하도록 하십시오."

그렇게도 마다하던 경허가 마침내 법회를 열어 개당(開堂)한다는 소문이 전하여지자 수많은 사람들이 거리를 불문하고 이 작은 암자로 구름처럼 몰려들었다고 전해진다. 그들이 이 암자로 몰려든 것은 아마도 법문을 듣기보다 생불이 되었다는 경허를 봄으로써 호기심을 만족시키려는 얄팍한 마음 때문이었을지도 모른다.

구름처럼 몰려들었다고 해도 이 작은 법당에 모인 사람들은 불과 100여 명도 채 못 되었을 것이다. 법당이 좁아 뜨락을 가득 채웠다 해도 수백 명에 지나지 않았을 것이다.

구름처럼 몰려들었다는 표현이 과장이라고 하더라도 이 작은 암자로서는 수백 명의 불자들이 먼 곳에서, 가까운 곳에서 찾아온다는 것은 일찍이 없던 경사스런 일이어서 아마도 천장암은 모처럼의 생기로 가득 찼을 것이다.

더구나 법문 내용이 자기를 낳은 어머니를 위한 해탈법문이라는 것이었으므로 대부분이 나이 든 여인네들인 신도들은 경허가 도를 이룬 후 처음으로 상당(上堂)하여 펼치는 첫 법문에 상당한 기대감을 갖고 있었을 것이다.

그리하여 마침내 법회일.

멀리서 가까이서 수많은 신도들이 몰려와 암자를 가득 메우고 계곡마다 이들이 먹을 공양을 준비하느라 솥들이 내걸리고 솔가지를 꺾어다가 불들을 지피고 온 산이 떠들썩할 무렵에도 경허는 쪽방에 누워 낮잠을 자고 있었다던가. 경허의 어머니 밀양박 씨는 자신의 아들 경허가 마침내 큰스님이 되어 저토록 많은 사람들이 모인 첫 법회를 열고, 더구나 그 법회의 주제가 어머니인 자기를 위해 법문을 설한다고 하니 매우 기뻐서 모처럼 옷을 갈아입고 법당 안에 미리 들어가 향을 사르면서 기다리고 앉아 있었다고 한다.

법회 시간이 되자 북을 울려 온 암자에 모인 사람들이 법당 안과 경내를 가득 메우기 시작하였다.

쪽방에 누워 낮잠에 빠져 있던 경허도 어슬렁어슬렁 일어나 마침내 사람들이 기다리고 있는 법당 안으로 들어와 마련된 법상 위에 올라앉았다.

서른의 젊은 나이에 도를 이뤄 부처가 되었다는 경허의 모습을 보기 위해 사람들이 발돋움을 하고, 법석(法席) 위에 앉아 있는 경허의 모습을 이리저리 살펴보았으며, 그의 입에서 터져나올 법어가 어떠한 내용일지 궁금하여 암자는 일순 정적에 휩싸였다.

경허는 법상 위에 앉아 한참을 눈을 감고 말이 없었다. 이제나 저제나 무어라고 입을 열 것인가 사람들이 궁금하게 지켜보고 있을 무렵, 경허는 갑자기 눈을 뜨더니 들고 있던 주장자로 법상을 내리쳤다.

그리고는 벌떡 일어섰다.

경허는 첫 법회를 기념하여 신도들이 정성껏 지어올린 장수편삼(長袖偏衫)을 입고 있었는데, 법상 위에서 우뚝 일어선 경허는 천천히 옷을 벗기 시작하였다.

　우선 어깨 위를 두른 자상(紫裳)을 벗겨내리더니 가사를 벗기 시작하였다.

　경허의 느닷없는 행동에 사람들은 도대체 경허가 무슨 법문을 하느라고 저처럼 이상한 행동을 하고 있는가 숨을 죽이고 지켜보고 있었다.

　그는 왼쪽 어깨에서 오른쪽 겨드랑이 밑으로 걸쳐 매어 고정시킨 끈을 풀어 장삼을 벗기 시작했다.

　경허의 행동은 그것에서 머무르지 않았다.

　편삼을 벗어 버리자 내의가 나왔는데 이번에는 그 내의마저 벗어 벌거숭이가 되고 있지 않은가. 상체만이 벌거숭이가 될 때는 별 동요가 없었는데 경허가 마침내 고의(袴衣)마저 벗어 버리고 완전 벌거숭이가 되어 불알까지 드러내게 되자 사람들은 일제히 소리를 지르고, 아낙네들은 손으로 두 눈을 가리고, 젊은 처녀들은 비명을 지르면서 자리에서 일어나 황망히 도망쳐 버리기 시작하였다.

　실오라기 하나 걸치지 않은 완전 벌거숭이가 되어 경허는 법석 제일 앞자리에 앉아 있는 어머니 박씨를 향해 정면으로 마주섰다. 그는 일부러 불알을 어머니에게 자랑이나 하듯 드러내 보이면서 마침내 입을 열어 말하였다.

　"어머니, 저를 좀 보십시오."

　모여든 대중들도 경악하였을 뿐 아니라 그중 제일 놀란 것은 어머니 박씨였다. 박씨는 아들이 자랑스럽고 또한 어머니인 자신을 위해 법문을 한다는 말까지 들었으므로 고운 옷을 차려 입고 법석 제일 앞자리에 나와 앉아 있었던 것이다. 그런데 이 무슨 해괴한 일인가.

법문은커녕 갑자기 모든 법의를 벗어던져 천둥 벌거숭이가 되더니, 그뿐 아니라 그 수많은 사람들 앞에서 불알을 자랑이나 하듯 덜렁거리면서 나타내 보이고 있지 아니한가.

순간 박씨는 크게 놀라고 화가 나서 소리쳐 말하였다.

"이럴 수가 있단 말인가. 도대체 무슨 법문이 이럴 수가 있단 말인가."

그러나 경허는 듣는 둥 마는 둥 어머니를 향해 다시 말하였다.

"제가 오줌이 마렵습니다. 어머니, 오줌 좀 뉘어 주세요."

마침내 참다못한 어머니 박씨는 낯을 붉히면서 자리를 박차고 일어섰다.

"별 발칙한 짓도 다 보겠구나."

그리고는 법회장을 빠져 나가 사라져 버렸다. 사람들은 이 해괴한 짓을 어떻게 받아들여야 할지 난감하기만 하였다. 그들은 젊은 나이에 도를 이뤄 법왕이 된 경허를 보기 위해 불원천리하고 구름처럼 모여든 사람들이었다. 그러나 그들은 무슨 심오하고 거룩한 법문을 듣는 대신 젊은 부처의 벌거벗은 모습을 본 것뿐이었다. 벌거벗은 모습뿐 아니라 덜렁거리는 불알까지 본 것이었다.

어머니 박씨가 자리를 박차고 일어나 사라져 버리자 경허는 껄껄 소리 내어 웃으면서 벗었던 옷을 차근차근 입기 시작하였다. 그러면서 사람들에게 말하기보다 자신에게 한탄하듯 낮은 목소리로 다음과 같이 중얼거렸다.

"저래 가지고서야 어찌 나의 어머니라고 할 수 있단 말인가. 내가 아주 어렸을 때는 이 몸을 발가벗기고 목욕시켜 씻기고, 안고, 물고, 빨고, 쉬이 — 소리질러 오줌까지 뉘어 주시더니 이제 와서는 왜 그렇게 못하시고 벌거벗은 내 모습을 보시고 낯을 붉히고 화를 내시는 것일까. 나는 예나 지금이나 어머니의 아들인데 어머니는 나를 외간 남자로 보셨는가. 내 어릴 때는 내 잠지를 귀여워도 하시더니 왜 이제는 흉물이나 바라보듯 원수처럼 여기실까. 참으로 이상하구나, 참으로 알다가도 모르겠구나."

경허는 천천히 가사를 다시 껴입으면서 계속 혼잣말로 중얼거렸다.

"변함없이 아들인 하나의 몸을 왜 어머니는 두 개의 눈으로 본단 말인가. 어릴 때는 품안의 아들이더니 이제는 불알에 털이 좀 났기로 콩밭 매다가 노방에서 만난 방물장수의 불알이나 본 듯 한단 말이냐. 참으로 이상하구나. 참으로 알다가도 모르겠구나. 나는 예부터 어머니라고 부르고, 지금도 변함없이 어머니라고 부르는데 어머니는 간 곳 없고 여자 하나 남았구나. 이 무슨 이상한 일이냐. 나를 변함없이 어린 아들로 보았다면 화날 일이 무엇이고 부끄러울 일이 무엇이냐. 그런데 나를 형상으로만 보는구나. 아들을 아들로 보지 못하고 형상으로만 보는구나. 아아, 이 몸이 둘이 없는 집〔無二堂〕임을 모르는구나."

벗었던 가사를 다 입고 경허는 다시 법당 위에 한참을 앉아 있다가 아무런 말도 없이 홱 내려왔다고 전해진다.

경허의 첫 상당 법어는 이토록 웃기는 해프닝으로 끝나버렸다. 그러나 그는 나름대로 자신을 낳아 주고 길러 준 어머니에게 깊은 은공을 갚아주었음이다. 아들의 깊은 뜻을 어머니 박씨는 숨을 거둘 때까지 알아차리기나 하였을까.

어머니 박씨에 대한 기록은 그 이후 어디에서도 보이지 않는다. 그녀가 언제까지 몇 년을 더 살다가 어디에서 숨을 거뒀는지 조금도 알려진 바가 없다. 아마도 경허의 형 태허가 머무르고 있던 이 암자에서 숨을 거뒀을 것이 거의 분명하다.

그러나 어머니에 대한 이야기는 그것으로 더 이상 나타나지 않는다. 어머니 밀양박씨가 몇 년을 더 살다 갔는지 알려진 바는 없지만 경허가 법상 위에서 옷을 다 벗고 실오라기 하나 걸치지 않은 알몸이 되었을 때, 그 순간 어머니로서의 밀양박씨는 경허의 마음속에서 죽음을 맞게 되었을 것이다.

어머니와 아들로서의 인연은 그것으로 끝나 버리고 경허는 이상한 첫 법문을 통해 어머니에 대한 최대의 효(孝)를 나타내 보임으로써 아들로서의 도리를 마치게 되는 것이다.

5

하루 해가 저물고 있었다.

한여름이었으므로 한낮이 길듯도 하련만 워낙 깊어 하늘도 땅도 보이지 않는다는 암자에는 하루 해가 일찍도 저무는 모양인

가. 저녁 공양을 하고 나니 그대로 해거름이었다.

　시간이 되었는지 저녁예불 소리가 들려오기 시작하였다. 북치는 소리와 목어 두드리는 소리가 이어지더니 곧바로 법당 쪽에서 경을 읽는 소리가 들려왔다. 아마도 나를 이 절에 하루 유하도록 허락해 준 객승이 혼자서 예불을 올리고 있는 모양이었다. 절에 머무르고 있는 불목하니들도 모두 예불에 참석하였는지 암자는 사람의 그림자 하나 보이지 않고 텅 비어 있었다.

　열린 법당에서부터 향 냄새가 번져나와 온 숲과 계곡 사이로 은은히 퍼져 나가고 있었다. 나는 천천히 쪽방을 나와 맞은편 산 위로 걸어가 보았다. 가파른 언덕길이 숲 사이로 나 있었고 암자에까지 차가 오를 수 있도록 길을 닦고 있는지 산이 많이 깎여 있었다.

　뉘엿뉘엿 기우는 저녁 햇살이 단청(丹靑) 불사의 붉은 물감처럼 온 누리를 붉게 채색시키고 있었고, 핏빛과 같은 저녁노을이 온 암자를 붉은 물감으로 염색하고 있었다. 그래서 온 숲과 길과 나무와 암자가 붉은 불빛으로 활활 타오르고 있는 것처럼 보였다.

　젊은 객승의 청아한 염불 소리는 그 타오르는 화염의 속살 깊이 스며들고 있었다.

　일부러 이곳이 경허가 도를 이룬 암자임을 생각해내 이 암자를 택하여 여름공부에 나선 젊은 승려. 그도 역시 경허처럼 도를 이뤄 부처가 되기를 원하고 있음일까. 아아, 저 젊은 승려의 가슴속에서 무엇이 그를 출가하게 만들고, 저 젊은 승려의 핏속에서 무엇이 그를 저와 같이 깊은 산, 깊은 암자에서 홀로 향을 사르고 목탁을 두드리며 끊임없이 나무아미타불을 외게 하고 있음일까.

산언덕 숲 사이에서 나는 우연히 무너진 집터 하나를 발견하였다. 암자라기보다 더 작은 집터여서 흔히 불가에서 일컬어지곤 하는 토굴의 터쯤 되는 모양이었다.

일찍이 경허가 이 천장암에 머무르고 있을 무렵 암자에서 좀 떨어진 산모퉁이 골짜기에 지장암(地藏庵)이란 초가 암자가 하나 있었다고 하는데, 혹시 이곳이 경허가 머무르던 그 초가 암자가 아닐까 하고 나는 조심스레 그 집터를 살펴보았다.

무너진 집터에는 주춧돌 서너 개만 남아 있을 뿐 아무런 흔적도 없었는데 그것은 분명히 경허가 홀로 머무르던, 지장암이라고 불리던 토굴의 옛 자리임이 분명하였다.

경허는 어머니 박씨와 형 태허가 머무르고 있던 암자보다 주로 이 토굴 속에서 홀로 머무르고 있었다고 전해진다. 이 토굴과 경허에 얽힌 이야기 중 빼놓을 수 없는 일화가 하나 남아 아직까지 전해지고 있다.

한겨울.

눈이 강산처럼 내리면 연암산은 눈에 덮여 이 작은 암자는 모든 길이 끊긴 하나의 고립된 섬이 되어 버린다.

엄동설한의 한겨울을 토굴에서 지내며 혼자 정진하기로 결심한 경허는 그러나 낡고 헐어 벽 사이로 틈이 나고 문창이 뒤틀린 이 낡은 토굴을 보자 나름대로 수리를 하기 시작하였다.

경허는 불장(佛藏)에 보관된 경전을 한 묶음 들어다가 그것을 모두 뜯어 문도 바르고, 벽도 바르고, 방바닥도 바르고, 천장까지 모두 발라 도배와 장판까지 손수 말끔히 해치워 버린 것이었다.

불장에 보관되었던 경전들은 《화엄경》《법화경》《법구경》과 같은 소중하고 중요한 불경들이었는데, 이 모든 경전들을 남김없이 뜯어내 손수 풀칠하여 낡은 토굴의 문과 벽을 말끔히 도배해 버린 것이었다.

토굴로 찾아간 제자들이 이 광경을 보고 모두 깜짝 놀라 다음과 같이 물었다고 전해진다.

"아니, 스님. 저 성스런 부처님의 말씀으로 이렇게 벽과 바닥을 발라 도배 장판 하여도 된단 말입니까."

이때 경허는 제자들의 질문을 받자 대수롭지 않게 대답한다.

"어디에 부처님의 말씀이 있단 말이냐."

그러자 제자들이 다시 물었다.

"스님께오서 온 방에 바른 저 경전들이 부처님의 말씀이 아니고 무엇입니까."

그러자 경허는 다음과 같이 말하였다.

"더 남은 부처님의 말씀이 있으면 가져오너라. 종이가 모자라 아직 바르지 못한 벽이 많이 남아 있으니."

제자들의 눈에는 성스런 부처님의 말씀을 기록해 놓은 '경전'이 경허의 눈으로는 한겨울 문틈으로 새어들어오는 찬 칼바람을 막을 도배지, 다만 종이에 불과하였던 것이다.

경허의 이러한 만행(萬行)은 옛 중국의 스님 단하 천연(丹霞 天然 : 739~824)의 행동을 떠올리게 한다.

　단하는 '부지하허인(不知何許人)'이라 하여 태어난 곳, 본관, 속성 등 모두 알려진 바가 없다.

　처음에는 유학(儒學)을 공부하여 입신양명의 길을 택하였으나 과거를 보기 위해 장안에 들어갔다가 우연히 한 선객을 만나 감화를 받고 입산하였는데 처음으로 찾아간 사람이 바로 강서의 미친 말, 마조(馬祖)였다.

　단하가 천연이란 법호를 얻은 것은 그의 두 스승 마조와 석두 희천(石頭 希遷)으로부터였는데, 그 경위는 다음과 같다.

　단하는 어려선 유가와 묵가에 가까웠으며, 특히 유교의 구경(九經)에 통달하였다고 전해진다.

　어느 날 과거시험을 보려고 유명한 방(龐) 거사와 함께 장안으로 가던 도중 한남도(漢南道)에서 하룻밤을 머무르게 되었다. 한밤중에 단하는 돌연 방안에 흰 빛이 가득한 꿈을 꾸었다.

　이튿날 점쟁이에게 묻자 점쟁이는 대답하였다.

　"이것은 불교의 공(空)을 깨닫게 된다는 경사스런 꿈입니다."

　이번에는 다시 행각승을 만나 함께 차를 마시고 있는데 그 중이 물었다.

　"수재(秀才)께서는 어디로 가시는 겁니까."

　수재란 과거시험에 응시하는 사람들을 일컫는 대명사였다. 이에 단하가 말하였다.

　"과거시험을 보러 갑니다."

그러자 행각승이 말하였다.

"과거시험을 보아 무엇하겠습니까. 또 시험을 보아 급제를 한들 무엇하겠습니까. 그것보다 어째서 부처가 되려고 가지는 않는 겁니까."

이에 단하가 물었다.

"부처는 어디에서 뽑습니까."

문득 찻잔을 들어올리면서 그 중이 말하였다.

"그렇다면 지금 마조 스님의 법문을 듣고 깨달은 이가 수없이 많으니 그곳이 바로 선불장(選佛場), 즉 부처를 뽑는 과거 보는 곳이겠군요."

태어날 때부터 근기가 뛰어났던 두 사람은 곧바로 장안으로 가려던 생각을 바꾸어 마조를 찾아갔다.

먼저 방 거사가 물었다.

"일체의 존재와 무관한 사람은 어떤 사람입니까."

이에 마조가 말하였다.

"서강의 물을 한입에 다 마셔 버리고 오너라. 그때 가르쳐 주겠다〔待汝一口吸盡西江水 卽向汝道〕."

이 말에 크게 깨달은 방 거사는 마조의 문하에서 2년 간 머무르며 보임을 하였는데, 그는 머리를 깎지 않고 '온전히 깨친 범부(凡夫)'로서 일생을 마쳐 불가사상 가장 유명한 재속거사(在俗居士)로 손꼽히고 있다. 그러나 방 거사와는 달리 단하와 마조의 첫 대면은 엉뚱한 것이었다.

"여기에는 무엇 때문에 왔는가."

마조가 단하에게 묻자 단하는 복두(幞頭)를 쳐올려버렸다. 복두란 과거에 급제한 사람이 홍패(紅牌)를 받을 때 쓰는 관인데 아직까지 그는 과거에 급제하지 않았으므로 이 기록은 조금 불명하다. 어쨌든 이를 본 마조는 곧 그의 자질을 간파하고 껄껄 웃으면서 말하였다.

"그대는 내 제자가 아니다. 자네의 스승은 석두로군. 그를 찾아가거라."

기껏 스승이라고 찾아왔는데 자신을 석두라는 사람에게로 보내려 하자 단하는 화가 나서 물었다.

"석두라는 사람이 누구입니까."

그러자 마조가 대답하였다.

"여기에서 남악을 향해 700리를 가면 석두라고 하는 곳에 희천 장로라는 사람이 살고 있을 터이니 그곳에 가서 출가를 하게."

단하는 그 길로 곧바로 출발하였다.

마침내 석두에 도착하자 그는 곧 희천 화상을 찾았다.

희천이 물었다.

"어디서 왔는가."

단하가 대답하였다.

"여차여차한 곳에서 왔습니다."

"무엇하러 왔는가."

"여차여차하러 왔습니다."

이 말을 들은 석두 희천은 단숨에 말하였다.

"방앗간에나 가 있게나."

석두가 단하에게 '방앗간에나 가 있게나(著槽廠去)' 하고 말한 것은 일찍이 5조 홍인(弘忍)이 6조 혜능에게 첫마디로 내린 명령이었으며, 석두가 단하를 방앗간으로 보낸 것은 이와 같은 각별한 애정 때문이었을 것이다.

3년 동안이나 방아를 찧으면서 행자생활을 하는 단하를 지켜보던 스승 석두는 어느 날 이윽고 단하를 득도시켜 줄 것을 결심한다. 그래서 그 전날 밤 행자들이 모여 있는 자리에서 석두가 말하였다.

"내일 아침을 먹고 나서 모두들 부처님 앞에 풀 한 묶음씩을 뽑아다 놓도록 하여라."

이튿날 아침을 끝낸 행자들은 서로 앞을 다투어 호미와 가래를 챙겨 들고 풀을 뽑으러 나갔는데 오직 단하만이 삭도(削刀)와 물을 들고 와서 석두에게 큰절을 올려 예배를 한 다음 머리를 물에 적셨다. 석두는 웃으면서 단하의 머리를 깎아 주었다. 단하의 정수리는 유난히 봉곳하게 솟아 있었다. 석두는 이를 쓰다듬으며 "천연(天然)이로구나" 하고 말하였다. 단하는 이름을 지어 주어 고맙다고 석두에게 감사해 했다. 이에 석두가 말하였다.

"내가 언제 그대의 이름을 지어 주었단 말인가."

이에 단하가 대답하였다.

"조금 전에 천연이라고 하시지 않으셨습니까."

석두가 깊이 감동하고 그 자리에서 불법의 요의(要義)를 대충 가르쳐 주려 하자 단하는 귀를 틀어막으면서 말하였다.

"이제 충분합니다. 더 이상 들을 것이 없습니다."

이에 석두가 말했다.

"더 이상 들을 것이 없다면 그것을 내게 보여주게."

그러자 단하는 대뜸 승당 내에 봉안되어 있는 성승(聖僧), 즉 문수의 머리 위에 걸터앉아 버렸다. 이에 석두가 말하였다.

"에끼 이 사람, 이제 불상마저 부숴 깨버리겠군. 당장 내려오게."

성승의 머리 위에 걸터앉음으로써 수계식을 끝낸 단하의 첫 버릇은 그의 평생을 통한 여든 살 버릇으로까지 이어진다. 그는 평생 동안 성상(聖像)이나 경배의 대상인 불탑들을 우상으로 여겼으며, 이 일체의 우상을 파괴하려는 그의 처절한 저항은 그를 불가사상 가장 유명한 '우상 파괴자'로 불리게 만든 것이다.

석두의 문하에서 3년을 보내 마침내 도를 이룬 단하는 다시 강서로 가서 마조를 친견하였다. 마조가 물었다.

"어디에서 왔는가."

"석두에서 왔습니다."

그러자 다시 마조가 물었다.

"석두의 길은 미끌미끌하다던데 혹시 자네는 미끄러지지 않았는가."

그러자 단하는 대답하였다.

"미끄러졌다면 700리나 떨어진 이 강서까지 이렇게 찾아올 수나 있었겠습니까."

이에 마조는 흡족하게 생각하였는데 그날 밤 단하는 승당 안에 안치되어 있는 보살상의 머리 위에 올라 걸터앉아 있었다. 이를 본 여러 대중들이 소스라치게 놀라면서 이 사실을 곧 마조에게 고하였다. 마조가 몸소 승당으로 가 그 광경을 보고는 말하였다.

"역시 나의 제자로다. 그대야말로 천연스럽기가 그지없구나."

이에 단하는 곧 걸터앉은 불상에서 내려와 큰절을 올리고는 말하였다.

"법호를 내려 주셔서 감사합니다."

석두와 마조, 두 스승으로부터 천연이라고 불림으로써 마침내 법을 인가받은 단하는 이로부터 운수 행각에 나서 전국을 소요 (逍遙)하였다고 전해진다.

불상의 머리 위에 걸터앉음으로써 당대의 두 선걸인 석두와 마조에게서 법인을 받은 단하의 버릇은 그것에 그치지 않고 마침내는 불상을 쪼개 땔감으로 불태워 버리기까지 하는 것이다.

'나의 이 자리에는 부처도 없고 열반도 없다. 또한 닦을 도도 없고 깨칠 법도 없다. 도는 있고 없음에 구애받지 않는 것. 다시 무슨 법을 구하려 수행하는가. 오직 이것뿐이니 재재처처(在在處處)에 모두 큰 길(大道)이 있음이다'라고 설함으로써 모든 일과 모든 사물에 초매독탈(超邁獨脫)하였던 단하는 마침내 법당 안에 모셔진 나무로 만든 불상을 쪼개 군불까지 지펴 버림으로써 자기 스스로가 천연스럽기 그지없는 성승이 되어 버리는 것이다.

한때 단하는 당의 원화(元和) 초년(806)에 복우(伏牛) 화상과 막역한 도반이 되어 함께 혜림사(慧林寺)라는 절에 이르렀다.

행각에 나선 객승이라 혜림사 측에서는 두 사람을 불도 안 땐 냉방에서 잠을 재웠던 모양이다. 날씨가 너무 추워 잠을 이룰 수 없었던 단하는 자신이 땔감이라도 찾아 아궁이에 군불을 지펴 방을 데워야겠다고 일어서서 경내를 뒤지기 시작했다.

땔감을 찾아 경내를 돌아다니던 단하는 법당 안에 모셔진 불상을 발견하였다. 마침 그 불상은 나무로 만든 목불이었으므로 단하는 그 목불을 통째로 안고 나와 모탕 위에 올려놓고 도끼로 쪼개기 시작하였다. 그리고 그 쪼갠 나무로 군불을 지피고 있었는데, 마침 혜림사의 원주(院主)가 지나다 이를 보고는 깜짝 놀라 말했다.

"아니, 어쩌면 이럴 수가 있단 말이오. 감히 불상을 쪼개 태우다니."

화를 내는 원주 앞에서 단하는 조금도 동요치 않고 대답하였다.

"불상에서 사리(舍利)가 나오는가 보려고 지금 불을 피워 다비(茶毘)를 하고 있는 중이오."

천연스런 단하의 대답에 원주는 다시 큰소리로 꾸짖어 말하였다.

"목불에서 어떻게 사리가 나올 수 있단 말이오."

마침내 덫에 걸려든 원주의 대답 한소리에 단하가 대답하였다.

"그런가. 사리가 나오지 않으면 어찌 저것을 부처라고 할 수 있단 말인가. 정히 그러하다면 나머지 저 불상들도 모두 태워 버립시다."

일체의 우상을 용납하지 않았던 단하는 이처럼 죽어 있는 우상을 태워 버렸을 뿐 아니라 살아 있는 권력이나 명예, 재물과 같은 속의 우상도 일체 용납하지 않았다.

그가 일찍이 전국 행각에 나서 물처럼 바람처럼 떠돌아다니고 있을 때 하루는 천진교(天津橋)란 다리 위에 누워 잠을 자고 있었다. 마침 다리 위로 이 마을의 유수(留守)가 수레를 타고 행차에 나서고 있었다. 마보사가 벽제(辟除)를 하면서 '물렀거라, 물렀거라' 하고 소리쳐 나가자 다른 사람들은 모두 물러서 길을 터 주고 있었는데 단하만은 이를 모른체하고 길게 누워 있을 뿐이었다.

이를 본 유수 정공(鄭公)이 누워 있는 단하에게 물었다.

"도대체 여기서 무엇을 하고 있는가."

이에 단하가 대답하였다.

"일이 없는 게 중놈의 팔자요."

벼슬이고, 권력이고 간에 일체의 우상을 용납하지 않았던 단하의 자유에의 기개를 보여주는 통쾌한 일화라고 할 수 있을 것이다.

한겨울 낡고 헌 토굴의 벽과 방바닥에 경전들을 모두 뜯어 말끔히 도배와 장판을 해 버린 경허의 만행은 이처럼 단하가 방을 데우기 위해 목불을 쪼개 땔감으로 사용한 행동을 떠올리게 한다.

'부처님의 말씀으로 이렇게 벽과 방바닥을 도배 장판해도 좋단 말입니까.' 제자들이 나서서 따져 묻자 경허는 '남은 부처의 말씀이 더 있으면 가져오너라. 아직도 못 바른 벽이 남아 있으니' 하고 대답해 버림으로써 그 무엇에도 거리낌이 없고, 그 무엇에도 걸림이 없고, 그 무엇에도 막힘이 없는 무애(無碍) 행의 극치를 보여주는 것이다.

6

길은 그곳에서 끊겨 있었다.

나는 경허가 홀로 머무르던 지장암의 토굴터에서 더 이상 나아가지 못하고 되돌아 걸었다.

그 동안 저녁예불이 끝났는지 목탁을 두드리는 소리도 끊겨 있었고 경을 읽는 젊은 객승의 청아한 목소리도 들려오지 않고 있었다.

나는 반대편으로 뻗어올라간 오솔길을 따라 천천히 걸어가 보았다. 뉘엿뉘엿 지는 석양빛은 임종 무렵이 가까워 왔으므로 붉은 피를 토해 내고 있었다. 울창한 송림이 우거져 있었으므로 며칠 동안 계속 내린 비로 숲속은 빗물의 냄새와 소나무의 향기가 어우러져 독특한 방향(芳香)을 뿜어대고 있었다.

소나무숲 사이로 뭔가 더욱 강렬한 석양빛을 반사하고 있어 눈이 부셨는데 그것이 무엇인가 발돋움하고 바라보니 바다였다.

산과 산이 어우러져 겹겹이 뻗어내린 산자락 밑에 너른 평원들과 들판들이 잇대어 있고, 그 가장자리에 양철(洋鐵) 조각과 같은 붉은 바다가 지는 햇빛으로 화염을 일으키면서 타오르고 있었다.

바다가 보이자 일찍이 경허가 이 암자에서 친구인 자암 거사(慈庵居士)에게 보낸 편지가 다시 떠올랐다.

'천장암이 좋다 함은 한쪽으로는 첩첩산이요, 한쪽으로는 푸른 바다로다.'

바다가 보이는 자리에 집채만한 바위가 뻗어나가 있었다. 나는 그 바위 위에 걸터앉아 보았다. 바위는 마치 경치 좋은 명당 자리에 일부러 전망대를 만들어 놓은 것처럼 적소에 자리잡고 있었다.

바위 위에 앉자 한눈에 연암산의 전경이 다 보이고, 멀리로는 선혈과 같은 서해바다도 다 보이고 있었다.

벌써 하늘에는 별도 드문드문 떠오르고 있었다.

그 바위 위에 걸터앉자 비로소 어째서 높지도 깊지도 않은 초라한 연암산에 위치한 천장암이 경허가 일찍이 탄식하였듯 부처와 조사마저도 찾아오지 못하는 외지고 궁벽한 곳처럼 느껴지는 곳인가를 미뤄 짐작할 수 있었다.

보통의 절이나 암자들은 산의 한복판에 위치하게 마련인 것이다. 그러므로 산정에 올라서 보면 절의 위치, 뻗어내려간 산문의 위치와 일직선을 이루어 산 아래의 벌판과 정면으로 마주 보고 있는 법이다. 그런데 이 암자는 산의 정면을 비껴서 일부러 시선에서 벗어난 지점에 모로 앉아 있는 것이다.

그러므로 산 속으로 들어와도 들어와도 이 암자는 보이지 않는 것이다. 산 속으로 산 속으로 들어올수록 이 암자는 들어온 그만큼 비껴서서, 돌아서서 숨어 있는 것이다.

"어디 계신가 하였더니 여기 계셨군요."

문득 등뒤에서 인기척이 있었다. 돌아보니 밀짚모자를 눌러 쓴 젊은 객승이었다. 방금 저녁예불을 끝내고 석양 무렵에 잠깐 바람이나 쐬러 나온 모양이었다.

"공양은 하셨습니까."

"했습니다."

내가 대답하자 객승은 내가 앉은 바위를 가리키면서 말하였다.

"아주 좋은 장소에 나와서 아주 좋은 자리에 앉아 계십니다. 우리는 이 바위를 제비바위라고 부르고 있습니다. 제비가 나는 형상이라고 해서 이 산을 연암산이라고 부르는데 이 바위는 날개를 펼친 모습에서 부리에 해당하는 자리가 되는 셈이지요. 이 제비바위는 100여 년 전 이 암자에서 도를 이룬 경허 스님께오서 자주 나와 앉으시던 바위터라고 알려져 있습니다."

젊은 객승은 잠시 말을 끊고 밭은기침을 하였다. 그리고 나서 다시 끊었던 말을 이어 내려갔다.

"바로 이 자리에서 경허 스님은 시를 한 수 지었습니다. 경허 스님의 선시 중 가장 유명한 시의 하나이지요."

"그 시를 들려 주실 수 있으시겠습니까."

나는 의표를 찌르면서 그를 부추겼다.

"글쎄요."

104

젊은 스님은 소처럼 빙그레 웃고 나더니 말을 이었다.

"기억이 제대로 날까 모르겠지만서두 읊어 보지요. 세여청산하자시(世與靑山何者是)인고 춘광무처(春光無處)에 불개화(不開花)로다. 방인약문성우사(傍人若問惺牛事)하면 석녀심중겁외가(石女心中劫外歌)라 하리라."

"뜻도 풀이해 주시지요, 스님."

내가 다시 재촉하자 그는 난처한 듯 밀짚모자를 벗어서 마치 부채나 되듯 흔들어 바람을 일으키면서 말하였다.

"교수님이 더 깊은 뜻을 알지 저와 같은 산에 사는 돌중이 무슨 뜻을 알겠습니까."

"그렇다 하더라도 뜻을 풀이하여 주시지요."

내가 물러서지 않자 젊은 객승은 할 수 없이 입을 열었다.

"세상과 청산은 어느쪽이 옳은가. 봄볕 이르는 곳마다 꽃피지 않는 곳이 없네. 만약에 어떤 사람이 성우의 일을 묻는다면 돌계집 마음속의 겁외가라 하리라."

"겁외가라 하면."

"시공과 이론을 초월한 집착 없는 묘법(妙法)을 표현하는 말이겠지요."

밤의 군대가 재빠르게 진주하고 있었고 한낮의·태양제국은 장렬한 최후를 맞이하고 있었다. 피바다가 된 황도(皇都)는 이제 한밤의 시민혁명으로 서서히 침몰해 가고 있었다. 이미 해는 서해바다로 떨어진 지 오래였고 붉은 잔광이 아직 남아 있을 뿐이었다. 숨을 거둔 바다의 먼 수평선에만 붉은 여광이 남아 있을 뿐 하늘은 벌써부터 어둠이 무성하였다. 성미 급한 잔별들이 다투어 봉기하고 있었다.

"저 바다에도 작은 암자가 하나 있지요. 예전에는 바다 위에 떠 있던 작은 섬이었는데 이제는 간척공사로 육지와 연결되어 뭍이 되었지요."

젊은 스님은 먼 바닷가를 가리키면서 말을 꺼냈다. 그의 말 속에서 뭔가 짚이는 것이 있어 나는 다시 물었다.

"혹시 그 섬의 이름이 간월도가 아닙니까. 그 섬에 있는 작은 암자의 이름은 간월암이구요."

"그렇습니다."

스님은 대답하였다.

"그 옛날 무학 대사가 저 암자에서 달을 보고 오도하였다고 해서 간월도라고 불리지요. 저 섬에 다녀오신 적이 있으십니까."

물론이지요.

무심코 대답하려다가 나는 입을 다물었다.

물론입니다, 스님. 저 섬을 다녀왔을 뿐 아니라 저 암자에서 한 스님을 만났습니다. 그 스님의 이름은 법명(法明) 스님. 그 스님에게서 나는 화두 하나를 점지받았습니다. 그 화두의 이름은 바로 경허(鏡虛). 스님이 조금 전 자신의 입으로 읊고 그 뜻을 풀이해 주었던 바로 그 선시의 주인공, 깨우친 소 성우(惺牛)입니다. 내가 이 암자를 찾아온 것도, 찾아와 스님에게 하룻밤 묵어가기를 청하였던 것도 결국은 저 바닷가에 떠 있는 작은 섬에서의 하룻밤에서 비롯된 것입니다.

그러나 나는 속마음을 입 밖으로 털어 내놓고 싶지 않았다. 그대로 묵묵히 앉아 있으려니 객승이 먼저 입을 열어 말했다.

"더 앉아 계시겠습니까."

"달 구경이나 할 생각입니다."

나는 마침 산 너머에서 솟아오르는 달빛을 가리키면서 말하였다.

"그럼 저는 물러가겠습니다."

잠시 벗었던 밀짚모자를 눌러 쓰고 객승이 송림 사이로 사라졌다. 나는 다시 한번 숲 사이로 먼발치의 바다를 찾아보았다. 석양빛은 완전히 사려져 바다는 보이지 않고 있었다. 한낮의 태양제국은 완전히 몰락하고 그 대신 한밤의 월광(月光)이 돋아오르고 있었지만 예전의 영광은 되찾지 못하고 있었다.

저 바다, 저 섬의 암자 속에 법명 스님은 아직까지 머무르고 있는 것일까. 법명 스님은 자신을 찾아간 내게 다음과 같이 말하였다.

'강 교수님은 이미 깨우친 소를 만나셨습니다. 그렇습니다. 경허는 바로 강 교수님의 스승이며 화두입니다. 죽어도 죽어도 그를 놓치지 마십시오. 죽어도 그와 함께 죽으십시오. 살아도 그와 함께 사십시오. 그래서 마침내 경허와 한몸이 되십시오.'

그것이 언제였던가.

1년 전이었던가, 2년 전이었던가, 아니면 10년 전이었던. 날짜는 기억하여 무슨 소용 있으며 시간은 헤아려 무슨 의미가 있을 것인가.

나는 품속의 주머니를 뒤져 그 안에 들어 있는 일곱 알의 단주를 꺼내 들었다.

이 염주야말로 나와 경허를 이어주는 단 하나의 인연이며, 단하나의 끈인 것이다. 그러나 이 끈은 생사를 초월한 탯줄과 같이 속세의 인연처럼 질긴 업(業)으로 이루어져 있음이다.

이 염주에 새겨져 있는 두 사람의 이름, '경허 성우'와 '월면 만공'의 이름은 내 영혼과 깊은 연기(緣起)를 맺고 있다. 그리하여 나는 마침내 경허를 찾아 이 암자까지 달려온 것이다. 멸망한 왕국의 마지막 왕자였던 아버지 의친왕이 자신의 혈육으로 남겨진 나를 인정해 주는 단 하나의 유물인 이 일곱 알의 단주를 탯줄처럼 부여쥐고 나는 경허를 찾아 이곳까지 달려온 것이다.

밤이 깊어갈수록 어둠은 짙어지고, 어둠이 짙어질수록 하늘의 별들은 출석을 부르는 선생님의 호명 소리에 예— 하고 대답하듯 하나하나 빛나기 시작하였다. 산등성이를 넘어선 달은 본격적으로 빛을 뿌리고 있어 온 산과 온 숲은 잘 빚은 달빛의 술을 나눠 마신 듯 벌써부터 거나하게 취하고 있었다. 월주(月酒)는 독해서 온누리를 몽환적으로 푸르게 물들이고 있었다. 영겁의 세월을 통해 월주에 중독이 되어 버린 밤하늘은 달빛을 보자마자 성급히 마셔 버려 이미 만취 상태였고, 술을 마시고 제정신을 잃기 싫어 발버둥치던 산과 숲들은 강제로 뿌려 대는 술기운에 취해 버려 이미 혼수상태에 빠져 있었다. 산새들도 밤술을 받아 마시고 비틀거리면서 갑자기 주정이나 하듯 꽥꽥 소리를 지르면서 난데없이 숲과 숲을 날아다니고 있었다.

이 천장암에 머무르고 있을 무렵 경허는 이해할 수 없는 만행 하나를 저지르게 된다. 이 천장암에서 활연대오하여 도를 이룬 경허는 20여 년 간 이 천장암 근처의 개심사(開心寺), 문수사(文殊寺), 부석사(浮石寺), 마곡사(麻谷寺), 장곡사(長谷寺) 등 주로 호서(湖西) 일대의 사찰에 머무르면서 선풍(禪風)을 떨치고 다녔다.

정확한 나이는 알 수 없지만 아마도 마흔 살을 넘기지 않았을 장년의 무렵.

경허는 그의 행장 중 가장 난해하고, 독특하고, 그러면서도 인간적인 파행(破行) 하나를 저지르게 된다.

이른바, 경허가 잠시 환속하여 여염집에 들어가 머슴살이를 하면서 속인으로 한 세월을 보낸 것이다. 1년이 채 못 되는 이 세속 생활은 그가 무엇을 얻기 위함이었을까. 잠시 저잣거리의 생활을 엿보기 위함이었을까. 속인들의 욕망과, 속인들의 애욕과, 속인들의 욕정과, 속인들의 물욕을 엿살피기 위함이었을까.

경허의 행장 중 가장 이해하기 힘들고 가장 널리 알려져 있는 이 기행(奇行)을 이해하기 위해서는 어쩌면 유명한 유마(維摩) 거사의 대답 한소리에 귀를 기울여야 할지도 모른다.

일찍이 부처는 유마 거사가 병들어 누웠다는 말을 듣자 지혜의 상징이라고 할 수 있는 문수사리(文殊師利)를 보내 문병하도록 권한다.

"그대가 유마 거사를 찾아가 문병을 하라."

부처가 이르자 문수사리가 아뢰었다.

"세존이시여, 저는 유마 성자를 상대할 수가 없습니다. 왜냐하면 그는 실상(實相)에 깊이 통달해 있으며 가르침의 요지를 훌륭하게 설하며 변설의 재주는 걸림이 없고 지혜는 막힘이 없습니다. 모든 보살에게 필요한 법식(法式)을 낱낱이 알고 있으며 모든 부처가 비장(秘藏)하고 있는 것일지라도 그는 이미 알고 있습니다. 많은 악마를 항복시키고 초인적인 힘을 자유로이 구사하며 그 지혜와 방편은 초월의 경지에 이르렀습니다. 그렇지만 부처님의 성지(聖旨)를 받았으므로 그를 찾아가 병을 묻고자 합니다."

그러자 모여 있던 사람들은 이제 문수와 유마 두 사람이 함께 담론을 하면 반드시 놀라운 법을 설하리라 생각하고 문병을 가는 문수를 따라 유마 거사가 머무르고 있던 바이샬리 성으로 들어간다. 이때 장자(長者) 유마는 문수보살이 자기를 찾아오고 있음을 알고 모든 하인들을 다 내보내고 텅 빈 방안에서 오직 하나의 침상(寢床)만을 두고 그 위에 병든 몸으로 누워 있었다.

문수보살이 오자 유마 거사가 말하였다.

"어서 오시오, 문수사리. 그대는 온다고 하는 상(相)을 취하지도 않고 왔으며, 본다고 하는 상을 취하지도 않고 보았소."

이에 문수사리가 대답하였다.

"유마 거사님, 그와 같습니다. 만약 와버렸다면 다시 올 수 없을 것이며, 만약 가버렸다면 다시 갈 수는 없습니다. 왜냐하면 온다고 하지만 좇아오는 곳[始發點]도 없으며, 간다고 해도 이르는 곳[到達點]은 없기 때문입니다. 또 보는 것 역시 보이는 것은 아니기 때문입니다."

　여기에서 잠깐 말을 그친 문수보살은 불가 사상 가장 유명하
고, 가장 중요한 질문 하나를 병들어 누워 있는 유마 거사에게
묻는다.

　"거사님, 병은 참을 만하십니까. 치료를 잘못해서 악화된 것
은 아닙니까. 세존께오서는 헤아릴 수 없을 만큼 간절하게 물으
셨습니다. 거사님, 이 병은 무엇으로 인하여 일어났습니까. 훨씬
오래 전에 걸렸습니까. 어떻게 하면 병이 나을 수 있습니까."

　문수보살의 이 질문에 유마 거사는 다음과 같이 대답한다.

　"어리석음〔癡〕과 애욕으로 나의 병은 생겨났습니다. 일체중
생(一切衆生) 누구나가 그 병에 걸려 있으므로 나도 병들었습니
다. 만약 모든 중생이 병에 걸리지 않고 있을 수 있으면 그때 나
의 병도 없어질 것입니다. 왜냐하면 보살은 중생을 위하기 때문
에 생사가 있는 윤회의 세계에 들었고, 생사가 있는 곳에는 반드
시 병이 있게 마련이기 때문입니다. 그러므로 만약 중생이 병을
떠날 수 있으면 보살도 병이 없을 것입니다. 예를 들면 장자에게
외아들이 있어 그 아들이 병들면 부모도 병들고, 만약 그 아들의
병이 나으면 부모도 낫는 것과 같습니다. 보살도 이와 같아서 모
든 중생을 내 자식과 같이 사랑하고 중생이 병을 앓을 때는 보살
도 병을 함께 앓으며 중생의 병이 나으면 보살도 함께 낫습니다.
또 이 병이 무엇으로 인하여 일어났는가 하면 광대한 자비(大悲)
로부터 생겨난 것이라고 할 수 있을 것입니다."

　불교 사상 가장 유명한 유마 거사의 이 대답 한소리처럼 경허

는 어쩌면 모든 중생이 어리석음과 애욕으로 병들어 있음을 알고 스스로 그 병에 걸려 버림으로써 고통의 바다 속으로 뛰어들어 본 것이 아닐까.

경허의 파행은 유마 거사처럼 중생의 병을 알아보기 위해 스스로 번뇌의 바다 속으로 뛰어들어 본 한바탕 '꿈'이 아니었을까.

그러나 일찍이 선가에서 내려오는 다음과 같은 문답으로 미뤄 본다면 경허의 무애행도 이해가 가는 부분이 있을 것이다.

한 사람이 선사에게 물었다.

"스님께오선 죽은 후에 어디로 가십니까."

이 물음에 선사는 대답하였다.

"소나 말이 될 것이다."

다시 그 사람이 물었다.

"소나 말이 된 후에는 죽어 또 어디로 가시겠습니까."

그러자 선사는 대답했다.

"지옥에 들어갈 것이다."

선사의 대답을 들은 그 사람은 어리둥절하여졌다.

그래서 다시 물었다.

"스님께선 착하기가 부처님 같으시고 문수보살보다 지혜로우신데 어째서 지옥에 들어가신단 말입니까. 과연 그럴 수가 있겠습니까."

그러자 선사는 대답하였다.

"내가 지옥에 들어가지 않으면 누가 지옥에 들어가 그대를 구할 것인가."

지옥의 고통을 설명하고 지옥의 공포를 피하도록 입으로 설법할 수는 있을 것이다. 그러나 백 마디의 설법보다 그 고통의 지옥불 속으로 뛰어들어 한 사람이라도 지옥불에서 구해 내는 일이야말로 유마 거사가 표현한 대자비일 것이다.

경허는 일생을 통하여 그 지옥불 속으로 뛰어들기를 서슴지 않았다.

이 천장암 시절 경허가 제자들에게 일체의 말도 없이 바람처럼 하산하여 속세로 내려가 저 서산 앞바다의 큰 고깃배를 갖고 있는 집에서 머슴살이 하면서 주인집 새색시 마님과 통정을 하였던 사실은 이와 같은 맥락에서 이해가 되어야 할 것이다.

그의 만행은 마치 고려조의 승, 보각 일연이 저술한 《삼국유사》에 나오는 '조신(調信)의 꿈'을 연상케 한다.

《삼국사기》와 더불어 현존하는 사서 중 최대 최고인 《삼국유사》를 지은 일연은 고려 희종(熙宗) 2년(1206) 경주에서 태어났다.

9세 때 출가하여 남해의 무량사(無量寺)에서 수도생활을 하였으며 22세 때 선불장에 나가 선과에 급제하였다. 그 후부터 좌선하여 화두를 참구하다가 마침내 활연대오, 문을 박차고 주장자를 꺾으며 다음과 같이 노래하였다.

'오늘에야 삼계(三界)가 환몽(幻夢) 같고 대지(大地)가 무애(無礙)함을 내가 보았노라.'

54세 때 대선사가 되었고 78세 때 충렬왕이 승지(承旨)를 보내어 왕명으로 이를 마다하는 일연을 국사로 책봉하고 궁성에 머무르도록 하였다. 그러나 곧 늙은 어머니의 병을 빙자하고 고향으로 내려가 다음과 같은 절창의 시를 지었다.

눈 속에 얼어붙은 금교는 아직 안 열리고
계림에는 봄빛이 아직도 멀었는데
영리하다 청제는 재치가 많아
모랑의 집 매화에 먼저 와 있구나.
雪擁金橋凍不開　鷄林春色未全廻
可怜青帝多才思　先着毛娘宅裡梅

— 매화(梅花)

여기에서 금교는 경주의 서천에 있던 다리를 말함이고, 청제는 봄을 주관하는 동쪽의 신(神)을 말함이며, 모랑은 자신이 쓴 《삼국유사》에 기록하듯이, 고구려의 아도 화상이 일선군(一善郡)에 있는 모례(毛禮)의 집에 거주함으로써 신라에 불교가 들어오게 되었는데 모랑은 바로 그 모례를 가리키는 낭자(娘子)의 이름인 것이다.

마침내 84세가 되던 1289년 7월 8일, 일연은 제자로 하여금 북을 치게 하고 자기는 선상에 앉아 담소하다가 갑자기 손으로 금강인(金剛印)을 맺고 입적하였는데, 그가 남긴 저서는 80여 권이 넘었다고 비문(碑文)은 전하고 있지만 오늘날 남아 유저(遺著)로 전해지는 것은 《삼국유사》뿐이다.

그 속에는 '조신의 꿈'이라 하여 짤막한 불교적 설화가 기록되

어 있는데 이 설화를 춘원 이광수가 〈꿈〉이라는 제목으로 소설
화하여 유명해졌고, 여러 번 영화로도 영상화되었는데 짧은 이
야기지만 우리의 인생을 한갓 꿈으로 묘사한 이 내용은《삼국유
사》의 그 많은 설화 중 백미로 손꼽히고 있다.

경허의 무애행은 아마도 '조신의 꿈'을 실제의 행동으로 나타
내 보인 무대 위의 연극 행위였는지도 모른다.

《삼국유사》에 나오고 있는 '조신의 꿈' 이야기는 다음과 같다.

옛날 신라 시절.

흥교사(興敎寺)의 장원(莊園)이 명주(溟州 : 지금의 영월)에 있
었는데 본사(本寺)에서 중 조신을 보내 장원을 맡아 관리하게 했
다. 조신이 장원에 왔을 때 태수(太守) 김공(金公)의 딸을 좋아하
고 아주 반했다. 조신은 여러 번 낙산사 관음보살 앞에 가서 남
몰래 그 여인과 함께 살게 해달라고 빌었다. 이로부터 몇 해가
흘러갔는데 마침내 그 여인에게는 배필이 생겼다. 그는 불당 앞
에 가서 관음보살이 자기의 소원을 들어주지 않는다고 원망하며
날이 저물도록 슬피 울다가 생각하는 마음에 지쳐 잠이 들었다.
꿈속에 갑자기 김씨 낭자가 기쁜 얼굴로 문을 열고 들어와 활짝
웃으면서 말했다.

"저는 일찍부터 스님을 잠깐 뵙고 알게 되어 마음속으로 사랑
해서 잠시도 잊지 못했으나 부모의 명령에 못 이겨 억지로 딴 사
람에게로 시집을 갔었습니다. 지금은 부부가 되기를 원해 찾아
온 것입니다."

이에 조신은 매우 기뻐하며 그녀와 함께 고향으로 돌아갔다.

그녀와 40여 년 간을 같이 살면서 자녀 다섯을 두었다. 집은 다만 네 벽뿐이고 좋지 못한 음식마저도 계속해 먹을 수가 없었고 마침내 꼴이 말이 아니어서 식구들을 이끌고 사방으로 다니면서 걸인처럼 얻어먹고 지냈다. 이렇게 10년 동안 초야(草野)로 두루 다니니 옷은 여러 조각으로 찢어져 몸도 가릴 수가 없었다. 마침 해현령(蟹縣嶺)을 지날 때 15세 되는 큰아이가 갑자기 굶어 죽으매 통곡을 하면서 길가에 묻었다.

남은 네 명의 아이들을 데리고 그들 내외는 우곡현에 이르러 길가에 초가집을 짓고 살게 되었다. 이제 내외는 늙고 병들었다. 게다가 굶주려 일어나지도 못하니 10세 된 어린 계집아이가 동리를 돌아다니면서 밥을 빌어와 겨우 끼니를 이었는데, 어느 날 아이가 동냥을 나갔다가 마을 개에게 물렸다. 아프다고 부르짖으면서 그들 부부 앞에 누웠으니 부모도 목이 메어 눈물을 몇 줄이고 흘렸다. 부인이 눈물을 씻더니 갑자기 다음과 같이 말했다.

"내가 처음 그대를 만났을 때는 얼굴도 아름답고 나이도 젊었으며 입은 옷도 깨끗했었습니다. 한 가지 맛있는 음식도 그대와 나눠 먹었으며 옷 한 가지도 그대와 나누어 입어 집을 나온 지 50년 동안에 정은 맺어져 친밀해졌고 사랑도 굵게 얽혔으니 가위 두터운 숙세의 인연이라 하겠습니다."

부인은 눈물을 흘리면서 말을 이어 내려갔다.

"그러나 근년에 들어서는 쇠약한 병이 해마다 더해지고 굶주림과 추위도 날로 더욱 닥쳐오는데 남의 집 곁방살이나 하찮은 음식조차도 빌어서 얻을 수가 없게 되었으며 수많은 문전에서 걸식하는 부끄러움은 산더미보다 더 무겁습니다. 아이들이 추워하고 배고파해도 미처 돌보아 주지 못하는데 어느 겨를에 사랑이 있어 부부간의 애정을 즐길 수가 있겠습니까. 붉은 얼굴과 예쁜 웃음도 풀 위의 이슬이요, 지초(芝草)와 난초 같은 약속도 바람에 나부끼는 버들가지일 뿐입니다. 이제 그대는 내가 있어 더 누가 되고 나 역시 그대 때문에 더 근심이 됩니다."

부인은 잠시 말을 끊었다 다시 이어 내려갔다.

"이제 가만히 옛날 기쁘던 일을 생각해 보니 그것이 바로 근심의 시작이었습니다. 아아, 그대와 내가 어찌해서 이런 지경에 이르렀습니까. 뭇새가 다함께 굶어 죽는 것은 차라리 짝 잃은 앵무새(鸚鵡)가 거울을 보면서 짝을 부르는 것보다 못할 것입니다. 추우면 버리고 더우면 친하는 것은 인정(人情)에 차마 할 수 없는 일입니다. 하지만 행하고 그치는 것은 사람의 힘으로 되는 것도 아니고, 헤어지고 만나는 것도 운수가 있는 것입니다. 원컨대 이 말을 따라 헤어져 살기로 합시다."

조신이 이 말을 듣고 눈물을 흘리면서 각각 아이 둘씩 나누어 데리고 장차 헤어져 떠나려고 하는데 부인이 말했다.

"나는 고향으로 갈 터이니 그대는 남쪽으로 가십시오."

서로 작별을 나누고 길을 떠나려 하는데 문득 조신은 꿈에서 깼다. 타다 남은 등잔불은 깜박거리고 밤도 이제 새려고 먼 곳에서 닭이 울고 있었다. 부부간의 50년 혼인 세월이 한갓 하룻밤의 꿈인 것을 조신은 그제서야 깨닫게 되었다. 그 하룻밤 사이에 수염과 머리털은 모두 희어졌고 망연(茫然)히 세상일에 뜻이 없어졌다. 괴롭게 살아가는 것도 이미 싫어졌고, 마치 한평생의 고생을 다 겪고 난 것 같아 재물을 탐하는 마음도 얼음 녹듯이 깨끗이 없어졌다.

이에 조신은 관음보살의 모습을 대하기가 부끄러워지고 잘못을 뉘우치는 참회의 마음 누를 길이 없었다. 그는 꿈속에서 죽은 큰아이를 파묻었던 해현령으로 찾아가 기억을 더듬어 흙을 파보기 시작했다. 그러자 흙 속에서 나온 것은 죽은 아이의 시체 대신 돌로 만든 미륵불이었다.

조신은 그 돌미륵을 물로 잘 씻어 근처에 있는 절에 모시고 서라벌로 돌아와 장원을 맡은 책임을 내놓은 뒤 사재를 내어 정토사(淨土寺)란 절을 세우고 부지런히 착한 일을 하였다. 그후에 조신은 어디서 살다가 세상을 마쳤는지 알려진 바가 없다.

이 설화를 기록한 《삼국유사》의 저자 보각 일연은 이 많은 이야기를 마치고 나서 다음과 같이 말하고 있다.

"이 전기를 읽고 나서 책을 덮고 지난 일들을 생각해 보니 어찌 조신사(調信師)의 꿈만이 그러하겠느냐. 지금 모든 사람들이 속세의 즐거움만 알아 기뻐하고 애쓰고 있지만 이것은 다만 하룻밤의 꿈에 지나지 않고 이를 깨닫고 있지 못한 때문인 것이다."

그리고 나서 일연은 다음과 같은 게송을 노래하였다.

잠시 쾌활한 일 마음에 맞아 한가롭더니
근심 속에 남모르게 젊던 얼굴 늙어졌네

모름지기 황량(黃粱 : 메조)이 다 익기를 기다리지 말고
인생이 한바탕 꿈과 같음을 깨달을 것을
몸 닦는 것 잘못됨은 먼저 성의(誠意)에 달린 것
홀아비는 아미(蛾眉 : 누에의 눈썹이란 뜻으로 미인을 가리킴)
꿈꾸고 도둑은 창고 꿈꾸네
어찌 가을날 하룻밤만의 꿈으로
때때로 눈을 감아 청량(淸凉)에 이를 것인가.
快適須臾意已閑　暗從愁裏老倉顔
不須更待黃粱熟　方惡盧生一夢間
治身藏否先誠意　鰥夢蛾眉賊夢藏
何似秋來淸夜夢　時時合眼到淸凉

　이 게송을 지은 일연은 이 절창의 시 속에 교묘히 인생이 덧없
는 꿈에 불과한 사실을 강조하고 있다. 이 시속에 나오는 황량이
란 '좁쌀'을 이르는 단어인데 여기에는 유래가 있다.

　옛날 중국의 당나라 때 노생(盧生)이란 젊은이가 어느 주막에
서 한 도사를 만난다. 인생이 희망과 미래의 일만으로 가득 차
있던 노생에게 도사 여옹(呂翁)은 자신의 베개를 베고 낮잠을 잘
것을 권유한다. 노생은 도사의 베개를 빌려 베고 잠이 들었다.
그는 꿈속에서 온갖 부귀와 영화를 누리고 80세까지 살았다. 그
러나 꿈에서 깨어 보니 주막집 주인이 짓고 있던 좁쌀밥이 아직
도 익지 않았다는 고사(故事)로, 부귀와 공명은 한바탕의 꿈처럼
덧없음을 비유하고 있는 노래인 것이다.

경허는 이 설화를 단순히 설화로 받아들이지 않았다. 그는 자신을 조신으로 극화시켜 스스로《삼국유사》의 주인공이 된 후 마침내 그 한바탕의 꿈속으로 뛰어들어 본 것이었다.

경허가《삼국유사》에 나오는 '조신의 꿈'처럼 이름이 알려지지 않고 단순히 김씨라고만 알려져 있는 여인과 속세로 내려가 한바탕 꿈에 빠졌다 돌아온 일은 그가 어디에서 머무르고 있었던 때의 일인가 정확히 알려진 바 없다.

혹자는 그가 천장암에 머무르고 있을 때의 일이라는 사람도 있고, 혹자는 그가 서산 부석사(浮石寺)에 있을 때의 일이라고 하고, 혹자는 경허가 개심사(開心寺)에 주석할 때의 일이라는 사람도 있는데 장소는 이와 같이 불명하다.

당시 호서지방에서는 '갈메(葛山)김씨'의 일족이 번족(蕃族)하고 있었다. 그중에 김 진사란 사람이 있었는데 그는 불교에도 조예가 깊고 한때 높은 벼슬까지 한 선비였다.

그는 어느 날 경허의 소문을 듣고 과연 경허가 소문 그대로 출중함이 있는가 어떤가 알아보기 위해 경허를 찾아왔다.

경허는 마침 선방을 비우고 있었는데 그는 허락도 받지 않고 경허의 방 한가운데에 버티고 앉아 있었다. 잠시 후 경허는 방으로 들어와 버티고 앉아 있는 김 진사를 보았다.

경허는 대뜸 한문 문장인 '토사성문(吐辭成文)'으로 물어 말하였다.

"차처해우벽지(此處海隅僻地)로 구불견룡사(久不見龍蛇)려니 금일내자(今日來者)는 시룡야사야(是龍耶蛇耶)."

이 말의 뜻은 '이곳은 바닷가의 구석진 벽지로서 오랫동안 용도 뱀도 보지 못하였는데 오늘 찾아온 것은 용인가 뱀인가' 하는 질문이었다.

이에 질문을 받은 김 진사는 다음과 같이 대답하였다.

"석가불배석가불(釋迦佛拜釋迦佛)이요, 미륵불배미륵불(彌勒佛拜彌勒佛)입니다."

이 말의 뜻은 '석가불에게 절을 하는 것은 석가불이요, 미륵불에게 절을 하는 것은 미륵불입니다' 하는 대답이었다.

김 진사가 대답을 하고 일어나 경허에게 절을 올렸는데 이로써 두 사람은 스승과 제자로서의 법연(法緣)을 맺었음이다.

김 진사에게는 18세 된 딸이 있었는데 이로부터 이따금 어머니와 함께 경허가 있는 절로 찾아와 불공을 드리기 시작했던 모양이다. 18세 된 김 진사의 딸이 《삼국유사》에 나오는 태수의 딸 김씨 낭자처럼 누에의 눈썹을 가진 빼어난 미인이었던 모양으로 경허는 그녀를 보자마자 한눈에 반해 버렸으며 그 여인 역시 경허를 보자 한눈에 반해 버렸다. 말하자면 두 사람은 한눈에 서로 눈이 맞아 버린 것이다.

한눈에 벌써 서로 상대방이 전생으로부터 이어 내려온 업연임을 느끼고 경허는 이 18세의 김씨 낭자와 곧 정을 통하게 되었다. 딸의 아버지인 김 진사는 이를 어렴풋이 눈치채고 있었으나 이에 대해 가타부타 아랑곳하지 않고 있었다.

그런 얼마 후 김 진사의 딸은 안흥(安興)이라는 바닷가의 어느 유복한 집으로 시집을 가게 되었다. 어느 날 갑자기 시집을 가게 되었으므로 전후 사정을 모르는 경허는 날이면 날마다 그 여인이 찾아오기만을 기다리다가 도저히 기다리고만 있을 수 없어 산을 내려가 갈산마을을 돌아다니면서 수소문한 결과, 마침내 그 여인이 시집을 가버린 사실을 알게 되었다.

이미 시집을 가 남의 부인이 되어 버렸으면 잊혀질 법도 하련만 경허는 도저히 그 여인을 잊을 수가 없었다. 세속적 용어로 표현한다면 아마도 그 여인은 경허가 처음으로 사랑을 느낀 첫사랑의 상대였을 것이며, 처음으로 정을 나눈 첫 정분의 상대였을 것이다.

그 무엇에도 걸리지 않는 경허로서 타오르는 열정을 억지로 꺼버릴 수는 없는 노릇, 어느 날 경허는 아무에게도 알리지 않고 탁발승이 되어 산을 내려갔다.

이미 그 무렵 경허는 40세 전후의 장년이 되어 있었으며 많은 제자를 거느리고 있어 탁발까지 나갈 형편은 아니었지만 그것은 절에서 먹을 양식을 시주받아 오기 위함이 아니라 그 여인이 시집간 새 집이 어디인가를 알아내기 위한 정탐 때문이었다.

경허는 소문대로 바닷가의 안흥이란 마을로 내려가 샅샅이 마을 집들을 돌아다니며 목탁을 두드리면서 탁발을 시작하였다.

당시 서산의 앞바닷가 안흥은 어물들의 집산지로 전국에서 수많은 상인들이 몰려와 서산의 명물인 어리굴젓이나 어물들을 사가곤 하였으므로 제법 번창하였고, 때문에 같은 상인들끼리 모여 공의(公議)하는 도갓집〔都家〕들이 운집하여 있었다.

새색시가 시집간 집을 찾는 것은 생각보다 어려운 일이 아니었다.

그 여인의 본가인 갈산마을에서 듣기로는 그녀가 시집간 집이 안흥 일대에서 가장 부유한 어상(魚商)의 도갓집이라 하였으므로 그런 집을 찾는 일은 그리 어려운 일이 아니었기 때문이다.

한눈에 가장 크고 가장 번화한 도갓집 앞에서 경허는 방갓을 쓰고 얼굴을 가린 채 목탁을 두드리기 시작하였다. 경허는 잘 알고 있었다. 그 집에 만약 그 여인이 들어 있다면 대문 밖에서 두드리는 경허의 목탁 소리와 염불을 외는 목소리만 듣고도 대번에 이를 알아들으리라는 것을.

당시 어촌에서는 불교를 믿는 사람이건 아니건 간에 탁발승에게는 다만 쌀 몇 줌이라도 시주하는 풍습이 있었다. 대부분 바다에 의지하여 배를 타는 어부들이었으므로 바다 위에서 폭풍이나 조난을 당해 죽어 물귀신, 바닷귀신이 되지 말고 무사히 뭍으로 돌아오라는 기복 때문이었다.

한눈에 보아서도 가장 큰 도갓집 문 앞에서 목탁을 두드리며 염불을 하기 시작한 지 한참여. 마침내 문안에서 여인 하나가 나타났다. 이 집 안주인인 모양이었다.

"들어오셔유, 스님."

탁발승들은 집주인이 문을 열어 들어오기를 허락하기 전에는 문안으로 들어서지 못하고 문밖에 서 있는 것이 상례였다. 불교 신자라도 되는 듯 손으로 잡아끌자 경허는 못 이기는 척 문안으로 들어섰다. 예부터 도갓집은 객사까지 겸하고 있으므로 전국에서 모여든 상인들을 잠재우기 위해 여러 채의 숙소가 마련되어 있었다. 끊임없이 어물들이 모여들고, 이를 부리고 다시 전국의 행상들에게 이윤을 붙여 되팔곤 하였으므로 도갓집 앞마당은 항상 개방되어 있었고, 이들을 실어나르는 손수레들로 가득 차 있었다. 또한 짐을 부리는 일꾼들이나 흥정을 붙이는 거간꾼들로 흥청거리고 있었다.

"이처럼 더운 날씨에 스님께서 탁발을 나오시담요."

마음씨 좋아 보이는 안주인은 일단 경허를 안마당까지 끌어들이고 나서 소리 높여 안채를 향해 소리쳐 말하였다.

"얘, 아가야. 창고에서 쌀이나 됫박으로 듬뿍 퍼오너라."

"예에ㅡ."

집 안쪽에서 낭랑한 여인의 목소리가 들려왔다. 그 한목소리를 듣는 순간 경허의 가슴에는 확ㅡ 불이 지펴지는 느낌이었다. 그 대답 한소리는 지극히 짧았지만 분명 그 여인의 목소리였다.

이 집이다. 드디어 그 여인이 시집온 새 집을 찾아냈다.

경허는 쓰고 있던 방갓을 더욱더 눌러 자신의 얼굴을 가리고 목탁을 든 채 우두커니 서 있었다.

그렇다면 나를 집안으로 잡아끈 이 여인은 그녀의 시어머니인 모양이로군.

그녀가 쌀을 퍼오는 짧은 시간이 한 천년이나 되었을까 싶게 느껴지고 있는 동안 경허의 가슴은 무겁게 고동치고 있었다.

이윽고.

집 안쪽에서부터 신발을 끄는 예리성(曳履聲)이 들려오기 시작하였다. 낯익은 낭자의 발소리였다. 대답 한소리, 발소리 하나에도 그 사람만의 분위기가 깃들여 있는 것인가. 경허는 다가오는 그녀의 발소리에 온몸이 얼어붙는 것 같은 전율을 느꼈다.

한낮의 정오 무렵이었으므로 그림자는 짧고, 방갓을 눌러 쓴 경허의 시야로 여인의 고무신 코만 겨우 보일 뿐이었다.

경허는 멨던 걸망을 벗고, 걸망의 아가리를 벌려 여인이 들고 온 쌀을 받았다.

경허는 볼 수 있었다.

됫박에 듬뿍 쌀을 퍼담아 온 여인의 손끝이 눈에 띌 정도로 와들와들 떨리고 있는 모습을.

그렇다면 이 여인은 탁발 나온 경허가 비록 방갓을 써 얼굴을 가렸다고는 하지만 이미 그의 존재를 눈치채고 있음이 분명하였다.

"아가야, 창고에 가서 한 됫박 듬뿍 더 퍼가지고 오려무나."

시어머니로 보이는 여인이 말하자 여인은 예에― 하고 뒷걸음질로 물러서 사라졌다. 경허는 마음씨 착한 그 주인 아주머니를 위해서라도 목탁을 두드리면서 심경(心經)을 외기 시작하였다.

"관자재보살 행심반야바라밀다시 조견오온개공 도일체고액 사리자 색불이공….'

경허로서는 마음이 미어지고 기가 찰 노릇이었다.

바로 눈앞에서 꿈에도 그리던 그 여인을 만났지만, 그리하여 서로는 이미 목소리와 행색을 통하여 상대가 누구인지 알게 되었지만 이를 절대 내색할 수 없는 지경에 이르고 말았음이다. 그러므로 경허가 목탁을 두드리면서 심경을 외기 시작한 것은 듬뿍 시주를 해주는 안주인을 위해서라기보다 답답한 심사를 스스로 달래기 위함일 뿐이었다.

"시대신주 시대명주 시무상주 시무등등주 능제일체고 진실불허 고설반야바라밀다주…."

여인이 됫박에 쌀을 듬뿍 담아들고 나타나자 경허는 다시 걸망의 아가리를 벌려 쌀을 받았다. 짧은 순간 여인의 손과 걸망의 아가리를 쥐고 있는 경허의 손이 서로 스치게 되었는데, 순간 경허는 여인의 그 짧은 손길이 취모검(吹毛劍)이 되어 자신의 영혼을 예리하게 베어 버리는 것 같은 고통을 느꼈다.

"진실불허 고설반야바라밀다주 즉설주왈 아제아제 바라아제 바라승아제 모지사바하…."

목탁을 두드려 심경을 끝낸 후 경허는 걸망을 둘러메고 두 손으로 합장하고 나서 두 여인을 향해 머리 숙여 인사를 하면서 말하였다.

"시주 많이 해주셨으니 복 많이 받으십시오. 나무아미타불 관세음보살."

경허는 더 이상 탁발을 하지 않고 곧장 절로 되돌아왔다. 원래부터 바닷가인 안흥에 탁발을 나갔던 것도 겨울에 먹을 양식을 시주받을 목적이 아니라 시집 간 여인의 새 집을 알아보는 것이 목적이었으므로 그 목적을 이룬 이상 더 마을을 돌아다니면서 시주받을 필요가 없어졌기 때문이었다.

절로 돌아온 경허는 몇날 며칠을 두문불출하였다. 식음을 전

폐하고 문을 걸어잠그고 방안에 칩거한 지 열흘쯤 지난 어느 날 밤, 경허는 그 누구에게 간다 온다 말도 없이 절에서 사라져 버렸다. 다만 절에서 사라지기 직전 절에 딸린 밭뙈기를 소작하며 잔일을 봐주는 불목하니의 집에 들러 난데없이 자신이 입고 있던 승복을 훌훌 벗어 버리고 대신 동저고릿바람의 머슴옷을 빌려 입고는 간다 온다 말도 없이 사라져 버린 것이었다.

경허가 간 곳은 얼마 전 그가 탁발승 차림으로 찾아갔던 바닷가의 도갓집. 이미 승복을 벗어 버리고 일꾼 행색의 변복을 하고 있었으므로 비록 머리가 짧긴 하지만 텁석부리 수염까지 기른 그가 승려임을 아무도 눈치채지 못하고 있었다.

도갓집에서는 항상 각지에서 어상들이 몰려들어 어물들을 흥정하고 이를 사 쇠수레에 싣고 뿔뿔이 흩어져 가곤 하였으므로 언제나 일꾼들이 붐비고 있었으며 항상 일꾼들이 모자라는 형편이었다. 그런 곳에 기골이 장대하여 한눈에도 힘깨나 쓰게 보이는 경허가 나타나 머슴일을 자청하고 나서자 이를 마다할 이유가 없었다. 경허는 곧 그 도갓집의 머슴으로 채용되었다고 전해지고 있다. 경허는 즉시 행랑채의 머슴방으로 들어가 일꾼들과 함께 잠을 자고 어울리게 되었는데, 그 수많은 일꾼들 중에서 곧 주인의 눈에 띄게 되었다고 전해지고 있다.

일체 말이 없는 이 거구의 사내는 누구보다 부지런하여 고깃배가 들어오면 제일 먼저 달려가 생선짐도 운반하여 나르고, 전국으로 팔려갈 어물들을 실어나르는 데도 꾀를 부리지 않고 누구보다 열심이었다. 전국에서 모여든 소들에게 여물도 일일이

챙겨 먹여 어상들로부터 칭찬을 듣기 시작하였으며 한밤에는 머슴방에서도 잠시를 쉬지 않고 가마니를 짜거나 새끼를 꼬곤 하였다.

특히 경허가 주인마님의 눈에 들었던 것은 부엌일을 누구보다 열심히 도와준 이유 때문이었다. 바닷가라 먹을 물이 귀했는데 경허는 새벽에 일어나 산 밑 샘터에까지 달려가 먹을 물을 길어다 부엌의 항아리에 가득가득 부어 채웠으며 틈틈이 산 위에 올라가 시키지도 않았는데 나무를 하여다 부엌 굴뚝 옆에 산더미처럼 쌓아놓기도 하였다.

경허가 안주인 눈에 들기 위해 무엇보다 부엌일에 열심이었던 것은 다 나름대로 이유가 있었다.

부엌일을 열심히 도와줘 안주인마님의 눈에 들어야만 부엌일을 하는 새색시와 자주 만날 수 있는 기회가 자연스럽게 생길 수 있기 때문이었다.

낭자가 시집을 온 도갓집의 새신랑은 노름에 미쳐 열흘에 하루 정도나 집에 들러 옷이나 갈아입고 또다시 휑― 하니 나가버리는 것이 보통이었는데, 때문에 여인은 시집을 오긴 하였지만 독숙공방(獨宿空房)의 청상과부나 다름이 없음이었다.

지금껏 남아 전해지는 소문에 의하면 경허는 일년여 머슴살이를 하면서 남의 눈을 피해 그 새색시와 정분을 나누었다고 전해지고 있다.

아마도 그러한 소문은 입에서 입으로 전해지고, 귀에서 귀로 떠다니는 동안 사실 이상으로 과장된 이야기로 살이 붙고 비약

되었을지도 모른다. 사실 남의 집 머슴살이를 하면서 그 집의 새로 온 새색시와 남의 눈을 피해 정분을 나눈다는 것은 쉬운 일이 아닐 것이다. 그러므로 어쩌면 경허는 평생을 통해 처음으로 느낀 첫사랑의 상대였던 김씨 낭자를 못 잊어 다만 그녀를 가까운 곳에서 지켜보고, 타오르는 연모의 정을 그런 식으로 달랬을지도 모른다.

그러니까 애당초 김씨 낭자와 눈이 맞아 서로 통정을 하였다는 소문 그 자체가 과장된 허구인지도 모른다. 워낙 기행과 만행으로 점철된 경허의 평생을 통한 무애행은 그러한 흥미로운 이야기를 지어내기에 충분한 소지를 갖고 있으므로. 다만 이 무애행을 통해 알 수 있는 사실은 모든 일에 철두철미하여 조금이라도 애매하거나, 조금이라도 모호하지 않고 그야말로 철저한 그의 성품을 엿볼 수 있다는 점이다.

이러한 성품에 대해 그의 법제자 만공이 마치 화인(火印)과 같은 충격을 그의 스승 경허로부터 받은 적이 있었다.

청양에 있는 장곡사란 절에서의 일이었다. 이 절은 칠갑산이라는 산 속에 깊이 숨어 있는 사찰인데 훗날 경허가 바람처럼 구름처럼 전국을 떠돌고 다니다가 이 절에 잠시 들른 적이 있었다. 당시 만공은 이 절에 머무르고 있었는데 오랜만에 스승을 뵙게 되었으므로 경허가 좋아하는 곡차를 마련하고 마을 사람들은 파전을 비롯한 여러 안주들을 정성껏 마련하여 난데없이 경내에서 술잔치가 벌어지게 되었음이다.

마을 사람들과 선비들도 모두 참석한 술자리가 거나하게 무르익을 무렵, 만공은 스승 경허의 곁에 바짝 다가앉으면서 물어 말하였다.

만공으로서는 오랜만에 만난 스승 경허로부터 모처럼 술기운을 통해서라도 법문 하나를 듣고 싶었기 때문이었다. 만공은 스승이 좀처럼 법문을 하지 않는다는 사실을 이미 경험을 통해 잘 알고 있었다. 다만 거나하게 술이 취했을 때는 예외여서 누가 청하면 하루 종일이라도 법문을 하는 버릇을 잘 알고 있었기 때문이었다.

일찍이 천장사에 있을 때 만공은 그러한 스승의 버릇을 익히 터득하였다. 사람들이 찾아와 불법의 도리를 물으면 종일 귀머거리인 것처럼 벽을 보고 앉아 말이 없다가 누구든 술과 안주를 들고 와 법문을 청하면 단숨에 이를 들이켜고 밤이 새도록 설법하는 스승의 모습을 보고 만공은 한번 이렇게 따져 물은 적이 있었다.

"스님께오서는 만인 앞에 평등하셔야 할 도인이신데 어찌 그렇게 편벽하십니까. 곡차를 올리는 사람에게는 하루 종일이라도 법문을 하시고, 법문을 듣기 위해 먼길을 달려온 목마른 사람들에게는 어찌 하루 종일 묵언이십니까."

그러자 경허는 다음과 같이 잘라 말하였다.

"이 사람아, 법문이라는 것은 술기운에 하는 것이지 맑은 정신에 할 짓은 못 되는 법이네."

이미 천장사에서 이와 같은 경험을 하였으므로 만공은 거나하게 술기운이 올라 있는 스승 경허를 보자 옳지, 이때다, 하고 바짝 다가앉아 다음과 같이 물어 말하였다.

"스님, 스님께오서 곡차를 드셨으니 그 옛날 천장사에서 법문은 술기운에나 하는 법이라고 하시던 말씀이 생각납니다. 지금 마침 스님께오서 곡차를 드시고 얼굴까지 단청불사(얼굴이 단청처럼 붉게 물들었다는 농) 하셨으니 한 가지 묻겠습니다. 스님, 스님께오서는 이처럼 곡차를 마시지만 저는 술이 있으면 마시고 없으면 안 마십니다. 굳이 있고 없음을 따지지 않습니다."

만공은 다시 상 위에 올려져 있는 파와 밀가루를 버무려 지진 파전 안주를 손으로 가리키면서 다음과 같이 말하였다.

"이 파전도 마찬가지입니다. 스님, 저는 굳이 파전을 먹으려 하지도 않고, 또 생기면 굳이 안 먹으려 하지도 않습니다. 스님께오서는 어떻습니까."

난데없는 질문에 경허는 대답 대신 사발에 한가득 들어 있는 곡차를 단숨에 들이켜더니 빈 잔을 만공에게 건네주어 술을 따르면서 다음과 같이 말하였다.

"위대한 대사님, 곡차 한 잔 받으십시오. 나는 그대가 그 동안 그처럼 위대한 도인이 되었는지는 전혀 몰랐네 그려."

경허는 일어서서 제자 만공 앞에 갑자기 엎드려 배를 올리려 하였다. 당황한 만공이 얼른 일어서서 스승을 만류하여 자리에 앉히자 경허는 껄껄 웃으면서 말하였다.

"자네가 벌써 그런 무애 경지에 이르렀는지 내가 전혀 몰랐었네그려. 나는 자네와는 다르네. 자네는 술이 있으면 마시고 없으면 안 마시고, 이 파전이 생기면 굳이 안 먹으려 하지 않고 없으면 굳이 먹으려고도 하지 않지만 나는 자네와는 다르네. 나는 술이 먹고 싶으면 제일 좋은 밀씨를 구해 밭을 갈아 씨 뿌려 김매고 추수하고, 밀을 베어 떨어 누룩을 만들어 술을 빚고 걸러 이와 같은 술을 만들어 이렇게 마실 것이네.”

경허는 잠시 말을 마치고 다시 술잔에 가득 따라 단숨에 이를 들이켜고 수염에 묻은 술을 손등으로 닦아낸 후 파전 안주를 집어먹으면서 말하였다.

“난 또 파전이 먹고 싶으면 파씨를 구해 밭을 일구어 파를 심고 거름을 주어 알뜰히 가꾸어서 이처럼 파를 밀가루와 버무려 기름에 부쳐 가지고 꼭 먹어야만 하겠네.”

이때의 심정을 만공은 훗날 다음과 같이 표현하고 있다.

“나는 그때 스승 경허의 말을 듣는 순간 등에서 땀이 흐르는 것 같은 충격을 느꼈다. 내 견해가 너무 얕고 스승의 경지는 하늘과 같아서 도저히 상대가 되지 않음을 알았다.”

만공의 고백처럼 매사에 철두철미한 경허의 역행에는 이와 같은 철저함이 들어 있음일 것이다. 우연히 만난 18세 낭자의 아리따운 모습에서 타오르는 연정을 느껴 술이 있으면 먹고, 없으면 안 마시는 그런 경지를 뛰어넘어 술이 없으면 밀씨를 구하고 밭을 갈아 씨를 뿌려 김매고 이를 베어 누룩을 만들어 술을 빚어서까지라도 마시고, 파전이 먹고 싶으면 파씨를 구해서 밭을 일구어 파를 심고 거름까지 주어 파를 가꾼 후 파전을 만들어 먹어야 직성이 풀리는 그의 선풍 그대로 그녀의 집을 찾아내 그 집에 머슴으로 들어가면서까지 꿈에도 그리던 여인을 내 여인으로 만

들어 한바탕 속세의 꿈을 꾸려 하였던 그의 파행을 엿볼 수 있음
인 것이다.

꿈을 꾸려면 잠을 자야만 한다.

그 꿈이 실제로 존재하지 않는 환상이며 허상이라 할지라도
잠이 들지 않고는 꿈을 꿀 수 없다. 잠이 들지 않고 깨어 있는 상
태에서 어찌 꿈을 이야기할 수 있음인가.

그러므로 경허가 그 낭자의 집을 찾아가 잠시 승복을 벗어 버
리고 환속하여 머슴살이를 하였던 것은 '꿈'을 꾸기 위해 스스로
'잠' 속으로 뛰어든 것이다.

7

이처럼 매사에 철두철미하였던 경허의 선기는 동산 양개(洞山
良价 : 807~869)의 선풍을 떠올리도록 만들고 있다.

동산 양개는 선종의 큰 두 줄기의 하나인 조동종(曹洞宗)을 창
시한 선사이다.

한국에서는 전통적으로 임제종(臨濟宗)의 영향을 받아 참선할
때 화두를 하나 선택하여 이를 보는(看)것으로 견성하는 데 중
점을 두는데, 그러나 특히 일본에서는 조동종이 발전하여 왔다.
조동종에서는 화두를 선택하지 않고 다만 침묵과 청정한 마음으
로 견성하는 묵조선(默照禪)에 중점을 두고 내려왔다.

선종의 양대 산맥인 조동종을 자신의 제자 조산(曹山 本寂 :
840~901)과 함께 창시한 동산은 그 많은 유명한 선사 중 가장

철두철미한 사람이었다.

그의 철두철미한 성격은 어린 나이 때부터 비롯되는데, 그가 어린 나이에 출가하게 된 것은 이러한 철두철미한 성격으로부터 시작된 것이었다.

동산은 절강(浙江) 지방 사람으로 속성은 회계(會稽) 유씨(兪氏)라 하였다.

어린 나이에 스승을 따라 《반야심경》을 외다가 다음과 같은 구절에 이르렀을 때 의문에 사로잡히게 되었다.

'…그러므로 아무것도 아닌 이 마음 가운데에는 물질도 없고, 느낌 · 따짐 · 저지름 · 버릇도 없고, 눈 · 귀 · 코 · 혀 · 몸 · 생각도 없으며, 또한 형상 · 소리 · 냄새 · 맛 · 닿음 · 이치도 없으며, 쳐다보는 일도 생각해 보는 일도 없으며, 허망한 육신을 '나(自我)'라고 생각하는 그릇된 생각(無明)도 없고, '나'라는 그릇된 생각이 없어졌다는 생각마저 없다(是故空中無色 無受想行識 無眠耳鼻舌身意 無色聲香味觸法 無眠界 乃至 無意識界 無無明 亦 無無明盡).'

스승을 따라 심경을 읽어 내려가던 어린 동산은 갑자기 이 구절에 이르러 외기를 멈추고 스승에게 다음과 같이 따져 물었다.

"이 반야심경에는 눈 · 귀 · 코 · 혀 · 몸 · 생각도 없다고 하셨습니다. 그러나 나는 이 말을 알아들을 수가 없습니다. 보십시오."

어린 동산은 자신의 얼굴과 그 얼굴 위에 분명히 존재하는 눈 · 코 · 혀를 가리키면서 다음과 같이 물었다.

"제 얼굴에는 분명히 눈과 귀와 코와 혀가 이처럼 있지 않습니까."

이 말을 들은 스승은 적이 놀라면서 다음과 같이 탄식하였다 한다.

"나는 너의 스승이 아니다. 너의 스승을 찾아가거라."

매사에 철저하여 조금이라도 의심이 있거나 터럭만큼의 미혹이 있으면 이를 용납지 못하는 동산의 철두철미함이 마침내 그를 어린 나이에 출가토록 만드는 것이다.

동산이 남긴 선화 중에 그의 성격을 극명하게 드러내 보이는 이야기가 하나 있다. 선가에서 널리 알려져 자주 운위(云謂)되는 이 선화는 철두철미한 그의 선풍을 나타내 보이는 극치로 손꼽히고 있다.

어느 날 어떤 스님이 찾아와 동산에게 물어 말하였다.

"추위와 더위가 찾아오면 이를 어떻게 피해야 합니까(寒暑到來如何回避)."

이에 동산이 대답한다.

"추위와 더위가 없는 곳으로 가면 되지 않겠느냐(何不向無寒暑處去)."

그러자 그 스님이 다시 물었다.

"그렇다면 도대체 어디가 추위와 더위가 없는 곳입니까(如何是無寒暑處)."

이에 동산은 대답한다.

"추울 땐 그대를 춥게 하고 더울 땐 그대를 덥게 하는 곳이다(寒時寒殺闍黎 熱時熱殺闍黎)."

우리는 추우면 더운 곳으로 피하려 한다. 더운 곳으로 피하면 추위를 가실 수는 있을지 모르지만 추위를 벗어난 것은 아니다. 마찬가지로 우리는 고통이나 근심이 있으면 본능적으로 그 고통을 잊으려 술을 마시거나, 노름을 하거나 다른 방법으로 이를 피하려 한다. 그러나 이를 피하고 잊는다고 해서 그 고통이 소멸된 것은 아니다. 오히려 그 고통은 더 큰 고통으로 남아 있을 뿐이다. 고통을 없애기 위해서는 이를 잊으려 할 것이 아니라 고통의 원인과 그 고통의 실체 속으로 뛰어들어가야 한다.

고통이나 불안을 잊으려 하거나 피하려 한다면 우리는 고통의 노예가 되어 마침내 술과 도박에 중독이 되어 버리는 보다 큰 고통을 초래하게 될 것이다.

물론 고통이나 불안의 실체를 바라보는 그 일은 마음의 상처에서부터 비롯되었으므로 이 또한 고통스런 일일 것이다. 그러나 그 고통을 보다 큰 고통 속에서 직시할 수 있다면 마침내 고통은 사라지게 될 것이다.

동산의 가르침은 그것을 의미하고 있는 것이다.

추위가 찾아올 땐 더운 곳으로 일시적으로 피할 것이 아니라 보다 철저히 자신을 춥게 함으로써 추위를 죽이고, 더위가 찾아올 때에는 다시 추운 곳으로 피할 것이 아니라 보다 철저히 자신을 덥게 함으로써 더위를 죽이라는 인생의 큰 지혜를 담고 있음인 것이다.

경허가 서산 앞바다 안흥에서 잠시 승복을 벗고 환속하여 도갓집의 새색시와 정분을 나누었던 것은 오히려 인간의 마음속에 깃들여 있는 애욕과, 그 애욕의 뿌리를 직접 맛보려는 그의 철두철미한 성격 때문인지도 모른다. 애초부터 경허는 추위가 다가오면 추위가 없는 더운 곳으로 비켜 나앉는 그런 위인이 아니었다.

《법구경》에는 다음과 같은 유명한 말이 나온다.

《법구경》은 초기 경전 중 하나인데 이곳에는 부처의 육성이 생생하게 살아 있어 욕망과 집착으로 말미암아 미망(迷妄)의 길에서 방황하여 갖가지 번뇌에 사로잡혀 무한한 고통을 겪고 있는 인간들에게 짤막한 경구로 번뇌를 끊어 해탈의 지름길을 얻게 하려는 부처의 의지가 강렬하게 엿보이고 있다.

《법구경》의 제24편 '호희품(好喜品)'에서는 인간의 애욕을 다음과 같이 경책하고 있다.

'사랑하는 사람을 만들지 말고, 미워하는 사람도 만들려 하지 말라. 사랑하는 사람은 보지 못해 고통스럽고, 미워하는 사람은 보는 것으로 괴롭다(不當趣所愛 亦莫有不愛 愛之不見憂 不愛見亦憂).

이런 까닭에 사랑을 하지 마라. 사랑은 증오의 원인이 된다. 이미 결박을 벗어난 자는 사랑도 미워함도 없다(是以莫造愛 愛憎惡所由 已除結縛者 無愛無所憎).

사랑하고 기뻐함이 근심을 낳고, 사랑하고 기뻐함이 두려움을 낳는다. 사랑하고 기뻐함이 없으면 무엇을 근심하고 무엇을 두려워할 것인가(愛喜生憂 愛喜生畏 無所愛喜 何憂何畏).'

그러나 마침내 도를 이뤄 이미 부처를 만나면 부처를 죽여 버린 경허에게 《법구경》의 이 경구도 한갓 잠꼬대에 지나지 않는다.

물론 부처의 말대로 사랑하는 사람을 만들면 고통이 따르고, 미워하는 사람을 만들면 고통이 따름을 경허는 잘 알고 있었다. 물론 경허는 부처의 말처럼 사랑하고 기뻐함이 근심을 낳고 두려움을 낳는다는 사실도 잘 알고 있었다. 그러나 그 근심과 두려움을 피하기 위해 사랑이 없는 곳을 찾아 이를 피할 경허가 아니었다. 사랑의 두려움을 피해 사랑이 없는 곳으로 가는 일은 사랑은 '피하는 길'이 될 수 있을지는 모르지만 사랑을 '벗어나는 길'은 못 되는 것이었다.

지옥을 벗어나려면 천국으로 피할 것이 아니라 지옥으로 뛰어들어야만 하듯 경허는 인간의 마음속에 숨어 있는 애욕의 뿌리를 철저히 맛보기 위해 스스로 승복을 벗고 애욕의 바다 속으로 잠수하여 뛰어들어 본 것이었다. 경허의 만행에 살이 붙어 실제보다 더 과장되었을지는 모르지만.

어쨌든.

주인집 새색시와 머슴살이로 들어간 경허의 밀애는 마침내 그 꼬리가 길어 주인에게 들키게 되었음이다.

두 사람의 밀회 현장을 처음으로 목격한 사람은 도갓집의 안주인마님이었다고 전해진다. 그 현장이 들키게 되자 경허는 느닷없이 품속에 간직하고 있던 장도(粧刀) 하나를 꺼내 새색시 손에 쥐어 주면서 자신을 찌르라고 명령하였다고 전해지고 있다.

새색시가 칼을 받았으나 벌벌 떨면서 찌르지 못하자 경허는 방문을 여는 주인집 마님 앞에서 마치 새색시가 칼로 찌르는 것처럼 두 손으로 칼을 받아 자신의 가슴을 찌르면서 무릎 꿇고 빌었다고 전해지고 있다.

이는 머슴인 자신이 새색시 방으로 숨어들어 강제로 겁탈이라도 하려던 것처럼 위장해 보려는 연극이었다. 그래야만 자신은 화를 입는다 하더라도 새색시는 화를 면할 수 있었으므로.

머슴 경허의 엄청난 행위를 목격한 안주인은 우선 남의 눈이 창피해 소동을 부리지 않고 경허를 머슴 방으로 돌아가게 한 다음 어장이 파하기를 기다려 행상들이 모두 제각기 제 갈 길로 떠나 집안이 좀 조용해지자 이 사실을 남편과 아들에게 일러바쳤다.

도갓집 주인은 남의 눈이 창피하고, 며느리가 몸을 버린 것도 아니고, 그 몹쓸 머슴놈이 저 혼자 짝사랑하다가 담을 넘어 뛰어들었을 뿐이니 일을 조용히 처리하자고 하였다. 그래서 머슴인 경허만 내쫓고 없던 일로 하자고 하였으나 이 일에 펄펄 뛰면서 반대하고 나선 것은 새색시의 젊은 남편이었다.

그는 젊은 혈기로 자신의 아내를 엿보았던 머슴놈을 감히 용서하기에는 자존심이 허락지 않았다.

그러나 그는 자신이 직접 이 일에 뛰어들어 머슴을 죽이거나 죽을 정도로 때리면 분은 풀릴 수 있지만 마침내 온 동리로 창피한 소문들이 번져 나갈 것이 두려웠으므로 궁리 끝에 한 가지 꾀를 생각해 냈다.

그것은 사람을 사는 일이었다.

예로부터 바닷가에는 주먹깨나 쓰는 건달패들과 주거지가 일정치 않고 떠돌아다니는 부랑자들이 있게 마련이었다. 이들은 성수기에는 배를 타고 나가 고기를 잡기도 하고 비수기에는 어항에 자리잡고 있는 술집 같은 데 들러붙어 작부들의 기둥서방 노릇이나 하면서 지내는 잡배들이었다. 도갓집 도련님으로 유난히 노름을 좋아하던 그로서는 자연 이들과 교분이 있게 되었는데 그들을 동원하여 이 머슴을 때려 죽인 다음 남의 눈을 피해 몸에 돌을 매달아 바다 한가운데에 내다버리면 복수는 복수대로 하고, 범죄는 범죄대로 감쪽같이 은폐할 수 있는 일석이조의 방법이었던 것이다.

그는 그중에서도 가장 흉악하고 질이 나쁜 건달패를 다섯 명이나 사두었다고 지금까지 전해지고 있다.

주인집 아들은 머슴 경허가 육척 거구에 힘이 장사라는 것을 미리 건달패들에게 일러주고, 그래서 만약 실수라도 할 양이면 일이 더욱 낭패하게 된다고 신신당부해 두는 것을 잊지 않았다.

그래서 건달패들은 만일의 사태에 대비해 고기를 잡을 때 사용하는 어도(魚刀)를 품안에 숨겨두고 있었다고 전해지고 있다.

그날 밤.

부랑자 하나가 행랑채로 찾아와 아무 일 없던 것처럼 새끼를 꼬고 있는 머슴 경허를 불러냈다.

미리 각목과 몽둥이를 들고 동료들이 기다리고 있는 바닷가 동구 밖까지 끌어내었고 머슴 경허는 그들이 자신에게 어떤 일을 하려는가 분명히 알고 있으면서도 도살장에 끌려가는 소처럼 아무런 말도 없이 그저 묵묵히 따라가고만 있었다고 전해지고 있다.

건달패들은 모래사장에 경허를 세워놓고 다짜고짜로 패기 시작하였다. 그들은 미리 주인집 아들로부터 술을 잔뜩 얻어먹은 후였으므로 모두들 흥분과 광기에 젖어 있었다.

그들은 미리 주인집 아들로부터 경허의 완력과 괴력에 대해 전해들은 바 있었으므로 만일의 경우에는 품속에서 칼을 꺼내 그것을 사용하여 죽일 것을 생각하고 있었다. 그러나 칼을 꺼낼 필요는 없게 되었다. 왜냐하면 머슴은 일체 반항을 하지 않았기 때문이었다.

머슴은 때리면 때리는 대로 맞고, 몽둥이로 두들기면 두들기는 대로 맞았다. 발길로 차면 차는 대로 맞아 모래사장을 뒹굴고, 돌멩이로 찍으면 찍는 대로 맞았다. 그런데도 전혀 신음소리를 내지 않았다.

건달패들은 폭력행위에 이골이 난 무뢰한들이었다. 그들은 때리면 때리는 대로 맞으면서도 일체 신음소리 하나 내지 않는 머슴 경허의 침묵과 비폭력에 대해 불쾌감을 느끼고 있었다.

그래서 보다 더 잔인하게 경허에게 폭력을 자행하기 시작하였다.

다섯 명의 건달패들은 형장에서 목을 베는 망나니들처럼 온갖 폭력을 머슴 경허에게 퍼부었다. 얻어맞으면서도 경허는 일체 신음소리 하나 없이 일어서고 쓰러졌다가는 다시 일어서곤 하였다.

마침내 날이 샐 무렵쯤 되었을 때야 머슴은 모래사장에 쓰러져 다시는 일어서지 못하였다. 온몸은 피로 물들었으며 누군가 한 사람이 쓰러진 머슴의 가슴 가까이 손을 대 심장의 고동을 확인해 보고는 때리는 일만으로도 지친 목소리로 이렇게 말했다.

"죽었어, 완전히 뒈져 버렸어."

아직 희미하게 심장의 박동은 느껴지고 있었지만 이미 머슴은 죽은 시체나 다름없었다. 의식은 완전히 죽어 있었고 체온은 싸늘하게 식어 있었다.

그들은 머슴을 배에 태워 몸에 돌을 매달고 바다 한복판에 집어넣어 버릴 것을 의논하였다. 그러자 건달패의 우두머리격인 한 사내가 입을 열어 말하였다.

"우리는 죽을 만큼 때리라는 몫으로는 돈을 받았지만 이놈을 배에 태워 바다 속에 빠뜨려 버리라는 몫에 대해서는 아직 돈을 받지 못허였구먼."

그의 불평은 사실이었다.

그들은 분명히 이 머슴을 죽여 버리라는 은밀한 제의를 받았고 그에 대한 대가도 이미 충분히 받은 셈이었지만 이 머슴을 배에 태워 바다 한복판에 떨어뜨려 물고기의 밥이 되도록 수장시키라는 대가는 아직 받지 않은 셈이었다. 그들은 모두 돈에 굶주린 사람들이었고, 이번 일은 어항 제일의 갑부인 도갓집으로부터 충분히 돈을 우려낼 수 있는 절호의 기회가 틀림없었으므로 이를 놓칠 리가 없었다.

그들은 피투성이의 반송장인 머슴 경허를 섬거적으로 둘둘 말아 수레에 싣고는 흥정하기 위해 주인집 아들을 찾아갔다. 그들은 그가 어디에 있는지 잘 알고 있었다. 그들은 밤새도록 노름판이 벌어지고 있는 색줏집 앞마당에 피투성이의 경허를 부려놓고 우두머리격인 건달패가 흥정을 붙이기 위해 노름방에 들어가 주인집 아들을 불러냈다.

"우리는 시키는 대로 하였소."

다섯 명의 건달패들도 모두 피투성이가 되어 있었다.

"이 머슴놈은 완전히 뒈져 버렸소."

주인집 아들은 몸을 떨면서 수레에 실린 송장의 모습을 보았다.

"이리로 날 찾아오면 어쩔 셈인가. 이리로 찾아오면 내가 시킨 것이 들통날 것이 아닌가베."

"우리는 시키는 대로 하였으니 자, 송장 받으시오."

주인집 아들은 짜증스런 목소리로 말을 받았다.

"내가 미리 돈을 주었을 터인데, 배를 타고 바닷가에 나가 그물 속에 집어넣으라고 하였을 터인데."

"죽을 만큼 때리라는 몫으로는 돈을 받았지만 배를 타고 바다로 나가 이놈을 집어 던지라는 데에는 아직 돈을 받지 못허였소. 그러니 돈을 더 주든지 아니면 이 송장을 받든지 둘 중에 하나를 택하시오, 되련님 나으리."

주인집 아들은 어이가 없었다.

그는 이미 충분한 대가를 지불하였다. 그러나 그들은 더 많은 돈을 우려내기 위해 송장을 끌고 와 생떼를 쓰고 있는 것이었다.

이미 날이 새 바닷가는 훤히 밝아지고 있었고 조금 있으면 고 깃배들이 몰려들 시간이었다. 자칫하면 사람들의 눈에 살인행위 가 들켜버릴지도 모를 일이었다. 부랑배들은 이미 그런 약점까 지 이용하려는 계산이 분명하였으므로 만만하게 물러설 기세가 아니었다.

"좋아."

주인집 아들이 말하였다.

"일단 생선창고에 넣어두기로 하지. 그런 연후에 다시 만나서 값을 정하기로 하자."

"좋소."

우두머리격인 수장(首長)이 선선히 대답하며 물러섰다.

"그럼 우리가 이놈을 생선창고에 넣어둘 테니 필요할 때면 언 제든 불러주시오."

그들로서는 손해볼 것이 없었다.

어차피 이놈은 죽을 놈이다. 생선창고에서 죽든, 돌을 매단 채 바닷속에 가라앉아 죽든 살인행위는 어차피 마찬가지다. 그들은 살인에 대해 겁을 먹을 만큼 그런 심약한 패거리는 아니었다. 관 가에 고발되면 두려워할 사람은 도갓집 도련님이다. 더구나 그 는 살인을 청부하였다. 우리들은 돈을 받고 살인을 한 하수인에 불과할 따름이다. 그러므로 이 송장을 이용함으로써 더 많은 대 가를 받아내는 것은 당연한 일인 것이다.

그들은 선선히 물러나와 수레를 끌고 도갓집으로 찾아갔다. 그들은 항상 열려 있는 대문을 통해 집안으로 들어가 생선창고 깊숙한 외진 자리에 거적으로 둘둘 만 머슴 경허를 처넣었다.

경허의 몸은 이미 얼음장처럼 식어 있었으며 심장의 박동은 실낱처럼 끊어질 듯 끊어질 듯 희미하게 뛰고 있을 뿐이었다.

"가세."

경허를 생선창고에 처넣고 나서 그들은 손을 털며 창고를 나가버렸다.

지금까지 남아 전하는 소문에 의하면 경허는 그 생선창고에서 닷새를 송장 상태로 처박혀 있었다고 전해지고 있다. 건달패들과 주인집 아들 간에 사후 처리에 관한 문제가 쉽사리 타결이 되지 않아 그렇게 세월이 흘러갔다고 전해지고 있다.

그 점은 다행일 것이다.

만약 선선히 양자간에 흥정이 타결되었다면 구한말의 위대한 선승 경허는 몸에 돌을 매단 채 바다 속에 집어던져져 물고기밥이 되었을 것이므로.

경허가 생선창고에서 닷새 만에 그야말로 구사일생, 극적으로 구출된 데에는 다음과 같은 일화가 전해져 내려오고 있다.

전국으로 떠돌아다니면서 어물을 파는 행상 중 한 사람이 마침 제철을 맞아 한창 판매 중인 어리굴젓을 사기 위해 도갓집을 찾아왔다가 주인에게 알리지 않고 창고 문을 몰래 열고 들어가 살 물건이 좋은가 어떤가 미리 구경하기로 마음먹었다. 창고 안에는 예부터 서산 앞바다의 명물인 어리굴젓을 담은 독들이 그득그득 들어 있었는데 일일이 뚜껑을 열고 손가락으로 맛을 보던 장사꾼은 갑자기 어디선가 거칠게 숨쉬는 소리 같은 것이 들려움을 느꼈다. 이상하게 생각한 상인은 그 소리가 나는 곳을 찾아 생선창고 구석진 자리로 가보았는데, 그곳에는 거적을 뒤집어쓴 물건 하나가 놓여 있었다.

이상한 숨소리와 간간이 섞이는 신음소리는 그곳에서 나고 있었던 것이다. 놀란 상인이 거적을 젖히자 그 속에서 피투성이의 반송장 하나가 튀어나왔다. 이미 핏물은 말라 시커멓게 엉겨붙어 있었으며 닷새 동안 물 한 모금 밥 한 술 얻어먹지 못하고 갇혀 있던 머슴 경허의 몸은 그러나 놀랍게도 끈질긴 생명을 유지하고 있었다.

더구나 경허를 발견한 상인은 평소 그에 대해 호의를 품고 있던 장사꾼 중 한 사람이었다. 그는 평소 경허의 부지런함과 꾀를 부리지 않고 묵묵히 일하는 성실함을 눈여겨보고 이를 칭찬하던 사람 중 한 사람이었으므로 섬거적을 들치자 튀어나온 경허의 모습을 보고 크게 놀라지 않을 수 없었다.

"이 사람, 도대체 이게 웬일인가, 이게 웬일이여."

상인은 경허의 얼굴을 때리고 흔들어 보곤 하였지만 경허는 의식을 잃은 채 거친 숨만 몰아쉬고 있을 뿐이었다. 눈꺼풀을 까보았지만 눈동자는 풀려 초점을 잃고 있었다. 무슨 연유인지는 알 수 없어도 대충 미뤄 보아 머슴이 오형(伍刑)의 극형을 받았음을 상인은 짐작하게 되었음이다.

예로부터 바닷가에서는 간간이 사형(私刑)이 가해지곤 했다. 이른바 오형이라 하여 살갗에 먹물로 글자를 새기는 벌, 코를 베는 벌, 발뒤꿈치를 베는 벌, 불알을 까는 벌, 때려 죽이는 벌 등이 은밀하게 일어나곤 했다. 주로 중국을 오가는 배꾼들 사이에서 벌어지던 이 형벌은 오랜 전통을 가지고 있었는데, 아마도 이 머슴은 그 극형 중의 하나인 장형(杖刑)을 당해 몽둥이로 얻어맞아 저처럼 반송장이 되어 버린 모양이었다. 이러다간 곤장을 맞고 죽어 버리는 장폐(杖斃)까지 이를 지경이었으므로 상인은 크게 놀라지 않을 수 없었다.

상인은 우선 이 머슴의 목숨을 살려놓고 봐야 한다고 생각하였다. 그는 마침 비상용으로 곰의 쓸개를 가지고 있었다. 웅담이야말로 장독(杖毒)에 특효임을 그는 잘 알고 있었다. 원래 장독이 오르면 인분을 구해다 먹이기도 하지만 얻어맞아 온몸이 붓고 피가 잘 돌지 못하고 뭉쳐 썩어 버리는 어혈(瘀血)을 푸는 데는 웅담이야말로 비약임을 장사꾼은 잘 알고 있었다.

그는 술에다 웅담을 집어넣고 잘 갠 후 머슴의 입에 부어 넣었다.

의식이 없고 몸은 싸늘하게 식어 있었으므로 입을 벌려 간신히 흘러내리지 않도록 입안에 털어넣었을 뿐이었다.

시간이 흐르자 약효 때문인지 경허의 몸에 온기가 돌아오기 시작하였다.

천천히 굳은 혀가 풀리고 눈동자에 초점이 맞아 들어가기 시작하고 있었다.

"무슨 일인가. 입을 열어 말로 해보게. 이게 무슨 일이여."

장사꾼은 머슴의 의식이 돌아왔음을 알고 연유를 물어보기 시작하였다. 그러나 머슴은 굳게 입을 닫고는 한마디의 대답도 하지 않았다.

　분개한 쪽은 장사꾼이었다.

　그는 간신히 머슴의 생명을 살려놓긴 하였지만 저처럼 죽을 지경에 이르기까지 때리고 두들겨 팬 도갓집 주인에 대해 참을 수 없는 분노를 느꼈다. 더욱이 은밀하게 행해지는 사형에 대해 관가에서는 엄중히 법으로 금하고 있음을 그 상인은 잘 알고 있었다.

　그래서 그는 창고를 나와 도갓집 주인을 찾아가 이를 따져물었다고 전해지고 있다.

　자기 아들이 머슴에게 한 짓거리를 모르고 있던 주인은 놀라 창고로 달려와 머슴의 행색을 본 후에 기절초풍하였다고 전해진다.

　"이 사람이 무슨 잘못을 허였는지는 모르지만 잘못이 있다 하더라도 법에 의해 처리해야지 어찌 사람에게 이처럼 잔인한 극형을 내릴 수 있단 말인가. 아무런 쓰잘것없는 머슴놈이라 하여도 이처럼 송장이 되도록 두들겨 팰 수가 있단 말인가. 내가 관가에 고발하여 이런 무도한 행패를 막을 터이니 그리 아시오. 두번 다시는 이런 일이 없도록 할 터이니 그리 아시오."

　장사꾼의 으름장에 도갓집 주인은 싹싹 두 손으로 용서를 빌었다고 전해진다. 그렇지 않아도 남의 눈이 창피하고 나쁜 소문이라도 돌게 될까 두려워하던 주인이었으므로 자기 아들이 몰래 행한 이 나쁜 짓이 밖으로 새나가 관가에라도 알려지면 낭패스런 일이므로 그는 통사정을 하면서 이렇게 말하였다고 전해진다.

"우리가 잘못하였소. 저 사람을 잘 치료하여 제 갈 길로 보내 주겠소. 그러니 제발 이번만은 눈감아 주시오."

며칠 뒤 경허는 그 도갓집을 떠났다.

거의 일년 만에 바닷가를 떠나게 되었는데, 남의 눈을 피해 동구 밖까지 따라온 주인이 경허의 저고리 주머니 속에 노자를 듬뿍 넣어 주면서 다음과 같이 말하였다.

"잘 가거라. 그리고 다시는 이 마을에 얼씬도 하지 말거라. 다시 이 바닷가에 오면 너는 쥐도 새도 모르게 죽게 될 터이니까."

머슴 경허는 도갓집 주인과의 약속을 지켰다. 머슴 경허는 속복을 벗어 버리고 승복으로 갈아입은 후 다시는 그 바닷가를 찾아간 적이 없었다고 전해지고 있다.

봄에 바닷가로 내려왔는데 산으로 돌아갈 때는 깊은 가을이었다고 전해지고 있다.

잘 치료받았다고는 하지만 아직 몸은 성하지 못해 쩔룩거리면서 경허는 한바탕의 꿈을 꾸었던 저잣거리를 지나고, 한바탕의 꿈을 꾸었던 사바세계를 지나 마침내 산문에까지 이르렀다고 전해지고 있다. 떠날 때 잠시 들렀던 불목하니의 집에 다시 들러 빌려 입었던 동저고리를 훌훌 벗어 되돌려주고는 다음과 같이 말하였다.

"잠시 동안 자네 옷을 잘 빌려 입었네. 이젠 내 옷을 돌려주게나."

불목하니가 간수하고 있던 승복을 건네주자 경허는 그가 보는 앞에서 벌거벗은 채 다시 승복으로 갈아입었는데 그때의 알몸을 본 불목하니는 훗날 다음과 같이 말하였다고 전해지고 있다.

"스님의 몸은 만신창이가 돼 있었는데유, 꼭 갈래갈래 찢어진 걸레조각 같았구먼유."

승복으로 갈아입고 휘적휘적 다시 절로 돌아오자 거의 일년 동안이나 아무런 소식이 없어 궁금해 하던 제자들은 모두 놀라 뛰어나와 큰스님을 맞이하였다. 그러나 그들은 경내로 들어오는 큰스님의 행색을 보자 더욱 놀랐다. 큰스님 경허의 얼굴은 모두 깨지고, 온몸은 상처투성이였고, 죽음 직전에서 간신히 일어선 뒤끝이라 초췌하기가 이를 데 없었다. 건드리기만 해도 쓰러질 듯 위태로웠으며 한 손에는 지팡이를 들고 있었다.

"스님, 어인 일이십니까."

제자들이 다투어 묻자 경허는 다만 이렇게 대답하였다고 전해진다.

"바닷가에 놀러 나갔다가 해풍을 만나 이리 되었네. 자네들도 앞으로는 포변(浦邊)으로 구경 나갈 생각들은 아예 하지도 말게. 잘못하면 미친 파도를 만나 바다 속으로 쓸려가거나 바닷바람을 만나 나와 같은 꼬락서니가 될지도 모르니까."

8

경허가 만든 일생일대의 만행이라고 불리는 이른바 '어촌만행(漁村萬行)'이 오늘날까지 이처럼 남아 전하게 된 것은 경허를 살려준 상인에게서부터 비롯된다.

독실한 불자였던 그 장사꾼은 호서지방에 큰스님이 있다고 하여 친견할 겸 불공도 드릴 겸 절까지 찾아왔다 경허와 맞닥뜨리게 된 것이었다.

경허의 모습을 보자 그 장사꾼은 귀신을 만난 듯 크게 놀랐다. 법당에 앉아 있는 큰스님은 자신이 죽음에서 구해 준 바로 그 머슴이 아닌가. 장사꾼은 자신이 혹시 잘못 보아 착각하고 있는 것이 아닐까 생각하고 눈을 비비고 똑바로 큰스님을 쏘아보았다.

분명히 그 큰스님은 자신이 구해 준 머슴이었다.

눈썰미에 자신있는 장사꾼은 비록 그 큰스님이 동저고리의 머슴옷을 벗어던지고 먹물 입힌 승복을 입고 있다고는 하지만 틀림없이 자신의 소에다 여물을 부지런히 먹이고, 어물상자를 꾀부리지 않고 묵묵히 나르던 그 머슴임이 틀림없다고 단정을 내렸다.

"저 사람이 틀림없이 큰스님이 맞는가유. 저분이 틀림없이 경허 스님이라는 큰스님이 맞는가유."

장사꾼은 그래도 미심쩍어 차마 직접 말을 건네지 못하고 당시 경허의 밑에서 시자로 있던 만공에게 다가가 넌지시 물어보았다.

만공이 그렇다고 대답하자 그 장사꾼은 터무니가 없어 웃음부터 나왔다. 이게 도대체 어찌된 일인가. 법당에 앉아 존경을 받고 있는 큰스님 경허. 호서지방에서는 살아 있는 부처라 하여 소문이 자자한 큰스님. 그 사람이 어물창고 속에 처박혀 있던 그 죽어 가던 머슴녀석이라니.

어느 쪽이 진짜의 경허인가.

장사꾼은 바닷가에서 이미 자자하게 널리 퍼졌던 머슴과 주인집 새색시 간의 춘사(椿思)에 관한 소문을 익히 전해 듣고 있었다. 아무리 덮고, 아무리 막는다 하더라도 이미 썩어 버린 향기는 번져 나가게 마련. 머슴은 어디론가 사라지고 주인집 새색시는 시집 온 지 4년 만에 쫓겨 자신의 친정인 갈산으로 돌아가버렸다는 소문은 이미 바닷가에 자자하게 퍼져 있었던 것이다.

그렇다면 법당에 앉아 있는 저 큰스님이 바로 주인집 새색시와 통정하였던 바로 그 머슴녀석이란 말인가. 그렇다면 어느쪽이 진짜의 '그'인가.

승복을 입고 법당에 앉아 있는 큰 스님 경허, 어물창고에 누워 있던 머슴녀석, 누가 진짜의 '그'인가.

장사꾼은 어리둥절하였으나 어쨌든 부딪혀 보리라 결심하고 법당에 앉아 있는 경허에게 합장하고 배례한 후 다음과 같이 말하였다.

"큰스님, 저를 모르시겠습니까."

바닷가의 어항에서는 '해라' 하던 머슴놈에게 이제는 합장하고 배례한 후 공대어까지 쓰게 되었으니 기막힌 쪽은 장사꾼이었다.

경허는 돌로 만든 석불처럼 정좌하고 앉아 자신을 부르는 장사꾼을 마주보았다. 그러나 그의 얼굴에는 전혀 감정이 깃들여 있지 않았다.

"저를 모르시겠습니까, 큰스님."

장사꾼은 재차 물어보았다. 그러자 경허가 큰소리로 말하였다.

"그대가 누구인데."

역공을 당한 장사꾼은 오히려 할 말이 없었다. 차마 자신이 먼저 안흥의 바닷가에서 입 속에 곰 쓸개를 탄 술을 부어넣어 목숨을 살려주었던 그 장사꾼이라는 말을 꺼낼 수도 없고, 그렇다고 달리 꺼낼 말도 없어서 우물쭈물하다가 한 가지 꾀를 생각해 냈음이었다.

"큰스님, 몸은 많이 쾌차하셨습니까유. 어디 아픈 데는 없으십니까유. 제게 아직도 비상용으로 갖고 다니는 웅담이 조금 남아 있사온데 원하신다면 드릴까 하여서유."

산전수전 다 겪은 장사꾼도 만만히 물러설 사람은 아니었다. 그로서는 고심 끝에 한 가지 꾀를 생각해낸 것이다. 이런 식으로 말을 한다면 제 아무리 큰스님이라 하더라도 모른 체하지 못하고 말문이 막혀 이실직고하리라고 아픈 곳을 찔러 물어본 것이었다.

그러자 경허는 장사꾼을 쏘아보며 다음과 같이 말하였다고 전해진다.

"그렇게 묻고 있는 그대는 도대체 누구인고."

이 질문 한소리에 장사꾼은 대번에 입이 막혀 버렸다. 어떻게 자신을 설명해야 할 것인지 도저히 생각이 떠오르지 않아 쩔쩔매고 서 있자 경허는 갑자기 껄껄 크게 웃으면서 소리쳐 시자인 만공을 불렀다.

만공이 급히 달려오자 경허는 다음과 같이 말하였다.

"귀한 손님이 찾아오셨으니 방을 잡아 드려 편히 쉬시게 하고 때맞춰 공양을 드리도록 하여라."

그리고 나서 경허는 성큼 일어나 법당의 문을 닫아 버렸다고 전해진다. 그리고 그 장사꾼은 하룻밤을 묵고 절을 떠날 때까지 다시는 큰스님 경허를 만나보지 못하였음이었다.

그러나 그 장사꾼은 하룻밤을 머무르면서 제자인 만공과 혜월에게 자신이 보고 겪었던 모든 일들을 낱낱이 털어놓았다.

장사꾼의 입을 통해 흘러나오는 이야기를 들었을 때야 만공은 스승 경허가 일년 가까이 산을 내려가 어디서 무엇을 하였던가를 소상히 알게 되었으며, 경허가 말하였던 '해풍'이 무엇이며, '미친 파도〔怒濤〕'가 무엇인지 비로소 알게 되었음이었다.

확인할 수는 없겠지만 오늘날까지 남아 전하는 이야기에 의하면 경허는 영원히 그 도갓집 새아씨와 만나지 않았으며 시집에서 쫓겨난 그 김씨 낭자는 곧바로 출가하여 비구니가 되었다고 전해진다.

이 무렵.

경허는 한 수의 노래를 짓는다.

《삼국유사》에 나오는 조신처럼 경허는 인간세상으로 내려가 한바탕의 꿈을 꾸고, 인간의 애욕이 얼마나 무서운가 죽을 만큼 얻어맞고 고통 속에서 처절한 지옥의 불을 맛보았다. 죽을 만큼 두들겨 맞으면서 비로소 경허는 명정(酩酊)했던 의식이 명정(明正)되고 있음을 느꼈을 것이다. 맞고 또 맞고 죽음에까지 이르는 폭력에 일체 저항하지 않고 비폭력으로 대응하면서 경허는 이를 고행(苦行)으로 받아들이고 있었을 것이다.

그리하여 마침내 죽음에서 일어나 지팡이를 주워들고 산문을
향해 절뚝거리며 걸어오면서 경허는 빨래를 죽도록 패고 두들겨
야만 정갈하게 펴지듯 자신의 때문은 육신이 그 무참한 폭력으
로 정죄되었음을 느꼈을 것이다.

이때의 심정이 이 무렵 지은 토굴가(土窟歌)에 잘 나타나 있
다.

　일만 일 모두가 꿈 아닌 일 없음 홀연히 깨달아
　주장자 짚고 물병과 바리때 둘러메고
　깊은 구름 숲속으로 들어가노라
　온갖 새 지저귀고
　돌 틈으로 흘러내리는 샘물은 졸졸졸
　천길이나 되는 늙은 소나무와
　백번이나 얽힌 등 칡덩굴 속에
　두어 칸 띠집(茅屋)을 짓노라
　나의 벗으로는 이것뿐
　때로는 구름과 안개에 나아가 노래하고
　때로는 향을 사르고 고요히 앉았으니
　진세(塵世)의 티끌이 다시는 침범함이 없음이로다
　텅 비고 심련한 한마음에
　만 가지 이치가 소상히 드러나니
　무릇 이것이 세상에 일등(一等) 사람이로다

술 가운데 산 신선의 술을 마시어 흠뻑 취하고
삼라만상을 한 인(印)으로 도장처 버린 후
대머리 흙얼굴로
방초언덕을 뛰놀면서
한 곡조 젓대 소리로 노래하노니
니나니, 니나니, 닐리리야.

경허가 근세의 가장 위대한 선승임을 모두가 찬탄하면서도 그 청정한 불가에서 오해를 받고 심지어 '마구니(魔軍)'로까지 불리는 것은 계율을 깨뜨리는 그의 이러한 만행 때문이다.

수법제자인 한암은 스승 경허 화상의 행장에서 다음과 같이 말하고 있다.

'비통한 한숨부터 내쉬며 쓰는 경허 화상의 행장(失呼鏡虛和尙行狀)'이라고 쓴 장문의 행장기는 1932년 3월 15일 한암 중원이 스승을 기리면서 쓴 명문의 기록인데, 그는 행장기 말미에 다음과 같이 경계를 내리고 있다.

'만약 학인(學人)들이 경허의 마음을 따른다면 옳거니와 만일 경허의 행동을 따른다면 이는 옳지 않다.'

그리고 나서 한암은 다음과 같이 덧붙였다.

'그러니 가로되 화상의 법화를 배움은 옳거니와 화상의 행동만을 보고 화상을 비평함은 옳지 못함이로다〔故曰, 學和尙之法化則可 學和尙之行履則不可〕.'

심지어 경허 자신도 '중노릇 하는 법'이라는 경문(警文)을 써서 모든 중들에게 다음과 같이 충고하고 있음이다.

'술을 마시면 정신이 흐리니 마시지 말 것이며, 음행은 정신이
갈려 애착이 되니 상관 아니할 것이요, 살생은 마음에 진심(瞋
心)을 도우니 아니할 것이요, 고기는 먹으면 정신이 흐리니 먹
지 말 것이요, 거짓말은 마음에 사심(邪心)을 기르니 하지 말 것
이요, 도적질은 내 마음에 탐심을 키우니 아니할 것이다. 고려
의 목우자(牧牛子) 스님은 다음과 같이 말하였다. "재물과 여색
이 앙화(殃禍)를 부르니 이 화가 독사보다 심하다. 그러므로 몸
을 살펴 그른 줄 알아 항상 멀리 하도록 하라." 그러므로 이 깊
은 말씀을 본받고 필히 지켜 행하여야만 공부가 순일하게 되어
질 것이다….'

'중노릇 하는 법' 이라고 자신이 직접 쓴 글의 내용을 경허 스
스로가 파계하였으니, 즉 마시면 정신이 흐려진다는 술을 자신
이 즐겨 마셨으며, 먹으면 음심이 생긴다고 먹지 말라던 파와 마
늘과 고기를 자신이 즐겨 먹었다. 정신이 갈려 애착이 생기고 온
갖 화가 독사보다 더 심하게 생긴다는 여색에 그 자신 가까이 하
였으니 그렇다면 경허는 과연 부처인가, 아니면 마왕(魔王)인가.
 부처 자신도 진리를 찾아가는 구도의 길에 가장 무서운 적(敵)
이며, 가장 무서운 유혹이며, 가장 무서운 장애가 성욕이며 애욕
임을 다음과 같이 표현하고 있다.
 '사람들이 재물과 색(色)을 버리지 못하는 것은 마치 칼날에

묻은 꿀을 핥는 것과 같다. 한번 입에 댈 것도 못 되는데 어린애
들은 그것을 핥다가 혀를 상한다. 모든 욕망 가운데 성욕만큼 더
한 것은 없다. 성욕의 크기는 한계가 없는 것이다. 다행히 그것
이 하나뿐이었기 망정이지 둘만 되었더라도 도를 이룰 사람은
아무도 없을 것이다. 애욕을 지닌 사람은 마치 횃불을 들고 거슬
러가는 것 같아 반드시 횃불에 화를 입게 될 것이다.'

　다행히 그것이 하나뿐이었기에 망정이지 둘만 되었어도 도를
이룰 사람은 이 세상에 한 사람도 없을 것이라는 극명한 표현으
로 음행을 경책한 부처는 마침내 경전 사상 가장 유명한 말로 이
렇게 타이르고 있음이다.
　'너희들은 차라리 너의 남근을 독사의 아가리에 넣을지언정
여자의 몸에는 넣지 말라.'
　이 유명한 극언이 나오게 된 데는 다음과 같은 경위가 있다.
　일찍이 부처가 베살리에 머무르고 있을 때 흉년이 들어 많은
비구들은 걸식하기가 힘이 들었다. 이때 칼란다카 마을 출신의
수디나는 그 고장에서도 재산이 많은 집안의 아들이었으나 믿
음이 굳었기 때문에 출가하여 수행승이 되었다. 수디나는 생각
했다.
　'요즘처럼 걸식하기 어려운 때에는 차라리 여러 스님들을 우
리 고향집 가까이에 모시고 가서 지내면 어떨까. 그러면 의식(衣
食)에 곤란도 없어 수행에만 전념할 수 있을 것이고 우리집 식구
들도 이 기회에 보시를 하여 복덕(福德)을 짓게 될 것이다.'

그리하여 수디나는 비구들과 함께 칼란다카로 떠났다. 수디나의 어머니는 자기 아들이 여러 스님들과 함께 돌아왔다는 말을 듣고 기뻐하면서 찾아가 만났다.

"수디나, 이제는 집에 돌아가서 살자. 네 아버지는 돌아가시고 집안에 남자라고는 없으니 많은 재산이 나라에 몰수될 형편이다. 네가 이 집안을 돌보지 않으면 어찌 되겠느냐."

그러나 수디나는 청정한 생활을 즐기고 도를 이룰 뜻이 굳어 어머니의 그런 말에 조금도 흔들리지 않았다. 그 이튿날 어머니는 며느리를 곱게 꾸며 수디나에게 데리고 가서 애원하였다.

"네가 정히 그렇다면 자식이나 하나 두어 너의 대가 끊기지 않게 해다오."

"그것쯤은 어려운 일이 아닙니다."

수디나는 응낙을 하고 아내의 팔을 끼고 숲속으로 들어가 음행을 하였다.

그 후 부인은 아홉 달 만에 아들을 낳았는데, 아이는 얼굴이 매우 단정하였다. 한편 수디나는 부정한 짓을 하고 난 뒤부터 항상 마음이 언짢아 우울한 나날을 보냈다. 함께 수행하던 벗들이 수디나가 우울해 하는 것을 보고 이상하게 여겼다.

"수디나, 그대는 오랫동안 청정한 수행을 닦아 위의(威儀)와 예절을 모르는 것이 없는데 요즘은 어째서 그렇게 우울해 하십니까."

그러자 수디나가 대답하였다.

"얼마 전에 예전의 아내와 관계가 있었던 그 뒤부터는 마음이 불안하고 우울합니다."

이때 비구들은 이 사실을 부처에게 여쭈었다. 부처는 이 일로 해서 모든 비구들을 모아놓고 수디나를 불러 확인하였다.

"수디나, 들리는 말과 같이 너는 정말 그런 짓을 했느냐."

이에 수디나가 고백하였다.

"그렇습니다, 부처님. 저는 부정한 짓을 하였습니다."

이 말을 들은 부처는 여러 가지로 꾸짖었다.

"네가 한 일은 절대 옳지 못하다. 그것은 위의가 아니며 사문의 할 일이 아니다. 절대로 해서는 안 될 일이다. 수디나, 청정한 법을 수행해 애욕을 끊고 번뇌를 없애야 열반에 들어간다는 것을 어찌하여 잊어버렸는가."

그리고 나서 마침내 부처는 그 유명한 사자후를 토해 내기 시작한다.

"너희들은 차라리 남근을 독사의 아가리에 넣을지언정 여자의 몸에는 넣지 말라. 이와 같은 인연은 악도(惡道)에 떨어져 헤어날 수 없기 때문이다. 애욕은 착한 법을 태워 버리는 불꽃과 같아 모든 공덕을 없애 버린다. 애욕은 얽어 묶는 밧줄과 같고 시퍼런 칼날을 밟는 것과 같다…."

이와 같이 애욕과 성욕을 경계한 부처는 기회가 있을 때마다 이를 타이르고 다시 상기시켜 주고 있다.

부처의 사촌이었던 아난다가 부처에게 "출가한 사문은 여인을 어떻게 대하면 좋습니까" 하고 묻자 부처는 서슴지 않고 이렇게 대답하였다.

"서로 마주 보지 말아라."

아난다가 다시 물었다.

"만약 서로 마주 보게 된다면 어떻게 해야 합니까."

"더불어 말하지 말아라."

"만약 더불어 말하게 된다면 어떻게 해야 합니까."

그러자 부처는 말하였다.

"스스로 마음을 다잡아라, 아난다야."

그리고 나서 부처는 다시 말하였다.

"여인을 마주 보지도 말고 함께 이야기하지도 말아라. 나이 많은 여인은 어머니로 생각하고, 손위가 되는 여인은 누님으로, 나이 적은 여인은 누이동생으로, 어린아이는 딸처럼 생각하면 절대 부정한 생각이 일어나지 않을 것이다."

그리고 나서 부처는 다시 말하였다.

"도를 닦는 사람은 마른 풀을 가진 것과 같아서 불에 가까이 가지 말아야 한다. 수행인이 욕망의 대상을 보거든 마땅히 멀리해야 한다. 어떤 사람이 음란한 생각이 그치지 않음을 걱정한 끝에 자기의 남근을 칼로 끊으려 했다. 나는 그에게 다음과 같이 타이른 적이 있다.

'생식기를 끊는 것은 생각을 끊는 것만 못하다. 음란한 생각이 쉬지 않고서 생식기를 끊은들 무슨 소용이 있겠느냐.'

사람들은 애욕으로 인해 걱정이 생기고 걱정으로 인해 두려움이 생긴다. 애욕에서 떠나 버리면 무엇을 걱정하고 무엇을 두려워할 것인가."

부처는 이와 같이 성욕은 칼에 묻은 꿀을 핥는 것과 같아 일시적으로는 달콤할지 모르지만 마침내 혀를 상하게 하는 일이므로 독사의 아가리에 남근을 넣을지언정 여인의 몸에는 넣지 말라고 경계하였으며, 성욕의 크기는 한계가 없어 다행히 그것이 하나뿐이었기에 망정이지 둘만 되었더라도 도를 닦아 부처를 이룰 사람은 아무도 없을 것이라고 재삼 재사 경책하고 있는 것이다.

그럼에도 불구하고 경허는 날카로운 칼 위에 묻은 꿀을 핥았으며, 독사의 아가리에 남근을 집어넣었다. 독사의 아가리보다 더 독(毒)이 있는 여인의 몸 속에 남근을 집어넣었다. 그로 인해 경허는 죽음에 이를 만큼 얻어맞고 일체의 저항 없이 송장에 이르렀었다.

그렇다면 도를 이뤄 부처가 된 경허는 어째서 스스로 계율을 깨뜨렸음일까.

일찍이 지리산 화엄사에서 대강사(大講師)로 당대를 주름잡던 진진응(陳震應)이라는 스님이 있었다. 그는 경허를 존경하고 있으면서도 경허의 무애행을 이해하지 못하고 있었다. 어느 날 경허가 지리산을 지나가다 화엄사에 들르자 진진응은 마음속으로는 못마땅하였지만 좋은 안주와 곡차를 마련하고 술상을 보아 경허에게 들여보냈다.

경허는 반가워하면서 술상을 받아들이고는 거침없이 술을 들이켜고 고기 안주를 먹기 시작하였다. 이를 지켜보던 진응 강백이 어이가 없어 경허에게 물어 말하였다.

"스님께선 어찌하여 출가승으로는 금지되어 있는 이런 것들을 좋아하고 계십니까."

그러나 경허는 묵묵부답이었다.

그는 일생 동안 자신의 무애행에 대해 비난과 오해와 지탄을 받았으면서도 이와 같은 질문에 단 한번 대답도, 변명도 하지 않았다.

그러나 이날만은 진응 강백이 다시 한번 술을 따라 올리면서 문자 즉석에서 노래로 답송(答頌)하기 시작하였다.

이때의 답송 한 수가 경허가 평생 동안 자신의 무애행에 대해 변명한 단 한마디의 대답이다.

돈오하여 이치를 깨달음은 부처님과 동일하지만
다생으로 익혀온 습기는 오히려 생생하구나
폭풍은 잠잠하나 아직 파도는 남아 솟구치듯
이치는 분명해도 제 버릇 그대로일세.
頓悟雖同佛 多生習氣生
風靜波尚湧 理顯念猶侵

단 한번의 변명을 노래로 하였던 경허 자신의 표현대로 자신은 분명히 이치를 깨달아 부처를 이루었지만 다생으로 익혀온 버릇과 습관은 여전하여 제 버릇 그대로 남아 있어 술을 마시고, 고기를 먹고, 여색을 탐하였던 것일까.

일찍이 서산 대사도 그의 명저 《선가귀감(禪家龜鑑)》에서 다음과 같이 말하였다.

'이치는 단박에 깨칠 수 있다 하더라도 버릇은 한꺼번에 가셔지지 않는다(理雖頓惡 事非頓除).'

그러나 출가하기 전 부인을 세 명이나 두었으며, 값진 재물과 진귀한 음식을 탐하였고, 조금이라도 밖으로 나가면 햇빛을 가릴 일산(日傘)까지 받는 왕궁생활에 젖어 있던 부처도 마침내 도를 이룬 후에는 독사의 아가리에 남근을 넣을지언정 여인의 몸에는 넣지 말라고 극언하고 있는 것이다.

그에 비하면 경허는 9세의 동승으로 출가하였으므로 부처가 그토록 경책하였던 애욕과 성욕에 대해서는 전혀 백지 상태였을 것이다.

그러므로 그는 스스로 독배를 마셔 죽음에 이르듯 애욕의 바다 속으로 뛰어듦으로써 부처가 어째서 그토록 극언으로까지 경책하였던가를 온몸으로 부딪혀 처절하게 맛보았던 것은 아닐까.

프란체스코(Francesco d' Assisi : 1182~1226)는 가톨릭교회에서 가장 유명한 성인인데 북부 이탈리아 아시시의 유복한 상인의 아들로 태어나 젊어서는 향락을 추구하기도 하였고, 한때는 기사(騎士)가 되어 만천하의 여성들을 유혹하여 멋진 인생을 살아가고 싶은 욕망에 사로잡혀 있기도 하였다. 20세 때 회심(回心)하여 세속적인 재물과 명예를 한꺼번에 버리고 완전히 청빈한 생활을 하기로 서약, 청빈·겸손·이웃에 대한 사랑으로 헌신하였다.

1209년 11명의 제자들을 대동하여 교황 이노센트 3세를 알현하고 청빈을 주지(主旨)로 하는 '작은 형제의 모임'이란 수도회를 창립하였다.

세속에 있을 때 서로 사랑하는 사이였던 여인 글라라에게 여자를 위한 수도회를 창립하도록 권유하였으며, '신(神)의 음유시인'이라는 별명처럼 그가 숲을 거닐면 새들이 날아와 그의 머리 위에서 노래하면서 춤을 추곤 하였다.

프란체스코는 말년에 예수 그리스도가 십자가에 못박혔을 때 가슴과 양손 양발에 받았던 상처인 성흔(聖痕)을 받았으며 무엇보다 청빈과 자애로운 겸손함으로 유명하다.

이 뛰어난 성인도 강한 성욕으로 고통을 받았으며 이를 프란체스코의 최대 약점으로 알고 있었던 악마는 이 육(肉)을 프란체스코를 유혹하는 최후의 미끼로 사용했다.

뛰어난 전기작가인 토마스 첼리노가 쓴《아시시의 성인 프란체스코의 생애》란 책을 보면 프란체스코와 악마의 마지막 싸움에 대해 다음과 같이 표현하고 있다.

프란체스코의 거룩함이 날로 증가하고, 어제 공덕을 쌓았다고 해서 오늘의 공덕에도 등한히 하지 않는 성인임을 보고, 자기 방에서 기도하고 있는 프란체스코를 악마가 세 번 불렀다.

"프란체스코, 프란체스코, 프란체스코."

이에 프란체스코가 대답하였다.

"무엇을 원하십니까."

그러자 악마가 대답하였다.

"마음만 바로잡으면 이 세상에서는 하느님께서 용서하지 않으시는 죄인이 없다. 그러나 모진 고행으로 자신을 파괴하는 자는 결코 누구도 자비를 입지 못할 것이다."

그리고 악마는 육체의 미끼인 성욕으로 프란체스코를 유혹하였다. 격한 성욕이 프란체스코를 사로잡았다. 그러자 프란체스코는 옷을 벗어던지고 다음과 같이 말하면서 채찍으로 자신을 매우 심하게 때렸다.

"자, 당나귀 형제여, 너는 이 꼴일 수밖에 없다. 채찍을 맞아도 싸다."

그러나 프란체스코는 사지가 부르트도록 매질을 해도 그 성욕이 자신을 떠나지 않음을 알고는 방문을 열고 뜰로 나가 알몸으로 눈더미 위를 뒹굴었다. 그리고 눈을 한 움큼씩 쥐어 그것으로 눈사람 일곱 개를 만들었다. 그런 다음 그 눈사람들을 자기 앞에 놓고 벌거벗은 자기 몸에 말하였다.

"보아라. 이 조금 큰 것이 너의 마누라다. 그리고 나머지 넷은 너의 두 아들이고, 두 딸이다. 나머지 둘은 너에게 시중들고 있는 종과 하녀다. 서둘러 이것들의 옷을 입혀라. 얼어 죽을 지경이니 말이다. 이것들을 보살피는 일이 그다지도 짐스럽다면 하느님 한 분이라도 열성으로 섬겨라."

그제야 악마는 당황하여 재빨리 사라졌다. 그렇게 해서 프란체스코는 하느님의 영광을 노래하며 자기 방으로 돌아왔다.

이 전기에서 알 수 있듯 악마가 성인을 유혹한 최후의 미끼는 육체며 성욕이다. 그 강렬한 유혹에 대해 프란체스코는 햇빛에 금방 녹아 없어질 눈사람을 만들어 그것이 곧 아내며 자식이라는 허상의 실체를 밝혀 악마에게 저항함으로써 마침내 그를 물리칠 수 있었던 것이다.

그렇다면 경허는 왜 알몸으로 자신의 몸을 채찍질하지 않았는가. 그렇다면 경허는 왜 알몸으로 눈더미 위를 뒹굴지 않았는가.

또한 프란체스코는 부처의 사촌 아난다가 부처에게 수행하는 여인을 어떻게 대해야 합니까 하고 물었을 때 부처가 단호히 '마주 보지 말아라' 하고 대답하였던 것처럼 평생 동안 여인을 마주 보지 않았다.

프란체스코는 이렇게 말하였다.

"여자와 친근해지는 일은 무릇 달콤한 독이며 거룩한 사람들까지도 길을 잘못 들게 한다. 그러니 그러한 일은 온전히 피해야 한다. 여자와 접촉해서 나쁜 물이 들지 않기란 숯불 위를 걸어가면서 발을 데지 않는 일만큼이나 어려운 일일 것이다."

프란체스코가 여자와 친근해지는 일을 스스로 방어하는 유일한 수단은 '침묵'과 여인들을 '마주 보지 않음'이었다. 그는 수다스럽게 여자들과 말하는 것이 난처하게 느껴질 때는 얼굴을 숙이고 침묵으로 들어가 버리거나 가끔 하늘을 우러러보았다. 어쩔 수 없이 여성들에게 이야기할 때에는 짤막한 말로 하였으며 누구에게나 들리도록 하기 위해 큰소리로 말하곤 하였다.

프란체스코는 이렇게 말하였다.

"사랑하는 형제여, 진실을 말하겠습니다. 나는 얼굴을 봐도 그 여자가 누구인지 모릅니다. 두 여자의 얼굴만 빼고 말입니다. 두 여자의 얼굴은 내가 알고 있습니다. 그러나 그 외에는 모릅니다."

프란체스코가 알고 있는 두 여인의 얼굴은 그를 낳은 어머니와 그의 연인이며 그와 함께 수도회를 창립한 성녀 글라라였다.

언젠가 단식으로 몸이 쇠약해진 프란체스코에게 어떤 모녀가 빵과 포도주를 들고 찾아왔다. 이를 받아 먹은 프란체스코는 곧 원기를 회복하였으나 그녀들의 얼굴을 쳐다보지 않았다. 이에 한 동료가 프란체스코에게 말하였다.

"형제여, 어찌하여 당신은 이다지도 성의를 가지고 달려온 거룩한 여인들을 쳐다보지도 않습니까."

그러자 프란체스코는 단순히 대답하였다.

"형제여, 여자와의 대화는 모두 부질없는 짓입니다."

프란체스코는 여인들을 무시해서 쳐다보지 않거나 침묵으로 대했던 것은 아니었다. 그것은 여인이 수도에 있어 가장 무서운 적이며, 독임을 알고 이에 적극적으로 맞서 싸우려는 의지 때문이었다.

부처가 아난다에게 여인을 대함에 있어 '마주 보지 말아라' 하고 말하고, 이에 아난다가 '이미 마주 보았으면 어떻게 합니까' 하고 다시 묻자 '그렇다면 말하지 말아라' 하고 대답하였던 것처럼 프란체스코는 여인을 대함에 있어 마주 보지도, 말하지도 않고 침묵을 지킴으로써 마침내 완덕(完德)을 이룰 수 있었던 것이다.

그렇다면 경허는 왜 여인을 마주 보았으며 여인과 얘기를 나누었음일까. 왜 스스로 독배를 들어 마셔 버렸음일까.

부처에게도 최후의 유혹은 여인이었다. 마침내 깨달음을 얻기 직전 부처는 보리수나무 둘레를 세 번 돌고 보리수를 향해 공손히 인사를 드린 다음 동쪽을 향해 풀을 깔고 그 위에 몸을 바로하고 앉아서 이렇게 맹세한다.

'여기 이 자리에서

내 몸은 메말라도 좋다

가죽과 뼈와 살이

없어져도 좋다

어느 세상에서도 얻기 어려운

저 깨달음에 이르기까지는

이 자리에서 죽어도

일어서지 않으리라.'

드디어 깨달아 성도(成道)를 하게 되는 부처 때문에 마왕 파피만(波旬)은 불길한 꿈을 꾸게 된다. 권세와 재물과 욕망의 무기로 욕계(欲界)를 지배하는 마왕 파피만은 '그 이상 없이 나쁜 놈'이란 뜻의 이름인데, 그는 자신의 궁전이 무너지는 꿈을 꾼다. 꿈에서 깨어난 마왕은 당장 일족을 모아놓고 보리수 아래 앉아 있는 부처를 제압할 방법을 토의한다. 이때 사용한 방법이 부처에게는 최후의 유혹이 되는 셈인데, 그 방법은 자기 딸들을 곱게 꾸며 부처를 유혹하는 일이었다.

마왕의 딸들은 서른두 가지의 교태를 부리면서 부처에게 다음과 같이 말하였다.

"그대여, 때는 봄. 나무나 풀도 한창 자라고 있으며 꽃도 활짝 피어나고 있습니다. 사람도 젊은 시절이 즐거운 거예요. 그대여,

청춘은 두번 다시 돌아오지 않아요. 당신은 젊고 아름답군요. 우리들의 예쁜 자태를 보세요. 자, 함께 놀지 않겠어요. 좌선을 해서 깨달음을 얻는다니 참으로 웃기는 말이로군요. 깨달음을 얻어 무엇을 하겠습니까."

이에 부처는 다음과 같이 대답한다.

"육체의 쾌락에는 고통이 따른다. 나는 오래 전에 그러한 고뇌를 초월해 버렸다. 이 도리를 알지 못해 세상 사람들은 욕정에 빠져 있다. 나는 이제 절대적인 정신의 자유에 도달하려고 한다. 나 자신이 자유롭게 되고 나서 세상 사람들까지 자유롭게 해주리라 생각하고 있다. 하늘을 지나는 바람처럼 자유로운 이 나를 그대들이 어떻게 잡아 매둘 수 있겠는가."

다른 경전에는 마왕의 딸들이 교태를 부리면서 유혹해 오자 다음과 같이 대답하여 그 유혹을 물리쳤다고 부처 자신의 육성으로 고백하고 있다.

"어떤 악마가 내게 미녀를 보내 그 뜻을 꺾으려 했을 때 나는 이렇게 말했다. 가죽 주머니 속에 온갖 더러움을 가득 담은 자여, 너는 무엇을 하러 왔느냐. 물러가라, 내게는 아무런 소용이 없다."

그리고 나서 부처는 말하였다.

"왕이 거동하면 신하도 따라가듯 애욕이 가는 곳에는 항상 미혹(迷惑)이 따른다. 습한 땅에는 잡초가 무성하듯 애욕의 습지에는 번뇌의 잡초가 무성하다. 애욕은 꽃밭에 숨은 독사와 같다. 사람들은 꽃을 탐해 꽃밭에서 꽃을 꺾다가 독사에 물려 죽는

다."

경허는 꽃밭으로 뛰어들어 꽃을 꺾다가 독사에 물려 죽음을 맛보았다. 그러하면 그는 마왕의 딸들이 보인 유혹에 스스로 무너져 마왕의 신하로 전락해 버렸음일까.

9

후드득一.

밤하늘에서 떨어진 빗방울 하나가 내 이마 위에 내리꽂혔다. 순간 나는 긴 상념에서 깨어났다. 너무나 깊고 너무나 오랜 묵상이라 정신이 돌아오자 갑자기 주위가 낯설게 느껴졌다.

나는 천천히 주위를 돌아보았다.

어느새 그 맑던 밤하늘은 짓궂은 먹구름으로 뒤덮이고 있었고 다시 한바탕 장마비가 내릴 모양이었다. 습기를 머금은 눅눅한 바람이 불어와 나뭇잎들을 세차게 흔들고 있었다.

별들이 무성하여 별밭이었던 밤하늘은 또다시 먹구름으로 가려워져 이따금 몇 개의 별들만 반짝거리고 있었는데 그 모습은 이불을 뒤덮고 억지로 잠을 청하는 아이들의 초롱초롱한 눈빛처럼 보이고 있었다.

후드득, 후드득.

바람에 실린 빗방울이 얼굴을 때리고 내가 앉아 있는 제비바위 위를 때렸다. 한낮의 열기가 남아 있던 바위는 어느새 깊은 산 속의 한기로 싸늘하게 식어 있었다.

상념이 깊어 그 동안 얼마만큼 시간이 흘러갔는지, 밤이 얼마만큼 깊었는지 알 수가 없었다. 그 투명하던 달빛으로 멀리 보이던 바다도 어둠에 가리워져 있었으며, 능선을 타고 완만하게 뻗어 내려간 산자락 밑에 펼쳐진 너른 평원도 보이지 않았다. 암자에도 불빛이 꺼져 있었으며 아무런 소리도 들려오지 않고 있었다. 옛 시인이 노래하였듯 그윽한 풍경(風磬) 소리도 들려오지 않았다. 다만 주승(主僧)은 잠이 들고 객(客)만이 혼자 깨어 바위 위에 앉아 있을 뿐이었다.

습기를 머금은 바람이 산 아래로부터 세차게 불어와 내 얼굴을 때렸다. 그러나 나는 일어설 수 없었다.

저 가슴 깊은 곳에서부터, 내 영혼의 깊은 우물 밑에서부터 절실한 질문 하나가 두레박을 타고 올라와 나를 적시고 있었다.

─ 나는 누구인가.

나는 바람에 쓸리는 머리칼을 부여잡으면서 신음하였다.

─ 이곳에 앉아 있는 나는 누구인가. 나는 어디서 왔으며 어디로 가고 있는가.

내 가슴은 성긴 밀짚으로 엮은 토담이 되어 싸아아─ 하고 불어오는 바람이 그대로 스며들고 있었다.

내 가슴은 그대로 구멍 뚫린 동공이었다.

─ 이곳까지, 나는.

나는 머리를 부여잡은 채 중얼거렸다.

─ 경허를 찾아서 왔다. 경허의 발자취를 좇고, 경허를 만나기 위해 이곳까지 찾아왔다. 그러나 경허는 나에게 있어 무엇인

가. 부처는 내게 있어 무엇인가. 그들은 세속을 버린 수도자들이며 구도자들이 아닌가. 그들은 도를 이루기 위해 아내를 버렸으며, 아이들을 버렸으며, 왕궁을 버렸으며, 부모들을 버렸으며, 재물을 버렸으며, 쾌락을 버렸으며, 구걸로 밥을 얻어먹었으며, 무소유가 되었다. 그들은 이 세상보다 큰 자유와 저 세상의 행복을 꿈꾸었다. 이 세상의 행복 없이 저 세상의 행복이 존재하는가. 그들은 특별한 인간이 아닌가. 그들은 우리와는 다른 선택된 인간이 아닌가. 우리에게 있어 인생은 보다 맛있는 것을 먹고, 보다 유명해지기를 바라며, 남보다 더 잘살기 위해 남을 짓밟으며, 보다 큰 권세를 잡아 남을 짓누르고 지배하려 하며, 보다 큰 소유로서 훌륭한 집과 훌륭한 의복과 풍요한 물질을 꿈꾸고 있다. 그것을 우리는 멋진 인생이라고 부른다. 우리에게 있어 쾌락은 감미로운 인생의 조미료가 아닌가. 그 모든 것을 어찌하여 경허는 버렸으며, 그 쾌락을 어찌하여 부처는 독사의 아가리에 집어넣을지언정 여인의 몸 속에는 집어넣지 말라고 극언하였음일까. 프란체스코는 음식을 탐하지 않기 위해 스스로 한 끼의 음식 속에 흙과 재를 뿌려 먹었다. 그들이 나와 무슨 상관이 있는가. 나는 수도자도 아니고 구도자도 아니다. 나는 평범한 인간이다. 그러나 나는 말한다. 인간이 무엇을 추구하는 것이 옳은 것이냐. 나는 무엇 때문에 이 세상에 태어난 것일까. 나는 그리고 무엇을 향해 가고 있으며 마침내 어디로 가고 있음일까.

나는 순간 제비바위 위에서 떨어져 추락하여 죽고 싶은 충동을 느꼈다. 깎아지른 절벽 위에서 떨어지면 나의 육신은 갈가리찢기고 걸레조각처럼 무너질 것이다.

　─ 내 핏속에는 왕가의 피가 숨어 있다. 나는 왕을 꿈꾸며 살아왔다. 나는 평생 동안 왕도의 길을 꿈꾸었다. 그러나 내 왕국은 이미 오래 전에 역사 속에서 멸망하였다. 나는 학문의 길이 내가 찾은 새 왕국의 길임을 깨달았다. 그리하여 나는 학문의 길을 통해 진리의 길을 걸어왔다. 그러나 과연 내가 걸어온 길이 진리의 길이라 말할 수 있음일까. 지식은 헛간을 채운 쓰레기에 지나지 않는다. 지식은 거짓말에 지나지 않는다. 내 지식은 꾸밈과 수식과 사기에 지나지 않는다. 나는 사기꾼이다. 나는 위선자며 지식을 가장한 마술사에 지나지 않는다.

　나는 가슴을 에는 절실한 고통으로 바위 위에서 떨어져 죽고 싶었다.

　─ 그렇다면 무엇이 진리인가.

　무엇이 참다우며 무엇이 올바른 인간의 길인가. 우리 인간은 무엇이며 우리가 살아가는 인생의 의미는 무엇인가. 우리는 누구나 길 위에 떨어져 있다. 길 위에서 태어나고 길 위에서 자라며 마침내 길 위에서 죽어 간다. 누구나 자기의 길을 가지 않으면 안 된다. 그 길 위에 서 있는 사람을 우리는 인간(人間)이라고 부르며, 그가 걸어가는 길을 우리는 인생(人生)이라고 부른다. 우리는 그 길을 가면서 무엇을 꿈꾸는가. 보다 많이 갖고, 보다 많이 유명해지고, 보다 많이 즐기는 욕망인가. 그것은 짐승의 길이다. 그것은 본능의 길이며, 본능은 인간을 짐승으로 전락시킨다. 우리는 길 위에 서 있다. 우리는 그러므로 누구나 나그네일

174

수밖에 없다. 그 누구도 우리가 가야 할 길을 대신 가줄 수 없다. 함께 갈 벗이나 길동무가 있을 수 있겠지만 그 길은 혼자서만 도 달할 수 있는 길이다. 그 길 끝에 도착할 수 없으면 우리는 몇 번 이고 다시 길 위에 나서 먼 여행을 되풀이해 떠나야 할 것이다. 그렇다면 무엇이 올바른 인간의 길인가.

순간 내 머리 속으로 부처와 소 치는 목동 다니야의 이중창이 떠올랐다. 불교의 경전 사상 가장 아름답고, 가장 독특한 형식의 이 노래는 마치 성음(聲音)이 다른 두 사람이 벌이는 듀엣처럼 느껴진다. 인도의 장마철(雨期)은 4개월이나 계속된다. 소 치는 목동 다니야는 장마철을 맞이하여 모든 준비를 다 갖추어 놓고 다음과 같이 부처에게 말한다. 이때 소 치는 목동 다니야와 부처 간에 이루어지는 이중창의 노래는 초기 경전인《숫타니파타》의 백미로 손꼽히고 있다.

소 치는 다니야가 말했다.

"나는 이미 밥도 지었고 우유도 짜놓았습니다

마히 강변에서 처자와 함께 살고 있습니다

내 움막은 이엉이 덮이고 방에는 불이 켜졌습니다

그러니 신이여

비를 뿌리려거든 비를 뿌리소서."

부처는 대답하셨다.

"나는 성내지 않고

마음의 끈질긴 미혹도 벗어 버렸다

마히 강변에서 하룻밤을 쉬리라
내 움막은 드러나고
탐욕의 불은 꺼졌다
그러니 신이여
비를 뿌리려거든 비를 뿌리소서."

소 치는 다니야가 말했다.
"모기나 쇠파리도 없고
소들은 늪에 우거진 풀을 뜯어 먹으며
비가 내려도 견뎌낼 것입니다
그러니 신이여
비를 뿌리려거든 비를 뿌리소서."

부처는 대답하셨다.
"내 뗏목은 이미 잘 만들어졌다
거센 물결에도 끄떡없이 건너
이미 저쪽 기슭〔彼岸〕에 이르렀으니
이제는 더 뗏목이 소용없다
그러니 신이여
비를 뿌리려거든 비를 뿌리소서."

소 치는 다니야가 말했다.
"내 아내는 온순하고 음란하지 않습니다

오래 함께 살아도
항상 내 마음에 흡족합니다
그녀에게 그 어떤 나쁜 점이 있다는 말도 듣지
못했습니다
그러니 신이여
비를 뿌리려거든 비를 뿌리소서."

부처는 대답하셨다.
"내 마음은 내게 순종하고 해탈해 있다
오랜 순종으로 잘 다스려졌다
내게는 그 어떤 나쁜 것도 있지 않다
그러니 신이여
비를 뿌리려거든 비를 뿌리소서."

소 치는 다니야가 말했다.
"나는 놀지 않고 내 힘으로 살아가고 있습니다
우리집 아이들은 모두 다 건강합니다
그들에게 그 어떤 나쁜 점이 있다는 평판도 듣지 못했습니다
그러니 신이여
비를 뿌리려거든 비를 뿌리소서."

부처는 대답하셨다.
"나는 그 누구의 고용인도 아니다

스스로 얻은 것에 의해 온 세상을 거니노라
남에게 고용될 이유가 없다
그러니 신이여
비를 뿌리려거든 비를 뿌리소서."

소 치는 다니야가 말했다.
"아직 길들이지 않은 송아지도 있고
젖을 먹는 어린 소도 있습니다
새끼 밴 어미소도 있고
암내 나는 암소도 있습니다
그리고 암소의 짝인 황소도 있습니다
그러니 신이여
비를 뿌리려거든 비를 뿌리소서."

부처는 대답하셨다.
"아직 길들이지 않은 어린 소도 없고
젖을 먹는 송아지도 없다
새끼 밴 어미소도 없으며
암내 나는 암소도 내겐 없다
그리고 암소의 짝인 황소도 없다
그러니 신이여
비를 뿌리려거든 비를 뿌리소서."

소 치는 다니야가 말했다.
"소를 매놓은 말뚝은
땅에 박혀 흔들리지 않습니다
문자풀로 엮은 새 밧줄은 잘 꿰어 있으니
송아지도 끊을 수 없을 것입니다
그러니 신이여
비를 뿌리려거든 비를 뿌리소서."

부처는 대답하셨다.
"황소처럼 고삐를 끊고
코끼리처럼 냄새 나는 덩굴을 짓밟았으니
나는 다시는 더 모태(母胎)에 들지 않을 것이다
그러니 신이여
비를 뿌리려거든 비를 뿌리소서."

이때 갑자기 사방이 어두워지고
검은 구름에서 비를 뿌리더니
골짜기와 언덕에 물이 넘쳤다.
신께서 비를 뿌리는 것을 보고
다니야는 이렇게 말했다.
"우리는 거룩한 부처님을 만나 참으로 얻은 바가 큽니다
눈이 있는 이여
우리는 당신께 귀의(歸依)하오니

스승이 되어 주소서

위대한 성자이시여

아내도 저도 순종하면서

행복하신 분 곁에서 청정한 행을 닦겠나이다

그렇게 되면

생사의 윤회가 없는 피안에 이르러

괴로움에서 벗어나게 될 것입니다."

악마 파피만(波旬)이 말했다.

"자녀가 있는 이는 자녀로 인해 기뻐하고

소를 가진 이는 소로 인해 기뻐한다

사람들은 집착으로 기쁨을 삼는다

그러니 집착할 데가 없는 사람은

기뻐할 대상이 없는 것이다."

부처는 대답하셨다.

"자녀가 있는 이는 자녀로 인해 근심하고

소를 가진 이는 소 때문에 걱정한다

사람들이 집착하는 것은 마침내 근심이 되고 만다

집착할 것이 없는 사람은

근심할 것도 없다."

바위 위에 앉아 고통으로 신음하며 머리칼을 부여잡은 내 귓가로 소 치는 목동 다니야와 부처가 벌이는 이중창의 노랫소리가 생생하게 들려오고 있었다.

—내가 바로 소 치는 목동 다니야다. 나는 강변에서 살고 있다. 나는 온순하고 음란하지 않은 아내를 거느리고, 아직 길들이지 않은 송아지와 암소와 황소도 갖고 있으며, 놀지 않고 내 힘으로 살아가고 있다. 방에는 밥을 지어놓고, 먹을 우유와 따뜻한 불까지 켜놓았으며, 내 집 지붕에는 이엉까지 덮어 만반의 준비를 다해 두었다. 그러니 장마가 올 테면 오고 비가 내릴 테면 내려라. 얼마든지 내려라. 나는 두렵지 않다.

—그러나 과연 그것이 무슨 소용이 있을까.

마침내 사방이 어두워지고 검은 구름에서 비를 뿌리더니 골짜기와 언덕에 물이 넘치자 내가 살고 있는 마히 강은 범람하여 홍수를 이루었다.

그러자 내가 애써 만든 움막은 이엉 사이로 비가 새고, 내가 갖고 있는 송아지와 소들은 물 속에 잠겨 떠내려간다. 그러한 소들이 무슨 소용이 있을 것인가. 골짜기와 언덕에 물이 흘러넘치면 무너져 버리는 움막이 무슨 소용이 있을 것인가.

바람이 점점 세지고 있었다. 바람에 실린 빗방울의 알이 점점 굵어지고 있었다. 소 치는 다니야가 자신 있게 '신이여, 비를 뿌리려거든 비를 뿌리소서' 하고 말하였듯 신(神)이 마침내 비를 뿌릴 모양이었다. 그러나 '비를 뿌리소서' 하고 말하였던 것은 소 치는 다니야뿐이 아니다. 부처도 후렴처럼 똑같은 목소리로 똑같이 노래를 불렀었다.

"그러니 신이여, 비를 뿌리려거든 비를 뿌리소서."

소 치는 다니야는 말했다.

송아지도 있고, 어린 소도 있고, 새끼 밴 어미소도 있고, 암소도 있고, 암소의 짝인 황소도 있다. 그러니 신이여, 비를 뿌리려거든 비를 뿌리소서.

이 노래를 듣고 부처는 말했다. 송아지도 없고, 어린 소도 없고, 새끼 밴 어미소도 없고, 암소도 없고, 암소의 짝인 황소도 없다. 그러니 신이여, 비를 뿌리려거든 비를 뿌리소서.

두 사람의 노래 중 다른 부분이라면 다니야는 '있다'고 말했으며 부처는 '없다'고 말했을 뿐이다. 있음을 기뻐 노래한 다니야는 마침내 비가 내리자 그 기쁨의 대상인 자신의 모든 소유물들인 소가 물에 떠내려가는 모습을 보게 된다. 그러나 아무것도 없던 부처는 떠내려가는 소가 없으니 비가 흘러 넘쳐 골짜기와 언덕을 뒤덮는다 해도 근심할 필요가 없는 것이다.

— 그렇다면.

비가 내리기 시작하였다. 오랫동안 참고 참았던 비였으므로 막상 뿌리기 시작하자 세찬 기세로 퍼붓기 시작하였다. 이내 빗물이 내 몸을 적시고 내 옷 속으로 스며들기 시작하였으나 나는 앉은 자리에서 꼼짝도 하지 않았다.

— 소 치는 다니야와 부처는 두 명의 다른 사람인가. 아니다. 두 사람은 다른 사람이 아니다. 나아가는 길(道)이 달랐을 뿐 두 사람은 같은 사람에 지나지 않는다. 소 치는 목동 다니야는 자신이 가진 소를 버릴 때 비로소 부처가 될 수 있는 것이다. 그러므

182

로 소 치는 목동인 나는 부처와 다름이 없으며, 이곳에 앉아 있는 나는 경허와 다름이 없다. 그렇다. 나는 경허와 다르지 않다. 나 자신이 바로 경허이며 경허가 바로 나 자신인 것이다.

빗발이 굵어지자 하늘에서 번개가 번쩍번쩍 일어났다. 별 하나 없는 캄캄한 어둠 속에서 거대한 플래시를 터뜨리듯 하늘이 쪼개지면서 번개가 번뜩였다. 마치 하늘이 서로 부싯돌이 되어 부딪쳐 불꽃을 이루어내듯 번개가 일어나면 캄캄했던 산과 들판이 일순 백야(白夜)처럼 밝아지고 그 뒤를 이어 천지를 찢는 천둥소리가 대지를 흔들었다.

나는 꼼짝도 않고 바위 위에 앉은 채 큰소리로 말하였다.

"그러니 신이여, 비를 뿌리려거든 비를 뿌리소서."

콸콸콸콸― 바위 위를 흘러내린 빗물이 절벽 아래로 흘러내리고 있었으며 소나무숲을 빠져 나가는 바람소리가 초금(草琴) 소리로 울었다.

무서운 기세로 퍼붓던 장대비는 잠시 기세를 숙이고 잠잠해졌다. 폭풍처럼 몰아치던 바람도 갑자기 한풀 꺾였다. 그러나 나는 바위 위에 앉아 꼼짝도 하지 않았다.

― 그러한가.

무섭게 몰아치던 폭풍과 비바람과 폭우가 갑자기 정적으로 변해 버려 마치 다음 장으로 넘어가기 위해 잠시 휴식을 취하고 있는 듯한 침묵 속에서 나는 소리를 내어 중얼거렸다.

― 과연 신은 존재하는가.

모든 단원들이 한 사람의 손끝에 의해 일사불란하게 그들이 가진 악기들을 불고, 긁고, 두드리고, 때리고, 흔들면서 토해 내던 대지의 교향악단이 대단원의 한 장을 끝내고 잠시 다음 장을 준비하기 위해 현을 고르고, 악보를 정리하며, 가볍게 기침을 하고, 휴지(休止)에 머물러 있듯 모든 비와 바람이 한꺼번에 멈춰 섰다.

아직 어둠의 장막은 덮이고 객석에 불이 꺼져 있듯 대지의 장막은 두터운 비구름으로 가리워지고, 대지의 극장은 소등(消燈)되어 캄캄한 어둠에 묻혀 있었다. 꼭 쥐어짜지 않은 하늘의 빨래에서 다음 장을 준비하는 고수가 가끔씩 북채를 들어 의미 없이 큰북을 두드려 보듯 큰 빗방울이 떨어지곤 하였으나 비마저 돌연 그쳐 버리고 귓가에는 골짜기를 흘러내리는 냇물소리뿐이었다.

먹구름으로 가리워졌던 하늘에서 서서히 구름의 장막이 걷히기 시작하고 있었다. 구름의 장막이 덮여 있는 동안 장막 뒤의 무대에서는 새로운 장면이 연출되고 있었던 것처럼 발빠른 구름들이 바람에 서서히 밀려가자 맑은 하늘이 조금씩 드러나기 시작하였다. 휴식을 끝낸 단원들이 돌아와 제자리에 앉기 시작하고, 기침을 하고, 악보를 정리하고, 현을 고르고, 객석에는 다시 점등하여 불이 켜지고, 손님들도 착석하고, 그리하여 지휘자가 다시 지휘봉을 들고 단 위에 올라서는 것처럼 밤하늘에서 잠시 모습을 감추었던 달의 모습이 월광(月光)의 지휘봉을 든 채 올라와 섰다.

달의 지휘자가 돌아서서 객석을 가득 메운 수많은 손님들에게 인사한다. 우레와 같은 박수가 터진다.

저 숲과 나무들. 저 바위와 계곡. 저 계곡을 흘러내리는 물. 숲을 돌아나가는 바람. 숲 사이에 잠들어 있는 새들. 온갖 짐승들. 저 너른 평원. 깊은 산에 홀로 피어 있는 이름 모를 들꽃들. 풀들. 벼이삭들. 저 바다. 바다 속을 가득 메운 생선들. 깨어 있는 자들. 잠들어 있는 사람들. 죽어 묻혀 있는 자들. 그 모든 초대받은 손님들이 박수를 친다. 우레와 같은 박수소리에 지휘자는 인사를 하고 돌아선다.

하늘의 별. 그 많은 악사들이 일제히 지휘자의 손이 힘차게 허공을 내리긋는 순간, 보라, 저 위대한 대지의 교향곡을. 전원의 교향곡을. 무엇을 저 자연에 비할 수 있으랴. 들어라, 저 심오하고 장엄한 자연의 소리를. 빛의 소리를.

순간 그 모든 악기들이 저마다의 음을 토해 내기 시작하였다. 물은 물대로, 바람은 바람대로, 숲은 숲대로, 짐승은 짐승대로, 파도는 파도대로, 새는 새대로.

— 참 아름다워라.

갑자기 내 가슴으로 말로 글로 형언할 수 없는 빛의 섬광이 번득이면서 스며들었다. 나는 황홀하여 형체도 없이 스러지는 것 같았다. 나는 넋을 잃고 말하였다.

— 참 아름다워라, 참 아름다워라.

검은 비구름이 완전히 가시고 온누리에 가득히 달빛이 충만하자 모든 자연이 새롭게 깨어나기 시작하였다. 너른 평원도 보이고 저 멀리 바다도 한자락 보이고 있었다.

온누리에는 평화와 기쁨만 흘러넘치고 있었다.

'나는 그대들을 기쁘게 해주고 싶다.'

놀라운 아름다움과 신성한 기쁨 속에 홀로 깨어 앉아 있는 내 귓가에 부처의 목소리 하나가 교향악을 꿰뚫는 감미로운 주제 멜로디처럼 들려오기 시작하였다.

부처의 그 목소리는 《무량수경(無量壽經)》이란 경전에 나오는 말로 악에 젖어 있는 세상 사람들에 대한 안타까움으로 가득 차 있는 유명한 구절이다. 이 구절 속에는 진리에 대한 교조적(敎條的)인 내용보다는 세상 사람들에 대한 따뜻한 애정과 안타까움, 어떻게 해서든 쉬운 말로 타이르려는 부처의 의지가 엿보이고 있다. 그러므로 이 구절엔 시적인 비유 묘사도 없으며, 폭풍우와 같은 사자후도 보이지 않고, 낮은 목소리로 타이르고 있는 부처의 충정(忠情)만이 엿보이고 있는 것이다.

부처는 낮은 목소리로 우리의 귓가에 속삭이고 있다. 그러나 비록 목소리는 낮지만 그의 목소리에는 열정과 조금이라도 깨닫게 하려는 의지가 깃들여 있는 것이다.

'나는 그대들을 기쁘게 해주고 싶다.'

참 아름답고, 참 아름다운 어둠의 대지 속에서 나는 낮은 목소리로 속삭이는 부처의 목소리에 귀를 기울였다.

'세상 사람들은 하잘것없는 일들을 다투어 구하고 있다. 악과 괴로움으로 뒤끓고 있는 세상에서 사람들은 자신의 생활 때문에 겨우 생계를 꾸려가고 있다.

신분이 높거나 낮거나, 가난한 자나 부자나, 남녀노소를 가릴 것 없이 모두 돈과 물질에 눈이 어두워 있다. 그러나 사실은 그것이 있거나 없거나 간에 근심 걱정은 떠날 날이 없다. 불안 끝에 방황하고 번민으로 괴로워하며 무엇에 쫓기느라 조금도 마음이 편할 틈이 없는 것이다.

논밭이 있으면 논밭 때문에 걱정하고, 집이 있으면 집 때문에 근심하며 가축과 하인과 돈과 재산, 의복, 음식, 세간살이에 이르기까지 이것저것 걱정거리가 아닌 것이 없다.

있으면 있다고 해서, 없으면 없다고 해서 걱정하고 한숨짓는다. 때로는 뜻밖의 수해나 화재, 혹은 도둑을 만나 재산을 잃어버리고 원통해 하고 슬퍼한다. 이런 생각이 맺히면 마음은 멍들어 돌이키기가 매우 어렵다. 만약 재산을 잃거나 벌을 받게 돼서 신변이 위태롭게 되면 그는 모든 것을 고스란히 버리지 않을 수 없다. 누구 하나 그를 따라 함께 가는 이도 없다. 아무리 신분이 높고 부자라고 할지라도 사람들은 이렇듯 괴로움과 근심 속에서 살아가고 있는 것이다.'

부처의 낮은 목소리는 내 귓가를 울리고 달빛으로 충만한 온누리에 울려 퍼지고 있었다.

'…또 때로는 이와 같은 고통 끝에 죽는 일이 있다. 그들은 일찍이 선한 일을 행하지 않고 도를 닦거나 덕을 쌓지 않았으므로 죽은 뒤에는 혼자 외롭게 어두운 세상으로 가게 된다. 그가 가는 세상은 선업이나 악업으로의 결과에 따라 받는 과보(果報)이다. 그럼에도 이 선악에 대한 인과의 도리마저 사람들은 모르고 있다.

가족이나 친척들은 서로 공경하고 사랑할 것이며 미워하거나 시기해서는 안 된다. 가진 사람과 갖지 못한 사람은 서로 보살피고 도와 홀로 탐하거나 인색하게 아껴서는 안 된다.

항상 부드러운 말과 화평한 얼굴로 대하여야 한다. 만약 마음속에 남을 미워하는 성격을 지니면 금생에서는 비록 조그마한 말다툼이라 할지라도 다른 세상에서는 그것이 큰 원수가 될 수 있다. 왜냐하면 당장에는 충돌이 되지 않는다고 해도 마음속으로는 깊은 원한을 품고 있기 때문이다. 그래서 생사를 되풀이하면서 서로 앙갚음하는 것이다.

인간은 애욕 속에서 혼자 태어났다가 혼자 죽어간다. 즉 자신이 지은 선악의 행위에 따라 즐거움과 괴로움의 세계에 이른다. 자신이 지은 행위의 과보는 그 누구도 대신해서 받아 줄 수가 없다.

착한 일을 한 사람은 좋은 곳에, 악한 짓을 저지른 사람은 나쁜 곳에 태어난다. 태어나는 곳은 달라도 과보는 처음부터 기다리고 있으므로 그는 혼자 과보의 늪으로 가는 것이다. 멀리 떨어진 다른 세계로 따로따로 가버리기 때문에 이제는 서로 만날 길이 없다. 한번 헤어지면 그 가는 길이 서로 다르므로 다시 만나기는 어렵다.

그렇지만 어째서 사람들은 세상의 지저분한 일을 버리지 못하며 몸이 건강할 때 부지런히 착한 업을 닦아 생사가 없는 깨달음의 경지에 이르려고 하지 않는단 말인가.

무엇 때문에 사람들은 길을 찾지 않는가. 도대체 이 세상에서 무엇을 바라고 있단 말인가. 도대체 어떠한 즐거움을 꿈꾸고 있단 말인가.

이와 같이 세상 사람들은 선한 일을 하면 선한 과보가 오고, 도를 닦으면 깨달아 생사가 없는 경지에 이른다는 사실을 믿지 않는다. 사람이 죽으면 다음다음 세상에 다시 태어나고, 은혜를 베풀면 복이 된다는 것을 믿지 않는다. 그들은 선악에 대한 인과의 도리를 믿지 않고 그런 것이 도대체 어디에 있느냐고 믿으려 하지도 않고 있다…'

간곡하고 애절하며 충정 어린 부처의 충고는 마침내 절정으로 치닫고 있었다. 거의 삼천 년 전에 태어나 줄곧 인간을 향해, 인간을 기쁘게 해주고 싶은 그 열정 하나로 타이르고 준엄하게 꾸짖었던 부처의 목소리. 그러나 인간들은 그 소리에 귀를 기울이지 않는다. 믿으려 하지 않고, 믿지도 않는다. 어찌 그의 목소리가 삼천 년 전의 목소리일 것인가. 오늘을 사는 우리들, 우리들이 살아가는 악에 젖은 세상에 가장 절실한 충고가 아닐 것인가.

'…이처럼 비뚤어진 소견을 가지고 있으면서도 자기는 바른 생각을 가졌다고 내세운다.

세상이 어지럽고 인심이 거칠어지고 사람들이 애욕을 탐하게 되면 진리를 등지는 사람은 늘고 그것을 깨닫는 사람은 줄어들게 된다.

세상은 항상 어수선하여 믿고 의지할 만한 것은 하나도 없게 될 것이다.

지위가 높은 사람이거나 낮은 사람이거나, 가난한 사람이거나 부자이거나 세상일에 얽매여 허덕이고 저마다 가슴에 독을 품고 있다. 그러한 독기 때문에 눈이 어두워 함부로 일을 저지르고 있는 것이다.

깊이 헤아리고 생각하여 온갖 나쁜 일을 멀리 해야 할 것이다. 그리고 착한 일을 찾아 노력을 아끼지 말아야 한다. 애욕과 영화는 오래갈 수 없다. 언젠가는 내게서 떠나가고 말 것들이기 때문이다. 참으로 이 세상에서 즐길 만한 것은 아무것도 없다.

이제 다행히 바른 법을 만났으니 부지런히 닦아라.

마음속으로부터 정토(淨土)에 왕생하려는 원을 세운 사람은 반드시 밝은 지혜를 얻고 뛰어난 공덕을 갖추게 될 것이다.

나는 그대들을 기쁘게 해주고 싶다.

자기 자신에 대한 생로병사의 고통을 멀리하고 우선 스스로 결단하여 몸과 행동을 바르게 갖고 착한 일을 많이 하여 부지런히 정진하고, 몸을 청정하게 갖고, 마음의 때를 말끔히 씻어내며, 말과 행동을 떳떳이 하여 겉과 속이 다르지 않게 하라. 그래서 미혹에서 벗어나 중생을 구제하고 원을 굳게 세워 선업을 쌓아라….'

10

땡강 땡강 땡강—.

부처의 다정한 목소리에 귀를 기울이고 있던 내 귓가에 종소리가 들려오기 시작하였다. 큰절에서는 범종을 때리고 북을 두드려 새벽예불 시간을 알리는 것이 보통이지 작은 암자였으므로 법당 안에 안치된 작은 종을 때려 새벽예불 시간을 알리는 모양이었다.

새벽예불 시간은 보통 밤 세 시.

나는 경허가 즐겨 앉아 있던 제비바위 위에 앉아 깊은 상념으로 새벽이 올 때까지 밤을 꼬박 새운 모양이었다.

새벽예불 시간이 올 때까지 눈 한번 붙여 보지 못하고 비가 오면 오는 대로, 바람이 불면 부는 대로 그대로 맞으면서 꼬박 밤을 새웠지만 피로감은 들지 않고 머리는 물로 씻은 듯이 맑았다. 몸과 마음이 쇄락(灑落)해서 부처의 말처럼 온몸에서 독(毒)이 빠져 나가고, 독이 빗물에 씻겨나가 버린 듯 청정하였다.

돌아가자.

나는 중얼거리면서 바위 위에서 일어섰다. 오랫동안 바위 위에 정좌하여 앉아 있었으므로 쉽게 다리가 펴지지 않았다.

언제 폭우가 내리고, 번개가 치고, 천둥이 울고, 미친 폭풍이 몰아치고 있었느냐는 듯 대지는 투명하고 푸른 달빛 속에 몽환적(夢幻的)으로 젖어 있었다. 내리는 비를 고스란히 맞아 온몸은 젖어 있었고, 새벽 한기가 스며들어 몹시 추웠다. 입술이 떨리고 이빨이 덜덜 마주칠 정도로 추위가 느껴졌다.

땡강 땡강 땡강 ─ .

진폭이 없고, 울림이 없는 새벽 종소리는 산사에서 들려오는 종소리처럼 느껴지지 않고 작은 섬마을의 분교에서 학생들을 모으기 위해 치는 학교 종소리처럼 들려오고 있었다.

제비바위를 지나 송림숲을 더듬거리면서 나는 암자 쪽으로 천천히 걷기 시작하였다. 단 한번 걸어왔던 오솔길이지만 달빛이 워낙 투명하여 대낮처럼 밝았으므로 산길은 분명하였다. 산길을 굽돌아오는 내 눈가에 갑자기 눈부신 빛의 요정들이 떼를 이루어 날아오는 모습이 보였다.

아주 작은 불빛들이었다.

크리스마스 장식 전구보다 더 작은 미세한 불빛들이 저마다 빛을 반짝이며 수천 개의 떼를 이루면서 일제히 숲 사이에서 일어나 내 얼굴을 향해 달려들고 있었다.

반딧불이[螢火]들이었다.

공해로 거의 멸종되어 버린 곤충인 줄만 알았던 개똥벌레들이 얼마나 엄청나게 떼를 이루어 마치 빛의 폭포를 이루면서 쏟아져내리고 있는지 나는 발길을 멈추고 그 황홀한 개똥벌레들의 윤무(輪舞)를 지켜보고 있었다. 무심코 손을 뻗어 낚아채자 한 마리의 개똥벌레가 손바닥에 잡혔다. 손가락을 오므렸더니 손금이 비쳐 보일 정도로 반딧불이는 밝기가 강해지고 촉광이 세어졌다.

오므렸던 손바닥을 펴자 잠시 갇혔던 반디가 날아 가버렸으며 영롱한 반딧불이들은 일제히 떼를 이루어 산골짝의 계곡을 향해 사라지고 있었다.

잠시 반딧불이에 한눈을 팔고 있던 사이에 타종이 끝나고 예불이 시작되었는지 지난 저녁에 만났던 낯익은 승려의 독경 소리가 들려오기 시작하였다. 칠흑같이 어두운 암흑 속에 작은 법당에서 내비친 불빛이 반딧불이처럼 깜박이고 있었다.

청아한 승려의 목소리와 함께 목탁 소리가 따그르르— 따그르르— 들려오고 있었다.

반쯤 열린 문틈 사이로 승려의 뒷모습이 바라보이고 있었는데 공연히 뜨락 앞에서 서성거리면 독경을 하는 승려에게 방해가 될 것 같아 나는 서둘러 뜨락을 가로질러 쪽방으로 돌아왔다.

우선 젖은 옷을 갈아입어 한기로 떨리는 몸을 따뜻하게 데울 필요가 있었다. 미리 준비한 가방 속에서 새 옷을 꺼내고 젖은 옷은 벗어서 알몸이 되었다. 아직도 머리카락과 몸은 빗물에 젖어 있었으므로 마른 수건으로 물기를 닦아내렸다. 마른 수건으로 물기를 닦고 살을 문질러 마찰을 하자 곧 몸이 훈훈하게 더워지기 시작하였다.

새 옷으로 갈아입자 한꺼번에 피로감이 상쾌하게 몰려오고 있었다. 방은 아주 작아 이불 한 채 까는 것만으로도 꽉 차고, 베개를 베고 누우니 머리가 한쪽 벽에 닿고 발끝이 맞은편 벽에 닿을 정도였다.

젊은 승려의 독경 소리는 계속 이어지고 있었는데 집이 워낙 협소하여 그 소리가 머리맡에서 나고 있는 것처럼 느껴졌다.

나는 쏟아져 오는 잠과 싸우면서 잠시 생각하였다.

— 나는 경허의 발자취를 따라 이곳까지 찾아왔다. 나는 법명 스님의 말처럼 끝까지 경허를 좇아갈 것이다. 그를 붙들고 절대로 놓치지 않을 것이다. 그러하면 나는 이제 그를 좇아 어디로 가야 할 것인가.

경허는 50세 무렵까지 이 천장암을 중심으로 한 호서지방에서 일대의 선풍을 떨치게 된다. 그가 머무르고 있었던 사찰의 이름만 대충 훑어보아도 천장암 수덕사(修德寺) 정혜사(定慧寺) 개심사(開心寺) 문수사(文殊寺) 부석사(浮石寺) 마곡사(麻谷寺) 묘각사(妙覺寺) 장곡사(長谷寺) 대련사(大蓮寺) 봉곡사(鳳谷寺) 보석사(寶石寺) 태고사(太古寺) 영은사(靈隱寺) 영탑사(靈塔寺) 갑사(甲寺) 동학사(東鶴寺) 신원사(新元寺) 법주사(法住寺) 등 호서지방의 거의 모든 사찰을 총망라하고 있다.

그는 이 지방의 사찰을 돌아다니면서 신도들의 시주를 목적으로 하여 염불 주력(呪力)에만 매달려 있는 승려들을 꾸짖고, 때리고, 고함치고, 때로는 종을 부수고, 북을 찢어 버리는 난폭한 선기로 일일이 다스려 참선을 권장하고 선풍을 대진(大振)하였다고 전해지고 있다.

뿐만 아니라 경허는 이 천장암을 중심으로 많은 법제자들을 키워냈다. 오늘날 거의 모든 승려들이 경허의 법맥을 이어받고 있어 경허의 법은 이미 강을 뛰어넘어 바다를 이루었으므로 모든 승려들에게 미치고 있음이다.

그럼에도 경허의 수법제자로는 만공, 혜월, 수월, 한암 등이 손꼽히고 있다. 그중에서도 만공, 혜월, 수월 이 세 사람은 흔히 삼월(三月)이라 불린다. 이는 만공의 휘자(諱字)가 월면(月面)이어서 세 사람의 법호에 공교롭게도 달(月)이 겹치고 있기 때문이다.

이 세 명의 달(月)은 태양(日)이었던 경허를 모시고 바로 이 천장암에서 살고, 경허로부터 빛을 받아 그들도 스스로 빛을 발휘하는 발광체가 되었다. 달은 스스로 빛을 발하지 못한다. 달빛〔月光〕은 태양의 빛을 반사하는 간접광에 지나지 않는다. 세 명의 달은 경허의 빛을 받음으로써 달빛을 이루었고 마침내 스스로도 빛을 발하게 되었던 것이다.

경허를 좇아간다면 이들 세 명의 제자들을 만나지 않을 수 없을 것이다.

나는 쏟아지는 잠을 참으면서 지난 기억을 떠올려보았다.

— 그때가 언제였더라.

정확히 기억되지는 않는다.

아마도 눈이 내리는 깊은 가을이었지. 나는 그때 아버지가 신표로 만공에게 물려준 거문고를 친견하기 위해 수덕사까지 찾아갔다. 그리고 나는 그곳에서 법명 스님을 만났다. 법명 스님은 내게 거문고를 보여주는 일을 쾌히 승낙하였고 우리는 그 거문고를 보기 위해 수덕사의 뒷길을 올라 금선대란 암자를 찾아갔다. 그곳에서 나는 처음으로 경허의 진영(眞影)을 발견했었다. 뿐만 아니라 스승 경허를 중심으로 그 좌우에 법제자들인 만공, 혜월, 그리고 수월, 세 사람의 진영이 봉안되어 있음을 발견했다.

우연히 마주쳤던 경허의 모습이 나와 인연이 닿아 그를 찾아 이곳 천장암까지 찾아왔다면 나는 또한 그 암자에 스승과 함께 안치되어 있던 세 명의 수법제자들인 만공, 혜월, 수월 이 삼월들과도 자연 만나게 될 것이 아니겠는가.

나는 품속에서 염주를 꺼내 손으로 쥐어들었다. 그것은 잠을 잘 때의 내 버릇이었다. 나는 염주를 쥐면서 중얼거렸다.

―그렇다면 세 명의 달, 그들은 어디서 왔으며 어떻게 경허의 제자가 되었음인가.

쏟아지는 잠과 싸우는 동안 젊은 승려의 독경 소리는 어느새 멎어 있었다.

날이 밝으면 나는 이 암자를 떠날 것이다. 이 암자를 떠나 또다시 새로운 곳에서 경허를 만나게 될 것이다.

그리고 다시는 이 암자에 들르지 않게 될 것이다.

날이 밝으면 나는 떠난다. 새로운 경허를 찾아서, 나는 새로이 길 없는 길을 떠날 것이다.

나는 잠의 미끄럼틀 속으로 미끄러져 떨어졌다. 곧 나는 깊은 잠에 빠져들었다.

세 개 의   달

온몸이 입이라 허공에 걸려
동서남북 어느 바람 가리지 않고
한결같이 그를 위해 반야(般若) 설하니
그 소리 땡그랑 땡그랑 땡땡!
— 천동 여정(天童 如淨)

세 개의 달

1

경허의 세 수법제자 중 가장 맏이는 수월(水月) 선사다. 그래서 흔히 삼월(三月)이라 불리는 수월·혜월·만공 세 명의 달 중 가장 맏이인 수월을 상현달(上弦)이라 부르고, 혜월을 하현달(下弦)이라 부르며, 만공을 보름달인 만월(滿月)이라고 부르고 있다.

실제로 1912년께 수월·혜월·만공 세 명의 수법제자들은 한 곳에 모여 다음과 같은 약속을 하였다고 전해진다.

수월은 북쪽으로 가서 달이 되기로 약속하였으며, 혜월은 남쪽으로 가서 달이 되기로 하였으며, 만공은 가운데에 남아 달이 되기로 약속하였다.

이 약속은 지켜져서 맏이인 수월은 강계군을 거쳐 만주 지방으로 가서 백두산 근처에 머물며 화엄사란 암자를 짓고 있다가 입적하여 상현달이 되었으며, 혜월은 통도사·내원사·범어사·선암사 등 남쪽 지방을 유람하다가 부산 선암사 바위 밑에서 솔방울이 가득 찬 자루를 메고 선 채 그대로 열반하여 하현달이 되었다. 만공도 약속대로 가운데인 수덕사에 남아 월륜(月輪)이 되었는데, 이로써 이 세 명의 달이 이뤄내는 달빛으로 우리나라 전역에 단 하루도 달빛이 미치지 않는 곳이 없게 되었음이다.

경허의 수법제자인 세 명의 월륜 중 가장 맏이인 수월은 1855년생, 혜월은 1862년생, 만공은 1871년생이다. 맏이인 수월과 막내인 만공의 나이 차는 16년에 이르고 있다.

스승 경허가 1849년생이니 맏제자인 수월과 나이가 불과 6년 차밖에 나지 않는다. 그러므로 수월은 생년으로만 보면 경허의 제자라기보다 경허와 함께 불도를 수행하는 벗인 도반(道伴)처럼 보이고 있다.

경허의 맏제자였으면서도, 또한 구한말 가장 뛰어난 선승이었으면서도 수월에 대해서는 알려진 것이 극미(極微)하다.

그런 의미에서 풍부한 일화를 남긴 스승 경허보다 맏제자인 수월은 신비롭고, 이미 하나의 전설이 되었다. 그래서 흔히 불가에서는 수월을 수수께끼의 선사라고 부르고 있다.

그리고 수월은 자신의 족적을 전혀 남기려 하지 않았을 뿐 아니라 자신의 신분에 대해서도 철저히 이를 숨기고 은닉하였다.

그래서 그의 속성에 대해서도 아직 정확히 알려진 바가 없다.

속성이 김(金)씨라는 사람도 있고, 전(全)씨라는 사람도 있으며, 천(千)씨라는 사람도 있다. 태어난 곳은 충청남도 홍성군 구항면 신동이라고 하는데, 이 또한 확실하지는 않다.

일설에는 그가 부모 없는 고아라고 전해지기도 하고, 일설에는 구한말 큰 벼슬에 오를 만큼 학식이 높은 선비였지만 나라가 어지럽자 분연히 벼슬을 버리고 천장암으로 들어갔다고 전해지기도 한다. 어느 쪽이 확실한지 가문이나 출신 성분을 정확히 알수는 없지만 훗날 견성한 후의 행동을 보면 그가 학식이 높고, 높은 벼슬의 지위에까지 올랐던 선비 쪽에 오히려 더 신빙성이 주어지고 있다.

그럼에도 그는 평생 동안 문자를 모르는 까막눈 행세를 하였으며, 부모도 없고 태어난 가문도 모르는 고아라고 자신의 출신을 위장하고 살았을 것이다.

실제로 수월은 처음부터 출가하려고 입산하였던 것은 아니었다. 그는 29세에 이르러 천장암으로 찾아가 처음에는 암자에서 땔감이나 허드렛일을 도와주는 일꾼인 부목(負木)으로 있었다.

그러다가 당시 천장암에서 주지스님으로 있던 경허의 형인 태허의 눈에 띄어 머리를 깎고 중이 되었다. 그러므로 엄격히 따지면 수월은 경허의 제자라기보다 경허의 형인 태허의 제자라고 말할 수 있을 것이다.

처음부터 출가하여 득도하지 않고 땔감이나 하는 부목으로 입산하였던 수월의 행적을 보아 알 수 있듯이 수월의 선풍은 한 마디로 남을 위한 '봉사'에 있었다.

잘 알려지지 않은 그의 행장(行狀)을 보아도 알 수 있듯 그의 평생은 철저히 '나'를 버린 남에 대한 헌신이요, 봉사였다. 잘 알려지지 않은 그의 행장도 따지고 보면 자신을 드러내 보이지 않으려는 그의 겸손과 봉사정신에서 비롯되었을 것이다.

경허의 만제자였으나 경허와의 일화도 남아 전해지는 것이 거의 없을 정도다.

그는 태어난 신분도 고아로 위장하여 자신을 숨겼으며, 출가하기 전의 높은 신분도 땔감을 하는 부목을 자원함으로써 이를 숨겼으며, 높은 학식도 일자무식으로 위장하여 철저히 자신을 낮추고 감추고 숨겼던 것이다.

철저히 자신을 죽인 대신 남에 대한 헌신과 봉사는 극치를 이루고 있음이다.

그의 이름은 음관(音觀)이었는데 그가 수월이란 법호를 스승 경허로부터 얻은 데는 다음과 같은 유래가 있다.

수월은 좌선하여 화두를 타파해 견성한 것이 아니라 천수주(千手呪)를 통하여 불망염지(不忘念智)를 얻었다. 경허의 다른 법제자들인 혜월과 만공이 스승 경허로부터 화두를 점지받고 이를 타파해 경허로부터 법을 인가받고 전법송(傳法頌)까지 받아 정법제자가 되었다면 수월은 천수경을 외는 독경을 통해 깨달음을 얻은 특이한 오도(惡道)를 한 셈이다.

수월은 천수경 외기를 즐겨하였다. 그는 낮이나 밤이나 항상 천수경을 외고 다녔는데, 스승 경허로부터 짚신 삼기를 배워 짚신을 삼거나 땔감을 하면서도 한시도 천수경을 외지 않은 적이 없었다고 전해지고 있다.

경허의 제자들은 일찍이 짚신 삼기의 명수였던 스승으로부터 짚신 삼는 법을 배워 모두들 짚신 삼기에 일가를 이루고 있었는데 수월이 그중 으뜸이었다.

수월은 무슨 고상한 경전을 읽고 이를 외어 따지기보다 자나 깨나 앉으나 누우나 서나 항상 단 한 가지 천수경을 외고 다녔다. 그런 의미에서 천수경은 수월의 화두요 공안이었던 셈이다.

화두가 오직 정신을 집중시키기 위한 하나의 방편이라면 수월이 오매불망 외고 다니던 천수경 또한 그가 결택한 훌륭한 화두가 아닐 것인가.

천수경이라 함은 천 개의 손과 천 개의 눈과 27개의 얼굴을 가진 관세음보살에게 드리는 계청(啓請)으로 대자대비(大慈大悲)한 관세음에게 지송(持誦)하면 특히 지옥의 고통을 해탈케 하여 모든 원을 성취하게 해주고 모든 죄업이 소멸된다는 송주(誦呪)인 것이다.

'천수(千手)'는 자비의 관대함을, '천안(千眼)'은 지혜의 원만 자재함을 나타내며 천 개의 눈으로 모든 중생들의 고통을 보고 그 손으로 구제한다는 염원을 상징하고 있는 것이다.

천수관음(千手觀音)에 대한 민간신앙은 천년이 넘는 삼국 시절부터 비롯된 것으로 옛 신라 경덕왕 시절의 기록이《삼국유사》에까지 실리고 있음이다.

'경덕왕 때 한기리(漢岐里)에 사는 희명(希明)이란 여자 아이가 난 지 5년 만에 갑자기 눈이 멀었다. 어느 날 그 어머니는 이 아이를 안고 분황사(芬皇寺) 좌전(左殿) 북쪽 벽에 그려져 있는 천수관음 앞에 나아가 아이를 시켜 노래를 지어 빌게 했더니 멀었던 눈이 드디어 뜨였다.

그 노래는 이러하다.

　　무릎을 세우고 두 손바닥 모아
　　천수관음 앞에 나아가 비오나이다
　　일천 손과 일천 눈 하나를 내어 하나를 덜기를
　　둘 다 없는 이 몸이오니 하나만이라도 주시옵소서
　　아아,
　　나에게 주시오면 그 자비 얼마나 크시리이까.'

분황사란 오늘날에도 옛터 자리가 남아 있는 경주 구황리에 있던 절로, 눈먼 아이가 천 개의 눈을 가진 천수관음에게 그 천 개의 눈 중에서 하나를 내어 눈먼 자신을 눈뜨게 해달라는 애절한 내용이 이처럼 《삼국유사》의 옛 기록에까지 실려 있으리 만큼 천수관음에 대한 민간신앙은 오래되고 깊은 것이었다.

수월이 언제나 어디서나 천수경을 외고 다님으로써 마침내 천수경의 독송(讀誦)을 통해 깨달음을 얻게 된 것은 마치 옛 신라의 희명이라는 어린아이가 천수관음에게 빌어 눈 하나를 얻어 눈을 뜨게 된 것과 같은 인연일 것이다.

수월은 천수경을 외는 과정을 통해 천 개의 눈 중에서 하나의 눈을 얻어 비로소 '눈을 가진 사람'이 될 수 있었던 것이다. 그런 의미에서 수월은《삼국유사》에 나오는 눈먼 여자 아이 희명의 화신인지도 모르며, 수월의 전생(前生)은 옛 신라의 서울 경주에 살고 있던 눈먼 계집아이 희명일지도 모른다.

수월이 천수경의 독경을 통해 염지(念智)를 얻은 것은 33세 때 천장암에서였다고 전해지고 있다. 눈 덮인 한겨울이었는데 천수경을 외다 수월은 마침내 천수관음으로부터 자비의 손 하나와 지혜의 눈 하나를 얻어 부처가 되었다.

수월이 평생을 통해 외고 독송하고 다녔던 천수경의 내용은 다음과 같다. 원 이름은《천수천안관자재보살광대원만무애대비심대다라니계청(千手千眼觀自在菩薩廣大圓滿無礙大非心大陀羅尼啓請)》이라는 긴 이름인데, 이 이름의 뜻은 '천 개의 손과 천 개의 눈을 가진 관세음보살님의 자비와 공덕은 광대무변하시고 원만구족하여 걸림이 없고 자유자재한 큰 힘으로 일체중생의 고뇌를 건져주시는 다라니'란 것인데, 이를 줄여《천수경(千手經)》이라고만 부르고 있는 것이다.

관음보살 신주 앞에 머리 숙여 절합니다
그 원력이 위대하사 상호(相好) 또한 거룩하고
고액 속의 모든 중생 일천 팔로 거두시며
일천 눈의 광명으로 온 세상을 살피시네
참된 말씀 그 가운데 비밀한 뜻 보이시고
하염없는 그 맘 속에 자비심이 넘칩니다

저희들의 온갖 소원 빨리빨리 이루옵고
모든 죄업 남김없이 깨끗하게 씻어이다
하늘의 용 모든 성중(聖衆) 또한 함께 보살피어
백천 가지 온갖 삼매 한꺼번에 깨쳐이다
받아 지닌 저희 몸은 큰 광명의 깃발이고
받아 지닌 저희 마음 신비로운 곳집이니
세상 티끌 씻어내고 괴로움 바다 어서 건너
보리법의 방편문을 아주 얻게 하여이다
신비로운 대비주에 귀의하여 원하오니
뜻하는 일 마음대로 모든 원을 이뤄이다
자비하신 관세음께 귀의하여 비옵니다
이 세상의 온갖 진리 어서 빨리 알아이다
자비하신 관세음께 귀의하여 비옵니다
부처님의 지혜눈을 빨리빨리 얻어이다
자비하신 관세음께 귀의하여 비옵니다
한량없는 모든 중생 어서 빨리 건져이다
자비하신 관세음께 귀의하여 비옵니다
팔만사천 묘한 방편 빨리빨리 얻어이다
자비하신 관세음께 귀의하여 비옵니다
저 언덕의 지혜배(般若船)에 어서 빨리 올라이다
자비하신 관세음께 귀의하여 비옵니다
생로병사 괴로움 바다 빨리빨리 건너이다
자비하신 관세음께 귀의하여 비옵니다

무명 벗는 계(戒)와 정(定)을 어서 빨리 얻어이다
자비하신 관세음께 귀의하여 비옵니다
극락세계 열반상에 빨리빨리 올라이다
자비하신 관세음께 귀의하여 비옵니다
하염없는 법의 진리 어서 빨리 알아이다
자비하신 관세음께 귀의하여 비옵니다
절대진리 법성(法性)의 꿈 빨리빨리 이뤄이다….

천수경은 이 부분에서부터 변조를 보이기 시작한다.

칼산〔刀山〕지옥 내가 가면 칼산 절로 무너지고
화탕(火湯)지옥 내가 가면 화탕 절로 없어지고
모든 지옥 내가 가면 지옥 절로 말라이다
아귀세계 내가 가면 아귀 절로 배부르고
수라세계 내가 가면 악한 마음 항복되고
짐승세계 내가 가면 슬기 절로 생겨이다….

그리고 나서 여러 부처들을 부르면서 이들의 도움을 계청(啓請)함으로써 천수경은 끝을 맺게 되는데 어쨌든 수월이 이 천수경을 통해 견성하게 되자 천장암에 머무르고 있던 그의 스승 경허는 이를 기뻐하면서 그에게 '수월(水月)'이란 법호를 내려주게 되었던 것이다.

수월이란 법호는 천수경에 나오는 보살 중의 하나로 밝은 달이 바다 위를 환하게 비추었을 때 한 연꽃이 바다 위에 떠 있고 그 연꽃 위에 화신하여 나타나 서 계신 관세음보살의 32가지 모습 중의 한 모습을 수월관음이라고 부르는데, 스승 경허는 제자 음관(音觀)이 눈 덮인 천장암에서 자나 깨나 큰소리로 천수경을 외다가 마침내 깨우쳐 부처를 이루게 되자 이를 기뻐하면서 바로 천수경에 나오는 '수월관음'의 이름에서 수월만을 따 그에게 법호를 내려준 것이었다.

이로써 부목 음관은 마침내 수월 선사가 되었음이다.

경허의 수법제자가 되었으면서도 경허와의 선화는 전해져 내려오는 것이 거의 없다. 그러나 수월은 스승 경허에게 결정적인 보은을 하게 되는데 이는 먼 훗날의 일이고 수월은 깨치기 전이나 깬 후나 변함없이 땔감을 맡아 하는 부목에 지나지 않았다.

훗날 수월은 천장암을 벗어나 오대산 월정사 상원암에서 오랫동안 주석하고 있었는데 여러 대중이 그를 조실로 모시려 하였으나 사양하였고 항상 땔감을 하고, 장작을 패고, 잡초를 뽑는 부목의 역할을 벗어나 본 적이 없을 정도였다. 그는 항상 일을 하는 한편 입으로는 천수경을 외고 다녔으며 입으로 중얼거리지 않을 때에는 마음속으로도 이를 외고 다녔다고 전해지고 있다.

남의 눈에 띄지 않고 숨어 살기를 좋아하던 수월은 더 이상 오대산에 머물러 있을 수 없다고 생각한다. 그렇지 않아도 이름있는 큰 절보다 주로 남방의 작은 암자들만 일부러 골라 돌아다녔지만 향목(香木)은 첩첩산중에 숨어도 향 냄새를 풍기게 마련으로 수많은 신도들과 수좌들이 몰려오고 다투어 수월을 조실이나 방장으로 모시려 하였으므로 오대산 상원사까지 도망쳐 온 셈이었는데 또다시 수월의 소문이 널리 퍼져 사람들이 몰려오고, 심지어 상궁들까지 몰려와 몇십 바리의 옷감이 날라져 오고, 음식이나 과일을 실어 나르는 짐꾼들이 수시로 드나들게 되자 수월은 아예 인적도 없는 곳으로 도망쳐 버리리라고 결심하게 되는 것이다.

그리하여 수월은 간다 온다 말도 없이 어느 날 상원사를 떠나버린다. 수월은 그 언젠가 경허의 수법제자들인 만공과 혜월, 이른바 삼월(三月)이 모여 함께 나누었던 약속을 떠올린다.

그것은 수월은 북쪽으로 가서 상현달이 되고, 혜월은 남으로 가서 하현달이 되기로 한 약속이었다.

그 약속을 마침내 지킬 때가 왔음을 느낀 수월은 마지막으로 자신이 출가하고 천수경을 통해 깨우침을 얻었던 천장암에 들르기로 결심한다. 이번 북행길이 그의 마지막 행각임을 미리 짐작이나 하였음일까. 다시는 되돌아오지 못함을 예견이나 하였음일까.

이때 수월은 만공과 함께 저녁 공양을 나눈다. 공양을 다 끝내고 수월은 갑자기 숭늉이 가득 들어 있는 물그릇을 들어 보이며 만공에게 다음과 같이 물었다.

"이 숭늉그릇을 숭늉그릇이라 하지도 말고, 숭늉그릇이 아니라 하지도 말고 한마디로 똑바로 말하여 보시오."

그러자 만공이 숭늉그릇을 받아들고는 문을 열어젖히고 문밖으로 던져 버린 후 묵묵히 앉아 있었다. 그러자 수월은 손뼉을 치며 말하였다.

"참 잘하였소."

그리고 나서 수월은 걸망을 들어올리면서 말하였다.

"난 가네. 잘 있게나."

수월은 밥 한 그릇 먹은 후 떠나고 만공은 잘 가라는 전송도 하지 않았다. 두 사람은 다시는 만나지 못하였음이다.

그 길로 수월은 북으로 북으로 길을 떠난다. 수월이 가는 곳은 강원도, 함경도를 거쳐 백두산 근처의 북간도. 삭풍이 불어오는 차디찬 북국인데도 누더기 하나만 걸친 자그마한 체구의 수월은 바람에 날리는 검불처럼 북으로 나아간다.

당시 북간도에서는 밤이 되면 마적이나 비적떼들이 몰려와 약탈을 자행하곤 하였으므로 밤이 되면 대문을 굳게 잠그고 바깥 나들이를 삼가고 있었다고 한다. 그 대신 마당과 거리에는 밤이 되면 반드시 사나운 개를 풀어놓고 낯선 외지인의 출입을 막고 있었다고 한다.

이들이 풀어놓은 개는 만주 지방에만 있는 특수한 개로 크기는 보통 송아지만한데 사납기가 이를 데 없었다고 한다. 이 개들은 절대로 마을 사람들은 물지 않고 밤이 되면 굳게 문을 잠그고 칩거하고 있는 주민들을 대신해 집과 거리를 떼지어 다니면서 낯선 외지인이 마을로 숨어들면 덤벼들어 물어뜯어 죽이거나, 마적이나 비적떼들이 몰려오면 이들을 향해 공격하는 선봉장이 되는 것이다.

이 개들과 싸우는 유일한 길은 총으로 쏘아 사살하는 이외에는 다른 방법이 없을 정도였다. 마적떼들도 이 만주개만은 몹시 무서워하였는데 그것은 이 만주개들의 특이한 습성 때문이었다. 이상한 그림자가 하나 나타나면 그 그림자를 발견한 개가 우선 울부짖으면서 달려간다. 그러면 온 거리의 개들이 그 울부짖는 개를 따라 달려가 집단적으로 공격하므로 총을 가진 마적떼라 하더라도 왕왕 만주개들의 표적이 되어 물려 죽는 일이 있었기 때문이었다.

그래서 북간도에서는 야반에 먼길을 가는 나그네는 미리 한낮에 그 마을의 좌상(座上)격인 노인이나 동장 같은 사람에게 알려야 하는 것이다. 그 나그네가 마을에 해를 끼치지 않을 사람이라는 것을 확인하게 되면 그날 밤 집집에서 개를 거둬들이고, 만약 그 사람이 마을에 들어오지 않는 것이 좋겠다고 생각한 동장이 이를 거부하면 그 나그네는 절대로 그 동네를 피해 돌아가야 했던 것이다. 왜냐하면 아무런 예고 없이 들어갔다가는 영락없이 만주개들에게 물려죽기 십상이었으므로.

그러나 수월이 그러한 북간도의 풍습을 알 리가 없었다.

구름에 달 가듯 가는 북국의 나그네인 수월에게는 뚜렷이 가는 목적지도 없으면서 낮과 밤을 구별하지 않고 해가 있으면 햇빛을 따라, 달이 뜨면 달빛을 따라 북쪽으로 북쪽으로 나아가고 있었던 것이었다.

북간도가 어떤 곳이고, 만주개들이 얼마나 무서운가를 알면 밤길에 아무도 아는 사람이 없는 낯선 동네로 저벅저벅 들어설 리가 없었을 것이다.

이윽고 개 한 마리가 낯선 외지인의 침입을 냄새 맡고 허공을 향해 울부짖는다. 그러자 개 울음소리는 옆집 개로 이어지고 연쇄적으로 온 동네 개들로 번져나가 온 마을이 피에 굶주린 개들의 울음소리로 살기가 감돌기 시작한다.

이쯤 되면 마을 사람들은 낯선 나그네가 마을로 들어왔음을 알게 된다. 미리 동장을 통해 개를 묶어 두라는 전갈을 받지 못하였으므로 주민들은 나가 개의 모가지에서 쇠사슬을 풀어 버린다. 동시에 사슬이 풀린 개들은 거품을 흘리면서 한 방향으로 쏜살같이 달려나가 버린다.

각 집에서 풀려나온 수십 마리의 개들이 예고도 없이 동네로 들어온 나그네를 향해 달려간다.

마을 사람들은 촉각을 세우면서 숨을 죽인다. 그들은 울부짖는 개들의 소리 속에 사람의 비명이 섞이거나 아니면 개떼들과 싸우는 마적들의 총소리가 들려올 것이라는 불길한 예감으로 몸을 떨고 있다.

그러나.

갑자기 문밖이 조용해진다. 총소리와 말발굽 소리가 들려오지 않는 것을 보니 마적떼가 아닌 것은 분명한데 그렇다면 어째서 사람의 비명과 물어뜯는 개들의 사납게 울부짖는 소리가 갑자기 멈춰 버린 것일까.

개들이 헛것을 본 것일까.

절대로 그럴 리는 없다. 수십 마리의 개들이 헛것을 보고 그것이 마을로 쳐들어오는 침입자라고 착각을 하고 일제히 달려나갔을 리는 없다.

그렇다면 개들이 일제히 미쳐 버린 것일까, 아니면 마을로 유령이나 귀신이 들어왔단 말인가.

그처럼 울부짖던 개들의 울음소리도 일시에 그쳐 숨소리조차 나지 않는 정적뿐. 하늘에는 차디찬 북국의 달. 구름 한 조각 없고 달무리조차 없이 거리에는 달빛이 교교(皎皎)하게 흘러넘치고 있다.

마을 사람들은 조심스레 굳게 걸었던 문을 열고 한 사람씩 밖으로 나와 본다. 그들은 모두 거리로 나와 개들이 달려간 쪽으로 천천히 다가가 본다.

그때 그들은 상상도 할 수 없는 이상한 광경과 맞닥뜨리게 된다.

길거리 한복판에 누더기를 입은 작은 체구의 스님 하나가 지팡이격인 주장자를 들고 서 있고 수십 마리의 개들이 그 스님 앞에 무릎을 꿇고 조용히 앉아 있는 것이었다. 스님은 뭐라고 수십 마리의 개들을 향해 설법을 하고 있었고 개들은 큰 귀들을 쫑긋거리면서 그 설법을 듣고 있었다. 뿐만 아니라 개들은 꼬리까지 흔들면서 이 낯선 스님을 반기고 있었던 것이다.

말하자면 노인과 수십 마리의 개들은 서로 대화를 나누고 있었던 것이다. 그 살기등등하던 수십 마리의 개들은 수업을 받기 위해 떼지어 학교에 몰려온 아동들처럼 얌전히 무릎 꿇고 앉아 노인의 이야기에 귀를 기울이고 있었던 것이다.

사람과 동물 간의 대화.

일찍이 성 프란체스코는 수많은 새들과 이야기를 나누었으며 제비들, 갈가마귀, 덫에 걸린 산토끼, 심지어 그물에 걸린 물고기와도 얘기를 나누었다고 한다. 그가 많은 사람들에게 설교하려 하였을 때 수많은 제비들이 재잘거리며 울어 프란체스코의 말이 사람들에게 들리지 않게 되자 그는 제비들에게 다음과 같이 말하였다.

"나의 사랑하는 제비들이여, 자매님들은 이미 충분히 말하였으니 이제는 내가 말할 차례입니다. 하느님의 말씀을 들으시오. 하느님의 설교가 끝날 때까지 침묵 가운데 조용하시오."

그러자 제비들은 의아스러울 만큼 즉시 침묵에 들어갔고 설교가 끝날 때까지 자기 자리에서 움직이지 않았다.

프란체스코가 숲을 걸어가면 수많은 새들이 날아와 춤추면서 인사를 하였다. 그러면 프란체스코는 다음과 같이 말하였다고 한다.

"나의 새 자매들이여, 여러분은 여러분을 창조한 하느님을 늘 찬미하고, 늘 사랑해야 합니다. 하느님은 여러분에게 옷을 입히시려고 깃을 주셨고, 날아다닐 수 있게 하시려고 날개를 주셨으며, 여러분에게 필요한 것이면 무엇이나 주셨습니다. 하느님은 당신의 창조물 중에서 여러분들을 귀하게 만드셨고 맑은 대기속에 집까지 마련해 주셨습니다. 여러분은 씨를 뿌리거나 거두지를 않습니다. 그럼에도 불구하고 여러분들 스스로 도무지 걱정 않고도 살 수 있도록 하느님은 여러분을 지켜주시고 보살피십니다. 하느님을 찬양하십시오."

새들은 프란체스코의 말을 듣고는 날개를 흔들면서 즐거워 춤추고 부리를 벌리고 노래하면서 그의 머리와 어깨와 온몸을 오가면서 흥거워하였다고 한다.

마음이 깨끗하고, 한없이 겸손하고, 한없이 자비로운 수월과 마음이 깨끗하고 한없이 겸손하고, 한없이 자비로운 프란체스코는 종교를 초월하고, 국경을 초월하고, 시대를 초월하여 이처럼 동물들과 마음에서 마음으로 언어가 통하고 있었던 것이었다.

원래 인간과 동물들은 서로 상대방의 마음을 읽고, 마음을 듣고 이해할 수 있는 능력을 갖고 있었던 것은 아닐까. 인간과 동물들뿐 아니다. 나무, 꽃, 과일 같은 대자연의 생물과도 인간은 말을 나눌 수 있고, 말이 통하고 있었을 것이다.

수월이 이처럼 사나운 개들과 이야기를 나눌 수 있었던 것은 스승 경허가 독사나 호랑이들과 대화를 나누었던 법력을 이어받은 것에 지나지 않을 것이다.

경허는 사나운 독사들과도 이야기를 나누었으며 독사들이 나타나 몸 위를 기어다니며 실컷 놀다 가도록 내버려두곤 하였었다.

경허가 호랑이와 대화를 나누고 그들을 제도한 이야기는 하나의 전설로 남아 있다.

일찍이 경허의 명성이 전국으로 번져나가 방방곡곡을 뒤흔들 무렵 송광사에서 경허를 청하였다.

송광사에서 새로 불상 하나를 조성하여 그 불상의 안정(眼睛)에 점을 찍는 점안식(點眼式)을 거행하는 데 당대 제일의 선승으로 알려진 경허를 초청한 것이었다.

불상이나 탱화를 조성한 후 가장 마지막에는 그 눈에 점을 찍어 동자를 그려 넣어야만 그 불상이나 탱화는 비로소 생명력을 지니게 되어 있다.

이 점안불사에는 으레 유명한 고승들이나 법력이 높은 큰스님들을 초청하도록 되어 있었다. 이 눈동자에 점을 찍는 큰스님을 증사(證師)라고 하는데 경허는 유서 깊은 송광사의 초청을 받은 것이었다.

송광사는 고려시대부터 보조 국사를 비롯한 16명의 국사들을 배출하여 승보(僧寶) 사찰로서의 자부심이 대단한 국찰이었다. 그러므로 경허에 대해 마음속으로는 우러러보면서도 다른 마음으로는 은근히 깔보고 비웃는 분위기가 깃들여 있음이었다.

송광사에서는 불상의 점안식에 사용할 증사단(證師壇)을 호화롭고 엄숙하게 꾸민 후 경허가 오기를 일찍부터 기다리고 있었다.

의식을 앞두고 대사찰인 송광사와 그 주변 말사 암자에서 수많은 승려들이 몰려와 법당을 가득 메우고 있었고 신도들도 구름같이 몰려와 경내를 채우고 있었다.

경허가 나타난 것은 의식시간이 훨씬 지난 오후 무렵. 그가 나타났을 때 이미 그는 술에 얼큰히 취해 있었다. 경허는 성큼성큼 법당 안으로 들어서서 법상 위에 올라가 앉았다.

그리고 나서 큰소리로 공양주를 불렀다. 승려들의 식사를 담당하고 있던 스님이 놀라 경허 앞으로 다가가자 경허는 메고 온 벼랑에서 난데없이 술병 하나와 돼지다리 한 개를 끄집어냈다.

그리고 그것을 공양스님에게 내밀면서 다음과 같이 소리쳐 말하였다.

"이 돼지다리를 얼른 삶고, 이 술을 따끈하게 데워 오라구."

법당 안은 웅성거리기 시작하였다. 증사고 뭐고, 점안불사고 뭐고, 모든 것이 뒤죽박죽이 되었으며 법상 위에 앉은 경허는 소문에 듣던 살아 있는 부처는커녕 미친 술주정뱅이에 지나지 않았던 것이었다.

그렇지 않아도 혈기에 찬 젊은 승려들은 송광사의 자부심을 내세워 경허를 점안식의 증사로 초청하는 일에 반대해 왔던 참이었다. 그런데 그 신성한 법당 안에서 돼지다리 한 개와 술병 하나를 내밀며 얼른 고기를 삶고 술을 데워 오라니.

이날 밤 젊은 승려들은 점안식이고 뭐고 그 미친 술주정뱅이 경허를 때려 내쫓아야 한다고 몽둥이를 들고 몰려들기 시작하였다. 노장 스님이 나서서 간신히 만류하여 겨우 무사히 하루가 지난 다음날은 마침내 점안식이 거행되는 날이었다.

경허는 이른 아침 주장자를 들고 법당 밖 냇가의 널따란 바위 위로 올라가 앉았다. 바위 위에 앉은 경허는 눈을 지그시 감고 좌선의 자세를 취하였다.

오랜 시간이 흘러도 경허는 돌로 빚은 석불처럼 그 바위 위에서 꼼짝도 하지 않았다.

그때였다.

갑자기 절 뒤편의 숲으로부터 난데없는 짐승의 포효가 들려오기 시작하였다. 그리고는 숲으로부터 대여섯 마리의 호랑이들이 떼지어 나타나 어슬렁어슬렁 경허가 앉아 있는 바위 앞으로 다가가기 시작하였다.

수많은 승려들은 넋을 잃고 이 모습을 지켜만 보고 있었는데 호랑이들은 경허가 앉아 있는 바위 위까지 올라갔으며, 몸집이 커서 오르지 못한 호랑이들은 바위 밑에 서서 경허를 우러러보고 있었다. 이윽고 앞선 한 마리의 호랑이가 엎드려 절을 하는 것처럼 무릎을 꿇자 나머지 호랑이들도 무릎을 꿇고 앉았다고 한다. 마치 무언의 법문이라도 듣는 것처럼.

한참만에 눈을 뜬 경허는 호랑이들에게 다음과 같이 소리쳐 말하였다고 한다.

"이제 다들 물러가서 해탈의 문에 들도록 하여라."

그리고 나서 경허는 옷깃을 사려 여미고 법당 안으로 들어가 불상의 눈에 동자를 그려넣었다고 하는데 경허가 송광사 뒤편의 조계산 호랑이들을 불러모아 이들에게 법문을 내리고, 마침내 이들을 제도하여 해탈의 문에 들도록 하였다는 이야기는 어쩌면 과장된 허구인지도 모른다.

그러나 무심(無心)의 세계로 들어선 경허라면 어찌 호랑이와 대화를 나누었다는 일화가 한갓 전설일 수만 있겠는가.

경허의 맏제자 수월도 호랑이보다 더 무서운 수십 마리의 만주개들을 무심으로 제도하고 무언으로 설법하여 해탈의 경지에 들게 하지 않았던가.

어쨌든.

수월의 이런 일들은 북간도에서는 하나의 신화로 남아 아직까지 전해져 내려오고 있음이다.

수없이 몰려드는 사람들을 피해 일부러 북간도를 택하여 북행한 수월은 또다시 만주 지방에서 소문이 나기 시작한다.

'신령한 도인이 나타났다.'

수십 마리의 만주개들을 제도하는 것을 본 마을 사람들은 서로 수월을 자기 집으로 모시려 하였고, 앞다투어 와서는 큰절을 하곤 하였다.

그리하여 수월은 나중에는 승복을 벗어 버리고 백두산 근처의 어느 농가에서 머슴 노릇을 하며 3년 동안이나 소를 먹였다고 전해지고 있다. 나중에는 동녕현을 거쳐 왕청현 나자구(羅子溝)라는 곳에 스스로 화엄사란 작은 암자를 짓고 주석하였는데, 이는 말이 암자지 작은 오막살이에 지나지 않았다. 이 오막살이는 마을과 마을을 이어주는 고갯마루 위에 세워져 있었는데 수월은 그 오막살이에서 홀로 지내면서 아침에 눈뜨고 일어나면 예불을 마치고 짚신을 수십 켤레 삼아 집 앞 처마에 매달아놓곤 하였다고 전해진다.

뿐만 아니라 수월은 수십 명이 먹을 밥을 미리 해놓고 그것을 일일이 밥그릇에 담아 부엌에 가지런히 놓아두곤 하였다.

토굴 앞에는 맑은 물이 샘솟는 샘터가 하나 있어 고개를 넘는 길손들이 발을 멈추고 물 한잔 떠먹으며 쉬어 가곤 하였는데 마침내 날이 밝아 고개를 넘는 사람들이 나타나기 시작하면 수월은 말없이 샘터에 앉아 물을 마시면서 쉬고 있는 길손을 불러다가 그의 발에서 다 떨어진 짚신을 자기 손으로 벗겨내고 처마에 걸린 자기가 삼은 짚신 중에서 길손의 발에 맞을 만한 짚신을 골라 신겨 주곤 하였다. 그리고는 그를 부엌으로 데려가 밥 한 그릇을 먹고서 고개를 넘어갈 것을 권유하곤 하였다. 길손이 부엌으로 들어서면 수월은 간단한 찬거리가 담긴 밥상을 차려주고 자신은 뜨락에서 하루 종일 장작을 패곤 하였다.

이 소문은 다시 만주 지방으로 번져나가게 되었으며 그 고개를 넘는 길손들은 나중엔 고맙다는 인사도 없이(고맙다는 인사를 하거나, 고맙다는 표시로 뭔가 사례를 하려 하면 퉁명스럽게 모른 체하곤 하였으므로) 오막살이 앞에 이르러 떨어진 짚신을 벗고 새 짚신으로 갈아 신고 부엌으로 들어가 자기 집인 양 차려져 있는 밥을 한 그릇 뚝딱 해치우고 마당에서 장작을 패고 있는 수월과 가벼운 눈인사나 나누고는 헤어지곤 하였다.

베푸는 사람이나, 그것을 받는 사람이나 자연스럽게 주고, 자연스럽게 받고 있었기 때문에 굳이 인사치레를 하거나 생색내지 않는 '무주상보시(無住相布施)'가 수월의 오막살이 법당 앞에서 벌어지고 있었던 것이다.

누구에게 베푼다는 생각조차 없이, 그러한 마음도 없이 남에게 베푸는 행위야말로 인간 최고의 덕목이 아닐 것인가.

수월이 하루에도 수십 켤레 짚신을 삼을 수 있었던 것은 그의 스승 경허로부터 배운 기술 덕이었다. 발은 신체 중에서 가장 낮은 곳에 있으며 가장 더럽고 천한 부위로 알려져 있다. 발은 더럽고 깨끗한 곳을 가리지 않고 다니면서 인간을 꼿꼿이 설 수 있도록 지탱하고 있다. 그 길손들의 발에 스스로 만든 짚신을 신겨

주는 수월의 겸손함과 배고픈 길손들에게 신분의 고하를 가리지 않고 그 누구나 반찬은 없지만 밥 한 그릇이나 따뜻이 먹여 길을 떠나보내는 수월의 자비행은 그가 비록 사람을 피하고, 세속을 피하고, 허명을 피해 마치 숨바꼭질하듯 북국으로, 백두산으로, 북만주로 숨어 다닌다 하더라도 그 덕은 향기를 풍겨 멀리 멀리 번져 나가게 마련인 것이다.

이 향기를 맡고 북만주의 오막살이까지 찾아온 제자가 한 사람 있었다.

그의 이름은 효봉(曉峰 : 1888~1966).

비교적 최근에 입적한 효봉 선사의 일생은 그의 스승 수월의 그것처럼 파란만장하여 마치 한 편의 드라마를 보는 것과 같다.

효봉은 1888년 5월 28일 평안남도 양덕군에서 태어났다. 속성은 이(李)씨였으며 이름은 찬형(燦亨)이었다.

어릴 때부터 신동으로 알려졌으며 열두 살 때까지 선비인 할아버지로부터 《사서삼경》을 배워 통달하였다고 전해진다. 그는 평양 제일의 명문인 평양고보(平壤高普)를 졸업하고 현해탄을 건너 와세다(早稻田) 대학에서 법학을 전공하였다.

그리고 나서 10년 간 서울과 함흥의 지방법원, 평양의 복심법원(지금의 고등법원)에서 한국인으로는 최초로 판사직에 종사하였다.

1923년 서른여섯 살 때 효봉은 한 피고인에게 사형선고를 내리게 된다. 그가 사형선고를 내린 피고인이 어떤 죄를 저질렀는지 오늘날 남아 전해지지는 않지만 명백한 자료와 증거에 의해 판사의 직분상 사형을 선고한 이후 효봉은 심한 갈등과 자기 회의에 빠지게 되는 것이다.

'인간이 인간에게 죽음을 선고할 수 있는가. 인간이 타인의 생명을 좌우하고 타인의 운명을 조종할 수 있는가. 비록 내가 판사라 하더라도 법(法)의 힘을 빌려 사람을 죽이도록 명할 수 있음인가. 내게 무슨 권리가 있음인가. 그보다 내가 그토록 오랫동안 배워온 육법전서가 과연 진리일 수 있음인가. 그것은 하나의 규범에 지나지 않을 것이다. 그 어딘가에는 법을 초월한 더 나은 법이 있을 것이다. 이 길은 내가 갈 길이 아니다. 내가 갈 길은 따로 있을 것이다.'

순간 효봉은 아내와 세 자녀를 버리고 판사직에 사표도 던지지 않은 채 그 즉시 출가를 단행하는 것이다.

판사직을 하루아침에 버리고 아내와 세 자녀까지 버린 효봉은 그 즉시 입고 있던 옷을 벗어 남대문 거리에서 엿판과 한복 두 벌을 바꾼 후 엿장사를 하면서 전국을 3년 동안이나 방랑하였다고 전해지고 있다.

3년 동안 방랑하던 효봉은 마침내 1925년 여름, 금강산에 이르른다. 금강산의 유점사(楡岾寺)에 들러 공부할 만한 스승을 찾으니 신계사(神溪寺) 보운암(普雲庵)의 '금강산 도인(道人)'이라 불리는 석두(石頭) 스님을 찾아가라는 말을 듣고 그 즉시 신계사로 찾아간다.

큰방에 세 명의 스님이 앉아 있었는데 효봉은 엿판을 문밖에 내려놓고 방안으로 들어가 큰절을 하였다.

"그대가 무슨 일로 왔는고."

풍채 좋은 스님 하나가 효봉에게 물었다.

"석두 스님을 찾아뵈러 왔습니다."

그러자 풍채 좋은 석두가 다시 물었다.

"어디서 왔는가."

"유점사에서 왔습니다."

효봉의 입에서 이 대답이 떨어지자 석두의 입에서 무섭게 고함소리 하나가 터져 흘렀다.

"몇 걸음에 왔는고."

그러자 효봉은 벌떡 일어나 큰방을 한 바퀴 빙 돌고 앉으며 말하였다.

"이렇게 해서 왔습니다."

효봉이 대답하자 석두는 껄껄 웃으면서 말하였다.

"10년 공부한 수좌(首座)보다 네가 훨씬 낫다."

이날 효봉은 엿장수에서 비로소 머리를 깎고 계를 받은 스님이 되었다. 판사에서 엿장수로, 엿장수에서 스님으로, 실로 놀라운 대변신이었던 것이다.

38세의 늦은 나이로 출가를 단행한 효봉은 일년 정도 신계사에서 은사 스님인 석두를 모시고 시자생활을 하다가 그 다음해 겨울, 마침내 북간도 지방으로 수월 화상을 친견하기 위해 행각을 떠난다.

이때 늦은 나이로 출가한 '늦깎이'인 효봉에게 간도로 가서 수월 화상을 만나보라고 권유한 사람은 통도사의 한 승려였다. 수월의 법하에서 마음을 다잡고 신심을 회복하였으므로 평생 수월을 스승으로 존경하고 있었는데 이때 그는 통도사에 머무르고 있었다. 그 승려는 행각에 나서 전국을 돌아다니는 효봉을 보자 한눈에 그가 법기임을 알고 효봉에게 다음과 같이 말하였다고 한다.

"그대가 스승을 찾고 싶으면 북으로 가라. 북으로 가면 달이 하나 떠 있는데 그 달은 검기가 칠흑 같으니 그 달빛을 받아 말하기 전의 말을 배우도록 하라."

효봉은 그 즉시 그의 표현대로 칠흑처럼 검은 수월을 찾아 북행을 단행하는 것이다.

효봉이 북간도의 나자구로 수월을 찾아간 것은 1926년, 그의 나이 39세 때의 일이었다.

스승 하나만을 찾아 물어물어 북간도로 찾아간 효봉은 마침내 오막살이 앞마당에서 장작을 패고 있는 수월을 만난다. 효봉이 그가 수월 화상임을 알고 엎드려 큰절을 올리자 수월은 효봉에게 다만 이렇게 말하였다고 전해진다.

"공양하여라. 배고프면 공양이나 하여라."

이때 수월의 나이는 71세.

몰려드는 신도들과 제자들을 피해 북간도로 떠나 숨어 버린 수월이었지만 마침내 자기를 찾아온 효봉에게 밥을 먹게 함으로써 마지막 제자로 받아들이는 것이다.

효봉이 수월의 법하에서 머무른 시기는 정확히 전해져 내려온 것은 없다. 또한 효봉이 수월과 나누었던 법어도 전해져 내려오는 것은 없다. 그러나 분명히 미뤄 짐작할 수 있는 것은 효봉은 수월에게서 아무것도 배운 것이 없을 것이라는 점일 것이다.

효봉은 수월에게서 짚신을 삼아 나그네의 다 떨어진 짚신을 갈아 주는 일을 배웠을 것이며, 고갯마루를 오가는 수많은 배고픈 길손들을 위해 밥을 해서 나눠 먹이는 자비행을 배웠을 것이다. 효봉은 수월에게서 고상한 법어나 무슨 거룩한 법문은 아마 한마디도 듣지 못하였을 것이다.

일찍이 선가에서 흔히 운위되는 이야기 중에 다음과 같은 선화가 있다.

한 선승에게 법을 배우기 위해 제자가 찾아와 그의 밑에서 머물렀다. 제자는 정성으로 스승을 모시고, 밥을 해올리고 갖은 수발을 다 들어 그를 봉양하였다. 그럼에도 불구하고 스승은 아무것도 가르쳐 주지 않는 것이었다. 마침내 스승에게서 아무것도 배울 것이 없다고 생각한 제자는 스승의 곁을 떠나려 하였다.

"어디로 가는가."

스승이 묻자 제자가 대답하였다.

"스승의 곁을 떠나겠습니다."

"아니, 왜."

스승은 작별의 큰절을 올리는 제자를 의아스럽게 쳐다보며 물었다.

"스승께서 아무것도 가르쳐 주지 않아서 그렇습니다."

"내가 너에게 아무것도 가르쳐주지 않았다구."

"그렇습니다. 스님은 제게 아무것도 가르쳐 주지 않으셨습니다."

그러자 스승은 말하였다.

"난 네가 밥을 지어 올리기에 밥을 먹었으며, 옷을 빨아 올리기에 옷을 갈아입었으며, 잠자리를 깔아 주면 잠이 들곤 하였다. 더 이상 네게 무엇을 가르쳐 줄 수 있단 말이냐."

"그것은 늘 하는 일상인데 그것을 어찌 수행생활이라고 할 수 있겠습니까."

그러자 스승은 단숨에 말하였다.

"밥 먹고 잠자는 일 이외에 그러면 내가 매일 뭘 하고 있다고 생각하는가."

효봉은 수월의 밑에서 장작 패고, 물 나르고, 짚신 삼고, 밥짓는 일을 배웠을 것이다.

그 차디찬 북국의 오막살이에서 겨울을 난 효봉은 마침내 수월의 곁을 떠난다. 떠나는 마지막 제자 효봉을 자리에 앉도록 한 다음 수월은 자신이 밤새 삼은 짚신을 갈아 신기고, 떠나는 제자에게 정성으로 밥을 지어 배불리 먹이고는 고갯마루를 내려가는 제자를 본체만체 칠십이 넘은 나이로 장작만을 패면서 입으로는 끊임없이 천수경을 외고 있었을 것이다.

그리하여 마지막 제자 효봉이 떠난 지 1년여 뒤인 1928년, 수월은 73세의 나이로 입적하게 된다. 입적에 관한 기록은 전해진 것이 없고, 열반송조차 전해 내려오는 것이 없다. 그가 태어난 출생, 출가 전의 출신 성분, 출가 후의 행장, 그 모든 것이 다 철저히 자신을 숨기는 은둔에 의해 안개와 같은 운무에 가려진 경허의 만제자 수월. 단 한 자의 법문도 기록으로 남기지 않았으며, 단 한 사람의 수법제자도 키우지 않았던 특이한 화상(和尙). 평생 동안 천수경을 외면서 천수경에 나오는 내용처럼 칼로 꽉 차 있는 칼산지옥에서 칼만 밟고 살아야 하는 극악 중생을 위해, 혹은 굶주린 귀신 아귀들과 끓는 욕망의 가마솥에 내던져져 끊임없이 삶아져 고통받는 화탕의 중생들을 위해 대신 지옥에 들어가 모든 지옥 말라지고, 배고픈 사람 배부르고, 짐승들은 슬기를 얻도록 기도하고 기도하고 기도하던 겸손과 자비의 화신 수월. 그는 마침내 죽어 자신의 이름처럼 고해의 바다 위에 연꽃으로 떠서 밝은 달을 비추고 있는 관음(觀音)으로 돌아가게 되는 것이다.

그의 마지막 제자 효봉은 그로부터 3년 뒤 금강산 법기암(法起庵)이라는 토굴로 들어가 무서운 정진을 거듭한 후 마침내 1년 뒤인 1932년 여름, 활연대오하여 토굴벽을 발로 차 무너뜨리면서 노래하였다. 효봉이 노래한 오도송은 다음과 같다.

바다 밑 제비집에 사슴이 알을 품고
타는 불 속 거미집엔 고기가 차를 달이네
이 집안 소식을 뉘라서 알 것인가
흰구름은 서쪽으로 달은 동쪽으로.
海底燕巢鹿拘卵 火中蛛室魚煎茶
此家消息誰能識 白雲西飛月東走

효봉이 남긴 한 토막의 이야기.

효봉이 금강산 여여원(如如院)에 있을 때였다. 좌정하던 중 효봉은 돌연 돌아앉았다. 문밖에 갓 결혼한 신부를 동반한 자신의 아들이 신혼여행으로 금강산에 와 절을 구경하는 모습이 눈에 띄었으므로.

이것이 효봉이 좌정 중에 돌아앉은 유일한 파행이었다.

2

수월이 경허의 만제자라면 혜월은 경허의 두 번째 제자이다. 혜월은 수월보다 7세 연하였으며 수월을 한마디로 겸손하고 자비의 화신이라 표현한다면 혜월은 한마디로 '천진불(天眞佛)'이라고 일컬을 수 있을 것이다.

혜월은 항상 어린애와 같았으며 철없는 아이와도 같았다.

그가 훗날 선암사(仙巖寺)에 머무르고 있을 때의 일이다.

어느 날 시내에 볼일을 보기 위해 산을 내려가던 혜월은 지친 발걸음을 쉬어가기 위해 산 밑 오막살이에 들르기로 했다. 산 밑에는 과부 혼자 살고 있는 오막살이가 있었는데, 이 오막살이는 절에 오르는 길목에 있고 절에 딸린 밭을 빌려 과부가 부쳐먹고 살면서 이따금 절의 허드렛일도 돌봐주곤 하여서 절 식구들과는 무관하지 않은 사이였던 것이다.

툇마루에 앉아 쉬던 혜월은 무심코 방문을 열어보았다.

그러자 심상치 않은 사태가 벌어진 것이다. 대낮인데도 방안에는 이불이 깔려 있고 벌거벗은 부목과 과부가 나란히 누워 있는 장면과 맞닥뜨리게 된 것이었다.

그 부목은 선암사에서 고용하고 있는 일꾼으로 몸이 건장하고 일도 열심히 해 혜월의 신임을 독차지하고 있었고, 그날 아침에는 소를 끌고 장에 가서 물건을 사오기 위해 일찌감치 절을 나섰었다.

물건을 사러 새벽 일찍 절을 나선 부목이 과부의 집 안방에 벌거벗은 채 누워 있고 과부도 평소에는 밭에 앉아 김을 매고 있을 대낮에 이처럼 벌거벗고 누워 있다니.

이 모습을 보고 놀란 혜월은 다음과 같이 물었다.

"자네는 소를 끌고 장을 보러 나갔는데 장에는 안 가고 왜 여기에 있는가."

그러자 벌거벗은 부목은 당황하고 겨를이 없었으므로 엉겁결에 다음과 같은 거짓말을 하였다.

"장을 보러 가다가 갑자기 배가 아파 이 집에 들렀습니다, 스님. 너무나 배가 아파 꼼짝도 할 수 없었습니다. 그래서 벌거벗고 누워 있는 것입니다."

"그러면 자네는 배가 아파 그럴 수 있다지만 과부댁은 왜 밭에 나가 있지 않고 대낮에 방문을 닫고 누워 있는가."

과부도 할 수 없이 대답하였다.

"저도 배가 아파 누워 있는 것입니다, 큰스님."

"야단났군."

방문을 닫고 혜월은 볼일로 시내로 가려던 계획을 포기하고 헐레벌떡 다시 산을 올라 절로 돌아오면서 연신 중얼거리고 있었다.

'야단났다. 두 사람이 배가 아파 야단났다. 야단났다, 야단났어.'

헐레벌떡 선암사로 되돌아온 혜월은 절문을 들어서기 무섭게 공양주를 불렀다. 공양주가 부엌에서 뛰어나오자 혜월은 당장에 말하였다.

"빨리 흰죽을 쑤라구."

영문을 모르는 공양주가 혜월에게 물었다.

"갑자기 흰죽을 쑤라니요. 스님께서 어디가 아프십니까."

그러자 혜월이 대답하였다.

"내가 아픈 게 아니라 부목이 아프니 죽을 쒀서 갖다줘야겠다."

"부목이 배가 아프다니요. 아침까지 멀쩡하던 사람이요."

"부목만 아픈 게 아니다. 아랫마을 과부댁도 배가 아프다. 그래서 두 사람이 벌거벗고 함께 누워 있다. 빨리 두 사람에게 흰죽을 쒀서 갖다줘야겠다."

혜월의 말을 듣고 있던 대중들은 그제야 혜월 큰스님이 아랫마을 과부집에서 무엇을 보고 왔으며, 과부집 안방에서 무슨 일이 벌어지고 있었던가를 짐작할 수 있었으므로 모두들 입을 썰룩거리며 웃기 시작하였다. 건장한 부목과 과부댁 간의 심상치 않은 관계에 대한 소문은 이미 파다하였으므로 사중대중(寺中大衆)들은 혜월 큰스님의 말을 듣자 아니 웃을 수도 없고, 웃자니 큰스님을 욕되게 하는 것 같아 웃음을 참느라고 야단법석이었다.

할 수 없이 공양주는 억지로 웃음을 참으면서 죽을 쑨다. 곁에서 발을 동동 구르면서 죽이 될 때까지 지켜보고 있던 혜월은 죽이 다 되자 그릇에 담아들고 자신이 직접 산길을 내려가기 시작하였다. 행자를 시키면 되겠지만 막상 아파 벌거벗고 누워 있던 두 사람의 모습이 너무 가련하였으므로 혜월은 자신이 직접 갖다주기로 결심했기 때문이었다.

산길을 반쯤 내려가는데 배가 아파 과부와 함께 누워 있던 부목이 소를 몰고 올라오고 있는 것이 보인다. 그런데 얼굴에는 언제 배가 아팠냐는 듯 전혀 아픈 기색이 없어 보였다. 부목은 오히려 혜월에게 묻는다.

"큰스님, 어딜 가십니까."

"자네한테 가고 있는 중이네."

"아니, 왜요."

"자네와 그 젊은 과부가 배가 아프다고 하기에 죽을 쑤어 가지고 가네."

부목은 순간 할말을 잊었다.

"자네 배는 다 나았나. 과부댁은 어떤가. 배가 아프면 흰죽을 먹어야 하길래 죽을 쑤어 왔어. 여기서라도 훌훌 마셔두게."

사람의 입에서 나오는 말은 모두 믿어 버리는 천진불 혜월. 그 자신 한번도 남에게 거짓말을 해본 적이 없으며, 도대체 거짓말이라는 낱말의 의미조차 모르는 무구(無垢)의 성인. 그 사람의 이름이 바로 혜월인 것이다. 혜월을 속인 부목은 그 자리에서 무를을 꿇고 참회한 후 출가하였다던가.

거짓말은 아무리 사소한 것이라도 우리의 영혼에 때〔垢〕를 입힌다. 그러므로 부처는 다섯 가지의 계율로 '거짓말을 하지 말 것〔不妄語〕'을 엄격하게 강조하였던 것이다.

선의의 거짓말이건, 악의의 거짓말이건 모든 거짓말은 영혼을 더럽히고 믿음을 균열시킨다. 거짓말은 마약이나 알코올처럼 우리를 중독시킨다. 마약 중독보다 거짓말의 중독이 더 심각한 분열을 초래한다. 약물의 중독은 한 개인에게 그치지만 거짓말의 중독은 온 사회의 불신을 초래한다. 오늘날 이 사회의 고질적인 혼란과 서로를 믿지 않는 불신의 원인은 특히 배운 자, 똑똑한 자, 가진 자들의 거짓말 때문이다. 거짓말에 중독된 사람은 자신이 거짓말을 하고 있음을 의식하지 못한다. 거짓말을 잘하는 사람은 자신이 유쾌한 유머를 잘하는 사람, 머리 회전이 빠른 재치 있는 사람쯤으로 대수롭지 않게 생각하고 있을 뿐이다.

거짓말의 중독에서 해방되는 길은 거짓말을 하지 않는 것뿐이다. 알코올 중독에서 해방되는 길이 알코올을 끊는 일인 것처럼. 그러나 무엇보다 자신이 거짓말의 환자이며, 거짓말의 중독자임을 자각하는 일에서부터 거짓말의 병은 치료되기 시작할 것이다.

거짓말을 모르는 천진불 혜월. 이 세상에 거짓말이라는 단어가 있는 줄조차 모르는 혜월. 거짓말을 모르니 마음에 한줌의 어둠도 없어 항상 깨끗이 닦아놓는 거울과 같은 마음으로 있는 그대로의 사물과 있는 그대로의 사람들을 있는 그대로 받아들이던 무심도인(無心道人) 혜월. 거짓말은 남을 속이기 위함인데 거짓말을 모르고, 그 거짓말조차 있는 그대로 받아들임으로써 마침내 거짓말을 무색하게 하여, 이런 말이 혜월에게 따라다니게 되었음이다.

'귀신도 천진불 혜월은 속이지 못한다.'

귀신도 속이지 못하는 천진한 어린아이 혜월은 1862년 6월 19일 충청남도 예산군 덕산면 신평리에서 출생하였다. 이때가 조선조 25대 임금 철종 14년이었다.

속성은 평산 신(申)씨라고 알려졌으며 11세의 어린 나이로 덕숭산 정혜사에 출가 입산하였다. 어린 나이에 출가한 것은 찢어지게 가난하였던 속가 때문이었을 것이다. 그는 너무나 가난하여 한 식구의 입이라도 덜어야 한다는 가족들의 성화로 영문도 모르는 채 절에 맡겨져 그대로 득도하게 되었다.

11세의 어린 나이로 동진(童眞) 출가한 혜월은 그 후 1937년 76세의 나이로 죽을 때까지 11세 나이 그대로의 천진을 고스란히 지켜나간 동승(童僧) 그대로였다.

마음만 11세 때 출가한 동심을 그대로 지켜나갔을 뿐 아니라 혜월은 글도 배우지 않았다.

혜월은 경허의 둘째 수법제자로 찬란한 광채를 뿜고 있지만 글을 전혀 모르던 까막눈이었다. 부처를 이루는 데 문자가 아무런 소용이 없다는 산증거로 혜월이 자주 등장하곤 하는 것은 그런 연유에서 비롯되는 것이다.

혜월은 평생 글을 배우지 않았으며 때문에 일자무식의 까막눈이었다. 일설에는 혜월이, 불가에 입문하였을 때 처음 배우는 초발심자경문(初發心自警文) 정도는 겨우 읽을 수 있었다고 변호하고 있지만 이는 혜월의 무식을 옹호하기 위한 과장이고 실제로 혜월은 낫 놓고 기역자도 모르는 까막눈이었다.

그러나 놀라운 것은 글이나 문자가 지식을 얻을 수 있는 방편이 될 수 있을지는 모르지만 지혜를 얻는 데는 오히려 걸림돌이 된다는 점이다. 많이 읽고, 외고, 응용하는 지식은 많은 공부로 배울 수 있겠지만 그것은 한마디로 진리라고 말할 수 없다. 진리는 그 많은 말과, 그 많은 글과, 그 많은 문자와, 그 많은 지식을 여읜 뒤에만 얻을 수 있는 하나의 빛이기 때문이다. 지식이 있으면 있을수록 판단하고, 분석하고, 무엇을 연상하고, 구분하고, 구별함으로써 실상(實相)을 오히려 파괴하게 되기 때문이다.

무식한 혜월이 내로라 하는 젊은 강사들을 골탕먹인 선화 하나가 있다. 젊은 강사들은 혜월이 아무리 도를 이룬 큰스님이라 해도 글자를 전혀 모르는 문맹이었으므로 은근히 마음속으로 무시하고 깔보고 있었다.

그런 젊은 강사들이 많이 모여 앉아 있는 강원에 어느 날 갑자기 혜월이 나타났다. 그는 손에 죽비(竹篦)를 들고 있었는데 이는 불사의 시작과 끝을 절주(節奏)하도록 두 개의 대쪽으로 만든 기구였다.

혜월은 난데없이 죽비를 손바닥 위에 대고 내리쳐 벼락과 같은 소리를 내면서 말하였다.

"내가 수수께끼를 하나 낼 터이니 여러 강사 스님들은 이를 풀어 보시오."

그렇지 않아도 문자에 유식하고 아는 것이 많다고 자부하고 있던 강사들은 일자무식 혜월 큰스님이 나타나 수수께끼를 낸다고 하니 모두들 흥미롭게 혜월을 쳐다보았다.

그러자 혜월은 죽비를 장판 위에 힘껏 굴리면서 말하였다.

"내가 방금 장판 위에 죽비를 굴렸소이다. 그러하면 이 자가 무슨 자입니까. 여러분들은 유식하여 문자에 밝고 교리에 통달하고 있으니 말들 하여 보시오."

사람들은 한 대 얻어맞은 듯 장판 위에 굴러떨어진 죽비를 쳐다볼 뿐이었다. 불쑥 나타나서 수수께끼를 내다니. 그리고 '장판 위에 죽비가 구르는 글자'가 무슨 글자냐고 난데없이 묻다니.

내로라 하는 젊은 강사 스님들은 혜월이 낸 수수께끼를 풀려고 갖은 궁리를 다해 보았지만 결국 아무런 답도 떠올릴 수 없음이었다.

마침내 젊은 강사 스님들은 항복을 하고 나서 혜월에게 물었다.

"장판 위에 죽비가 구르는 글자가 도대체 무슨 글자입니까."

그러자 천진불 혜월은 어린애처럼 깔깔 웃으며 말하였다.

"이 사람아, 그렇게 쉬운 글자도 모른단 말인가."

그리고 나서 혜월은 말하였다.

"임금 왕(王) 자 아닌가."

"어째서입니까. 어째서 장판 위에 죽비가 굴러가는데 그것이 임금 왕자 입니까."

"땅 위에 한 일(一) 자가 누웠으니 임금 왕이지. 땅이면 흙 토 (土)이고 흙 토 위에 한 일 자면 임금 왕 자이니까. 자네들 유식 하다고 잘난 체들 하지 말게. 자네들이야말로 임금 왕 자도 모르 는 까막눈들이니까 말이야."

내로라 하는 젊은 스님들을 골탕먹인 이 일화를 통해 오히려 알 수 있는 것은 혜월이야말로 임금 왕 자도 제대로 모르는 철저 한 문맹이었다는 점이다. 오죽 글자를 몰랐으면 모처럼 얻어들 어 배운 임금 왕 자를 통해 아는 것이 많고 유식한 젊은 스님들 을 골탕먹이려 하였음일까.

그러나 배운 것이 많다고 해서 아는 것은 아니다.

일찍이 세종 때 영의정을 지냈던 조선 초기의 명재상 황희 (1363~1452)가 벼슬에 오르기 전 젊은 시절, 길을 가다가 길가 에서 쉬고 있었다.

마침 봄날이어서 밭에서는 농부가 두 마리의 소에게 멍에를 씌우고 밭갈이를 하고 있었다. 길가에서 쉬고 있던 황희는 이를 지켜보다 무심코 큰소리로 농부에게 물어 말하였다.

"어느 소가 더 일을 열심히 합니까."

그러자 농부는 밭갈이를 중지하고 황희의 곁으로 다가와 그의 귓가에 대고 작은 소리로 말하였다.

"이쪽 소가 더 일을 잘합니다."

황희는 이상하게 여겨 말하였다.

"어째서 그런 말을 귀에 대고 작은 소리로 말하시오."

"비록 가축이긴 하지만 마음은 사람과 같습니다. 이쪽 소는 일을 잘하고 저쪽 소는 일을 못한다고 하는 대답 소리를 소가 들으면 어찌 불평하는 마음이 생기지 않겠습니까."

당대의 정승 황희는 아무것도 배운 것이 없는 무식한 전부(田夫)를 통해 위대한 교훈을 얻게 되었음이다. 그는 평생에 걸쳐 이 지혜를 잊지 않음으로써 '귀로는 남의 그릇됨을 듣지 말고, 눈으로는 남의 잘못을 보지 말고, 입으로는 남의 허물을 말하지 말아야 거의 군자에 가까우니라(耳不聞人之非 目不視人之短 口不言人之過 庶幾君子)'라는《명심보감(明心寶鑑)》의 경구를 지켜나가게 되었던 것이다.

11세의 어린 나이로 동진 출가한 혜월은 마침내 15세 되던 해 정혜사에 머무르고 있던 혜안(慧安) 스님을 은사로 하여 머리를 깎고 계를 받는다.

그는 줄곧 대중의 밥을 지어 주는 공양주 노릇을 하면서 중노릇을 하고 있을 뿐이었다. 무지렁이인 그가 발심하여 정진하게 된 데에는 다음과 같은 유래가 있다.

혜월이 24세 되던 해, 그의 스승 경허가 정혜사로 찾아와 한바탕 법문을 하였다. 혜월은 대중에 섞여 그의 법문을 들었으나 경허의 법문이 몹시 난해하였으므로 그로서는 도저히 이해할 수 없었음이었다.

스승 경허는 법문중에 임제의 다음과 같은 선화를 인용하여 말하였다.

"임제 스님은 상단하여 이르셨다.

'여기 빨간 몸덩어리〔赤肉團上〕안에 한 차별 없는 참사람〔無任

眞人)이 있어 항상 여러분의 눈·귀·코·입 등을 통해 들어오고 나가고 있다. 아직 보지 못한 사람은 똑똑히 보아라.'

이에 한 중이 일어나 물었다.

'어떤 사람이 차별 없는 사람입니까.'

임제 스님은 이 말을 듣고 선상에서 내려오더니 그 중의 멱살을 잡고는 소리쳐 말하였다.

'말하라, 말하라.'

이 중이 뭐라고 말하려고 입을 달싹거리자 임제 스님은 당장에 밀쳐버리고 말하였다.

'차별 없는 참사람이라니, 이 무슨 똥막대기인가' 하였음이라."

임제의 선화를 인용한 경허는 임제의 말을 빌려 다시 이렇게 말하였다.

"내 안에도 역력히 홀로 빛나고 형체도 없는 붉은 사람이 하나 있어 항상 내 눈·귀·코·입을 통해 들락날락하고 있다. 그러니 아직 보지 못한 사람이 있으면 똑똑히 보아라."

단순하고 어린애 같은 혜월은 경허의 말 한마디에 크게 깨우친 바가 있었다. 그는 경허의 어려운 법문을 도저히 이해할 수는 없었지만 '역력히 홀로 빛나고 형체도 없는 붉은 사람(歷歷孤明無形丹子)' 하나가 몸 속에 들어 있어 눈과 귀와 코와 입을 통해 무시로 들락날락하고 있다는 경허의 말 한마디가 그의 마음에 벼락을 내리친 것이었다.

그가 누구인가.

내 몸 속에 들어 있어 나와는 상관없이 수시로 드나들고 있는 형체도 없는 붉은 사람, 그는 도대체 누구인가.

지게를 지거나, 밥을 짓거나, 밭을 갈거나 항상 자신의 코와 입을 들락날락하는 참사람을 찾아 헤매던 혜월은 일주일째 되던 날 홀로 앉아 짚신을 삼다가 크게 깨달아 대오하였다고 전해지고 있다.

이른바 임제가 말하였던 대로 시도 때도 없이 몸뚱이 안에 들어 있어 눈과 귀와 코와 입을 통해 보고 듣고 말하면서 들락날락하고 있는 참사람의 정체가 누구인지 발견해 냈던 것이다.

크게 깨달은 혜월은 당장에 일어나 은사 스님인 혜안을 찾아가 자신이 느낀 경계를 말하였으나 혜안은 다음과 같이 말하였다.

"나는 네가 무슨 소리를 하는지 모르겠다. 그러니 경허 큰스님을 찾아가서 네가 느낀 바 경계를 말하도록 하여라."

그 즉시 혜월은 정혜사를 나와 개심사(開心寺)로 떠나갔다. 당시 경허는 개심사란 절에서 주석하고 있었다. 그때 경허는 문을 열어놓은 채 방안에 앉아 졸고 있고 그를 찾아간 혜월은 문밖에 서 있었는데, 그는 경허를 만나자마자 소리쳐 말하였다.

"스님, 관음보살이 북으로 향한 뜻이 무슨 뜻이옵니까."

그러자 경허는 졸고 있던 눈을 뜨지도 않은 채 받아 말하였다.

"그것말고 또."

그러면서 경허가 눈을 뜨고 문밖을 보자 부엌지기 혜월이 아무런 대답 없이 주먹 하나를 높이 들고 문밖에 서 있는 것이 아닌가. 그러자 경허는 다음과 같이 말하였다.

"들어와 앉아라."

혜월을 자신의 방으로 들어와 앉게 함으로써 마침내 혜월은 경허의 수법제자가 되었음이다.

그로부터 4, 5년 뒤인 1890년 경허는 혜월을 자신의 수법제자로 인정하면서 다음과 같은 정법게(正法偈)를 내린다.

일체의 법을 알려고 한다면
자신의 마음속에 아무것도 가리려 하지 말라
이와 같은 법성을 알게 되면
곧 노사나를 보게 되리라
온 세상을 쉬고 사무쳐 무생인을 제창하노니
청산의 다리 한 빗장으로써 서로 발라 붙이노라.
了知一切法 自性無所有
如是解法性 卽見盧舍那
休世諦倒提唱無生印 靑山脚一關以相塗糊

― 법자 혜월에게 주다(與法子慧月)

이 게송 중 노사나불은 삼불신인 법신(法身) 보신(報身) 응신(應身)의 하나인 보신불로서 해의 빛이 온세계를 비추는 것처럼 삼라만상의 실상(實像)을 가리키는 부처의 명호(名號)를 말하는 것이다.

혜월은 스승 경허로부터 받은 이 게송을 죽을 때까지 지켜나갔다. 혜월은 경허의 게송대로 평생 '무소유'의 삶을 철저히 지

240

켜나갔다.

천진불 혜월은 그래서 '청빈의 혜월'로도 불리고 있다.

정혜사에 있을 무렵 하루는 도둑이 들었다. 양식을 훔쳐내 지게에 지고 가려던 도둑은 가마니가 무거워 홀로 지게를 지려 하였으나 힘에 부쳐 쩔쩔맸다. 이때 누군가 밤도둑의 지겟짐을 들어올려 슬며시 밀어 주는 것이 아닌가. 놀란 도둑이 돌아보니 혜월. 그는 놀란 도둑에게 소리를 내지 말라고 입가에 손을 대고는 이렇게 말하는 것이었다.

"쉬잇, 아무 소리도 하지 말고 조용히 내려가게. 양식이 떨어지면 또 찾아오시게나."

평생 동안 어린애였으며 어른이기를 거부한 천진불 혜월은 실제로 어린애들을 자신의 스승으로 삼고 그들의 천진을 엿보면서 세속에 물들지 않았었다.

마치 한 편의 아름다운 수채화를 보는 것 같은 혜월에 관한 이야기가 있다.

훗날 혜월이 경상북도 팔공산에 있는 파계사(把溪寺)에 머무르고 있을 때였다. 혜월 큰스님의 소문을 듣고 송광사에서 젊은 스님 하나가 그를 친견하기 위해 전라도땅에서 경상도땅으로 찾아왔다. 객승이 혜월에게 큰절을 올리자 혜월이 물어 말하였다.

"어디서 오셨는가."

"조계산 송광사에서 왔습니다."

그러자 혜월이 다시 물었다.

"전라도 부처는 요즘 시절인연(時節因緣)이 어떠하던가."

"가고, 머무르고, 앉고, 눕는 것〔行任坐臥〕이 여일(如一)합니다."

"그러하면 그대는 뭣하러 이곳까지 찾아오셨는고."

그러자 객승이 대답하였다.

"참선하려고 찾아왔습니다. 그리고 큰스님의 시절인연을 보려고 왔습니다."

객승의 대답 소리에 혜월이 대뜸 물었다.

"참선해서 뭣하려고."

"그거야 부처가 되려고 그러지요."

"참선은 앉아서 하는 건가, 서서 하는 건가."

"물론 앉아서 하지요."

그러자 혜월이 깔깔 웃으면서 말하였다.

"그놈의 부처는 다리병신인 모양이지, 앉아서만 있으니."

어리둥절해진 객승이 혜월에게 물었다.

"좌선은 앉아서 하는 것이 아닙니까."

"그것은 앉아만 있는 것이지 부처 되는 작업은 아니야."

"그러면 어떻게 해야 합니까."

그러자 혜월은 소리질러 답하였다.

"명색이 먹물옷 입고 시주밥 먹는 중노릇 하면서 그것도 모르시나."

"그래서 큰 스님을 찾아와 문안드리지 않았습니까."

혜월은 벌떡 일어나면서 말하였다.

"아이구, 나도 모르겠네. 점심 공양이나 하시게. 나는 시장에

242

나 다녀와야겠네."

혜월은 객승을 남겨두고 시장에 가려는 듯 서둘러 경내를 빠져나가려 했다. 그때였다. 방안에서 아이고, 아이고 하는 난데없는 곡소리가 들려오기 시작하였다. 그러자 혜월은 바삐 나서려던 발걸음을 멈추고 방문 앞으로 다가가 큰절을 올려 합장하고는 다음과 같이 말하는 것이었다.

"큰스님, 큰스님, 저 시장에 다녀오겠습니다."

그러자 방안에서 칭얼거리는 울음소리가 들려왔다.

"아니, 내 점심은 안 차려 주고 너 혼자 간단 말이냐."

"곧 다녀오겠습니다, 큰스님. 심심하시면 객스님과 재미있게 노십시오."

그러자 문이 열리더니 이제 갓 열 살이 넘은 듯한 동승 하나가 고개를 내밀고는 다음과 같이 말하는 것이 아닌가.

"빨리 다녀와라, 해지기 전에."

무심코 열린 방문을 통해 바깥에서 일어나고 있는 풍경을 모두 지켜보고 있던 젊은 객승은 너무나 놀라 입이 다물어지지 않았다.

그토록 법격이 높은 큰스님 혜월에게 명령을 내리고, 그 큰스님 혜월로부터 큰스님으로 호칭받는 더 큰스님이 도대체 누구일까 궁금하던 차에 열린 방문을 통해 나타난 더 큰스님이 정작 이제 열 살 남짓한 동승이라니.

그뿐인가.

혜월 큰스님은 그 동승에게 깍듯이 합장 배례하고 문안 인사

드린 후 절문 밖으로 나가는 것이 아닌가.

젊은 객승은 어리둥절하여 그 동승을 바라보고 있었는데 그 동승은 자신을 쳐다보고 있는 객승과 눈이 마주치자마자 벌떡 일어나면서 소리쳐 말하였다.

"그대는 누구인가, 못 보던 얼굴인데. 오라, 알겠다. 우리 절을 찾아온 객중인 모양이로구나. 그런데 도대체 어디서 온 객승인데 건방지게 눈이 마주쳐도 앉아만 있는고, 우리 혜월 스님은 아침 저녁 내게 문안 인사를 올리는데."

객승은 기가 막히다 못해 분노가 치밀었다. 그렇다고 열 살 남짓의 동승과 싸울 수도 없는 노릇. 간신히 분노를 가라앉힌 후 객승은 조용히 동승을 방안으로 들어오게 하였다. 마침 한낮의 적요가 심심했던 듯 그 동승은 좋아라고 객승이 머무르고 있는 방으로 당당하게 들어와 앉았다.

"날 왜 부르지."

그러자 객승은 문을 닫고 나서 꾸짖어 말하였다.

"네 이놈, 도대체 어디서 그러한 무례를 배웠는고."

동승은 생전 처음 당하는 힘의 우위 앞에 마침내 두려움을 느낀 듯 벌벌 떨고 있었다.

"내 너를 당장 옷을 벗겨 절문 밖으로 쫓아내 버릴 것이다."

그러자 비로소 동승은 눈물을 흘리면서 말하였다.

"스님, 저를 용서하여 주십시오."

"이리 와 앉거라."

자리에 앉는 법조차 모르는 동승은 무릎을 꿇지 않고 털썩 자리에 주저앉았다.

"오늘부터 내가 시키는 대로 하여라, 알겠느냐."

"예에—"

생전 처음 힘과 폭력 앞에 무릎을 꿇음으로써 마침내 천진을 파괴당한 동승은 예법 때문이 아니라 공포와 두려움 때문에 고분고분 말을 듣고 있었다.

객승은 동승에게 무릎을 꿇고 앉는 법, 혜월 큰스님이 어디 갔다 오시면 '스님 다녀오셨습니까' 하고 인사하는 법과 같은 기본적이고 간단한 예법을 가르쳐 주기 시작하였다.

"시키는 대로 해야 한다. 하지 않으면 당장에라도 옷을 벗겨 절문 밖으로 엉덩이를 걷어차 쫓아내 버릴 터이니까. 알겠느냐."

"…알겠습니다."

울먹이면서 동승은 대답하였다.

그날 저녁 늦게 혜월이 시장에서 돌아왔다. 그는 절에 도착하자마자 그 동승이 머무르고 있는 방문 앞에 서서 큰소리로 문안인사를 하였다.

"큰스님, 시장에 다녀왔습니다."

그래도 방안에서는 대답이 없었다.

젊은 객승은 그 동승이 자신이 시키는 대로 예의 바르게 행동할 것인가를 지켜보기 위해 방문을 열고 이를 살펴보고 있었다.

"큰스님, 어디가 편찮으십니까."

혜월은 조심스레 방문을 열어보았다. 그러자 방안에서 동승이 울먹이며 혜월을 향해 두손을 모아 합장하면서 인사를 하는 것이 아닌가.

"큰스님, 이제 다녀오십니까."

혜월은 순간 자기가 시장에 가고 없는 사이에 어떤 일이 절 안에서 벌어졌는가를 금방 알아차릴 수가 있었다.

그날 밤 혜월은 자신의 방으로 그 젊은 객승을 은밀하게 불렀다고 전해지고 있다.

객승이 오자 혜월이 물었다.

"내가 시장에 가고 없을 때 그대가 동승에게 무엇을 가르쳤는가."

"그렇습니다."

자랑스럽게 객승이 대답하였다.

"도대체 무엇을 가르쳤는데."

"하도 무례하고 무도하여 간단한 예법과 도리를 가르쳐 주었습니다. 꿇어앉는 법, 공경어 쓰는 법, 인사하는 법과 같은 간단한 예의를 가르쳐 주었습니다."

순간 혜월은 분노의 얼굴로 객승을 쳐다보면서 소리쳐 말하였다.

"그대는 내가 예법을 몰라서 그 어린아이에게 가르쳐 주지 않았다고 생각하는가. 천진 그대로의 모습이 하도 좋아 이 세상의 때가 묻지 않도록 가꾸고 있었는데 그대가 무슨 연유로 그 천진을 깨뜨렸단 말인가. 그대는 예법을 가르쳐 줌으로써 천진 그대로의 부처를 죽이고 말았네. 한번 죽인 부처는 다시 살아날 수 없는 노릇. 이제 큰스님 동승과 나와의 시절인연이 다 됐으니 내일 아침 그대가 산문을 떠날 때 그 동승을 데리고 함께 가게."

하는 수 없이 하룻밤을 머무른 객승은 다음날 아침, 열 살 남짓의 동승을 데리고 산문을 떠날 수밖에 없었다. 객승을 따라나서는 동승을 마지막으로 떠나보내면서 혜월은 크게 절하고 두 손을 모아 합장배례한 후 이렇게 작별인사를 하였다고 전해진다.

"큰스님, 어디를 가시나 부디 건강하시고, 어디를 가시나 공부 잘하십시오."

산문을 지나 산자락을 타고 멀리멀리 사라져 가는 동승의 뒷모습을 좇아 혜월은 산짐승처럼 뒷산을 오르고 올라 그 모습을 하염없이 바라보았다던가. 바라보는 혜월의 두 눈에는 하염없이 눈물이 흘러내렸다던가.

3

경허의 만제자 수월이 무릇 동물들과 대화를 나눌 수 있어 그 사나운 만주의 개들과 이야기를 나눔으로써 개들을 제도하였던 것처럼 혜월도 동물과 즐겨 이야기를 나누곤 하였다.

한여름이 되면 깊은 산 속의 절에는 여러 가지 짐승이 많이 몰려들게 마련이다. 그 가운데에서도 뱀이나 구렁이 같은 파충류들은 언제나 절 근처를 맴돌고 있다. 비만 오면 뱀과 구렁이들은 절 마당으로 몰려들기 시작하여 비가 개면 온 마당에서 마치 운동회라도 여는 것처럼 득실거리게 마련이었는데 혜월이 그들 앞에 나타나 '사람들이 너희들을 싫어하니 사람들의 눈에 띄기 전에 자리를 피해 도망가라'고 타이르면 거짓말처럼 뱀과 구렁이들은 풀숲으로 스르르 사라져 버리곤 하였다.

그래도 못 알아듣는 뱀이 있으면 혜월은 어린애 다루듯 '왜 이리로 오느냐'고 타이르면서 아무렇게나 뱀을 손으로 집어 숲속에 던져 놓아 주곤 하였는데, 이상하게도 뱀들은 절대로 혜월의 손을 물지 않았다가 전해지고 있다.

이처럼 하찮은 짐승과도 마음이 통하고 이야기를 나눌 수 있는 것은 아마도 동양과 서양의 모든 성인들의 공통된 특징인 모양으로 '인생은 낯선 여인숙에서의 하룻밤'이라는 유명한 말을 남긴 아빌라의 성녀 테레사(1515~82)는 몸에 기생하는 이나 빈대와 같은 해충들을 몰아내기 위해 혜월처럼 어린애 같은 행동을 하였다고 전해지고 있다.

성녀 테레사는 평생 봉쇄 수도원인 카르멜수도회를 창립한 분인데 카르멜의 수도복은 두텁고 털로 만들어진 옷이었기 때문에 쉽사리 이나 빈대, 벼룩과 같은 물것들이 기생하게 마련이었다.

물것들의 번식으로 기도생활에 방해를 받게 되자 성녀 테레사는 북을 치고 피리를 불면서 다음과 같은 즉흥 노래를 불렀다고 전해지고 있다.

새 옷을 우리에게 주셨으니
하늘의 임금이시여
무례한 족속들에게서 지켜주소서, 이 수도복
무례한 족속들에게서 지켜주소서, 이 수도복

기도를 드릴 때면 이 몹쓸 해충들
신심이 여린 마음 괴롭히나니
님 향한 일편단심 한결같도록
무례한 족속들에게서 지켜주소서, 이 수도복
죽으러 온 몸이 무서울 것 있을 것인가
이까짓 것쯤이야 무서울 리가 없는 것
님께서 이 고생을 구해 주시리.

북을 치고 피리를 불면서 한바탕 즉흥시를 노래하고 수도원을 맴돌자 그 즉시 수도복에 기생하던 이와 벼룩, 빈대와 같은 물것들이 사라져 버렸다고 전해지는데 무릇 성인, 성녀들은 동·서양을 막론하고 어린애처럼 천진하고 단순한 성격을 지니고 있음이다.

뱀을 타일러 쫓아낸 혜월이나 수도복에 기생하는 해충을 북과 피리를 불면서 쫓아낸 성녀 테레사나 두 사람 모두 천진한 어린애라 말할 수 있을 것이다.

이처럼 모든 동물을 사랑하고 모든 동물과 이야기를 나눌 수 있었던 혜월이 그 많은 동물 중에서 가장 사랑했던 동물은 단연 소였다.

혜월은 묶인 소만 보면 풀어 주곤 하였다. 혜월이 가장 싫어한 것은 소를 매두는 것이었다. 실컷 일을 부려먹고 쉴 때에도 왜 소를 묶어 두느냐는 것이었다. 그래서 혜월은 길을 가다가도 매인 소를 보면 다짜고짜 풀어 놓곤 하였다. 그래서 절 아래 살고 있는 사람들은 혜월이 동네 앞을 지난다는 소문이 들리면 다투어 뛰어나가 먼저 소부터 감시하였다고 전해지고 있다. 그대로 내버려 두면 소를 풀어 놓아 콩밭으로 들어간 소가 마음놓고 콩밭을 작살내 놓기 일쑤였기 때문이다.

콩밭을 소가 다 파먹어 화가 상투 끝까지 오른 소 주인이 절까지 찾아와 혜월에게 덤벼들자 혜월은 다음과 같이 말하였다고 전해지고 있다.

"이 사람아, 콩밭은 누가 제일 애써 갈았나. 이 소가 아닌가. 그러면 먼저 소부터 먹여야지, 안 그런가."

혜월이 이처럼 소를 사랑하였다면 모든 소들도 혜월을 사랑하였다. 이상하게도 마을에서 소만 잃어버렸다 하면 그 소는 제 발로 어슬렁어슬렁 혜월이 머무르고 있는 절로 찾아오는 것이어서 소를 잃어버린 마을 사람들은 소를 찾으러 절로 달려오곤 하였는데, 절에만 오면 잃어버린 소를 찾을 수 있었다고 전해지고 있다.

혜월과 소에 얽힌 유명한 이야기가 있는데 이는 혜월이 말년에 부산 선암사에 머무르고 있을 때의 일이었다.

경허의 세 제자 중 '수월이 있는 곳에 두타 수행이 있고, 만공이 있는 곳에 중창 불사가 있고, 혜월이 있는 곳에 사전(寺田) 개간이 있다'는 소문처럼 혜월은 절 살림에 보탬이 될까 하여 밭을 개간하고 스스로 나가 농삿일에 부지런히 정진하였다고 전해지고 있다. 농삿일이 크게 되니까 자연 소가 필요하게 되어 혜월이 직접 소시장에 나가 '얼룩이'라고 불리는 소 한 필을 사와 기르기 시작하였다. 이 얼룩소에 쏟는 혜월의 정은 남다른 것이었다. 손수 소먹이를 끓여 주기도 하고, 또 깨끗이 몸을 닦아 주기도 하였다. 농삿일을 많이 한 날이나 먼 시장에서 장을 보아 짐을 많이 싣고 온 날이면 혜월은 밤늦게까지 소의 등을 쓰다듬으며 수고했다고 위로하곤 하였다. 몇해를 두고 계속되는 혜월의 정성이 지극하였기 때문에 나중에는 얼룩소도 혜월의 말씨를 알아듣게 되었으며 서로 눈빛만 봐도 마음이 통하는 깊은 사이가 되어 버린 것이다.

그러던 어느 봄날 그 얼룩소가 감쪽같이 없어졌다. 소도둑이 들어 밤새 몰래 소를 끌고 간 것이다.

이른 새벽 외양간 문이 열려 있는 것을 제일 먼저 발견한 행자가 소를 잃었다고 고함을 치자 온 절 안이 웅성거리기 시작하였다. 원주스님이 혜월의 방으로 뛰어와 다급한 어조로 말하였다.

"큰스님, 얼룩이가 없어졌습니다. 간밤에 도둑이 들어 소를 몰래 끌어갔습니다."

방안에서 이를 들은 혜월은 묵묵부답이었다. 이어 온 사내 대중들이 소를 찾으려고 아직 날이 밝지 않은, 마을로 내려가는 여명의 새벽길을 달려가기 시작하였는데, 혜월은 방을 나와 뒷짐을 지고 뒷산으로 산보나 하듯 올라가고 있었다.

산정에 오른 혜월은 주위에 인기척이 없는 것을 확인하자 두 손을 입가에 대고는 소리쳐 외쳐 댔다.

"얼룩아, 얼룩아아―."

이때 마침 소도둑은 뒷산 비탈길을 내려가고 있었는데 이는 마을길로 내려가면 들키게 될까 봐 일부러 뒷산 쪽으로 비탈길을 가로질러 가고 있었던 것이었다. 멀리서 자기를 부르는 혜월의 목소리를 듣자 끌려가던 얼룩소가 제자리에 멈춰 서서 이에 화답하듯 소리쳐 울었다.

"음매— 음매애—."

소는 끌려가지 않으려고 버티고, 도둑은 끌어가려고 고삐를 잡아 끌고, 혜월은 소리쳐 얼룩소를 부르고, 얼룩소는 이에 울면서 화답하고, 그러는 사이에 날은 밝고 마침내 행자들이 그 소도둑을 잡게 되었던 것이다.

소도둑을 붙잡아 절로 끌고 온 행자들은 다투어 도둑을 때리기 시작하였다. 소도둑의 비명을 들은 혜월은 뛰쳐나가 다음과 같이 소리를 질렀다던가.

"소가 다시 왔으면 되었지 무엇 때문에 사람을 때리느냐."

그리고 나서 그 도둑에게 다음과 같이 말하였다고 한다.

"밤새 소를 끌고 가느라 한잠도 못 자고 얼마나 수고하셨는가. 자, 어서 빨리 일어나 돌아가시게."

그러면서 그 도둑의 손에 용돈까지 쥐어 주었다던가.

혜월이 이처럼 부산 선암사에 머무르고 있을 때의 일이었다.

하루는 혜월이 법문을 하다 말고 사람들에게 말하였다.

"내게는 아무에게도 보여주지 않은 최고의 보물이 하나 있다."

수수께끼와 같은 말이었으므로 이를 들은 사람들이 물었다.

"그것이 무엇입니까."

"칼이다."

"어째서 칼이 최고의 보물이라는 말씀이십니까."

그러자 혜월이 대답하였다.

"사람을 죽일 수도 있고, 사람을 살릴 수도 있는 칼이기 때문이다."

부산지방 선암사에 있는 혜월 선사가 사람을 죽일 수도 있고, 살릴 수도 있는 천하의 명검을 가지고 있다는 소문은 곧 퍼져나가기 시작하였다.

그 당시 부산에는 경남 지역의 치안을 도맡아 하고 있던 헌병대장이 한 사람 있었는데 그는 칼에 미친 사람이었다.

그는 일본도를 비롯하여 칼이란 칼은 모두 수집하고 있었다. 그는 직접 허리에 칼을 차고 다니기도 하였고 검술에 능한 검도의 달인이기도 하였다.

그는 어느 날 우연히 선암사에 머무르고 있는 스님 한 명이 사람을 죽일 수도 있고 살릴 수도 있는 천하의 명검 하나를 갖고 있다는 소문을 전해 듣게 되었다. 그는 강한 호기심이 일었다. 칼에 미쳐 온갖 칼을 수집하는 칼의 광인이었지만 사람을 죽일 수도 있고 살릴 수도 있다는 칼은 금시초문이었기 때문이다.

그래서 그는 그 지방의 군수를 졸라 선암사로 함께 찾아가기로 하였다.

한편, 혜월은 자신을 찾아 군수와 헌병대장이 온다는 말을 듣고 절마당 한가운데에 화로를 옮겨놓고 솔방울로 불을 피운 다음 그 위에 넓은 솥을 걸어놓고 손수 녹두를 지지기 시작하였다.

혜월은 솔방울을 참 좋아하였는데 이는 11세의 어린 나이로 출가 입산할 때부터 비롯된 버릇이었다.

소나무에 대롱대롱 매달려 있는 솔방울은 동승 혜월의 유일한 장난감이었으며, 또한 바짝 마른 솔방울은 아주 불이 잘 붙기 때문에 급히 불이 필요할 때는 솔방울처럼 편리한 불쏘시개가 없었기 때문이었다. 그래서 틈만 있으면 자루를 들고 산에 올라가 솔방울을 잔뜩 줍고 따오는 것이 혜월의 버릇이었다. 이 버릇은 그가 76세의 나이로 1937년 6월 16일 숨을 거둘 때까지 계속되어 열반에 들 때에도 부산 선암사 밑 바위에서 솔방울이 가득 들어 있는 자루를 어깨에 메고 선 채 그대로 입적하였는데, 어쨌든 이는 먼 훗날의 일이고 혜월은 손수 솔방울로 붙인 불에 녹두지짐을 부쳐 그것을 손으로 찢어 사람들의 입 속에 넣어 주기를 좋아하였다.

뿐만 아니라 혜월은 신도의 집을 방문하면 장독대부터 올라가 된장독 뚜껑을 열어보고 손가락으로 된장을 찍어 맛을 보는 버릇이 있었는데, 된장 맛이 좋으면 그는 아낙네가 불심이 깊다고 칭찬하였지만 된장 맛이 나쁘면 절에 와서 시주하고 불공드리기보다 된장 맛 내는 데 더 공을 들이라고 불호령을 내리기도 하였다.

어쨌든 군수와 헌병대장은 사람을 죽일 수도 있고 살릴 수도 있다는, 혜월이 가지고 있는 천하의 명검을 보기 위해 선암사로 찾아왔으며 혜월은 이들 손님이 찾아온다는 말을 듣고 손수 녹두지짐을 부치고 있었던 것이다.

문안 인사를 드리기 위해 군수와 헌병대장이 다가오자 혜월을 느닷없이 녹두지짐을 맨손가락으로 집어 헌병대장의 입가에 들이밀었다.

나는 새도 떨어뜨릴 만큼의 세도를 갖고 있고 칼에 미친 헌병대장은 순간 당황하여 무심코 손가락으로 집어 준 녹두지짐을 입 안에 받아넣고 먹기는 하였으나 곧 분노가 치밀기 시작하였다. 혜월은 다시 맨손가락으로 녹두지짐을 집어 군수의 입에 집어넣기 시작하였다. 그러나 이미 혜월의 행장을 잘 알고 있던 군수는 아무런 말도 없이 웃으면서 주면 주는 대로 입으로 받아먹고 있었다.

"어떻게 오셨소."

녹두지짐을 맨손가락으로 먹여 주고 나서 혜월이 물었다. 그러자 이미 치욕을 당한 헌병대장은 그렇지 않아도 천하의 명검을 갖고 있기에는 너무나도 왜소하고 초라한 혜월의 모습에 실망하고 있었으므로 거만한 자세로 대답하였다.

"칼을 보고 싶어 왔소이다."

"칼이오."

혜월이 놀란 얼굴로 헌병대장을 쳐다보았다.

"소문에 듣자하니 스님께오서는 천하의 명검을 갖고 계시다던데, 부산 지방에 그 소문이 자자하게 퍼져있습니다."

"천하의 명검이라니요."

"스님께서 직접 당신의 입으로 말씀하시지 않았습니까. 스님께서는 사람을 죽일 수도 있고 사람을 살릴 수도 있는 명검을 갖고 계시다고 말씀하셨다던데요."

"아, 그 칼 말씀이로군요."

그제야 혜월이 머리를 끄덕이며 말을 받았다.

"그 칼을 제게 보여주실 수 있겠습니까."

그러자 혜월이 웃으면서 말하였다.

"물론이지요, 보여드리고 말구요."

혜월은 선선히 이를 응낙하고는 먼저 일어나 앞장서면서 말하였다.

"저를 따라 오시지요."

헌병대장은 마침내 천하의 명검을 볼 수 있다는 흥분으로 혜월의 뒤를 따라 섬돌 계단을 걸어 축대 위까지 올라갔는데, 갑자기 앞서 걷던 혜월이 돌아서면서 그의 뺨을 후려쳐 축대 밑으로 떨어뜨렸다.

무방비 상태로 당한 헌병대장은 그대로 섬돌 아래로 비명을 지르면서 굴러 떨어졌다. 졸지에 수모를 당한 헌병대장은 벌떡 일어서서 허리에 찬 칼을 빼들어 혜월을 베려고 하였다. 그러나 먼저 혜월이 다가가 넘어진 헌병대장을 부축해 일으켜 세워 주면서 다음과 같이 말하였다.

"이것이 내가 갖고 있는 당신이 보고 싶어하던 천하의 명검이오. 내가 당신을 때려 계단 아래로 떨어뜨린 손은 당신을 죽이는 칼이며, 당신을 부축하여 일으켜 세운 손은 당신을 살리는 칼이오."

이에 크게 느낀 바 있어 헌병대장은 혜월에게 세 번 큰절을 하고 돌아갔다고 전해져 내려오고 있다.

이처럼 헌병대장의 뺨을 때림으로써 사람을 죽이는 살인도를 보여주고 그를 다시 부축하여 일으킴으로써 활인검을 보여주었던 혜월의 행장은 그 자신만의 독창적인 선화는 아니다.

일찍이 고려조의 선승 나옹(懶翁)도 중국의 원나라에 들어가 인도 승 지공 화상으로부터 불법을 배우고 크게 깨달은 바가 있어 전국을 바람처럼 구름처럼 행각할 때 정자사(淨慈寺)란 절에 이르러 당시 중국에서 가장 유명한 선걸이었던 평산 처림(平山處林)을 만난다.

나옹을 맞이한 평산 처림은 대뜸 나옹에게 물었다.

"어디에서 왔는가."

"연경(燕京)에서 왔습니다."

"거기에서 누구를 만났는가."

"지공 선사를 만났습니다."

"지공은 항상 무엇을 쓰고 있더냐."

이에 나옹은 대답하였다.

"지공 선사는 항상 천 개의 검(千劍)을 쓰고 있더이다."

그러자 평산이 말하였다.

"지공의 천검은 그만두고 너의 검 하나를 가져오너라."

이에 나옹은 좌구(坐具)를 들어 평산 처림을 내리쳤다. 얻어맞은 평산은 선상 아래로 굴러 떨어지면서 소리쳤다.

"저 도둑놈이 나를 죽인다."

그러자 나옹은 넘어진 평산을 부축하여 일으켜 세우며 웃으면서 말하였다.

"나의 칼은 사람을 죽이기도 하고, 사람을 살리기도 합니다."

사람을 죽이기도 하고, 사람을 살리기도 하는 양면의 칼날을 가진 천하의 명검 이야기는 그러므로 혜월의 독창적인 선화는 아니다. 사람을 죽이는 살인도와 사람을 살리는 활인검의 이야기는 선가에서 흔히 운위되는 주제 중의 하나일 것이다.

어찌 손뿐이겠는가. 사람이 가진 권세도, 재능도, 말(言)도 사람을 죽일 수도 있고 사람을 살릴 수도 있는 칼처럼 양면의 칼날을 동시에 지니고 있음이 아닐 것인가. 독설, 비난, 거짓말, 험담, 아첨, 고함소리는 모두 사람을 죽이는 칼이며 같은 혀에서 나오는 말이라 할지라도 칭찬, 위로의 말, 덕담, 따뜻한 말은 사람을 살리는 칼이다. 같은 사람이 지닌 권세라 할지라도 그것이 교만, 독선, 독재, 폭력에서 나온 것이라면 사람을 죽이는 칼이며 겸손, 인내, 희생, 양보, 자비에서 나온 것이라면 이는 사람을 살리는 칼일 것이다. 사람의 손끝에 들린 붓이 인간의 희망과 절제와 평화를 목표로 하고 있다면 그 붓은 사람을 살리는 칼이며, 그 붓이 인간의 분열과 퇴폐와 파괴와 부도덕을 찬양하고 있다면 그는 이미 자신도 모르게 사람을 죽이는 칼을 휘두르고 있는 것이다.

두 개의 칼이 따로 있는 것은 아니다. 모두 하나의 칼에서 비롯되는 것이다. 그 칼이 사람을 살리고 죽이는 것은 곧 그것을 사용하는 사람의 마음에 달린 것이다. 천진불 혜월은 그 위대한 교훈을 오늘을 사는 우리에게 가르쳐 주고 있는 것이다.

혜월은 38년 동안 출가 입산하였던 덕숭산 정혜사를 떠나지 않았다. 그는 51세에 이르는 동안 줄곧 한 곳에서만 머무르고 있었다.

일찍이 그의 스승 경허는 혜월이 머무르고 있던 정혜사에 들러 밤새워 슬피 우는 소쩍새의 울음소리를 듣고 다음과 같은 노래를 지었다.

본래 태평한 천진부처여
밝은 달 아래 나무 위에서 울고 있노라
빈 산 밤은 깊고 사람마저 고요한데
오직 네 소리가 있어 동쪽 서쪽.
本太平天眞佛　月明中樹上啼
山空夜深人寂　唯有爾聲東西

경허가 노래한 천진불 소쩍새처럼 혜월은 38년 동안이나 줄곧 정혜사에 머무르면서 경허가 표현하였던 대로 동쪽, 서쪽, 동쪽, 서쪽 하고 울며 지냈다. 탁월한 경허의 시적 재능은 소쩍새의 울음소리인 소쩍, 소쩍 하는 소리를 동쪽, 서쪽의 방향으로 비유함으로써 빛나고 있는데, 어쨌든 혜월이 정혜사를 떠난 것은 1913년, 그의 나이 51세 때의 일이었다.

일찍이 혜월은 수월, 만공과 더불어 언젠가 때가 오면 수월은 북으로 가 상현달이 되고 혜월은 남으로 가 하현달이 되겠노라 약속하였던 적이 있었는데, 이 약속을 지키기 위해 천진불 혜월은 51세의 나이로 물병 하나와 주장자 하나를 들고 남방 유랑길에 나선 것이었다.

그가 51세의 나이가 될 때까지 정혜사에서 기다렸던 것은 스승 경허가 그 이전 해 열반에 들어 더 이상 수법제자로서 지켜야 할 도리가 없어 홀가분해졌기 때문이었다. 혜월은 스승 경허가 열반하자 그의 뼈를 일일이 추려 다비(茶毘)를 하여 제자로서의 의무를 다하고는 마침내 그 이듬해 2월, 약속대로 거의 40년 동안 머무르던 정혜사를 버리고 남방으로 운수행각을 떠나는 것이었다. 혜월의 선풍은 남방으로 유랑을 떠난 이후부터 남방에서 크게 떨치기 시작하였다.

그는 통도사, 내원사, 미타암, 범어사, 선암사, 안양암, 파계사, 선암사 등을 두루 돌아다니면서 가는 곳마다 바람을 크게 일으켰다.

그는 평생 동안 손에서 괭이와 지게와 죽비를 놓은 적이 없었다고 한다. 괭이로는 땅을 가꾸어 농사를 하고, 지게로는 산에 가서 나무를 져온다. 또 한편으로는 죽비를 들고 젊은 수도자들을 가르치고 깨우치는 데 게을리하지 않았다. 혜월은 하루에 두 시간 이상 잠을 자지 않았다는데 그중에서 그가 가장 열심히 하였던 것은 땅을 파고 농사를 짓는 일이었다.

혜월은 항상 가는 곳마다 거친 땅을 일궈 논밭을 만들어 놓곤 하였다. 그래서 혜월을 '개간(開墾) 선사'라고 부르기도 하였다.

'하루 일하지 않으면 하루 먹지 않는다〔一日不作 一日不食〕'고 말한 백장(白丈) 스님의 규범대로 혜월은 항상 손에서 괭이를 놓지 않았는데, 그가 말년에 머무르던 부산시 부암동 선암사에서 있었던 이야기는 오늘날까지 남아 전해지고 있음이다.

그는 선암사에 머무르고 있을 때 손수 황무지를 개간하여 2천 평의 논을 만든 적이 있었다. 이 옥토를 마을 사람 중의 한 노인이 노리고 있었다. 그는 혜월의 천진함을 이용하여 싸게 사기 위해 밤마다 절로 혜월을 찾아와 논을 팔라고 졸라댔다.

남의 부탁을 거절하지 못하는 혜월은 그 사람에게 물었다.

"도대체 뭘 하려고 논을 사실려구 그러시나."

"농사를 지어 밥술이라도 먹을까 해서 그렇습니다. 스님, 시세대로 쳐드리겠습니다. 저에게 파십시오."

혜월은 마침내 그 사람의 부탁을 거절하지 못하고 주막으로 따라가 술과 고기가 차려진 술상 앞에서 계약을 하고 말았다. 혜월은 교활한 마을 사람의 꾐에 빠져 세 마지기 논을 두 마지기 값으로 팔아 넘기곤 논값을 가지고 밤늦게야 절로 돌아온 것이었다.

혜월은 들고 온 논값을 제자들에게 내놓으면서 말하였다.

"옛다, 여기 돈이 있다."

원래 혜월은 돈에 대해서는 백치였다.

신도들이 이따금씩 용돈을 주면 봉투를 뜯어 보려 하지도 않고 요 밑에 넣어 두었다가 사중 스님들이 외출할 때 방문 앞에 다가와 다녀오겠다고 문안 인사를 하면 봉투째 용돈을 집어 주곤 하였다. 어쩌다 재수 좋은 행자는 용돈을 듬뿍 타는 수도 있었는데 그렇듯 혜월은 돈과는 아예 인연이 없고, 도대체 산술을 모르는 스님이었다. 그 스님이 갑자기 엄청난 액수인 논값을 내

놓으니 앞뒤 사정을 모르는 사내(寺內) 대중들은 놀랄 수밖에.

"이게 웬 돈입니까."

그러자 혜월이 대답하였다.

"내가 논을 팔았다. 마을 사람 박 아무개가 밥술이라도 먹겠다고 졸라대 팔아주어 버렸다."

느닷없는 혜월의 말에 제자들은 논값을 헤아려 셈을 해보았다. 그들은 돈을 세어본 후에 비로소 그 마을 사람이 혜월을 속인 것을 알게 되었다.

"스님, 스님은 속으셨습니다. 논은 세 마지기인데 이 돈은 두 마지기 값밖에 되지 않습니다."

제자들이 일제히 힐난을 퍼붓자 묵묵히 앉아 있던 혜월은 마침내 소리쳐 말하였다.

"이놈들아, 그게 무슨 소리냐. 저 논 세 마지기는 아직 그대로 절 앞에 있고 여기에는 두 마지기 논값이 있으니 다섯 마지기 논으로 불어 버렸는데 도대체 무슨 소리냐."

이처럼 터무니없는 말을 하고 나서 혜월은 자리를 박차고 일어나 이렇게 말하였다고 한다.

"이놈들아, 장사는 나처럼 해야 한다."

혜월의 독특한 산술법은 나 하나의 입장에서 보면 분명히 손해이지만 나와 너가 없는 대승(大乘)적 입장에서 보면 그 모두에게 이익이 되는 것이다. 내가 개간하여 없던 세 마지기 논이 생겼으며, 그 논을 내가 판다 해도 논 자체가 없어지는 것은 아니니 세 마지기는 그대로 남아 있는 것이요, 거기에 두 마지기 논값까지 생겼으니 다섯 마지기 재산이 생긴 것이 아닌가. 이 독특한 계산법은 내 것인 논이 남의 것으로 넘어갔다는 소유의 개념이 없을 때만 가능한 산술법인 것이다.

혜월의 이처럼 철저한 무소유행은 그의 스승 경허가 전해 준 전법송의 내용을 철저히 지켜 나갔음에서 비롯되는 것이다.

혜월의 행동은 오조 법연(伍祖 法演)의 아름다운 게송 하나를 떠올리게 한다. 오조 법연은 사천성 면주부 파서(巴西) 출생이었는데 35세의 늦은 나이로 출가하였다. 그는 백운 수단(白雲 守端) 선사의 회상에서 크게 깨닫고 다음과 같은 노래를 읊었다.

저 산 밑의 한 조각 해묵은 밭을
왜 그토록 즐기느냐 노인에게 물었더니
몇번이나 팔았다가도 다시 산 것은
대숲과 소나무의 맑은 바람 때문이라오.
山前一片閑日地　叉手叮嚀問祖翁
幾度賣來還買　爲憐松竹引淸風

이 노래처럼 혜월이 그토록 많은 밭을 개간하고 땅을 일군 것은 그 밭을 스치는 '맑은 바람[淸風]' 때문이었지, 그 밭을 내 것으로 만들려는 욕심과 소유 때문은 아니었을 것이다.

1937년 어느 봄날.

혜월의 나이 76세 되던 어느 날, 갑자기 그는 자신의 제자였던 운봉을 불렀다.

"큰스님, 부르셨습니까."

운봉이 다가와 묻자 대뜸 혜월은 말하였다.

"이제 난 가야겠다."

그러자 제자가 말하였다.

"한말씀은 하시고 가셔야지요."

혜월은 다음과 같이 노래하였다.

일체의 법은
본래 그 실체가 없다
모양이란 원래 허망한 것
이것을 알면 이것이 견성이다.
一切有爲法　本無眞實相
於相義無相　卽名爲見性

이 시 한 수가 혜월이 남긴 단 하나의 문자로 된 법문이라고 전해지고 있다. 그렇다면 낫 놓고 기역자도 모른다던 혜월의 철저한 무식은 위장이었던가.

그로부터 며칠 뒤.

혜월은 동승 때부터 그토록 좋아하던 솔방울을 줍기 위해 선암사 뒷산을 올랐다. 산을 뒤져 솔방울을 줍고 따고 하여 자루 하나에 잔뜩 솔방울을 채우고서 산을 내려오던 혜월은 밑바위 앞에 이르러 소나무 가지를 붙들고 그대로 서버렸다. 잠시 쉬어 가는 사람처럼 보였지만 그대로 그는 영원히 움직이지 않았다.

그는 솔방울이 들어 있는 자루를 어깨에 멘 채 그대로 서서 열반에 들어간 것이었다.

마침 그 옆을 지나던 여자 신도 하나가 너무나 반가워 혜월의 곁으로 뛰어갔다던가. '스님!' 하고 부르면서.

그러나 그 신도가 다가가 혜월의 몸을 흔들었을 때 이미 그의 몸은 차디차게 굳어 그대로 하나의 석불(石佛)이 되어 버렸다던가.

이때가 1937년 6월 16일. 그의 나이 76세 때의 일이었다.

이로써 경허의 두 번째 제자이며 평생 동안 천진한 어린아이였던 천진불 혜월은 76세의 어린아이로 열반에 들었음이다. 그러나 그는 영원히 사라져 버린 것이 아니라 약속한 그대로 죽은 후 월륜이 되어 남쪽 지방을 비추는 하현달이 되었음이다. 그 달빛이 오늘날에도 남쪽 지방을 환히 비추고 있다.

경상북도 팔공산 파계사에 딸린 작은 암자인 미타암(彌陀庵)에는 혜월 선사의 탑비가 세워져 있는데 그 비에 새겨진 비문은 다음과 같다.

'법호는 혜월, 법명은 혜명(慧明)이며 서기 1862년 6월 19일 충청남도 예산군 덕산면 신평리에서 출생하였다. 속성은 평산 신(申)씨. 11세에 덕숭산 정혜사에서 출가 입산하고 15세에 혜안 선사를 은사로 하여 삭발하였다. 24세에 경허 선사의 법문을 들은 다음 크게 발심(發心)하고 의정(擬精)을 내어 지게를 지나, 밭을 매나 의정을 보고 의정으로 가며 맹렬한 정진을 계속한 지

7일이 되던 때 마침 미투리를 삼다가 크게 깨쳤다.

이후 38년 동안은 덕숭산 정혜사에서 그대로 머물러 계시다가 51세 되던 1913년 2월에 남방을 유랑하면서 이르는 곳마다 크게 선풍(禪風)을 일으키셨다. 통도사, 내원사, 미타암, 범어사, 선암사, 안양암 등을 두루 돌아다니시면서 도제(徒弟) 양성과 중생 교화에 힘쓰시다가 서기 1937년 6월 16일 부산 선암사 밑 바위 앞에서 솔방울이 가득 찬 자루를 어깨에 메고 선 채 그대로 열반에 들다.

그때 나이 76세. 중의 나이 승랍(僧臘)으로는 62세. 수법제자는 20인이 있다.'

4

경허의 세 제자 중 만공(滿空)은 가장 막내에 속한다. 그러나 그는 맏형인 수월과, 차형인 혜월과는 달리 풍부한 법문과, 풍부한 기록과, 많은 행장이 오늘날까지 남아 전하고 있다.

스승 경허와 얽힌 선화를 가장 많이 남긴 사람도 만공으로 알려져 있으며, 경허의 기록들이 오늘날까지 남아 전하는 것도 모두 막내 제자 만공의 덕분이다.

스승 경허가 열반하자 금강산에 있는 선원 유점사의 조실로 있던 만공을 중심으로 한 수법제자들이 모여 《경허집(鏡虛集)》 출판 불사를 추진하였는데, 남긴 사진 한 장 없는 경허의 모습을 일일이 입으로 구술하고 입으로 묘사하여 당시 유명한 인물화가

266

였던 설산(雪山) 최광익(崔光益)으로 하여금 경허의 진영을 그리게 한 사람도 만공이었으며, 그려진 경허의 진영을 금선대에 봉안한 사람도 만공이었다.

오늘날까지 남아 전하는《경허집》을 편찬한 것도 만공이었으며, 만해 한용운으로 하여금《경허집》의 초판본에 서문을 쓰도록 한 사람도 다름 아닌 만공이었다.

스승 경허에 대한 제자 만공의 충정을 나타내 보이는 일화가 하나 있다.

일찍이 경허가 해인사에 조실로 있을 무렵이었다. 이때 경허의 시자로 제산(霽山)이라는 스님이 있었는데 그는 훗날 직지사에 머무르면서 율행(律行)과 덕행이 높아 제방에서 한결같이 큰스님으로 존경받던 사람이었다.

해인사는 대사찰로 당시 4, 5백 명이나 되는 많은 대중을 거느리고 있었는데 경허는 그중 가장 어른인 큰스님이었다. 그 큰스님 경허를 시봉하던 사람이 바로 제산으로 그는 밤마다 경허를 위해 사내 대중들이 눈치채지 못하도록 곡차를 마련하고 안주감이 될 만한 것을 만들기 위해 밤잠을 설치곤 하였다.

혹시 다른 대중들이 알면 말로 짓는 죄업인 구업(口業)을 일으키게 될까 염려한 제산은 자신이 직접 다른 사람을 시키지 않고 깊은 밤에 절 밖으로 몰래 나가 닭을 구하여 손수 안주를 만들어서 날마다 경허에게 바쳐올리는 것이 일과였다.

그러나 꼬리가 길면 잡히게 마련으로 급기야 이런 일들이 대중들에게 알려지기 시작하였고, 마침내 주지스님인 남전(南泉)

의 귀에까지 들어가게 되었던 것이었다.

4, 5백 명이 넘는 대중들의 살림을 총괄하고 있는 주지의 소임으로서 남전은 더 이상 모른체하고 입을 다물고 있을 수만은 없는 일이었다. 그래서 그는 넌지시 제산에게 물어보았다. 그러자 제산은 태연스레 대답하는 것이 아닌가.

"경허 스님과 같은 어른을 위해서라면 닭이 아니라 소라도 잡아 올리기를 조금도 거리낄 것이 없습니다."

훗날 남전도 경허에게 감심(感心)을 받아 사부 대중들의 쑥덕공론을 눌러앉히고 자신도 큰스님 경허에게 술과 안주를 올려바쳤다 하는데, 이 소식을 들은 만공은 다음과 같이 말하였다고 전해지고 있다.

"나는 경허 큰스님을 위해서라면 무엇이든 할 것이다. 만약 전쟁이 나 깊은 산중에서 모시고 살다가 양식도 떨어져 공양을 올릴 것이 없어진다면 나의 살점을 점점이 오려 스님께 드리고 나의 피를 스님께 마시게 하여 생명을 보존하셔서 세상에 나가 여러 중생들을 제도하시게 할 자신을 갖고 있다."

스승 경허를 위해 자신은 살점이라도 오려드릴 수 있는데 닭고기나 곡차를 바쳐드리는 것이 도대체 무슨 허물이냐고 질타한 만공의 사자후를 통해 만공이 얼마나 스승 경허를 공경하고 신봉하였던가를 미뤄 짐작할 수 있음이다.

그렇다.

경허가 오늘날까지 살아 남아 큰 빛을 떨칠 수 있게 된 것은 이와 같은 막내 제자 만공의 위법망구(爲法亡軀)의 헌신적 태도 때문일 것이다.

스승 경허를 위해서라면 자신의 살점을 점점이 오려서라도 바치고 자신의 피를 바쳐 위법망구하겠다는 만공은 고종 8년, 서기로 1871년 신미년(辛未年) 3월 7일 전북 태인군 태인읍 상일리에서 출생하였다.

속성은 송(宋)씨로 본관은 여산(礪山)이었다.

아버지의 휘(諱)는 신통(神通)이라 하였고 어머니는 김(金)씨였다.

어머니 김씨가 신령한 용이 구슬을 토하면서 눈부신 광명을 뿜어 대는 태몽을 꾸고 만공을 잉태하였으므로 아버지는 만공이 어릴 때부터 '이 아이는 장차 세속의 일을 하지 않고 불문에 들어가 고승이 될 것 같소' 하고 걱정하였다고 하는데 어쩌면 이러한 이야기들은 과장되게 꾸민 허구일 것이다.

만공의 어렸을때 속명은 도암(道岩)이었는데 그가 불자와 인연을 맺게 된 것은 13세 되던 계미년(癸未年), 서기로 1883년의 일이었다. 그해 겨울 도인 하나가 집으로 찾아와 말하기를 다음과 같이 하였다.

"이 아이는 단명할 상으로 스무 살을 넘기지 못할 것입니다."

이 말을 들은 어머니 김씨는 도암이 집안의 장자였으므로 몹시 걱정하면서 물어 말하였다.

"단명을 면할 좋은 방도라도 없겠습니까."

그러자 그 도인은 말하였다.

"방법이 없는 것은 아닙니다. 이 아이를 데리고 김제에 있는 금산사(金山寺)에 가서 올해의 과세(過歲)를 하면 운명이 바뀌어 장수할 것입니다."

이 말을 들은 부모는 할 수 없이 도암 소년을 데리고 금산사로 갔다.

금산사는 전북 최대의 사찰로 모악산(母岳山)에 위치하고 있는데 백제 법왕(法王) 원년인 서기 599년에 창건된 대가람이었다. 한때 후백제의 견훤이 아들 신검(神劍)에 의해 감금되었던 유래가 있는 절로, 유명한 진표 율사(眞表律師)가 머물렀던 절이라고도 알려져 있다.

진표 율사는 신라 경덕왕 무렵인 700년대의 유명한 고승인데 그는 완산주(完山州) 출생으로 속성은 정(井)씨였다. 아버지는 대대로 향리에서 사냥을 하면서 살았는데 진표는 특히 날쌔어 민첩하였고, 활을 잘 쏘았다고 전해지고 있다. 그에 대한 기록은 《삼국유사》에도 보이고 송(宋)에서 발간된 《송고승전(宋高僧傳)》에도 실려 있음인데, 진표는 어릴 때부터 아버지를 따라 사냥을 하면서 자랐다고 기록은 전하고 있다.

진표는 12세 되던 해 사냥을 하다가 그에게 있어서 어떤 중대한 전환점이 되는 사건과 맞닥뜨리게 되었으며 이로 인해 그는 출가를 단행하게 되었다. 이는 만공의 출가와도 깊은 인연이 있으므로 잠시 소개할까 한다.

《송고승전》에 실린 '백제국 금산사 진표전(百濟國金山寺眞表傳)'을 보면 진표의 출가 동기에 대해 이렇게 표현하고 있다.

'어느 날 진표는 사냥을 나가서 짐승을 쫓다가 잠시 밭두렁에

270

앉아 쉬게 되었다. 그때 개구리가 많은 것을 본 그는 장난삼아
그 개구리들을 잡아 버드나무 가지에 꿰어 꿰미를 만들었다. 그
리고는 사냥이 끝난 뒤에 가져가기 위해 물 속에 담가 두었다.
그러나 사냥을 하던 그는 집으로 갈 때 다른 길로 갔기 때문에
그 개구리들을 곧 잊어버리고 말았다. 이듬해 봄, 진표는 또다시
사냥을 나갔다가 물 속에서 우는 개구리 소리를 듣고 그 물 속을
들여다보았다. 그곳에는 30여 마리의 개구리가 꿰미에 꿰인 채
그때까지도 살아서 울고 있었던 것이었다. 그제야 진표는 지난
해의 일을 생각해 내었으며 크게 잘못을 뉘우치면서 곧 개구리
들을 풀어 주었다. 이 일을 계기로 해서 그는 출가의 뜻을 품게
되었고 마침내 깊은 산에 들어가 스스로 머리를 깎았다.'

《삼국유사》에 의하면 진표는 12세 때 금산사의 숭제 법사(崇
濟法師)를 찾아가 출가할 뜻을 밝혔다고 한다.

어쨌든, 단명할 상을 벗기 위해 부모와 함께 도암 소년이 찾아
간 곳이 바로 금산사.

도암 소년의 나이도 13세였으니 그로부터 천년 전 진표가 12
세의 나이로 출가할 뜻을 품고 금산사로 찾아갔던 기연과 일치
하지 않음인가.

이때의 기억을 만공은 훗날 다음과 같이 표현하였다.

"생후 처음으로 대웅전에 모셔진 금색 불상과, 미륵전에 모셔
진 본존불과, 좌우협시 보살상(左右脇侍菩薩像)을 본 순간 나도
모르게 환희심이 솟아올랐다. 그뿐인가. 염의(染衣)를 입은 스님

들을 본 순간 나는 마치 고향에 돌아온 듯하였다."

절에서 며칠을 지내고 돌아온 도암 소년은 부모 앞에서 출가의 뜻을 밝혔다. 부모가 크게 놀라자 도암 소년은 다음과 같이 말하였다고 전해지고 있다.

"천년 전 진표는 저보다 한 살 어린 나이에도 금산사를 찾아가 출가의 뜻을 밝혔습니다. 그러니 무엇을 놀라시고 무엇을 걱정하십니까."

출가위승(出家爲僧) 하려는 도암 소년의 속마음을 비로소 알아차리게 된 부모는 크게 당황하여 집안에 감금하고 사촌형으로 하여금 감시하도록 엄중히 당부하였다고 한다. 그러나 자신을 감시하던 종형(從兄)이 깊은 잠에 빠져든 야반 삼경(夜半 三更)에 도암 소년은 초동의 지게를 지고 집을 도망쳐 그 길로 출가하였다.

출가하기 위해 집을 도망쳐 나온 도암 소년이 찾아간 곳은 봉서사(鳳棲寺). 금산사로 찾아가면 당장에 달려온 부모에게 붙잡혀 다시 집으로 붙들려올 것이 너무나 뻔했기 때문이었다.

그곳에서 며칠을 머물렀으나 그 절과는 인연이 없었던지 도암 소년은 다시 봉서사를 떠나 전주 종남산에 있는 송광사로 찾아갔다. 13세의 소년이 출가할 뜻을 밝히자 스님들은 다음과 같이 말하였다.

"이 절에는 훌륭한 스님들이 없으니 정히 출가하고 싶다면 논산에 있는 쌍계사(雙磎寺)로 가도록 하여라. 그곳에 가면 진암(眞巖) 스님이라는 훌륭한 스님이 계시니 그 스님을 은사로 모시고 출가하도록 하여라."

도암 소년은 그 말을 들은 즉시 진암 스님을 찾아 논산으로 출발하였다고 전해진다. 쌍계사는 충청남도 논산군 가야곡면 불명산에 있는 절. 전주에서 논산에 이르는 천리길을 마다 않고 짚신을 엮어 지게에 매달아 둘러메고 13세 소년 도암은 즉시 달려갔다고 전해지고 있다.

스승을 찾아 쌍계사로 간 도암 소년은 그곳에서도 진암 스님을 만나지 못하였다. 쌍계사에 이르자 스님들이 전하는 말. 진암 노스님은 얼마 전에 계룡산 동학사로 옮겨 가셨다는 말뿐.

또다시 도암 소년은 길을 떠나 계룡산으로 갔다고 전해지고 있다. 스승을 찾아 네 개의 절을 거치는 동안 어느덧 도암 소년은 14세의 청년이 되었으며 마침내 동학사에서 진암 스님을 만난 도암 소년은 그에게 받아들여져 그 해, 갑신년(甲申年)에 이르러 비로소 행자생활을 하게 되었다.

도암 소년은 동학사에서 6개월 동안 머리를 기른 동자(童子)로서 행자생활을 하였는데 그가 평생 스승이었던 경허를 만나게 된 것이 이곳 동학사에서 행자생활을 하고 있을 무렵이었다.

이 무렵, 절의 살림이 어려워 양식마저 떨어지게 되었는데 탁발하러 나가는 젊은 스님을 따라 함께 나선 도암 소년이 10여 일만에 엽전 여덟 냥을 손에 쥐고 돌아오자 진암 노스님은 도암의 손을 잡고 탄식하여 말하였다고 한다.

"이 못난 늙은 것이 남의 집 귀한 자제를 데려다가 머리를 깎고 중을 만들기도 전에 동냥부터 시켜 거렁뱅이를 만들고 있구

나. 나처럼 박복한 놈은 아마도 이 세상에 없을 것이다."

도암 소년의 손을 잡고 눈물짓던 노스님은 이 순간 때가 오면 도암 소년을 다른 곳에 보내겠다고 결심하였는데 그 기회가 찾아온 것은 그 해 시월 초순의 일이었다.

만추의 어느 날.

객승 하나가 동학사로 들어서면서 고함쳐 말하였다.

"객승 문안 드리오."

그 객승을 맞아들인 것이 14세의 도암 행자였는데 그는 이때의 느낌을 훗날 다음과 같이 표현하였다.

"우뚝 큰 키에 기골이 장대하였으며 고인(古人)의 풍모를 갖춘 데다가 뜻과 기운이 과감히 굳세게 보였으며 변재(辯才)를 갖추었고 위풍이 당당하였다. 그리고 무엇보다 안광이 빛나고 있었다."

우렁찬 목소리로 동학사를 찾아온 객승. 그는 36세의 청년승으로 3년 전 천장사에서 보임생활하던 중 활연대오하여 주장자를 꺾어 버린 후 호서 지방을 행각하고 있던 경허 화상이었다.

경허 화상을 맞이한 진암 노사는 마침내 도암 소년을 거둬줄 진정한 스승이 나타났음을 깨닫고 이렇게 말하였다고 전해지고 있다.

"내 밑에서 행자생활을 하고 있는 소년이 하나 있소이다. 내 눈으로 보기에는 '불 속에 피어난 연꽃[火中生蓮]'임에 틀림없을 것 같소이다. 나는 이미 늙고 병들어 비범한 기틀을 지닌 동량재(棟樑材)를 가르칠 만한 힘이 없으니 그 행자를 데려다가 제자로 맞아들여 부디 해탈케 하여 주시오."

간곡한 진암 노사의 청을 받은 경허는 쾌히 이를 승낙하고 도암 행자를 받아들였는데 처음에 도암은 울면서 진암 노사의 곁을 떠나지 않겠다고 떼를 썼다고 전해지고 있다.

그러나 마침내 경허의 제자가 된 도암 소년은 젊은 스님과 함께 천장사로 떠나게 되었으며, 경허는 바람처럼 구름처럼 그대로 절들을 떠돌아다니고 있을 뿐이었다.

도암 행자는 비로소 그 해 12월 8일, 천장사에서 경허의 형님이었던 태허 스님을 은사로, 경허 화상을 계사(戒師)로 하여 사미계(沙彌戒)를 받고 득도(得度)케 되었는데, 경허는 이 나이 어린 사미승에게 월면(月面)이란 법명을 내려주었다.

이로써 드디어 경허의 법제자로 세 명의 달(月輪)이 태어나게 되었음이다.

월면은 천장사에서 10년 동안 사미승으로 지냈다. 그는 경허 스님에게 맡겨지긴 하였으나 아무런 지도를 받지도 못하였고, 경허는 전국을 돌아다니느라고 이 제자를 본 척도 하지 아니하였다. 월면에게 새로운 계기가 생기게 된 것은 그의 나이 22세가 되던 계사년(癸巳年), 서력으로 1893년 11월 1일의 일이었다.

월면보다 나이가 서너 살 어려 보이는 소년 하나가 천장사에 와서 하룻밤을 머무르게 되었는데 그날 밤 그 소년이 월면에게 다음과 같이 물어 말하였다.

"모든 것은 하나로 돌아간다. 그런데 그 하나는 어디로 돌아가는가(萬法歸一 一歸何處)라는 말의 뜻을 아십니까."

소년의 질문을 받은 월면은 앞이 캄캄하였다. 그는 지금껏 천장사에서 10년 동안 나무하고, 밥하고, 빨래하는 허드렛일만 하였지 공부와는 담을 쌓고 지냈으며 선이 무엇인지, 정진이 무엇인지 배운 것도 들은 것도 없었던 것이다.

소년이 월면에게 말하였던 그 화두는 조주(趙州)의 유명한 선화에서 비롯되고 있음이다.

어느 날 학승 하나가 조주를 찾아와 다음과 같이 물었다.

"모든 것은 하나로 돌아갑니다. 그러면 그 하나는 어디로 돌아갑니까."

그러자 조주는 다음과 같이 대답하였다.

"내가 청주에 있을 때 한 벌의 마의(麻衣)를 만들었다. 그런데 그 옷의 무게가 자그마치 일곱 근이나 되었지."

여기에서 조주가 대답한 청주는 산동성(山東省)에 있는 조주의 고향이며 일곱 근은 4.2kg쯤 되는 무게로 옷 한 벌의 무게가 4kg이 넘는다면 이는 보통 무거운 옷이 아닌 것이다. 이 화두는 까다롭고 어려운 공안으로도 알려져 있는데, 이 공안은 또 다른 조주의 화두와 유사하다.

어떤 중이 조주에게 물었다.

"세상 사람들이 말하기를 스님께오서는 그 유명한 남전(南泉) 스님을 여러 해 동안 시봉하였다고 하는데, 그것이 사실입니까."

그러자 조주가 대답하였다.

"진주에서는 큰 무(蘿富)를 캘 수가 있지."

진주는 하북성(河北省) 정정(正定)의 땅을 가리키는 말로 예부터 큰 무가 나오는 명산지로 알려져 있다.

조주의 이 수수께끼 같은 말은 수산 성념(首山 省念)의 또 다른 공안을 떠올리게 하는데, 일찍이 어떤 사람이 수산에게 다음과 같이 물었다.

"어느 것이 옛 부처(古佛)의 마음입니까."

그러자 수산은 다음과 같이 대답하였다.

"진주에서는 큰 무가 나는데 그 무게가 자그마치 세 근이더라."

여기에서 분명히 알 수 있는 것은 청주에서 만든 4kg이 넘는 베옷이나 진주에서 나는 2kg이 넘는 무나 간에 그 어떤 말에도 걸리지 말고, 그 어떤 언구에도 얽매여서는 안 될 것이다. 그러한 대답은 교묘한 함정에 불과한 것이다.

어쨌든.

이 일이 있은 후로 월면에게 마침내 화두 하나가 생기게 되었다. 그는 모든 것이 하나로 돌아가는데 그러하면 이 하나는 어디로 돌아가는가(萬法歸一 一歸何處)라는 의단(疑團)에 사로잡히게 된 것이다.

그는 밤이나, 낮이나, 잠을 자나, 밥을 먹으나, 일을 하나 항상 머리속으로는 이 화두에 매달리고 있었다.

모든 것이 하나로 돌아간다. 저 나무도, 저 구름도, 저 산도, 저 물도 하나로 돌아간다. 태어남도, 죽음도, 애욕도, 번뇌도 하나로 돌아간다. 그러하면 그 하나는 어디로 가는가. 모든 것이 하나로 돌아간다. 저 꽃도, 저 계곡도, 저 바람도, 저 나비도, 저 벌도,

짐승도, 바다 속의 물고기도, 하찮은 미물의 벌레도 모두 하나로 돌아간다. 추위도, 더위도, 향기로운 냄새도, 악취도, 시고 매운 맛도, 눈에 보이는 모든 형상도, 귀에 들려 오는 그 모든 소리도 하나로 돌아간다. 하나로 돌아간다. 사랑도, 미움도, 증오도, 원한도, 싫어하고 좋아함도 하나로 돌아간다. 권세도, 영화도, 왕도, 신하도 모두 모두 하나로 돌아간다. 그러하면 이 하나는 어디로 돌아가는가.

여기에서 월면은 이 화두의 모순점을 깨닫게 되었다. 즉 모든 것이 하나로 돌아가는데 그 하나는 또 어디로 가는가 하는 이중의 의심이 이 화두를 집중시키는 데 걸림돌이 됨을 깨닫게 되었다. 그래서 그는 다음과 같이 이 화두를 고쳐 생각하기로 하였다.

'모든 법이 하나로 돌아가는데 그러하면 이 하나는 무엇인가.'

이중의 의심을 하나의 의심으로 전환시킨 월면의 발상은 탁월한 것이어서 그는 화두의 방향을 이처럼 단일화시킨 이후부터 무섭게 정진하기 시작하였다.

이때의 심정을 만공은 훗날 다음과 같이 표현하고 있다.

"화두의 종류는 1,700가지나 있는데 내가 처음으로 들던 화두는 '만법(萬法)이 귀일(歸一)하니 이 하나는 어디로 돌아가는고'였다. 나는 이 화두를 의심하다가 한 가지 방법을 깨닫게 되었다. 이 화두는 이중적 의심으로 뭉쳐져 있으므로 순일하게 사념이 집중되지 아니하였다. 그래서 나는 이렇게 생각하였다. '만법이 하나로 돌아갔다고 하니 이 하나는 과연 무엇인고'라고."

그리고 나서 만공은 참선을 하는 제자들에게 다음과 같이 일러 말하였다.

"이 하나는 무엇인고, 무엇인고, 하고 의심하여 가되 의심한다는 생각까지 끊어진 적적하고 성성한 무념처에 들어가면 비로소 진짜의 '나'를 볼 수 있느니라."

그러나 월면은 어른들을 층층이 시봉하느라 제대로 공부에 열중할 수가 없음이었다. 그래서 월면은 생각다 끝에 천장사를 떠나기로 결심하였다고 전해진다.

월면이 생각 끝에 떠나기로 한 곳은 온양에 있는 봉곡사(鳳谷寺)로 지금은 여승들의 절인 비구니절로 되어 있지만 당시만 해도 외지고 깊은 수도처였다.

월면은 봉곡사로 거처를 옮긴 후 그곳에서 노전(爐殿)을 보면서 그야말로 불철주야 무서운 정진에 들어갔다.

기록에 의하면 만공은 이 절에서 두 해의 겨울을 지냈다고 전해지고 있다. 마침내 을미년(乙未年), 서력으로 1895년 7월 25일의 한밤중, 동쪽 벽에 의지하고 서쪽 벽을 바라보면서 면벽 정진을 하던 중 만공은 이상한 경험을 하게 되었다. 이때의 경험을 먼 훗날 만공은 다음과 같이 피력하였음이다.

"나는 그때 서쪽 벽을 바라보면서도 화두에 침잠하고 있었다. 나중에는 화두를 들고 있다는 생각조차 없는 무념처에 이르게 되었는데 망상은 이미 옛 사당의 차디찬 향로와 같이 고요하게 되었으며 화두는 성성하게 되어 밝은 달이 허공에 또렷이 드러난 것같이 되었다. 그때였다. 갑자기 눈앞에 있던 서쪽 벽이 사라지고 텅빈 허공이 되었으며 그리고는 하나의 일원상(一圓相)이 나타나기 시작하였다."

마침내 월면은 모든 법이 돌아가는 하나의 원점을 발견한 것이었다. 그러나 그는 견성하여 부처를 이룬 것은 아니었고 삼라만상의 모든 법들을 하나의 둥그런 원 속에 집어넣은 것에 지나지 않았음을 먼 훗날 알게 되었는데, 어쨌든 월면은 그 일원상을 바라보면서 지금까지 계속해 오던 의심을 조금도 흐트러뜨리지 않고 그날 밤을 꼬박 새웠다고 한다.

마침내 새벽 예불시간이 되자 월면은 자리에서 일어나 도량송을 송주하기 시작하였는데 그날의 도량송은 흔히 《반야심경(般若心經)》이라고 일컬어지는 《마하반야바라밀다심경(摩訶般若波羅蜜多心經)》이었다고 한다. '관자재보살 행심반야바라밀다시 조견오온개공…'으로 시작되는 반야심경은 굳이 불자가 아닌 사람들도 잘 아는, 불경 중에서 가장 유명하고 핵심적인 주문이다. 부처가 제자인 사리자(舍利子)를 상대로 설법한 반야심경의 내용은 다음과 같이 시작된다.

'사리자여, 물질이 허공과 다르지 않아서 물질이 곧 허공이며 허공이 곧 물질이니라(色不異空 空不異色 色卽是空 空卽是色).'

불교의 사상을 한마디로 핵심화시킨 반야심경을 도량송으로 송주하고 나서 월면은 종송(鐘頌)을 하기 시작하였다.

종송이라 함은 도량송을 끝내고 난 후 처음에는 마루를 가볍게 세 번 치고 다시 종을 처음에는 아주 약하게 시작해서 점점 세게 치는 예불의 형식인데, 월면은 종을 치면서 다음과 같이 노래를 부르기 시작하였다.

　원컨대 이 종소리가 법계를 두루 퍼져나가
　철위산에 둘러싸인 깊고 어두운 무간지옥도 다 밝아지고
　지옥 아귀 축생의 고통을 여의고 도산지옥도 모두 부서져
　모든 중생이 올바로 깨닫게 되어지이다.
　願此鐘聲遍法界　鐵圍幽暗悉皆明
　三途離苦破刀山　一切衆生成正覺

그리고 나서 월면은 게송(偈頌)을 부르기 시작하였다.

　만일 사람이 삼세 일체의 부처님을 요달해 알고자 하려면
　마땅히 법계의 성품을 보라 일체가 오직 마음으로써 지은 것
이니라.
　若人欲了知　三世一切佛
　應觀法界性　一切唯心造

　세 번을 외기로 되어 있는 이 게송을 세 번씩 외어 나가는 순
간 갑자기 월면의 입이 '마땅히 법계의 성품을 보라 일체가 오직
마음으로써 지은 것이니라' 하는 '응관법계성 일체유심조' 구절
에서 멎어 섰다. 이 순간의 느낌을 먼 훗날 만공은 다음과 같이
표현하였다.
　"나는 순간 문득 그 구절을 외다가 법계성(法界性)을 깨달았

다. 만법이 돌아가는 그 하나의 실체인 진여(眞如)를 깨닫게 된 것이었다. 문득 화장찰해(華藏刹海)가 홀연히 열리고 가슴속으로 환희심이 솟아올랐다. 나는 새벽예불을 그치고 종을 때리던 막대기를 던져 버린 후 경내로 나가 기뻐서 홀로 덩실덩실 춤을 추었다. 달은 몹시 밝고 먼 곳에서 새벽을 알리는 닭이 울고 있었다. 나는 춤을 추면서 깨달음의 노래인 오도송을 노래하기 시작하였다."

만공이 노래한 오도송은 다음과 같다.

빈 산의 이치 기운 고금 밖인데
흰 구름 맑은 바람 스스로 오가누나
무슨 일로 달마가 서천을 건너왔는가
축시엔 닭이 울고 인시엔 해가 오르네.
空山理氣古今外　白雲淸風自去來
何事達磨越西天　鷄鳴丑時寅日出

그러나 월면은 분명히 견성을 하였지만 활연대오한 것은 아니었다. 선가에서 흔히 내려오는 '크게 의심하면 크게 깨치고 작게 의심하면 작게 깨친다'는 말처럼 월면은 의심하였으되 작게 의심하였고, 깨치기는 깨쳤으되 작게 깨쳤으며, 그래서 아직도 미혹이 완전히 가서 버린 것은 아니었다.

그러나 그날 이후로 월면은 더 이상 허드렛일을 맡아 하지는 않았다. 그는 봉곡사에 머무르고 있는 스님들을 붙들고 다음과 같이 말하였다고 전해진다.

"내게 희유(稀有)한 일이 일어났었소. 나는 일원상을 보았소. 만법이 돌아가는 그 하나의 하나를 내 눈으로 똑똑히 보았소. 그러하니 나와 함께 공부함이 어떻겠소."

그러자 대중들은 월면의 경지를 알지 못하고 모두들 비웃어 말하였다.

"어제 저녁까지 멀쩡하던 사람이 하룻밤 사이에 미쳐 버렸구나."

그들은 월면을 미친 사람으로 취급하고 도외시하였다. 월면은 더 이상 봉곡사에 머무르고 있을 수 없게 되었다. 할 수 없이 월면은 걸망을 챙겨 지고 봉곡사를 떠났다. 기록에 의하면 월면은 지리산 청학동을 향해 떠났다고 하는데 이는 깊은 산에 들어가 스스로 움막을 하나 짓고 보임생활에 들어가려고 결심했기 때문이었을 것이다. 그러나 장성땅에 이르러 한 노인에게 청학동 가는 길을 물었더니 노인은 만류하면서 이렇게 말하였다.

"아니, 이 난리통에 스님께서 승복을 입고 도대체 어디로 간단 말이시오."

노인의 말은 사실이었다.

지난해부터 이른바 동학란이라 불리는 혁명이 일어나 전라도 일대의 땅이 모두 전란에 휩쓸려 있었기 때문이었다. 일년여 이상 큰 세력을 떨치던 동학군은 지난 봄 3월에 접주(接主)이자 동학당의 영수인 전봉준이 체포되어 사형당하자 초토화되기는 하였지만 아직도 잔당들이 곳곳에서 민란을 일으키고 있었고, 특히 깊은 지리산 속에 숨어 세력을 떨치고 있었기 때문이었다.

노인은 월면을 만류하면서 말하였다.

"지리산으로 들어가는 길목에 기산림(奇山林)이라는 사람이 있어 유학자(儒學者)들을 동원하여 사방에 진을 치고 지나가는 중들을 모조리 붙잡아다가 진중(陣中)에서 밥짓는 일을 시키니 그런 위험한 곳에는 가지 않는 것이 좋을 듯합니다, 스님."

때는 조선조 말.

불교를 국법으로 금하고 중을 천민으로 취급하던 난세중의 난세 때 일이었다.

할 수 없이 지리산으로 가던 발길을 돌려 본사인 천장사로 돌아가려던 월면은 귀로에 잠시 공주 마곡사에 들러 쉬어가려 하였다. 그때 마곡사에는 보경(普鏡)이라는 노스님 한 분이 있었는데, 그는 떠나려는 월면을 붙들고 다음과 같이 말하였다.

"내가 토굴 하나를 뚫었으니 그곳에서 공부토록 하시오."

월면은 그 토굴에서 두 해를 보냈다고 전해지고 있다. 스스로 밭을 갈아 씨를 뿌려 먹고, 자급자족하면서 2년 동안이나 아무도 만나지 않고 그 누구와도 이야기하지 않으며 보임생활을 하였는데 월면은 마침내 2년을 보낸 병신년(丙申年) 7월 15일에 스승인 경허를 그곳에서 만나게 된다. 그때 월면의 나이는 26세였고 스승 경허와는 실로 5년 만의 상봉이었다.

오랜만에 만난 스승 경허의 모습은 가관이었다. 그는 머리를 기르고 수염까지 가슴에 내려오도록 기르고 있었는데 이는 지난해 내린 단발령에 대한 저항 때문이었다. 지난해 11월 무렵 국왕인 고종황제는 스스로 먼저 머리를 깎고 온 나라에 단발령을 선포하여 상투를 풀어내리고 머리를 깎도록 포고령을 내렸는데 이를 들은 경허는 다음과 같이 말하였다.

"중은 세속의 사람들과 머리를 달리 하여야 한다. 중이 머리를 삭발하는 것은 세속의 사람들이 머리를 기르기 때문이다. 이제 나라에서 명을 내려 사람들의 머리를 깎으려 하므로 중인 나는 어쩔 수 없이 머리를 기를 수밖에 없지 않은가."

경허의 특징으로 되어 있는 유발과 긴 수염의 전형적인 모습은 이 무렵 형성되기 시작한 것이었다.

월면은 오랜만에 만난 스승 앞에 세 번 큰절을 올리고 그간 자신이 공부했던 것을 모두 고백하였다. 선가에서는 스스로 활연대오하였다고 말해도 눈이 밝은 선지식으로부터 그 깨달음의 경지를 인가받지 않으면 아무도 그 사람의 깨달음을 인정해 주지 않는 불문율이 있었다. 월면은 오랜만에 만난 스승 경허에게 자신이 깨달은 경지를 인정받기 위해 이른바 선불장(選佛場)에 나선 것이었다.

경허는 묵묵히 부채를 부치면서 월면의 이야기를 듣고 있었다. 때는 7월 보름이라 더위가 한창으로, 경허는 더위를 쫓기 위해 부채를 부치면서 듣다가 혼잣말로 탄식하여 말하였다.

"과연 불 속에서 연꽃 하나가 피어났도다. 화중생련(火中生蓮)이로다."

그리고 나서 경허와 월면 사이에는 과연 제자가 견성하였는가를 시험해 보는 무섭고도 준엄한 선문답이 시작되었다.

깨달음의 경지는 깨달은 사람만이 알 수 있다. 꽃은 그 꽃을 본 사람만이 알 수 있다. 꽃을 보는 것과 꽃을 설명하는 것은 전혀 다르다. 꽃을 설명으로 보여주거나 보려 하면, 설명하면 할수록 꽃의 실체와는 멀어지는 것이다. 마찬가지로 견성한 사람만이 실제의 성품을 보아 견성한 사람의 경지를 알아낼 수 있음이다. 성품을 알음알이, 즉 머리 속의 논리로 이해한 경지를 해오(解悟)라고 하는데 이는 인간의 마음을 이해한 것이지 깨달은 것은 아니다.

깨달음과 이해함에는 천양의 차이가 있다. 그래서 깨달음은 눈 밝은 선지식의 인가가 있을 때만 비로소 성립되는 것이다.

스승 경허는 자신이 입고 있는 토시를 가리키면서 제자 월면에게 물었다.

"이것이 무엇이냐."

날이 무더운 복중이라 경허는 옷 속에 등(藤)나무로 만든 정교한 등토시를 입고 있었다. 땀이 배지 않고 옷 속으로 바람이 잘 통하여 통풍이 잘 되라고 입는 피서용 기구인데 흔히 등나무나 말총을 이용해 만들었다.

월면은 스승 경허가 옷 속에 입은 토시를 가리키면서 묻자 즉시 대답하였다.

"등토시입니다."

"그러면 이것은 무엇이냐."

경허는 이번엔 더위를 물리치기 위해 손에 들고 연방 부치고 있던 부채를 가리키면서 물었다.

"부채입니다."

월면이 대답하자 경허는 곧바로 물어 말하였다.

"여기 등토시 하나와 미선(尾扇) 하나가 있는데 토시를 부채라고 하는 것이 옳으냐, 부채를 토시라고 하는 것이 옳으냐."

경허의 첫 번째 질문은 월면의 깨달음을 시험해 보는 날카로운 비수와 같은 공격이었다. 등토시는 등토시고, 부채는 부채다. 그런데 경허의 질문은 무엇을 의미함인가.

물론 부채를 부채라고 부르는 것은 하나의 작명에서 비롯된 습관에 지나지 않는다. 애초에 부채를 부채라고 이름짓지 아니하고 토시라고 이름을 지었다면 사람들은 부채를 토시라고 불렀을 것이다. 부채를 우리가 부채로 생각하는 것은 고정관념이니 사물이 가진 이름을 우리가 버릴 수 있다면 부채는 부채가 아니라 토시라 불러도 좋고, 사과라 불러도 좋고, 산이라 불러도 좋으며, 물이라 불러도 좋을 것이다.

우리가 등토시를 토시라 이름짓지 아니하고 부채라 이름지었다면 경허는 부채를 입고 있는 것이며, 우리가 부채를 부채라 이름짓지 아니하고 토시라 이름지었다면 경허는 토시를 부쳐서 바람을 일으키고 있는 것이다.

우리가 사과를 사과라 이름짓지 아니하고 돌〔石〕이라 이름지었다면 우리는 돌을 먹는 것이며, '먹는다'는 표현을 '마신다'고 표현하였다면 '사과를 먹는다'는 표현은 이렇게 수정되어 할 것이다. '돌을 마신다.'

'사과를 먹는다'와 '돌을 마신다'는 그러므로 다른 표현이 아니다.

선가에서 내려오는 다음과 같은 유명한 선화 하나가 있다.

어느 날 선승 하나가 산과 물을 보고 다음과 같이 말하였다.

"산은 산이요, 물은 물이다."

그는 깊이 참선한 후 이렇게 말하였다.

"산은 산이 아니고, 물은 물이 아니다."

그는 마침내 깊게 깨닫고 나서 이렇게 말하였다.

"산은 산이요, 물은 물이다."

그러나 깊이 깨닫기 전의 산과 깨닫고 난 뒤의 산은 같은 산이라도 다르다. 산과 물은 그대로 있는데 그것을 보는 그의 마음이 달라진 것뿐이다. 그가 처음에 본 산은 산이라고 불리는 산을 본 것이다. 그러나 깨닫고 난 후에 본 산은 다만 산인 것뿐이다.

경허의 질문은 그런 날카로운 척살(刺殺)의 살기를 뿜고 있었다.

월면은 스승 경허의 질문에 다음과 같이 대답하였다고 전해진다.

"토시를 부채라 하여도 옳고, 부채를 토시라 하여도 옳습니다."

월면의 이 대답 한소리에 스승 경허는 월면이 활연대오하지 못하였음을 알았다. 깨닫기는 하였지만 작게 깨우쳐 아직은 미혹이 많음을 순간 간파하였다.

그는 반신(半身)의 부처만 이룬 것이었다.

옳고 그름이 어디 있겠는가. 부채는 부채고 토시는 토시다. 부

288

채를 토시로 불러도 좋다는 그런 말은 한갓 말장난에 지나지 않는다. 그런 관념과 지식의 놀음은 정작 부채와는 아무런 상관이 없다.

월면은 이렇게 했어야 옳았다.

그렇게 물은 경허의 입을 향해 한주먹 내질러 버리든지, 아니면 그대로 방을 나가 버렸어야 했을 것이다.

그렇지 않으면 부채를 꺾어 버리든지, 아니면 그저 말없이 부채를 들어 바람을 일으키며 부쳐 보였어야 옳았을 것이다. 그것도 아니면 스승 경허의 멱살을 잡고 이렇게 흔들어 대면서 고함을 질렀어야 옳았을 것이다.

'이 놈의 늙은이 말해 봐. 다시 한번 말을 해봐. 말을 해보라구.'

노자(老子)는 자신이 지은 불후의 명작 《도덕경(道德經)》에서 다음과 같이 유명한 말을 하였다.

'아는 자는 말하지 않고 말하는 자는 알지 못한다(知者不言 言者不知).'

자기의 재능을 감추고 세속에 숨어 살거나, 보살이 중생을 제도하기 위해 속인들과 어울려 살고 있음을 나타내는 '화광동진(和光同塵)'이라는 말을 탄생시킨 《도덕경》의 출전(出典)은 이렇게 계속된다.

'아는 자는 말하지 않고 말하는 자는 알지 못한다. 입의 문을 닫고, 예리함을 꺾고, 어지럽게 얽힘을 풀며, 그 빛을 부드럽게 하여 그 먼지와 함께한다. 이것을 현동(玄同)이라 한다. 그러므로 사물과 너무 가까이 친근해서도 안 되며, 너무 떨어져 멀어서도 안 되며, 이롭게 해서도 안되며, 해롭게 해서도 안 되며, 귀하게 해서도 안되며, 천하게 해서도 안 된다. 그리하여 천하의 귀한 존재가 된다(故不可得而親 不可得而疏 不可得而利 不可得而害 不可得而貴 不可得而賤 故爲天下貴).'

경허는 월면이 초견성(初見性)한 것에 지나지 않음을 월면의 대답 한소리에 간파하였으며, 월면이 아직도 알음알이에서 벗어나지 못하고 있음을 깨달았다. 월면은 경허의 함정에 빠져든 것이었다. 토시를 부채라 불러도 옳고, 부채를 토시라 불러도 옳은 경지까지만 깨달은 제자의 견성 깊이를 그는 순간 가늠해 낸 것이었다.

선가에서 흔히 장안에 이른다 함은 깨달아 도를 이루고 부처를 이룬다는 말을 비유함인데 장안에 이른 사람만이 장안을 본 것이다. 장안에 이르지 못한 사람에게 장안을 설명해 주어도 실제의 장안과는 점점 어긋나 버릴 뿐인 것이다. 장안을 보기 위해서는 장안에 가야 한다.

경허는 장안에 이르지 못한 월면의 깨달음의 경지를 꿰뚫어 본 순간, 월면을 골탕먹이기로 작심한다.

반만 부처를 이뤄 등신(等神)의 부처를 이루고도 깨달은 것처

럼 의기양양해 있는 제자에게는 그 미망에서 벗어날 충격요법이
필요한 것이었다.

경허는 다시 제자 월면에게 정색하고 물어 말하였다.

경허가 쓴 충격요법은 선가에서 흔히 스승이 제자에게 쓰는
방법 중 하나인데, 이를테면 주제(主題)와는 전혀 상관없는 허튼
소리(虛言)와 같은 의미를 지니고 있음이다. 자칫 그 말에 무슨
깊은 뜻이 담겨 있는가 그 연구에 매달리면 매달릴수록 제자는
점점 수렁에 빠져 헤어나올 수가 없게 되는 것이다.

경허는 월면에게 찔러 물었다.

"그대가 다비문(茶毘文)을 보았는가."

"보았습니다."

다비문이라 하면 사람이 죽어 장례를 치를 때 송주하는 제문
(祭文)이었다. 사람이 죽으면 우선 이 세상이 무상함을 알리는
무상계(無常戒)를 외기 시작해 죽은 이를 목욕시키고, 손과 발을
씻기고, 염의를 입히고 관에 넣은 후 노제(路祭)를 올리고, 불을
지펴 화장을 하고, 나중에는 불에 탄 뼈를 줍는 습골(拾骨)과 그
뼈를 부수는 쇄골(碎骨), 그리고 그 뼈를 버리는 산골(散骨)의 제
식에 이르기까지 20여 종류의 제문을 그때그때 외는 것은 중요
한 불교의식으로, 이를 통틀어 다비문이라 부르고 있는 것이었
다. 명색이 중으로서 다비문을 못 읽었을 리가 없고 다비문을 못
외고 있을 리가 없는 것이다.

그러자 경허는 이렇게 말하였다.

"그러하면 시신을 입관시킬 때 하는 다비문을 한번 외어 보아

라."

시신을 관에 집어넣는 의식을 불가에서는 '입감(入龕)'이라고 하는데 이는 다비의식에서도 가장 중요하고 핵심적인 절차였던 것이다. 느닷없는 스승의 명에 월면은 다비문을 외기 시작하였다.

"대중차도 고불야 이마거 금불야 이마거…."

경허는 월면이 외는 다비문을 눈을 감고 끝까지 귀를 기울여 듣고 있었다.

마침내 다비문을 다 외자 경허는 감았던 눈을 크게 뜨고 말하였다.

"그 마지막 부분의 두 문장만 다시 외어 보아라."

다비문은 이렇게 끝을 맺는다.

"유안석인제하루(有眼石人齊下淚) 무언동자암차허(無言童子暗嗟噓)."

월면이 스승의 명을 받아 마지막 두 문장을 다시 외었다.

그러자 경허가 큰소리로 말하였다.

"유안석인제하루(有眼石人齊下淚)라 하였으니 이 말의 뜻은 무엇인고."

"그것은 눈 달린 돌사람이 눈물을 흘린다는 뜻입니다."

그러자 경허는 다시 물었다.

"그러면 무언동자암차허(無言童子暗嗟噓)의 뜻은 무엇인가."

"그것은 말없는 벙어리 동자가 입으로 거짓말을 토해 낸다는 뜻입니다."

"그것말고 또!"

순간 경허는 귀청이 찢어질 것 같은 소리를 내지르면서 물었다. 대청마루가 그 큰소리에 다 허물어지고 온 산을 번쩍 한번 들었다 놓는 것 같은 벼락소리였다.

"……."

월면은 더 이상 대답을 할 수 없음이었다.

그렇다.

어찌 입을 달싹거릴 수 있단 말인가. 관 속에 시신을 입감시키는 행위와 돌사람이 눈물을 흘리고 벙어리 동자가 거짓말을 토해 낸다는 제문과 무슨 상관이 있단 말인가.

"…그 뜻을 모르겠습니다."

마침내 월면이 항복의 백기를 들고 겸손을 보이자 경허는 소리높여 말하였다.

"아직 '유안석인제하루'의 뜻도 모르면서 어찌 토시를 부채라 하고 부채를 토시라 하는 도리를 알겠느냐. '만법귀일 일귀하처(萬法歸一 一歸何處)'라는 화두는 더 이상 진보가 없으니 새로운 화두를 하나 주겠다."

제자는 공부할 화두를 스승으로부터 전해 받는 것이 보통이다. 월면은 그 화두를 스승 경허로부터 결택(決擇)받지 않고 우연히 절에 들른 초립동으로부터 귀동냥으로 얻어들어 이를 스스로 공안으로 삼고 참선하였던 것이다.

스승 경허가 만공에게 준 새로운 화두는 바로 조주 스님의 '무자(無字)' 화두였다고 전해지고 있다.

조주의 이 '무자' 화두는 화두 중의 화두요, 공안 중의 골수로 손꼽히고 있다. 일찍이 어떤 중이 조주에게 개[狗子]에게도 불성(佛性)이 있습니까, 없습니까 하고 묻자 조주 스님이 '없다[無]'고 대답한 것에서부터 비롯된 아주 단순한 대답 한소리 '무'를 이름한 '무자' 화두를 통해 수많은 부처가 태어났으며 그 누구라도 부처를 이루기 위해서는 이 '무'의 관문을 반드시 통과하여야 하므로 이 '무자' 화두를 또 다른 말로 '무문관(無門關)'이라고까지 부르고 있는 것이다.

제자 월면에게 조주의 '무자' 화두를 새로이 점지해 주고 나서 경허는 다음과 같이 말하였다고 전한다.

"무문관을 통하여 다시 깨닫도록(再悟) 하여라. 반드시 원돈문(圓頓門)을 짓지 말고 경절문(徑截門)을 다시 지어 보도록 하여라."

어쨌든.

깨달음의 경지를 인정받으려던 월면은 스승 경허로부터 오히려 혼이 났으며 그 후부터 '무자' 화두에 매달리기 시작하였다.

그러자 혼자서 머무르고 있는 태화산(泰華山)의 마곡사(麻谷寺)에서는 더 이상 진보가 없음을 깨닫게 되었다. 마곡사는 선덕여왕 9년(640)에 자장 율사가 당나라에서 귀국하여 국내에 7대 사찰을 지을 때 창건되었다고 전해지는 유서 깊은 절이었고, 후에 보철(寶徹) 화상이란 사람이 이곳에 머무르고 있을 때 그에게서 율법을 배우려는 사람들이 골짜기를 빽빽하게 메웠는데 그 모습이 삼대(麻)와 같다 해서 마곡사라고 이름을 지었다고 전해지고 있던 사찰이었다.

최근에는 백범 김구가 명성황후를 시해한 일본 군인을 살해하여 체포된 뒤 감옥에 갇혔다 탈옥하여 잠시 이 절에 들어와 머리를 깎고 중노릇을 하면서 은신하였던 절이었는데, 월면은 더 이상 공부에 진전이 없자 과감히 2년 동안 머무르고 있던 태화산을 떠나기로 결심한다.

그 당시 경허는 서산에 있는 도비산(島飛山)의 부석사(浮石寺)란 절에서 주석하고 있었다. 그는 혼자서 공부하지 않고 스승의 곁에서 법을 묻고 배우면서 공부해 나가리라 결심한 것이었다.

5년 만에 또다시 스승 경허의 문하에서 정진을 하기 시작한 월면은 그제야 마음이 놓였으며, 훗날 다음과 같이 말하였다고 한다.

"나는 날마다 경허 화상에게 법을 물어 가르침을 받았으며 현현한 묘리를 탁마(琢磨)해 나갈 수 있었다."

월면이 스승 경허의 당부대로 조주 스님의 '무자' 화두를 통하여 재오하게 된 것은 그 이듬해 여름 경남 동래 범어사(梵魚寺)로부터 스승 경허가 하안거를 지도해 줄 선지식으로 초청을 받은 데서 비롯되었다.

범어사는 금정산(金井山)에 위치한 신라의 화엄십찰 중 하나로서《삼국유사》에 이미 그 이름이 보이고 있을 정도로 명찰 중의 하나이며 왜구를 진압하는 비보사찰(裨補寺利)로서도 유명하다.

그보다 범어사는 신라 때부터 의상의 화엄사상의 전통을 이어

받은 구산선문(九山禪門)의 본산(本山)으로 흔히 '선찰대본산(禪刹大本山)'으로 불리고 있다.

이곳 '사적기(事蹟記)'에는 경허의 행적이 비교적 상세히 실려 전해 내려오고 있는데 이는 경허가 이곳 선원과 깊은 인연을 맺고 있기 때문인 것이다.

이곳에는 계명암선원(鷄鳴庵禪院)이 있어 한여름이나 한겨울 전국에서 몰려든 납자들이 참선에 정진하곤 하였는데 한여름 이를 지도해 줄 큰스님으로 경허가 초청받게 된 것이었다.

이때 월면은 침운(枕雲)이란 제자와 함께 경허 스님을 모시고 범어사까지 갔다고 전해지고 있다.

범어사로 가는 도중에 일어났던 일화는 경허의 장난기를 엿볼 수 있는 유명한 행장 중의 하나이다.

스승 경허와 월면·침운 두 제자는 부산까지 먼 길을 가야 했으므로 하루 이틀 사흘이 지나자 다리는 아프고 날은 저물고 하여 한 발짝도 옮겨 걷기가 싫증이 날 정도로 지쳐 버렸다. 그러자 느닷없이 경허가 말하였다.

"내가 빨리 걷는 축지법을 가르쳐주겠네."

축지법이라 함은 도술에 의해 지맥(地脈)을 마음대로 줄여 먼 거리를 가깝게 걷는 비술을 말함인데 지친 제자들은 경허가 난데없이 먼 길을 빨리 걷는 축지법을 가르쳐 준다고 하자 반겨 말하였다.

"스님, 제발 그 도술을 가르쳐 주십시오."

그때였다.

먼길을 걸어가는 세 사람의 앞으로 마을 처녀가 마침 우물에서 물을 길은 물동이를 머리에 이고 걸어가고 있었다. 갑자기 경허는 달려가서 물동이를 인 처녀의 양 귀를 잡고 소리가 나도록 입을 맞추었다. 처녀는 너무나 놀라 에구머니나— 비명을 지르면서 물동이를 떨구었고 때문에 깨진 동이에서 쏟아져 내린 물이 경허의 몸을 흠씬 적셨다.

처녀의 비명을 정자나무 밑 그늘에서 앉아 쉬고 있던 마을 사람들이 마침 듣게 되었으며 그들은 길을 가던 세 사람의 중들이 벌인 해괴한 짓거리를 낱낱이 보게 되었다.

순간 마을 사람들은 들고 있던 농기구들을 세워들고 쫓아오기 시작하였다.

"저 중놈들 잡아라."

자기네 마을의 처녀를 희롱한 중들을 잡기 위해 동리 청년들은 필사적이었고 난데없이 축지법을 가르쳐 준다고 하여 이를 지켜보던 월면과 침운 두 제자는 사태가 이 정도까지 이르게 되자 다리야 날 살려라 하고 함께 도망치기 시작하였다.

한참을 뛰어 마침내 쫓아오는 사람도 없고 마을도 보이지 않게 되자 경허는 어느 나무 밑동에 털썩 주저앉으며 다음과 같이 웃으면서 말하였다.

"어떠한가, 내가 가르쳐 준 축지법이. 그토록 먼 길을 단숨에 달려오지 않았나."

경허의 농세(弄世)는 그것에만 그치지 않았다. 범어사까지 가는 먼 길 도중에 일행은 갑자기 비를 만나 일시 비를 피하기 위해 바위굴에 의지하게 되었다. 마침 비를 피할 만한 큰 바위굴을 만나게 되었던 것이었다. 비를 피한 세 사람이 비가 멎을 때까지 바위굴에 서서 망연히 비를 바라보고 있는데 갑자기 경허가 근심스런 얼굴로 바위굴의 천장을 자꾸만 올려다보고 있었다.

"스님께오서는 어째서 자꾸만 바위굴의 천장을 올려다보십니까."

월면이 의아해서 물어 말하자 경허는 연방 거듭해서 바위굴의 천장을 올려다보면서 답하였다.

"걱정이 되어서 그러네."

"뭐가 그렇게 걱정이 되십니까."

다른 제자 침운이 묻자 경허는 말하였다.

"쏟아지는 비로 이 바위가 내려앉아 우리 세 사람이 바위에 깔려 죽어 버릴까 염려가 되어서 그러네."

월면은 어이가 없었다. 이처럼 크고, 이처럼 무거운 바위가 저와 같은 작은 비로 갑자기 무너지다니. 무너질 것을 염려하여 몇 번이나 거듭거듭 바위굴의 천장을 올려다보는 경허에게 월면이 말하였다.

"스님, 이처럼 큰 바위가 비로 내려앉다니요."

그러자 경허는 말하였다.

"이 사람아, 가장 안전한 곳이 가장 위험한 곳이란 말일세."

이 말 한마디, '가장 안전한 곳이 가장 위험한 곳'이라는 무심한 말 한마디가 제자 월면이 평생을 간직하는 촌철살인의 법어가 되었음이다.

또한 세 사람은 범어사까지 가는 동안 여행길에서 그만 여비가 떨어져 버렸다고 전해지고 있다. 날이 저물에 하는 수 없이 어느 여관에서 하룻밤을 머무르게 되었는데 그 다음날 아침, 주인이 하룻밤 숙박비와 식대를 내라고 하였다. 그러자 경허가 다음과 같이 둘러댔다.

"우리는 법당을 중수하려고 화주(化主)를 나왔는데 주인께서도 시주를 하시지요."

그러면서 경허는 난데없이 목탁을 두드리면서 독경을 하기 시작하였다. 여관집 주인은 다행히 불교 신자였는데 경허가 목탁을 두드리자 진짜 화주승인지, 아니면 떠돌이 돌중인지 확인해 보기 위해 다음과 같이 말하였다고 한다.

"그러하면 화주책을 어디 한번 봅시다."

화주승들은 가가호호 방문하면서 시물(施物)들을 받거나 시주를 해준 사람들의 이름을 화주책에 일일이 적어 두는 풍습이 있었다.

옆에서 보고 있던 월면은 갑자기 사색이 되었다. 보아하니 스승 경허는 한문도 없는 모양이고, 그런데 화주승이라 거짓말을 하고 난데없이 목탁을 두드리며 독경을 하는 판이니, 자칫하면 봉변을 당할 판이라 월면은 생각다 못해 임기응변으로 둘러치기로 결심하였다.

"실은 이 주인댁에 우리가 화주를 하려고 왔으나 지난밤 너무 극진히 대접해 주셔서 고맙기가 이를 데 없었습니다. 그러니 이 집에서는 이번 시주만큼은 그만두셔도 괜찮습니다."

그럼에도 불구하고 여관집 주인이 믿으려 하지 않자 월면은 걸망 속에 손을 집어넣고 있지도 않은 화주책을 꺼낼 태세를 취하면서 말하였다.

"그러나 또다시 시주까지 해주신다면 고맙게 받겠습니다. 나무아미타불 관세음보살."

그러자 여관집 주인은 여관비를 받으려다가 자칫하다가는 오히려 법당을 중수하는 더 큰 시줏돈을 뜯길 것 같게 느껴졌는지 손을 내저으면서 만류하였다.

"스님들, 그렇다면 제가 시주를 특별히 할 수는 없고 어젯밤 주무신 숙박비는 받지 않을 테니 그만 그대로 가시지요."

무사히 여관을 빠져나왔는데도 경허는 계속 목탁을 두드리면서 독경을 하고 있었다. 보다못해 월면이 다음과 같이 말하였다.

"이제 그만하시지요, 스님. 호랑이 아가리에서 빠져 나왔으니."

그러자 경허는 웃으면서 다음과 같이 말하였다고 전해지고 있다.

"이 사람아, 내가 독경을 하는 것은 자네의 그 거짓말 때문일세. 명색이 중노릇 하면서 거짓말을 하였으니 죽어 지옥에 갈 자네가 불쌍해 미리 염불을 해주는 것이니 그리 아시게."

스승 경허의 능청에 두 제자는 배꼽을 잡고 웃었다던가, 어쨌다던가.

마침내 범어사에 이른 세 사람은 계명암 선원에서 하안거를 지내게 되었다고 전해지고 있다. 하안거라 함은 우안거(雨安居)

라 하여 여름 장마철의 90일 간을 한곳에 머무르면서 수행하는 것을 말함인데 월면과 침운은 선원에서 하행(夏行)에 정진하기 시작하였고, 경허는 전국에서 모여든 납자들을 지도하기 위해 주석하기 시작하였다. 그러나 명색이 하안거를 지도하는 큰스님이었으면서도 경허는 조실인 금강암(金剛庵)에만 머무르고 있지 않았다.

당시 범어사에는 경산(擎山)이라는 스님이 머무르고 있었는데, 이 사람은 기골이 장대하고 걸승(乞僧)으로 소문난 사람이었다고 한다. 두주불사의 호주인 그는 경허 스님이 평소에 곡차를 많이 드신다고 하니 도대체 얼마나 드시는가 한번 시험해 볼 요량으로 해운대의 바닷가나 돌아보고 오자고 경허를 유혹하였다. 무엇에나 걸림이 없는 경허가 단번에 이를 승낙하고 두 사람은 남의 눈을 피해 절을 빠져 나가 바다를 둘러보고 돌아오는데, 경산은 귀로에서 계획적으로 주점이 있는 곳마다 지나치지 않고 들어가 경허에게 대접하였다고 한다. 경산의 의도를 알아챈 경허는 들르는 주점마다 동이째 술을 가져오라고 한 다음 단숨에 이를 벌컥벌컥 들이켜고 그 대신 경산에게는 술잔으로 한 잔씩만 마시게 하였다. 그럼에도 불구하고 절이 있는 어귀에도 못미처 경산은 만취하여 인사불성이 되었으며 골탕을 먹이려던 경허는 오히려 말짱한 정신으로 그 큰 체구의 경산을 빈 바구니 쳐들듯 한 손으로 치켜들고 단숨에 금강암에까지 올려다 재워놓았다 해서 이 일화는 범어사에서 오늘날까지 화제로 남아 전해지고 있음이다.

한여름을 스승 경허와 함께 범어사에서 지낸 월면은 하안거를 마치고 해제(解制)하자 스승과 헤어져 양산에 있는 통도사로 떠났다고 한다.

　통도사는 영취산(靈鷲山)에 있는 명찰로 이름을 통도사라 하였던 것은 그 산이 옛날 부처님이 설법하시던 산의 모습과 통하므로 그렇게 이름을 정하였다 전해지고 있는데, 통도사는 646년 신라의 선덕여왕대에 자장 율사(慈藏律師)가 창건한 고찰이다.

　《삼국유사》에는 다음과 같이 자장 율사와 통도사에 관한 기록이 나오고 있다.

　'선덕여왕시 정관(貞觀) 17년(643)에는 자장 율사가 당나라로부터 부처의 두개골〔佛頭骨〕, 부처의 이빨〔佛牙〕, 불사리 100개와 부처님이 살아 생전 입었던 붉은 깁에 금점(金點)이 있는 가사(袈裟)를 가져왔다⋯.'

　자장 율사에 관한 《삼국유사》의 기록은 다음과 같이 이어지고 있다.

　'⋯그중 사리는 세 부분으로 나누어 한 부분은 황룡사 탑에 두고, 한 부분은 태화사(太和寺) 탑에 두고, 또 한 부분은 가사와 함께 통도사의 계단(戒壇)에 두었다. 그 나머지는 어느 곳에 두었는지 알 수 없다⋯.'

《삼국유사》에 나와 있는 기록처럼 부처님의 진신사리(眞身舍利)인 불신을 모신 금강계단(金剛戒壇)이 오늘날에도 불교 최대의 성지로 통도사에 고스란히 남아 전하고 있다.

이 계단 뒤쪽 대웅전의 주련(柱聯)에는 자장 율사가 직접 지은 불탑게(佛塔偈)가 걸려 있는데 그 내용은 다음과 같다.

만대의 전륜왕 삼계의 주인
쌍림에서 열반하신 지가 몇천추던가
진신사리 오히려 지금도 남아 전하니
널리 중생의 예배 쉬지 않게 하리.
萬代輪王三界主　雙林示寂幾千秋
眞身舍利今猶在　會使群生禮不休

이처럼 통도사는 부처님의 진신(眞身)을 모신 사찰로 유명하여 '불보사찰(佛寶寺刹)'이라 불리는데, 범어사에서 하안거를 끝낸 월면은 일찍이 자장 율사가 노래하였듯 부처에게 예배하기 위해 통도사에 들르게 되었던 것이다.

통도사에는 산내 암자가 13개 있는데 그중 통도사에서 가장 먼 암자가 백운암이다. 통도사에서 약 6km 떨어져 가장 외딴 암자인 백운암은 영취산의 가장 높은, 흰구름이 떠도는 곳에 있다 하여 백운암이라 하였는데 암자 밑에는 금수(金水)라는 약수가 있다. 돌 사이에서 흘러나오는 석간수로 그 맛이 일품인데 여름 공부를 마친 월면은 금강계단에 이르러 부처에게 예배드린 후 곧바로 가장 외진 암자인 백운암으로 떠났다고 한다.

백운암에 이르러 금수를 한잔 마신 월면은 또다시 늦장마(長霖)를 만나 보름 동안이나 꼼짝없이 이 암자에 머무르게 되었는데 그 동안 월면은 마침내 조주의 '무자' 화두를 타파하여 활연대오하게 되었다고 전해지고 있다.

때는 새벽.

산 아래 통도사에서 새벽예불을 알리는 종소리가 들려오기 시작하였는데 문을 걸어잠그고 참선 삼매에 빠져 있던 월면은 그 삼라만상을 일깨우는 새벽 종소리를 듣는 순간 홀연히 깨우치게 되었으니 이제는 단 한줌의 미혹도 없고 백천삼매(百千三昧)와 무량묘의(無量妙義)를 하나도 걸림이 없이 통달하여 마침내 도를 이루고 부처를 이루어 '일을 다 마친 장부〔了事丈夫〕'가 되었던 것이다.

그런 후 월면은 곧바로 일어서 스승 경허가 머무르고 있는 범어사를 향해 보은의 큰절을 세 번 하였다.

도를 이룬 월면은 자신의 본사인 천장사로 돌아오게 되었는데 이때의 생활을 그는 다음과 같이 표현하였다.

"배가 고프면 밥을 먹고, 피곤하면 잠을 자고, 홀로 거닐며 자재하였다(飢來喫飯 困來打眠 逍遙自在)."

5

월면이 서른세 살이 되던 갑진년(甲辰年), 서력으로 1904년 2

월 한겨울, 스승 경허가 난데없이 천장사에 들르게 되었다.

실로 5, 6년 만에 또다시 이루어진 만남이었다. 이 무렵 경허는 영남 최초의 선원 범어사를 개설한 후 그곳에서 하안거를 지도하는 사좌(師佐)로 있다가 다시 가야산 해인사의 조실로 초대를 받고 국왕의 칙명으로 추진하는 장경(藏經) 간행 불사를 증명하고 해인사에도 수선사(修禪社)를 창설하였다. 지금까지 줄곧 호서 지방을 떠나지 않았던 경허의 족적은 이처럼 전국적인 사찰로 번져나가기 시작하여 거의 모든 사찰에 선원을 창설하여 전국 사찰에 선풍을 일으키고 있었다.

영남을 두루 섭렵한 경허는 다시 호남으로 넘어가 조계산 송광사에 주석하면서 점안불사(點眼佛事)를 하였으며 송광사를 비롯한 지리산 화엄사(華嚴寺) 천은사(泉隱寺) 백장암(白丈庵) 실상사(實相寺) 영원사(靈源寺) 벽송사(碧松寺) 쌍계사(雙溪寺) 태안사(泰安寺), 덕유산 송계암(松溪庵) 등의 호남 사찰을 두루 주유하였다.

다시 영남 지방으로 돌아와 통도사(通度寺) 내원사(內院寺) 백운암(白雲庵) 표충사(表忠寺)를 순력(巡歷)하면서 선풍을 크게 떨치던 경허는 계속 해인사의 조실로 있으면서 사불산(四佛山) 대성사(大聖寺), 불명산(佛明山) 윤필암(潤筆庵), 팔공산(八公山) 동화사(桐華寺) 파계사(把溪寺)에도 선방을 창설하여 마침내 그의 평생 숙원이던 전국 모든 사찰에 선풍을 불러일으킨 후 갑자기 자신이 활연대오하였던 보임처인 천장사에 온다간다는 말도 없이 들러 방문한 것이었다.

이 무렵.

정확히 알려진 바는 없으나 경허의 어머니 밀양 박씨는 이미 숨져 돌아갔을 것이며 천장사 주지였던 그의 친형 태허 성원 스님의 기록도 엿보이지 않는 것을 보면 아마도 입적하여 소식이 끊겨 버렸음이 분명할 것이다.

이때가 경허의 나이 56세로 그는 자신의 소명이었던 전국 사찰에 선풍을 일으키는 역할을 이제 막 끝내고 마치 고향으로 돌아오기라도 하듯 천장사로 돌아온 것이었다.

경허의 이 모습에 대한 기록은 다시 다루기로 하고 제자 월면은 난데없이 나타난 스승 경허를 보자 맞아들여 큰절을 세 번 올려 예를 갖춘 후 자신이 그 동안 공부하고 보임한 것을 낱낱이 아뢰었다 한다. 경허는 이미 월면의 모습에서 제자가 활연대오하였음을 알고 인가하였다.

며칠을 고향과 다름없는 천장사에 머무르고 있던 경허는 갑자기 주장자를 들어 일어나 말하였다.

"난 가야겠다."

"어디로 가시겠습니까."

제자 만공이 걱정스레 묻자 경허는 웃으면서 말하였다.

"자네가 한번 내가 갈 곳을 알아맞혀 보시게나."

경허가 헤어지는 마당에 만공에게 그렇게 말하였던 데에는 이유가 있었다.

만공은 평생 동안 스승 경허로부터 두 번 크게 혼난 적이 있었는데 한번은 마곡사에서 스승에게 깨달음을 인가받으려고 선문답하였다가 초주검당했던 것이었고, 또 한번은 그보다 일찍이 천장암에서 경허를 모시고 시자생활을 할 무렵이었다.

그때 만공은 스무 살이 넘은 청년이었는데 공부를 하다 어느 날 갑자기 식(識)이 맑아지고 타인의 마음을 들여다볼 수 있는 타심통(他心通)이 열려 사람의 마음과 세상 일을 보지 않고도 손바닥 위에 놓고 들여다보듯 환하게 아는 경계에 이르게 되었다.

그리하여 여러 사람들의 해결하기 어려운 문제를 순조롭게 풀어 주고 심지어 곧 죽게 되는 함정에서도 능히 살 수 있는 지혜를 일러 주기도 하였다.

그러던 어느 날이었다.

경허를 시봉하던 아이 중에 경환이란 애가 있었는데 이 아이가 경허로부터 꾸지람을 듣더니 갑자기 한밤중에 행방불명되었다. 경허는 온 경내를 샅샅이 뒤지고 큰소리로 이름을 불러 댔으나 종적이 없었다.

경허는 하는 수 없이 만공에게 말하였다.

"여보게 만공, 자네가 타심통이 열려 다른 사람의 마음을 환히 들여다볼 수 있다고 하니 경환이란 놈이 어디로 갔나 한번 알아보도록 하게나."

스승으로부터 이 말을 들은 만공은 온 경내를 살펴본 후 마당 끝에 있는 괴목을 가리키면서 말하였다.

"경환이가 지금 있는 곳은 저 나무 꼭대기입니다. 그 꼭대기에 숨어 있습니다."

천장암 마당 끝에는 괴목 한 그루가 자라고 있었는데 키가 몹시 커 법당 위까지 뻗어올라가 나무 끝이 보이지 않을 정도였다. 게다가 한여름이라 가지는 사방으로 뻗어 올라가고 나뭇잎은 무성히 자라 나무 속이 들여다보이지 않고 있었다. 만공이 그렇게 대답하자 경허는 웃으면서 말하였다.

"에끼 이 사람아. 이 밤중에, 또 저렇게 폭풍까지 부는 한밤중에 그 아이가 무엇 때문에 나무 꼭대기에 올라가 있단 말인가."

그날 밤은 경허의 말처럼 폭풍이 불어 온 산이 떠나갈 정도로 센 바람이 몰아치고 있었다. 그러자 만공이 말하였다.

"스님을 약올리기 위해 나무 꼭대기에 올라가 숨어 있는 것입니다. 제가 내려오게 하겠습니다."

만공은 나무 위를 우러러보면서 소리쳐 말하였다.

"네 이놈, 네 놈이 나무 위에 숨어 있는 것을 잘 알고 있다. 얼른 썩 내려오지 못하겠느냐."

만공이 꾸짖어 소리치자 과연 나무 위에서 경환이란 아이가 울면서 내려와 경허 앞에 무릎을 꿇고 말하였다.

"큰스님, 살려주십시오. 제가 죽을 죄를 지었습니다. 제가 스님을 약올리기 위해 나무 꼭대기 위에 올라가 있었습니다. 큰스님이 저를 부르시는 소리를 듣고도 모른체하였습니다. 살려주십시오, 큰스님."

족집게처럼 경환이 숨어 있는 나무 꼭대기를 알아맞힌 제자 만공을 쳐다보던 경허는 갑자기 그를 불러 법당으로 들인 후 무릎을 꿇게 하고는 꾸짖어 말하였다.

"일찍이 서산 대사는 《선문촬요(禪門撮要)》에서 다음과 같이 말씀하셨다. '현실적인 신통(神通)이란 깨달은 사람의 경지에서는 오히려 요망스럽고 괴이한 일이며 또한 성인에게는 지엽적인 말단의 일이라 혹 그것을 나타낼지라도 쓸모 없이 여기거늘 요즈음은 어리석은 무리들이 함부로 말하기를 한 생각을 깨달으면 곧 한량없는 묘한 작용과 신통 변화를 나타낸다고 한다. 그러나 이는 마치 모난 나무를 가져다 둥근 구멍을 막으려는 것과 같으니 어찌 큰 잘못이 아니겠는가.' 그러므로 만공 자네가 타심통이 열려 신통을 부릴 수 있다 하더라도 이는 요망스럽고 괴이한 일이며, 지엽적인 말단의 일이며, '모난 나무로 둥근 구멍을 막으려는 것(如將方木逗圓孔)'과 같은 사술에 불과한 일이니 앞으로는 절대로 술법을 행하지 말 것이야. 도인이 아무리 훌륭한 도가 있더라도 술법을 행하면 이미 귀신이니 이를 믿을 수가 없는 법이네. 그러니 그대가 살고 남도 살려주는 일이 있다 하더라도 앞으로는 절대로 그러한 짓은 하지 말 것이다."

　이때 만공은 스승으로부터 어찌나 혼이 났는지 모골이 송연하였다고 전해지고 있다. 그 이후부터 만공은 스승의 말씀을 깊이 가슴에 새겨 절대로 신통의 영감을 입 밖으로 내는 일이 없었으며 그러한 능력을 보이려고도 하지 않았다고 전해지고 있다.

　신통에 대해 일찍이 부처도 제자들에게 경전을 통해 언급한 적이 있었다.

　《장아함(長阿含) 견고경(堅固經)》이라는 경전을 보면 석가모니가 신통에 대해 어떻게 생각하고 있으며, 어떤 견해를 갖고 있는지 미뤄 짐작할 수 있게 한다.

부처가 나란다성 바바리암라 동산에 머무르고 있을 때였다. 남자 신도 중에 견고(堅固)라는 사람이 있었는데 그는 어느 날 부처님을 찾아와 다음과 같이 말하였다.

　"부처님, 이토록 번화하고 풍요한 저희 나란다 국민들은 모두 부처님을 공경하고 있습니다."

　그리고 나서 견고는 다시 말하였다.

　"원컨대 부처님께서는 어떤 비구로 하여금 신통 신화를 나타내 보이게 해주십시오. 그러면 이 성안에 사는 사람들이 더욱 부처님의 법을 믿고 공경할 것입니다."

　그러자 부처는 다음과 같이 대답하였다.

　"나는 비구들에게 여러 사람들이 보는 앞에서 신통 변화를 나타내 보이라고 가르친 일이 없소. 있거든 안으로 감추어두고 허물이 있으면 몸소 드러내 놓으라고 가르칠 뿐이오."

　그러나 견고는 거듭거듭 부처에게 간청하였다. 부처는 그의 청을 거절하고 나서 이렇게 말씀하셨다.

　"내게는 몸소 체득한 신통이 세 가지 있는데 그것에 대해 말해 보겠소. 신족통(神足通)과 타심통(他心通)과 교계통(敎誡通)이 그것이오."

　"그러면 신족통이란 무엇입니까."

　견고가 묻자 부처는 대답하였다.

　"신족통이란 한 몸으로 여러 몸을 나타내기도 하고 여러 몸을 합쳐 한 몸으로 만들기도 하며, 또한 나타내기도 하고 숨기기도 하오. 산과 장벽을 지나되 허공과 같이 걸리지 않고, 땅 속

310

에 출몰하되 물 속에서처럼 자유로우며, 물위로 다니되 땅 위에서와 같고, 허공에 앉되 날개 있는 새와 같소. 큰 신통력과 위력으로 해와 달을 손으로 만지고, 몸으로는 범천(梵天)에 이르기도 하오. 어떤 신도가 비구의 이러한 신통력을 보고 아직 믿음을 얻지 못한 사람에게 이것을 이야기하면 그 사람은 '저 비구는 간다리라는 주문을 외어 그러한 신통을 얻은 것이다'라고 할 것이오. 그러므로 이것은 오히려 불법을 비방하는 결과를 가져오지 않겠소. 그러므로 나는 신통 변화 같은 것을 부질없게 여겨 모든 비구들에게 이를 못하도록 한 것이오."

부처가 그렇게 말하자 견고가 다시 입을 열어 물어 말하였다.

"그러하면 타심통이란 무엇입니까."

부처는 다시 대답하였다.

"타심통이란 남의 마음을 관찰하여 '너의 뜻은 이렇고, 네 마음은 이렇다'고 말하는 것이오. 이것을 보고 믿음을 얻은 이가 아직 믿음을 얻지 못한 사람에게 이야기한다면 그 사람은 '저 비구는 마니가라는 주문을 외어 그런 신통을 얻은 것이다'라고 할 것이오. 이것은 오히려 불법을 비방하는 결과가 되지 않겠소. 그러므로 나는 이런 허물을 보고 신통 변화 같은 것을 부질없게 여겨 모든 비구들에게 엄중히 이를 금하도록 한 것이오."

부처가 말한 '간다리'라는 주문은 '건타리(建馱梨)'라는 이름으로 이를 외면 공중을 날 수 있다 하는 부처 이전부터 인도에서 전해 내려오는 하나의 요술이었으며, '마니가'라는 주문 역시 이를 외면 타인의 마음을 들여다볼 수 있다는 점술로 부처가 생겨나기 전부터 인도에서 전해 내려온 마술이었던 것이다.

부처의 말을 들은 견고가 다시 물었다.

"그러면 교계통이란 무엇입니까."

부처는 대답하였다.

"교계통이란 여래가 세상에 출현하여 사문이나 바라문들에게 '그대들은 이렇게 생각하고 저렇게는 생각지 말라. 이런 일은 하고 저런 일은 해서는 안 된다. 또한 이것은 내버리고 저것은 취하여라'라고 가르치고 훈계하는 것이오. 그러면 그들은 모두 어둠을 떠나 밝음을 찾고 죄악을 버리고 공덕을 성취하게 되는 것이오. 이렇게 출가하여 정진 수행함으로써 계행이 갖추어지고, 성정이 갖추어지며, 지혜가 갖추어져 마침내 아라한의 지위를 얻게 되는 것이오."

신통을 보여달라는 견고의 간청에 모든 신통과 기적은 허물이며 부질없는 것이므로 이를 엄중히 금한다는 부처의 대답은 많은 것을 생각하게 한다. 스스로 도를 이루었다고 점을 치고 부적을 써주며 신통을 부리는 일은 부처의 이러한 계율을 스스로 깨뜨리는 일이며, 서산 대사의 표현처럼 모난 나무로 둥근 구멍을 막으려는 요망스럽고 괴이한 일이었던 것이다.

제자 만공과 헤어지는 마당에 경허가 천장암 한곁에 서 있는 괴목을 가리키며 '자네가 한번 내가 갈 곳을 알아맞혀 보시게나' 하고 웃으면서 말하였던 것은 그 언젠가 신통력으로 나무 위에 숨어 있던 경환이란 소년의 행방을 알아맞혔던 만공의 과거 일을 떠올리게 함으로써 즐거운 추억을 돌이켜보려는 경허의 마지

312

막 작별 인사였던 것이다.

마지막 작별 인사.

그렇다.

경허는 그 길로 천장암을 떠나 행적을 감추었으며 제자 만공은 다시는 스승을 만난 적이 없었다. 만공이 다시 경허를 만난 것은 그로부터 8년 뒤인 1912년 임자년(壬子年)의 일이었다.

그러나 경허는 그때 이미 죽어 있었으며 만공은 그러므로 경허를 살아 만난 것이 아니라 죽어 있는 썩은 시신을 통해 만난 것이었다.

만공의 타심통도, 신통력도 천장암을 떠나는 경허의 행방을 꿰뚫어보지 못하였음일까, 아니면 경허의 도력(道力)이 만공의 신통력을 무력화시켰음일까. 아무튼 이로써 두 사람은 영원히 생이별을 하게 되는 것이다.

스승 경허로부터 마침내 활연대오하였음을 인가받은 만공은 경허가 천장암에서 사라져 종적이 묘연해지자 다시 암자를 떠나 모든 산천을 유력(遊歷)하다가 마침내 그의 나이 34세 되던 1905년 을사년(乙巳年)에 덕숭산 수덕사 뒤편에 작은 모암(茅庵)을 지어 금선대라 이름하고 그곳에서 보임을 하였다. 사방에서 납자들이 모여들어 그에게 설법하기를 간청하거늘 마침내 법좌에 올라 개당 보설(開堂 普說)을 시작하였다.

이 무렵 만공과 김좌진이 힘겨루기 팔씨름을 벌인 사실은 유명해 오늘날에도 하나의 전설로 전해 내려오고 있다.

백야(白冶) 김좌진은 충청남도 홍성군 고도면 상촌리에서 출생하였다. 그는 일찍이 경허가 갈메(葛山) 김씨 낭자와 어촌 만행을 벌였던 그 집안의 차남이었다. 당시 갈산에서는 김씨가 큰 호족을 이루어 번성하고 있었는데 김좌진은 이미 15세 때 집안에 있던 노비 문서를 불태우고 가노(家奴)들을 모두 해방시켜 줄 정도로 진취적인 청년이었다.

훗날 청산리 전투에서 대첩(大捷)을 거둘 만큼 천하무적의 용맹과 힘을 지니고 있었던 김좌진은 20세 나이에 그 누구도 당할 자 없는 천하장사가 돼 있었다. 김좌진은 구척 장신에 황소와 같은 체격을 지니고 있었으며 힘이 센 사람이 있다는 소문을 들으면 불원천리하고 찾아가 팔씨름으로 도전하거나 씨름으로 승부를 겨루어 상대방을 반드시 이겨야만 직성이 풀리는 열혈 청년이었다.

그러던 그가 어느 날 힘이 무지무지한 장사 한 사람이 수덕사에 머무르고 있다는 소문을 듣게 되었다. 남에게 지기 싫어하는 김좌진은 그가 누구냐고 대뜸 수소문하여 보았는데 그는 다름아닌 이제 막 개당(開堂)한 만공이었다.

"뭐라고, 감히 중이 힘이 세다고. 나물 먹는 중 주제에 고기 먹는 나를 어찌 당할 수 있단 말인가."

그 길로 김좌진은 힘 겨루기를 하기 위해 수덕사를 찾아가 산을 올라 금선대를 방문하였다고 한다.

"어찌 오셨소."

만공이 금선대 방안에서 앉은 채 묻자 김좌진은 다음과 같이 소리쳐 말하였다고 한다.

314

"스님께오서 천하장사라는 소문을 듣고 힘을 겨뤄 볼까 해서 찾아왔소이다."

김좌진의 목소리는 산을 흔들 만큼 쩌렁쩌렁 힘이 넘치고 있었다. 이를 들은 만공이 다음과 같이 답하였다.

"나는 법(法)을 알 뿐이지 힘은 모르오."

그러자 김좌진은 말하였다.

"법이고 무엇이고 힘이나 한번 겨뤄 보시자니까."

만공이 천하장사라는 소문이 전 고을에 돌기 시작한 것은 이미 오래 전부터였다.

일찍이 만공이 천장암에서 경허 스님을 모시고 시봉하고 있을 때였다. 그 무렵 젊은 여승 하나가 천장암에 머무르고 있었는데 마을에 볼일이 있어 내려갔다가 며칠이 지나도 돌아오지 않았다. 이에 걱정 끝에 경허는 만공에게 말하였다.

"만공, 자네가 가서 그 비구니를 찾아오시게. 무슨 수를 써서라도 찾아와야 하네. 찾아오지 못한다면 아예 암자로 돌아오지 말게."

스승의 명은 곧 절대의 법.

만공은 그 길로 산을 내려가 수소문 끝에 바로 그 여승이 갈산 김씨의 양반 자제들에게 감금당해 있음을 알게 되었다. 그들은 심심풀이로 처음 보는 여승이 예쁘기도 하고 나이도 젊었으므로 파계시켜 동리의 어느 홀아비에게 붙여 주려고 며칠을 꾀고 있는 중이었다.

만공이 김씨 댁을 찾아가 여승의 행방을 물었다. 그러나 그들

은 한결같이 빙글빙글 웃으며 시치미를 떼며 모른다는 것이었
다. 그러자 만공은 그들을 향해 소리쳐 말하였다.

"정히 그렇다면 나도 할말이 있다. 너희들도 알다시피 우리는
부모 처자마저 버리고 평생을 수도에 정진하기로 몸을 바친 승
려들이다. 나는 단몸(單身)이기 때문에 죽음을 두려워하지 않는
다."

큰소리로 일갈하며 만공은 갑자기 뜰에 내놓은 쇠로 만든 절
구통을 한 손으로 단숨에 들어올려 보였던 것이다. 그 쇠절구통
은 아주 무거워 김씨 댁 하인 서너 명이 덤벼들어 들어야만 겨우
옮길 수 있는 물건이었는데, 그 무거운 쇠절구통을 한 손으로 번
쩍 들어올리는 만공의 괴력을 보자 양반댁 자제들은 입을 딱 벌
리고 사과하여 말하였다.

"우리들의 장난이 지나쳤습니다."

그리고 나서 여승을 내주었는데 이 일이 있은 후로 호서 지
방 일대에서 만공이 천하장사라는 소문이 나기 시작했던 것이
다. 힘 겨루기를 하려고 찾아온 김좌진은 한눈에도 만공이 자신
과 같이 구척 장신에 황소 같은 몸집을 가지고 있음을 확인하자
그가 한 손으로 쇠절구통을 들어올릴 만하다고 느꼈으므로 새삼
전의가 불타오르면서 투지가 솟아올랐다.

"무엇으로 힘을 겨뤄 보시겠소."

만공은 여간해서는 물러서지 않을 김좌진의 기개를 보자 할
수 없이 입을 열어 말하였다.

"무엇으로 힘을 겨뤄 보시자는 말인가요."

그러자 김좌진은 말하였다.

"무엇이든 좋소. 씨름이면 씨름, 팔씨름이면 팔씨름, 무거운 것을 들어올리기면 들어올리기, 무슨 방법이라도 좋으니 스님께서 그 방법을 정하시오."

천하의 명장 김좌진이 아니었던가. 불과 2,500여 명의 독립군으로 일본군 제19, 21사단의 5만 병력과 싸워 3,300여 명을 일시에 섬멸한 풍운아 김좌진이 아니었던가. 그런 기개와 용맹을 지닌 김좌진의 젊은 시절이었으니 이 힘겨루기가 만만하게 끝날 리 있을 것인가.

"좋소이다."

만공이 웃으면서 말을 받았다.

"팔씨름으로 합시다."

만공이 팔씨름을 선택했던 것은 그가 팔씨름에만 자신이 있었기 때문은 아니었다. 다만 씨름으로 힘을 겨루거나 다른 방법으로 힘을 겨루게 되면 자연 옷을 벗게 됨으로써 수도자로서 감히 의발을 정제(整齊)하지 않고 흐트러뜨리는 우를 범할 위험이 있었기 때문이었다.

김좌진이 선선히 응낙하면서 말하였다.

"좋습니다."

"그러나 한 가지 조건이 있소."

만공이 먼저 입을 열어 조건을 붙이면서 말을 이었다.

"진 사람은 이긴 사람에게 무엇이든 해주기로 내기합시다."

"무엇이든 좋소."

김좌진은 말하였다.

"이긴 사람은 진 사람에게 무엇이든 요구할 수 있고 진 사람은 이긴 사람에게 그가 원하는 것이 무엇이든 들어 줄 것을 약속하겠소."

"설사 이긴 사람이 진 사람에게 목숨을 내놓으라고 요구한다 하더라도…."

만공이 웃음을 거두면서 냉정하게 말하였다. 그러자 김좌진은 쾌히 승낙하면서 약속하였다.

"물론이오. 진 사람은 이긴 사람에게 설혹 목숨이라도 내줄 것이오. 여기 모여 있는 모든 사람들이 증인이오."

이미 김좌진에게는 따라온 하인들이 서너 명 있었으며 그가 힘 겨루기를 하러 왔다는 소문을 듣고 수덕사의 거의 모든 승려들도 나와 이 진풍경을 놓칠세라 숨을 죽이고 지켜보고 있었던 것이다. 그 무렵 수덕사에는 만공의 어머니 김씨가 함께 머무르고 있었다. 이는 아마도 스승 경허가 속연의 어머니 박씨를 평생 동안 모시고 살았던 것을 본받아 그도 어머니와 함께 살았던 것이 아닌가 느껴지는데 어쨌든 출가하여 승려가 되었으면서도 속세의 어머니를 마다하지 않고 모시고 살아간 경허와 만공의 큰 가풍이야말로 실로 대가라 아니할 수 없을 것이다.

이 만공의 어머니 김씨도 나와 이 천하의 진풍경을 구경하고 있었다고 전해지고 있다.

온 마을과 온 절의 사람들이 모두 모여들어 훗날 천하를 호령한 무인 김좌진과 훗날 법륜으로 천하를 제도한 법인 만공과의 기묘한 힘겨루기를 지켜보고 있었던 것이다.

팔씨름은 뜨락에 놓여 있는 평상을 가운데로 놓고 시작되었다. 평상 한가운데 실(絲)로 선을 그어놓고 그 실을 경계로 팔을 고정시켜 자리잡은 후 힘으로 상대방의 팔을 넘어뜨림으로써 승부가 나는 통상적인 팔씨름이었다.

두 사람은 팔을 잡고 서로 팔꿈치를 평상 위에 고정시켰다. 황소 같은 체격을 지닌 두 사람이 힘을 겨루기 위해 평상을 가운데에 놓고 버텨 앉아 있는 모습은 실로 가관이었다. 만공의 시자 중에 완산(完山)이란 수좌(首座)가 있었는데 그가 두 사람의 맞잡은 팔을 공정한 위치에 놓은 후 손을 떼면서 시작, 하는 신호를 보냄으로써 팔씨름은 시작되었다.

일단 팔씨름이 시작되자 곧 진기한 광경이 벌어졌다. 김좌진은 있는 힘을 다해 만공의 팔을 넘어뜨리려고 용을 쓰고 있었지만 만공은 지고 이기는 데 마음이 없다는 듯 그저 김좌진의 팔을 붙잡고만 있을 뿐이었다. 김좌진의 얼굴은 이내 붉게 충혈되었으며 온몸에서는 땀이 흘러나오고 이마에서는 붉은 핏줄이 솟아올랐지만 만공의 몸에서는 아무런 동요도 일어나지 않고 있었다. 표정도 여전하였으며 온몸에 힘을 준 기색도 전혀 없음이었다. 그런데도 그의 팔은 요지부동이었다. 만공의 손은 바위와도 같았으며 준령(峻嶺)과도 같았다. 그의 팔은 석불(石佛)과도 같았으며 태산과도 같아 난공불락이었다. 김좌진은 그야말로 젖먹던 힘까지 다해 만공의 팔을 쓰러뜨리려고 무진 애를 쓰고 있었으나 만공의 팔은 단 한 치의 흔들림도 없었다.

팔씨름은 상대방의 팔을 꺾어 땅에 닿아야만 이기고 지는 승부가 가려지게 되어 있는 법이다. 그러므로 상대방의 팔이 땅에 닿지 않고 그대로 세워져 있는 한 이기고 지는 승패는 가려지지 않는 것이다.

김좌진은 힘을 써서 만공의 팔을 쓰러뜨리려 하였지만 만공의 팔은 요지부동이었고, 그렇다고 만공이 김좌진의 팔을 쓰러뜨리려고도 하지 않고 그대로 돌부처처럼 팔을 세워들고 있음으로 해서 누가 이기고 지는 것도 아닌 어정쩡한 상태에 이르게 되었다.

마침내 갖은 애를 쓰다가 제풀에 지친 김좌진이 만공의 손을 놓으면서 깨끗하게 말하였다.

"스님, 내가 졌소이다."

그러자 만공이 손을 풀면서 답하였다.

"지시다니. 이기고 진 사람은 피차 아무도 없소. 팔을 꺾어 땅에 누인 사람이 없는데 어디에 이기고 진 사람이 있단 말이오."

그러나 김좌진은 물러서려 하지 않았다.

"내가 스님의 팔을 꺾어 넘어뜨리지 못하였으니 내가 졌습니다."

"그것은 나도 마찬가지입니다. 나도 당신의 팔을 꺾어 넘어뜨리지 못하였습니다. 그러므로 지고 이긴 사람은 아무도 없습니다."

참으로 괴상한 논리였다.

만공의 말대로 누구도 팔을 꺾어 쓰러뜨리지 못하였으니 승부가 난 것은 아니었다. 어디까지나 팔을 세운 상태에서 끝이 났으

320

니 굳이 따지자면 무승부인 셈이었다. 그러나 구경꾼들의 눈으로 보면 팔씨름은 분명히 만공의 승리였고 청년 김좌진의 패배인 것이 확실하였다. 힘뿐 아니고 고집도 황소인 김좌진이 쉽게 물러서려 하지 않았다.

"내가 분명히 졌으니 약속대로 내기를 거십시오. 이긴 사람은 진 사람에게 무엇이든 할 수 있고, 진 사람은 이긴 사람이 무엇을 시키든 그 말에 따르기로 약속하였으니 스님께오서는 의중(意中)에 있는 대로 요구하십시오."

김좌진이 물러서려 하지 않자 그제야 만공이 입을 열어 말하였다.

"정히 그러하시다면 한 가지 요구를 하겠는데 내가 무엇을 요구하더라도 이를 따르시겠소."

"물론입니다."

"설혹 내가 목숨을 요구하더라도…."

"물론입니다."

"그러하다면 완산아, 가서 삭도를 가져오너라."

완산은 만공의 시자로서 이날 벌어진 팔씨름의 심판을 본 사람. 만공이 삭도를 가져오라고 명령하자 이를 지켜보던 구경꾼들은 모두 아연 긴장하였다. 삭도는 스님들이 머리를 깎을 때 쓰는 칼이지만 날이 예리하여 짐승의 멱이라도 딸 수 있는 흉기이기도 했기 때문이었다. 완산이 삭도를 가져오자 만공은 말하였다.

"완산아, 그 청년의 머리칼을 깎아 주어라."

무슨 일이 벌어질 것인가 주의 깊게 지켜보던 구경꾼들은 물론, 패배를 자인하고 서 있던 김좌진도 크게 놀라 물었다.

　"머리칼을 깎다니요, 스님."

　"무엇이든 시키는 대로 한다고 말하지 않았습니까."

　"그렇습니다."

　"이제부터 청년의 머리를 깎아 중으로 만들 참이오. 골상이나 두상을 보니 중노릇 하면 틀림없이 고승이 될 상이오. 그러나 머리를 깎지 않으면 천하를 호령하는 호랑이가 될 상이긴 하지만, 한 가지 아쉬운 점은⋯."

　만공이 말을 잇지 못한 것은 이 청년 김좌진이 훗날 독립군의 총대장으로서 만주를 누비는 영웅이 되겠지만 42세의 나이로 김일성(金一星)이라는 공산당원의 감언이설에 빠진 박상실(朴相實)이 쏜 흉탄에 영안현(寧安縣) 중동로(中東路) 산시역(山市驛) 정미소 앞에서 암살당해 비참하게 죽게 될 것을 미리 꿰뚫어보았던 때문이 아니었을까.

　"아이구."

　김좌진이 비명을 질렀다.

　"스님, 모든 것을 다 해도 머리 깎고 중 되는 것만은 내 못하겠소."

　"진 사람은 이긴 사람이 시키는 대로 무엇이든 다 한다고 약속하지 않았소. 설혹 목숨이라도 내놓기로⋯."

　"차라리 목숨이라면 내놓겠지만 머리 깎고 중 되는 짓만은 못하겠소이다."

322

이때 만약 김좌진이 만공의 농설(弄舌)처럼 머리를 깎고 중이 되었더라면 천하를 호령하는 명장은 못 되었을지 모르지만 만공의 농담 속에 들어 있는 단단한 뼈처럼 천하의 고승이 되었을지도 모른다.

그러자 만공은 껄껄 웃으면서 곁에 서 있던 어머니를 불러 말하였다.

"진 사람도 이긴 사람도 없으니 수박이나 먹읍시다. 어머니, 찬 수박이나 좀 가져오십시오."

때아니게 경내에서는 수박 공양이 벌어졌다. 청년 김좌진은 만공과 이로써 깊은 우정을 맺게 되는데, 이날 수박을 먹으면서 김좌진은 진심으로 놀라운 만공의 힘을 찬탄하면서 이렇게 말하였다고 한다.

"정말 유구무언입니다. 나물 먹는 중 신세로 어디서 그런 힘이 나온단 말입니까."

그러자 만공은 이렇게 대답하였다고 한다.

"내가 힘으로 어찌 청년을 당하겠소."

"그럼 무엇으로 나를 이기셨단 말입니까."

만공은 이에 명백한 대답을 하지 않고는 다만 이렇게 말했다고 전해지고 있다.

"나보다 힘이 더 강한 사람이 하나 있습니다."

"스님보다 더 힘이 강한 사람이 또 있단 말입니까. 그 사람이 도대체 누굽니까."

김좌진으로서는 만공보다 더 힘이 강한 사람이 있다는 것은 믿을 수도 상상할 수도 없음이었다.

"그 사람은 내가 손을 잡을 수도 없는 사람입니다. 용을 써서 넘어뜨리기는커녕 손을 잡는 순간 이미 밀려 버리고 맥을 쓸 수 없게 되니까요."

"도대체 그 사람이 누굽니까."

"내 스승 경허입니다. 그분이야말로 하늘 아래 둘도 없는 가장 힘이 강한 금강역사(金剛力士)입니다."

김좌진과 맺은 우정은 계속되어 만공은 가끔 산을 내려가면 갈산 김씨 댁에 들러가기도 하였다. 이 무렵 갈산 김씨 댁 사랑방에는 구한말 벼슬길에 올랐던 무리들이 떼지어 몰려들어 바둑이나 장기, 골패 같은 노름으로 소일하고 있었고, 이들은 무위도식으로 허송세월을 보내고 있었다. 또한 으레 국수에 막걸리와 같은 중참도 곁들이게 마련으로 사랑채에는 잔치가 끊이지 않고 있었는데 마침 이곳을 지나던 만공이 김씨 댁을 두드렸다.

김좌진이 뛰어나가 반겨 맞았을 것은 당연한 노릇. 선비들은 도인이 왔다는 말에 모두 나와 만공을 한가운데로 하고 둘러앉았다. 그들은 대부분 유생들이었으므로 만공을 바라보는 눈은 호기심 반, 경멸 반이었다.

그 당시 승려는 천민의 신분이었고, 그들은 자신들을 선비라고 생각하고 있던 양반들이었으므로 은근히 마음속으로 만공을 깔보고 있었던 것이다. 그러자 만공은 대들보를 흔들 만큼 쩌렁쩌렁 큰소리로 입을 열어 법문을 시작하였다.

"이 세상엔 도둑놈들이 많이 있소이다. 그중에서 가장 큰 도둑은 나라 도둑인데 남의 집 담을 넘어 물건이나 훔쳐가는 놈은 좀 도둑에 불과하고 아무것도 하지 않고 밤낮으로 내기장기나 두고 골패나 치며 놀고 먹는 양반들이야말로 큰 도둑놈이오. 보시오. 농부들은 일년 내내 전가족이 피땀을 흘려가며 농사를 지어도 봄이 되면 먹을 것이 없어 초근목피(草根木皮)로 입에 풀칠을 하며 살아가거늘 하물며 아무 일도 하지 않고, 게다가 놀고 먹는 당신들 같은 양반 부스러기들이야말로 도둑 중에서도 제일 큰 나라 도둑이오."

일본에 대한 증오심은 김좌진과 만공 두 사람에게 공통된 적개심이었다. 훗날 김좌진은 29세의 나이에 만주로 망명하여 독립정예군의 총사령관이 되어 광복에 목숨을 바치게 되었으며, 만공 역시 조선의 불교를 말살하려는 총독부의 획책에 불굴의 투지로 맞서 싸워 나갔다. 당시 총독부는 조선의 승려들을 일본 승려처럼 아내를 거느린 대처, 고기를 먹는 식육, 그뿐인가, 술을 먹는 음주까지 허락케 함으로써 불교를 단순히 생활종교로 전락시키기 위해 갖은 방법을 동원하고 있었다.

그리하여 1937년 3월 11일.

총독부 회의실에서는 전국 불교 31본산 주지회의가 열렸다. 회의의 의제(議題)는 '조선 불교 진흥책(振興策).' 참석한 사람은 당시 총독이던 미나미(南次郎)를 비롯하여 13도 도지사, 그리고 31본산의 주지들이었다.

미나미는 회의 벽두부터 강압적인 자세로 전국에서 모여든 승려들에게 말하기 시작했다.

"전 총독 데라우치(寺內正毅)는 사법(寺法), 사찰령(寺刹令) 등을 제정함으로써 조선 불교 진흥에 큰 공을 이루었다. 그러므로 앞으로 조선 불교는 일본 불교와 합병하여 보다 큰 진흥을 이루어야 할 것이다."

전국에서 모여든 31본산 주지들은 누구 하나 감히 반박하려 하지 않고 입을 굳게 다물고 있었다.

이때 자리를 박차고 일어나 회의 석상을 두 손으로 내리치는 사람이 있었다. 그가 바로 마곡사 주지로 회의에 참석한 만공이었다. 만공은 총독을 한 손으로 가리키면서 다음과 같이 할(喝)하였다.

"청정이 본연커늘 어찌하여 산하대지가 나왔는가(淸淨本然 云何忽生山河大地)."

그리고 나서 만공은 총독과, 그 옆에 정좌해 있는 고위 관리들과, 입을 다물고 앉아 있는 승려들을 향해 꾸짖어 말하였다.

"전 총독은 우리 조선 승려로 하여금 아내를 얻게 하고 고기에 술까지 먹도록 함으로써 온 승려들을 파계시킨 죄인으로 그는 지금 죽어 무간아비지옥(無間阿鼻地獄)에 떨어져 한량없는 고통을 받고 있을 것이오. 이런 자들을 지옥에서 구하고 조선 불교를 진흥시키는 길은 오직 조선 승려들이 수행을 엄히 하고 용맹정진하여 견성 성불하는 길밖에 없는 것이오. 총독부는 조선 불교를 간섭지 말고 우리 조선 승려에게 전부 맡기는 것만이 유일한 진흥책이니, 이것이 바로 정교 분립(政敎分立)인 것이오."

이른바 정치는 종교에 간섭치 말고 분리되어야 한다는 '정교

분립의 선언'이었는데 만공의 사자후가 너무나 격렬하여 총독은 다시는 입을 열어 망언을 계속할 수 없음이었다.

이날 밤 만공이 머무르고 있는 선학원(禪學院)으로 만해 한용운이 찾아왔다고 한다. 찾아온 한용운은 만공에게 다음과 같이 말하였다.

"나는 조각은 어느 곳에 떨어졌는가(飛者落在何麽處)."

그러자 만공은 다음과 같이 답하였다.

"거북 털과 토끼의 뿔(龜毛兎角)이로다."

한용운이 다시 말하였다.

"장하도다, 사자후여. 총독을 사자후로 꾸짖어 간담이 떨어지도록 하였구나. 한번 할(喝)을 하매 여우 새끼들의 간담이 써늘하였도다. 그러나 비록 일갈도 좋았지만 한 방망이 후려침이 더 좋았을 것이 아니었을까."

만공은 껄껄 웃으면서 다시 말하였다.

"이 사람아, 어리석은 곰은 방망이를 쓰지만 사자는 일갈을 사용한다네."

일찍이 홍성에서 태어나 동학혁명에 참여하였다가 실패로 돌아가자 17세 나이로 설악산 오세암에 들어갔다가 다시 20세 때인 1905년 백담사에서 연곡(連谷)을 은사로 중이 되고 만화(萬化)로부터 법을 받은 만해 한용운은 한일합병이 되자 중국으로 건너가 독립군의 군관학교를 방문하여 독립사상을 고취하였던 독립운동가이자 승려였다. 그는 3·1운동 때 민족대표 33인 중 한 사람으로 독립선언서에 서명하였다가 체포되어 3년형을 선고받고 복역하기도 하였다.

'님은 갔습니다. 아아, 사랑하는 나의 님은 갔습니다'로 시작
되는 명시 〈님의 침묵〉을 남기기도 한 한용운은 퇴폐적 서정성
을 배척하고 불교적인 '님'을 자연으로 형상화하였으며 고도의
은유법을 구사하여 일제에 저항하는 항일 문학에 앞장 섰던 승
려이자 시인이기도 하였는데, 그는 만공의 기개를 찬탄하면서
다음과 같은 노래를 만공에게 보냈다.

　남아가 이르는 곳마다 내 고향인데
　몇 사람이나 객의 수심 가운데 지냈던고.
　한소리 큰 할에 삼천대천세계를 타파하니
　눈 속에 복사꽃 조각 조각 나네.
　男兒到處是故鄕　幾人長在客愁中
　一聲喝破三千界　雪裏桃花片片飛

훗날 만공이 스승 경허의 어록을 편수하고 《경허집》을 출간하
였을 때 출판 서문을 한용운이 쓰게 된 것은 이렇듯 만공과 한용
운 간에 이루어진 도반으로서의 우정 때문이었던 것이다.

6

만공이 남긴 일사(逸事)는 헤아릴 수 없을 만큼 많이 있다. 만
공이 스승 경허를 닮아 매사에 걸리는 바가 없어 젊은 여자의 허

벅다리를 베고 잠을 자기도 했었다는 이야기는 하나의 전설로
되어 있다.

어떤 날은 일곱 여자의 허벅다리를 베기도 하고 침대삼아 깔
고 잠을 자기도 해 이른바 '칠선녀와선(七仙女臥禪)'이란 문자도
생겨나게 되었다.

그러나 만공은 여색을 굳이 멀리하지는 않았으되 이에 물들지
는 아니하였다. 만공의 이러한 태도는 선가에서 흔히 내려오는
선화 하나를 떠올리게 한다.

《지월록(指月錄)》이란 책 속에 실려 있는 이 선화는 아주 유명
해 이른바 '고목선(枯木禪)'이란 화두로까지 발전되었다.

문자 그대로 '고목'이라 함은 '마른 나무'를 뜻함인데 선은 선
이되 따뜻하거나 살아 있는 선이 아니라 마른 나무처럼 메마르
고 죽어 있는 선을 가리켜서 고목선이라 이름하고 있는 것이다.

이 선화의 내용은 다음과 같다.

어느 청신녀(清信女)인 한 노파가 조그만 암자를 하나 지어 그
토굴 속에 젊은 선객(禪客)을 모셨다. 노파는 20년을 한결같이
의복·음식 등 온갖 음식물들과 생활용품들을 공급해 그 선객이
공부하는 데 불편이 없도록 하였다. 20년이 흘러 그 선객이 어
느 정도 공부가 이루어졌으리라 생각되었을 무렵, 노파는 그 선
객의 공부가 어느 정도 진전되었는가 시험해 보기로 하였다. 그
노파에게는 묘령의 딸이 하나 있었다. 이 딸은 절세의 미인으로
매일같이 그 토굴에 음식을 날라다주곤 하였다. 하루는 노파가
딸에게 말하였다.

"애야, 오늘은 공양구(供養具)를 가지고 가서 스님을 한번 껴안아 보고 수행 정도를 시험하여 보거라."

딸은 어머니의 명령대로 아침 공양을 들고 암자에 올라가 스님에게 드린 다음 스님이 아침 공양을 마치기를 기다려 그 스님을 껴안았다. 그러나 스님은 아무런 동요가 없었다. 그러자 여인은 다시 스님의 품속에 스스로 안기면서 갖은 어리광을 부리며 물어 말하였다.

"스님, 이럴 때의 기분이 어떠하세요."

선객은 대수롭지 않게 말하였다.

"군이 말로 표현해야 하는가. 내 태도를 보면 알 수 있지 않은가."

여인은 다시 어리광을 부리면서 말하였다.

"그래도 스님의 표현을 듣고 싶습니다. 저는 스님에게 안기니 무한히 기쁘고 즐겁습니다만 스님은 어떠하신지요."

선객이 답하였다.

"군이 말로 표현하자면 고목나무가 엄동설한에 찬 바위를 기대고 선 것이오, 불씨 꺼진 재처럼 따스한 기운이 전혀 없는 것과 같다고나 할까."

어머니의 명령으로 젊은 선객을 유혹하던 젊은 딸은 마지막으로 물어 말하였다.

"소녀는 오래 전부터 스님을 사모하여 왔습니다. 저를 한번 안아 주시겠습니까. 제가 드리는 정을 받아 주실 수 없겠습니까."

그러자 선객은 일언지하에 대답하였다.

"나는 수도를 하는 도승이오. 내게 있어 여인은 사마외도(邪魔外道)요. 썩 물러가시오."

젊은 딸은 하는 수 없이 공양구를 가지고 집으로 돌아와 스님과의 얘기를 낱낱이 어머니에게 고하였다. 그리고 나서 스님을 찬찬하여 말하였다.

"어머니, 스님의 공부가 성도에 이르셨나 봐요. 저와 같은 처녀가 미태를 부려도 고목나무가 찬 바위에 기대고 선 것 같다 하시고 불꺼진 재처럼 따스한 기운이 전혀 없다고 하시는 것을 보면요."

그러나 딸의 얘기를 들은 어머니는 노하여 소리쳐 말하였다.

"내가 사람을 잘못 보고 20년이나 맹추 같은 날속한(俗漢)을 공양했구나. 흑산귀굴(黑山鬼窟) 속에 앉은 사마를 더 받들다가 나도 그 놈과 함께 동타지옥(同墮地獄)하겠구나."

노파는 곧 암자로 달려가 그 선객을 내쫓고 암자를 불질러 버렸다.

이 선화는 '노파의 소암(燒庵)'이라 하여 선가에서는 하나의 공안으로 널리 회자되고 있는 이야기다. 그러하면 노파는 어찌하여 일언지하에 여색의 유혹을 물리친 수행자로서의 선객을 속한이라고 비난하면서 암자를 태워 버린 것이었을까.

선객은 20년 동안 여인을 멀리하는 수행에는 철저하면서도 한 점의 자비심은 익히지 못하였던 것이다. 여인을 따뜻하게 대하는 것과 여인에게 빠지는 것은 근본적으로 다르다. 여인을 존엄한 하나의 인격체로서 대하는 것과 여인에게 물들어 버리는 것은 근본적으로 다른 것이다. 노파는 20년 동안 자신이 부처가 되기를 소원한 선객이 비록 도는 이루었지만 그 도가 메마른 고목(枯木)처럼 인정 없고, 낱낱이 규율이나 따지고 율법이나 헤아리는 죽어 있는 도임을 깨닫고 암자를 태워 버린 것이었다.

여기에서 살아 있는 선(活禪)이 아니라 죽어 있는 선(死禪)을 '고목선'이라 부르는 용어 하나가 생겨난 것이었다.

만공이 일곱 여자의 무릎을 베고 침대삼아 깔고 잠을 자기도 해 이른바 '칠선녀와선'이란 문자를 만들었다는 것은 물론 과장이었겠지만 여인을 평등한 인간으로 대한 것이지 여인을 욕망의 대상으로 본 것은 절대 아닌 것이다.

여인을 평등하게 바라보는 만공의 시야는 그가 오랫동안 머무르고 있던 덕숭산에 한국 최초의 비구니 선원인 견성암을 건립하여 훌륭한 여성 수도자를 배출케 함으로써 한국 비구니의 본산이 되게 한 태도에서 보아도 알 수 있다.

원래 수행처에서는 남자 승려인 비구들과 여성 승려인 비구니들은 서로 어울림을 하나의 금기로 삼고 있다. 심지어 여성의 출가에 대해 부처는 대여섯 차례 이상이나 이를 근심하고 걱정하면서 막으려 하였다.

일찍이 부처는 속연으로서의 아버지 슈도다나 왕(淨飯王)이 병석에 누워 임종이 가까워왔다는 말을 듣자 고향인 카필라로 돌아간다. 병석에 나타난 아들 부처를 보자 아버지 슈도다나 왕은 아들에게 마지막 설법을 청하였다. 이에 부처는 왕의 손을 잡고 다음과 같이 말하였다.

"모든 걱정 근심을 푸시고 아무 일도 걱정하지 마십시오. 그리고 마음을 편안히 가지십시오."

왕이 누워 있는 병석에는 부처를 비롯하여 난다, 라홀라, 아난다와 같은 친족의 사문들이 모여 있었다. 늙은 임금은 이 같은 환경에서 옛날에는 자신의 아들인 태자였고 지금은 성자(聖者)인 부처님의 손을 꼭 쥔 채 부처님의 마지막 설법을 듣고 조용히 숨을 거둔 것이다.

이때 부처는 후세에 인심이 어지러워져 부모의 은혜를 저버린 불효자식들이 나올 것을 염려해 모범을 보이고자 아버지의 몸을 향수로 씻고 관에 넣어 칠보와 진주로 그물을 장식하고 꽃을 뿌리고 향을 피웠으며 스스로 관을 맸다고 전해지고 있다.

일설에 의하면 이때 왕의 나이는 아흔일곱 살이었다고 하는데 왕이 돌아가신 지 얼마 안되었을 때의 일이다.

그 무렵 부처는 고향인 카필라 성 밖에 있는 니그로다(老枸律) 정사에 아직 머무르고 있었는데 하루는 아무 예고도 없이 자기를 알뜰히 키워주던 마하파사파제(摩訶波闍波提) 왕비가 정사로 찾아왔다.

마하 왕비는 부처를 낳은 마야(摩耶) 왕비가 부처를 낳고 이레 만에 건강을 해쳐 이 세상을 떠나 버리자 언니 대신 왕비로 들어와 왕자였던 부처를 지극히 보살펴주던 이모이자 새어머니였던 여인이었다. 낳기는 비록 마야 왕비가 낳았으나 키우기는 마하 왕비가 키웠으므로 생모보다 더 깊은 정이 들었던 여인이었다. 마하 왕비는 부처에게 공손히 예배한 다음 옛날 자신의 아들이었던 부처에게 다음과 같이 간곡히 부탁하였다.

"이제는 나도 출가하여 부처님 곁에서 수행의 길을 걷겠소. 제발 나 같은 여성들도 출가할 수 있는 길을 열어 주시오."

이때 마하 왕비는 손수 실을 뽑고 직접 짠 눈부신 금루황색의(金縷黃色衣)를 들고 왔는데 부처는 이를 받으려 하지 않았을 뿐 아니라 여성도 출가케 해달라는 이모의 간절한 소원을 단숨에 잘라 거절하였다고 한다.

이때 마하 왕비는 세 번이나 출가를 허락해 달라고 간청하였지만 세 번 다 부처로부터 거절당했으며, 그러자 그녀는 엉엉 소리를 내 울며 통곡하였다고 한다.

이런 일이 있은 뒤에 부처는 카필라를 떠나 베살리(毘舍離)로 옮겨갔다. 그때 베살리 교외에 있는 마하바나(大林精舍)에서는 많은 대중들이 부처님이 오시기를 기다리고 있었다.

부처에게 세 번씩이나 출가를 간청하였다가 세 번 다 거절당했던 마하파사파제 왕비는 한번 결심한 뜻을 굽히지 않았다. 왕비는 스스로 머리카락을 자른 다음 비단옷 대신 누더기를 걸치고 맨발로 부처가 가신 길을 따라나섰다. 출가하는 왕비의 모습을 보고 많은 여인들도 그 뒤를 따랐다. 여인들의 맨발은 돌부리에 채어 피가 흘렀으며 얼굴은 눈물과 먼지로 얼룩져 있었다. 왕비와 여인들 일행은 부처가 계신 정사 앞까지 걸어와 다시 출가를 애원하였다.

정사 밖에서 여성들이 웅성거리며 애원하는 소리를 듣고 문을 열어 준 사람은 부처를 시봉하고 있던 아난다였다. 아난다의 얼굴을 본 마하 왕비는 다시 한번 자기들이 여기까지 찾아온 뜻을 말하면서 여성들의 출가를 부처께서 허락해 주시도록 해달라고 당부하였다. 아난다는 곧 부처께 말씀드렸다.

"지금 문밖에는 카필라에서 여기까지 맨발로 걸어온 마하 왕비 일행이 여성의 출가를 애원하며 서 있습니다."

그러나 부처는 여전히 냉정하게 잘라 거절함이었다. 그러자 아난다는 마하 왕비가 어린 태자를 키우느라 애썼던 과거를 회상시키면서까지 세 번이나 부처에게 간청하였으나 부처의 대답은 한결같았다. 다시 세 번이나 거절당하자 아난다가 이렇게 물었다.

"부처님이시여, 만일 여성일지라도 출가하여 부처님의 가르침을 좇아 수행에 힘쓴다면 남자만큼 수행의 성과(聖果)를 얻을 수 있겠습니까."

부처는 침묵을 깨고 말씀하셨다.

"그렇다. 여성들도 이 법에 귀의하여 지성으로 수행하면 성과를 얻을 수 있다."

이 대답에 용기를 얻은 아난다는 물어 말하였다.

"그러하다면 부처님이시여, 어찌하여 여성들의 출가를 허락지 않으십니까."

이에 부처는 유명한 대답을 다음과 같이 내리고 있다.

"출가한 사문은 청정한 계율을 닦고 세속에의 애착에서 떠나야 한다. 그런데 여인들은 세속에의 애착이 강하므로 도에 들어가기 어려운 것이다…."

여성 출가에 대한 부처의 견해는 다음과 같이 이어지고 있다.

'…그리고 여인이 출가를 하면 청정한 법이 이 세상에 오래 갈 수가 없다. 그것은 잡초가 무성한 논밭에는 곡식이 자라지 못하는 것과 같다. 가정에 여인이 많고 남자가 적으면 도둑이 들기 쉽듯 이 교단에 여인이 출가하면 청정한 교법이 오래가지 못할 것이다. 그러므로 물이 넘치지 않게 하기 위해 둑을 쌓는 것과 같이 교단의 질서를 위해 여덟 가지 계법(尼八敬戒)을 마련한다. 출가하려는 여인은 반드시 이를 지켜야 한다.'

그리고 나서 부처가 출가한 여성, 즉 비구니에게 준 여덟 가지 팔중법(八重法)의 내용은 다음과 같다.

'첫째, 출가하여 백 년의 경력을 가진 비구니라 할지라도 그날에 자격을 얻은 비구에 대해서는 예배(禮拜) 합장(合掌) 존경(尊敬)을 표해야 한다.

둘째, 비구니는 비구가 없는 장소에서 우안거(雨安居)를 하여서는 아니된다.

셋째, 비구니들은 한 달에 두 번씩 비구의 승단(僧團)으로부터 계율의 반성과 설교를 받아야 한다.

넷째, 비구니는 우안거가 끝난 뒤 남녀 쌍방의 승단에 대해 수행이 순결했다는 증거를 제시해야 한다.

다섯째, 비구니가 중대한 죄를 범했을 때는 남녀 쌍방의 승단으로부터 반 달 동안 별거(別居) 취급을 당해야 한다.

여섯째, 비구니의 견습(見習)은 2년 동안 일정한 수행을 마친 다음 남녀 쌍방의 승단으로부터 어엿한 비구니가 되는 의식을 받아야 한다.

일곱째, 어떠한 구실이 있더라도 비구니는 비구를 욕하거나 비난해서는 아니된다.

여덟째, 비구니는 비구의 죄를 책해서는 아니된다. 그러나 비구는 비구니의 죄를 책해도 무방하다.'

아난다는 마하 왕비에게 가 만일 이 8개조의 계율을 받아들인다면 여성의 출가가 허용되리라는 뜻을 전달했다. 이에 마하 왕비는 이렇게 말하였다.

"젊은이가 머리를 감고 아름다운 꽃으로 장식하듯 나도 이 8개조를 한평생 소중히 지켜나갈 것입니다."

이렇게 해서 마하파사파제 왕비는 여성으로서 출가한 최초의 여인이 되었으며 비구니로서 제1호가 될 수 있었던 것이다.

그러나 부처는 8개의 계법을 새로이 내려 정작 여성의 출가를 허락하였으면서도 못내 여성의 출가에 대해 걱정하고 이를 아쉬워하였다.

여성의 출가를 허락하고 나서 부처는 아난다에게 다음과 같이 한탄하였다.

"아난다여, 만일 여성들에게 이 불교 교단에서 출가하는 일이 허용되지 않았더라면 수행의 순결이 유지되어 천 년 동안 정법(正法)이 존속될 수 있었을 것이다. 그러나 이제 여성이 출가하게 되었으니 승단의 순결은 오래 유지되지 못할 것이며 정법은 오직 500년밖에 존속하지 못하게 되었다."

여성은 세속에 대한 애착이 강하므로 도에 들어가기 어려움을 걱정하고. 그러므로 여인이 출가하면 청정한 불법이 오래 갈 수 없다는 것을 근심하면서도 결국에는 여성의 출가를 허락하였던 부처처럼 만공은 덕숭산 기슭에 비구니의 선원인 견성암을 건립하여 훌륭한 여성 수도자를 많이 배출케 한 시대적 선각자였다.

특히 김일엽(金一葉)과의 인연은 유명해 그녀를 출가시킨 만공의 일화는 재미있는 에피소드로 아직까지 남아 전하고 있다.

김일엽의 본명은 원주(元周)로 평남 용강 출신이었다. 일찍이 진남포의 삼숭여학교와 이화학당에서 수학하고 일본에서 유학하였다.

24세 되던 해《신여자(新女子)》란 잡지를 창간하여 여성 해방을 부르짖었으며 스스로 자유연애를 구가하였다. 몇 가지 단편을 발표하기도 하였지만 결혼에 실패한 후 이른바 자유연애에 환멸을 느껴 수덕사에 휴양왔다가 만공을 만났다고 전해지고 있다.

만공의 권유로 입산 출가하게 된 그녀는 만공으로부터 일엽(一葉)이라는 법명을 얻었으며 마침 만공이 건립한 견성암에 들어가 여승으로 생애를 마쳤다.

어느 날 일엽이 만공 스님과 불전에 정좌하고 있었는데 갑자기 만공이 불상을 쳐다보면서 탄식하여 말하였다.

"부처님의 젖통이 저렇게도 크시니 올 겨울 수좌들 양식 걱정은 없겠구나."

그러자 이를 듣고 있던 일엽이 무심코 입을 열어 물었다.

"무슨 복으로 부처님의 젖을 얻어먹을 수 있겠습니까."

이 말을 들은 만공은 큰소리로 꾸짖어 말하였다.

"도대체 이 무슨 소리인가."

일엽도 만만하게 물러서지는 않았다. 일엽이 물어 말하였다.

"복업(福業)을 짓지 않고 어떻게 부처님에게서 젖을 얻어먹을 수 있겠습니까."

그러자 만공이 무릎을 치면서 한탄하여 말하였다.

"네가 부처님을 건드리기만 하면서 젖은 얻어먹지도 못하는구나."

어찌 보면 육담 같은 이 이야기를 통해 만공은 부처님의 불법을 가르치고 있는 것이다. 어느 절에나 안치되어 있는 불상들은 으레 풍만한 젖가슴을 갖고 있게 마련이었다. 뿐만 아니라 남성으로서는 보기 드문 유두까지 갖고 있는데 이를 빗대어 만공은 여승인 일엽에게 부처님을 건드리기만 하면서 가장 중요한 부처님의 젖은 얻어먹지 못한다고 꾸짖고 있는 것이다.

어찌 나무나 돌로 빚은 부처의 젖통에서 젖을 얻어먹을 수 있겠는가.

그러나 우리 인간들은 태어난 후 어머니의 모유를 통해 생명을 보존하고 살아나갈 수 있듯이 부처의 젖통을 통해 생명의 진리인 불법의 젖을 얻어먹어야만 우리들의 영혼은 비로소 생기를 얻을 수 있는 것이다.

무릇 모든 불교 신자들과 머리를 깎고 승려가 된 수도자일지라도 부처 앞에서 절이나 올리고 합장하며 향이나 사르고 있을 뿐 달려들어 부처의 젖통에 안겨 젖을 빨아먹지 못하는 어리석

음을 꾸짖는 만공의 선풍이 이 작은 한소리에 모두 깃들여 있음
인 것이다.

부처의 젖.

만공은 부처가 설법한 불법의 진리를 부처의 젖으로 빗대어
표현한 것이다.

불법의 진리를 부처의 젖으로 비유한 만공의 선풍은 그가 덕
숭산 꼭대기에 위치한 정혜사 뜨락에 발우형(鉢盂形) 석조 수조
(石造 水槽)를 만들어 놓은 것에서도 엿볼 수 있다.

바위 밑에서 흘러나오는 약수를 받는 발우형 수조를 만들어
놓고 그 위에 만공은 친필로 다음과 같이 그 정자《閣》의 이름을
명명하였다.

'불유각(佛乳閣)'

직역을 하면 '부처님의 젖이 나오는 정자'라는 뜻의 이 이름을
보아도 부처의 말씀을 부처의 젖으로 비유해 일엽에게 말한 만
공의 농은 실은 불교의 핵심을 꿰뚫어 보인 선기라 할 수 있을
것이다.

이와 같이 사소한 것에서부터 불교의 본질을 꿰뚫어 보이는
만공에게 비슷한 일화가 또 한 가지 더 있다.

그 당시 수덕사 밑 사하촌(寺下村)에서는 나무꾼들이 나무를
하면서 다음과 같은 음담의 노래들을 부르곤 하였다.

저 산의 딱따구리는
생나무 구멍도 잘 뚫는데

우리 집 멍텅구리는

뚫린 구멍도 못 뚫는구나.

이 노래는 문자 그대로 노골적인 육두문자(肉頭文字)의 패설가(悖說歌)였던 것이다.

당시 만공에게는 시봉하던 사미승이 하나 있었는데 그는 나이 어린 동승이었다. 오늘날 수덕사의 방장으로 있는 진성(眞性)이 그 어린 철부지 소년이었는데 그는 나무꾼에게 이 노래를 배워 오나가나 부르고 다녔다.

어느 날 만공은 동승이 부르는 노래를 무심코 듣다가 다시 한번 그 노래를 불러보라고 말하였다. 이에 신이 난 동승은 소리 높여 패설가를 부르기 시작하였다.

"저 산의 딱따구리는

생나무 구멍도 잘 뚫는데

우리 집 멍텅구리는

뚫린 구멍도 못 뚫는구나."

노래를 다 듣고 난 만공은 손뼉을 치면서 감탄하며 말하였다.

"그 노래 참 좋은 노래다. 절대로 잊어버리지 말거라."

어느 꽃피는 봄날.

왕가의 상궁들과 나인(內人)들이 수덕사로 내려와 만공을 찾아 뵙고 그에게 법문해 줄 것을 청하였다. 이를 쾌히 승낙한 만공은 수많은 궁녀들이 모인 법당 안에서 진성을 불러들여 법당 한가운데 세우더니 바로 그 '딱따구리의 노래'를 부르도록 하였다. 신이 난 사미승은 목청이 터져라고 노래를 부르기 시작하였다. 왕궁의 청신녀들은 한편으로는 어리둥절해 하면서도 한편은 재미있기도 하여 웃기도 하고, 너무나 노골적인 노래 가사로 낯이 붉어지며 어떤 여인들은 손으로 얼굴을 가리기도 하였다. 각양각색의 반응을 살피던 만공은 법상에 올라 엄숙한 얼굴로 다음과 같이 말하였다.

"이 노래는 절 밑에 살고 있는 나무꾼들이 나무를 하면서 부르는 노래입니다. 얼핏 들으면 상스런 노래인 것 같지만 이 노래 속에는 인간을 가르치는 만고불역(萬古不易)의 핵심 법문이 깃들여 있는 것입니다. 두두물물(頭頭物物), 진진찰찰(塵塵刹刹), 눈으로 보이는 모든 것, 귀에 들려오는 모든 소리들이 법문이 아닌 것이 없지만 이 노래에는 불교의 진리가 깃들여 있습니다. 마음이 깨끗하고 맑은 사람은 '딱따구리의 노래' 속에서 많은 것을 얻을 것이나 마음이 더러운 사람은 이 노래에서 한갓 속악한 잡념을 일으킬 것입니다. 원래 참법문은 맑고 아름답고, 더럽고 속악한 경지를 넘어선 것입니다. 범부(凡夫) 중생이라 하여도 부처와 똑같은 불성을 갖추어 가지고 이 땅에 태어난 누구나 원래 뚫린 부처의 씨앗(佛種子)임을 아무도 모르고 있소. 이 사람들이야말로 뚫려 있는 구멍도 뚫지 못하는, 딱따구리보다 더 어리석은 멍텅구리라 할 수 있는 것입니다."

만공의 법문은 계속 이어져 내려갔다.

"…뚫려 있는 구멍, 뚫려 있는 이치를 찾는 것이 바로 불법이오. 탐욕, 분노, 어리석음의 삼독(三毒)과 환상의 노예가 되어 버린 어리석은 중생들이야말로 뚫려 있는 구멍을 뚫지도 못하는 딱따구리보다 못한 불쌍한 멍텅구리인 것이오. 진리는 이처럼 지극히 가까운데에 있소. 대도(大道)란 막힘과 걸림이 없어 원래 훤칠히 뚫린 것이기 때문에 지극히 가깝고, 따라서 이 노래는 뚫린 구멍도 못 찾는 어리석은 세상 사람들을 풍자한 기막힌 법곡(法曲)이라 아니할 수 없는 것이오."

한갓 나무꾼들이 부르는 패설가를 통해, 생나무 구멍을 잘 뚫는 딱따구리를 빗대어 자신의 욕정 하나도 제대로 만족시켜 줄 줄 모르는 남편을 빈정거리는 육두가를 통해 불법의 진리를 꿰뚫어 설법한 만공이야말로 대단한 선풍이라 할 수 있을 것이다.

내용 그대로 생나무 구멍을 잘 뚫는 딱따구리보다 못하여 바로 곁에 누워 있는 자신의 욕정을 만족시켜 주지 못하는 멍텅구리 서방님이야말로 만공이 일엽에게 빗대어 말한 부처님의 젖통만 건드릴 뿐 그 젖은 얻어먹지 못하고 있는 어리석은 멍텅구리 중생들이라고 하찮은 노래를 통하여 가르쳐 주고 있음인 것이다.

불법에 관해 만공이 남긴 법훈이 하나 있다.

'들려오는 노랫소리가 다 법문이요, 삼라만상의 모든 물건이 다 부처님의 진신이다. 그럼에도 사람들은 불법을 만나기가 백천만겁에 어렵다고 하니 그 무슨 불가사의한 도리인가.'

이러한 만공의 짓궂은 장난기를 엿볼 수 있는 거량(擧場)이 하나 더 있다. 원래 음력 4월 보름부터 7월 보름까지의 석달 여름 결제(結制) 기간을 우안거라고 하여 산문 밖으로는 절대 나가지 못하고 금족(禁足)하면서 공부에만 정진토록 되어 있게 마련이었다. 그러나 만공의 회상(會上)만은 언제나 예외였다. 만공은 엄숙한 얼굴로 앉아 근엄한 표정으로 공부하는 수좌들의 태도를 못마땅해 하였다. 만공은 걸핏하면 떡을 하고 축제판을 벌이곤 하였다.

만공이 가장 좋아하는 것은 수박으로 그는 기회만 있으면 수박을 사다가 전 사내 대중들이 모인 자리에서 수박 잔치 벌이기를 즐겨하였다.

어느 여름날, 하안거 기간 중에 일어난 일이었다.

갑자기 수박을 먹고 싶은 생각이 든 만공은 여러 스님들이 모인 자리에서 다음과 같이 말하였다.

"누구든지 날랜 사람이 있어 매미를 맨 먼저 잡아오는 사람에게는 수박값을 안 받고 공짜로 먹이기로 하고 만일 못 잡아오는 사람에게는 수박값으로 동전 서푼씩 받아야겠으니 여기 있는 대중들은 모두 한마디씩 일러 보도록 하라."

마침 나뭇가지 위에서는 매미가 떼를 지어 귀청이 찢어질 만큼 시끄럽게 울고 있었다.

만공이 그렇게 말하자 어떤 사람이 매미 잡는 시늉을 하였다.

그러자 만공은 다음과 같이 말하였다.

"매미를 못 잡아왔으니 서푼을 내시게."

할 수 없이 그 사람은 서푼을 낼 수밖에 없었다.

다른 사람이 직접 나뭇가지 위로 올라가 매미를 한 마리 잡아 만공에게 내주면서 말하였다.

"스님, 매미를 잡아왔습니다."

이에 만공은 애써 잡아온 매미를 날려 주면서 말하였다.

"자네도 매미를 못 잡아왔으니 서푼을 내시게."

만공의 진의를 헤아릴 수 없었던 대중들은 별의별 수단을 다 쓰기 시작하였다.

한 사람이 나서서 뜨락에서 맴맴맴맴— 하고 매미 우는 소리를 냈지만 역시 서푼을 내야 했으며, 어떤 사람은 느닷없이 할을 하였고, 어떤 이는 난데없이 주먹 하나를 들어보이기도 하였지만 만공에게 서푼을 내야만 하였다.

어떤 사람은 '내가 매미를 잡아오겠습니다' 하고 나서서 느닷없이 만공의 등뒤로 돌아가 만공의 등을 탁 손으로 때리고는 '이놈의 매미' 하고 말하기도 하였다.

"스님, 제가 매미를 잡아왔습니다."

그래도 만공은 물러서지 않고 말하였다.

"자네도 매미를 잡지 못하였으니 서푼을 내시게."

이때 금봉(錦峰)이란 선화(禪和)가 나서서 마당 위에 커다란 원상(圓相) 하나를 그려 놓고 말하였다.

"상 가운데에는 부처가 없고 부처 가운데에는 상이 없습니다 (相中無佛 佛中無相)."

그래도 만공은 말하였다.

"금봉 자네도 서푼 내시게."

이때 마침 보월(寶月) 선화가 들어오자 만공이 이르기를 지금 대중들이 이러이러하였으니 자네는 어떻게 하겠는가 하였다. 보월은 말없이 주머니끈을 풀고 돈 서푼을 꺼내 스님에게 올렸다.

그러자 만공이 비로소 웃으며 말하였다.

"매미를 잡은 사람은 보월 자네뿐이네."

당시 만공이 수박 잔치를 벌인 곳은 수덕사에서 30리쯤 떨어져 있는 보덕사(報德寺)였는데 그 절의 주지가 바로 보월이었다.

지금은 여승들의 절인 비구니사가 되었지만 당시만 해도 수많은 납자들이 모여 정진하던 깊은 수도처였다.

보월은 만공의 첫 상좌로 만공의 총애를 받던 수법제자였다. 만공이 매미를 잡아오는 사람에게는 공짜로 수박을 먹게 하고 잡아오지 못하는 사람에게는 서푼을 받는다고 내기를 한 것은 다만 수박을 사오기 위한 돈을 추렴하려는 의도에 지나지 않았다.

만공이 원하였던 것은 수박을 먹기 위함이었지 매미를 잡아오기를 원함이 아니었다. 만공의 의중을 알 수 없었던 제자들은 '매미'라는 언구(言句)에 걸려들었을 뿐 만공의 속마음을 꿰뚫어보지 못하고 있었던 것이다.

만공의 속마음을 직관한 것은 오직 한 사람, 만공의 첫 상좌였으며 총애를 받고 있던 보월뿐이었다.

그는 매미를 잡아오라는 스승 만공의 말에서 매미라는 함정에 빠지지 않고 만공이 수박을 먹고 싶어 수박값을 추렴하려 한다는 것을 꿰뚫어 보았던 것이었다. 그래서 아무런 말없이 주머니 끈을 풀고 돈 서푼을 꺼내 만공에게 올릴 수 있었던 것이다. 만공의 눈으로 보면 매미를 실제로 잡은 사람은 보월 한 사람뿐이었던 것이다.

만공과 보월의 이와 비슷한 일화가 또 하나 있다.

어느 가을.

시월 결제날 만공이 여러 수좌들과 암자에 앉아 있는데 뜨락에서 속복(俗服)을 한 웬 사람이 아뢰었다.

"만공 스님, 함께 목욕이나 가시지요."

수덕사 밑 동리에는 온천이 나와 스님들은 이따금 동리로 내려가 더운 목욕을 하곤 하였다. 특히 만공은 온천 목욕을 좋아하였다고 전해지고 있다. 그러나 만공은 단숨에 이를 거절하였다.

"나는 계율을 지키는 중이라 목욕을 못하오."

이에 그 사람이 혼자 가버리자 보월이 물었다.

"그분이 누구십니까."

만공이 대답하였다.

"그 사람은 대구에 사는 여여처사(如如處士)라고 견성한 분이다."

그러자 보월이 말하였다.

"별은 보았을지 몰라도 마음은 보지 못하였습니다."

만공이 표현한 견성의 단어를 보월은 절묘하게 사용하여 써보였던 것이다. 즉 견성(見性)하였다는 말을 견성(見星)하였다는 뜻으로 도치(倒置)하여 견성(見星)하여 별을 보았을지는 모르지만 견성(見性)하여 마음은 보지 못하였다고 표현한 것이다.

이에 만공이 껄껄 웃으면서 말하였다.

"그러하면 그대가 그 사람 대신 말해 보아라."

보월이 입을 열어 아뢰었다.

"조실스님도 물 식기 전에 빨리 가셔서 목욕하셔야지요."

그러자 만공은 당장에 일어나 목욕을 하러 가면서 중얼거려 말하였다.

"아는 놈은 속일 수 없구나. 그러면 목욕이나 하러 가야지."

보월은 이러니저러니 말은 하지만 목욕을 하고 싶어하는 만공의 마음을 이미 꿰뚫어 보았던 것이다. 그러므로 보월은 만공에게 있어 '속일 수 없는 단 하나의 아는 놈'이었다. 만공이 여여처사가 목욕을 함께 가자고 하였을 때 거절하였던 것은 명색이 중으로서, 그것도 결제날 계율을 깨뜨리고 목욕을 갈 수는 없다고 한번쯤 사양해 본 것에 지나지 않았던 것이다. 계율은 계율이고 목욕은 목욕인 것이다.

만공과 애제자 보월과의 얽힌 선화를 통해 현대를 사는 우리들은 모두 서로 말에만 얽매여 있을 뿐 서로의 마음을 꿰뚫어 보지 못하는 우인(愚人)임을 깨닫게 된다. 두 사람이 나눈 선문답은 더 많이 있다.

어느 날 보월이 여자(茄子) 한 개를 들고 와 스승 만공에게 드리면서 말하였다.

"스님, 이것을 시방삼세(十方三世)의 모든 부처님들과 함께 공양하십시오."

여자란 과실의 일종으로, 그 과실을 올리면서 한 보월의 말이 걸작인 것이다.

이 여자 한 개를 시방, 즉 사방(四方) 사우(四隅) 상하(上下)의 모든 방향을 합친 열 가지 방향과 삼세, 즉 전세 · 현세 · 후세의

모든 부처(諸佛)들과 함께 나눠 드시라고 말한 것이었다. 이 말
의 뜻은 무엇인가.

그렇게 모든 부처와 나누어 먹듯이, 즉 맛있게 드시라는 자신
의 속뜻을 그런 식으로 나타내 보인 것에 지나지 않음이었다. 이
를 모를 만공이 아니었다. 만공이 보월을 가리켜 '속일 수 없는
아는 놈'이었다면 만공 역시 보월에게 있어 '속일 수 없는 아는
스승'이 아니겠는가.

이 말을 들은 만공은 곧 여자를 딱 쪼개 한꺼번에 맛있게 다
먹고 나서 물어 말하였다.

"어떤가, 이만하면 시방 제불과 함께 공양이 되었겠는가."

맛있게 먹어 달라는 제자 보월의 말에 맛있게 먹어 준 스승
만공이야말로 이심전심의 극치를 보여준 것이라 할 수 있을 것
이다.

만공은 1924년에 덕숭산 산복(山腹)의 자연석을 서 있는 대
로 조각하여 관음석불 입상을 조성하였다. 깎아지른 바위를 물
이 솟구쳐 나오는 용출(湧出)의 형태로 조각한 석불이었는데 이
를 완성한 뒤의 어느 날, 만공과 보월은 둘이서 그 석불 앞에 서
서 석양 무렵의 정경과 붉은 석양빛을 받고 빛나는 석불을 쳐다
보고 있었다.

그러다가 문득 만공이 보월에게 물었다.

"여보게 보월, 이 석불님 상호(相好)가 어떠한가."

그러자 보월은 웃으면서 대답하였다.

"참으로 거룩하십니다."

이에 만공은 말없이 소매를 떨치고 방장실로 돌아갔는데 이 간단하고도 짧은 선화에서도 스승과 제자의 속마음을 헤아려볼 수 있다. 만공은 아무런 뜻도 없이 다만 자신이 애써 조성한 석불의 모습이 어떻게 보이느냐고 물었을 뿐이었던 것이다. 그런데 보월이 본 것은 죽어 있는 돌부처의 모습이 아니라 서 있는 스승, 즉 살아 있는 부처의 모습이었던 것이다. 그러므로 보월은 석불이 아닌 생불인 스승을 빗대어 '참으로 거룩하십니다'고 찬탄하였던 것이다. 이렇게 제자로부터 살아 있는 부처로 칭송을 받으니 천하의 만공이라 해도 겸연쩍을 수밖에 없었던 것이다. 만공이 아무런 말도 없이 소매를 떨치고 방장실로 돌아가 버린 것은 이런 연유 때문인 것이다.

이 짧은 선화는 일찍이 조주가 스승 남전(南泉)을 만나러 갔을 때 첫 인사를 나눈 뒤 남전이 조주에게 물었던 문답을 떠올리게 한다.

"어디서 왔는가."

비스듬히 누워 남전이 묻자 조주는 대답하였다.

"서상원(瑞像院)에서 왔습니다."

그러자 남전이 다시 물었다.

"그래 서상(상서로운 모습)을 보았는가."

이에 조주는 대답하였다.

"서상은 보지 못하였습니다만 누워 계시는 부처님(臥佛)은 보았습니다."

눈앞에 누워 있는 자신을 빗대어 와불이라고 표현하는 조주의 선기에 남전은 누워 있다 벌떡 일어나 앉았다고 전해지고 있듯이 만공의 무심한 질문에 스승을 살아 있는 부처로 찬탄하는 제자 보월의 깊은 애정에 만공은 차마 그냥 서 있지 못하고 소매를 떨치고 도망쳐 버릴 수밖에 없었던 것이다.

단순히 스승 만공의 마음을 꿰뚫어 보았을 뿐 아니라 보월은 이미 선정에도 삼매에 깊숙이 들어 있음이었다.

한때 부산의 범어사에 머무르고 있던 운암이라는 선화가 정혜사에 머무르고 있는 만공에게 편지를 보내서 질문을 해온 적이 있었다.

당시 범어사에는 만공의 도반이자 경허의 수법제자인 혜월이 주석하고 있었는데 운암은 혜월의 제자로 이를테면 편지를 통해 한소식 들어볼 겸, 만공의 선기를 시험해 볼 겸 겸사겸사해서 편지를 보내 온 것이었다.

편지의 내용은 다음과 같았다.

'과거 · 현재 · 미래의 마음을 도무지 얻을 수 없다(三世心都不可得)고 하였는데 그 도리를 분명히 가르쳐 명시하여 주소서.'

이 질문은 금강경에 나오는 문구에서 비롯된 것이었다. 《금강경》은 '금강반야바라밀경《(金剛般若波羅蜜經)》'을 줄여 부르는 이름인데 불경 중 가장 난해하면서도 부처의 사상을 가장 잘 나타내 불경의 골수로 손꼽히고 있다.

부처가 사위국에서 제자인 수보리(須普提)를 위해 설법한 내용으로, 특히 선종(禪宗)에서 중요하게 여기고 있다.

'금강(金剛)'이라 함은 보석 중에 가장 강한 보석인 다이아몬드를 가리키는 용어로 더 이상 견고하고 더 이상 견실할 수 없으며, 어떠한 번뇌도 악마도 이것을 깨뜨릴 수 없다는 뜻으로 사용된《금강경》의 핵심 사상은 '공(空)'이다.

그리하여《금강경》은 철저한 부정을 통하여 긍정을 이끌어내고 있다.

'구도자는 사물에 집착 없이 베품(布施)을 행하지 않으면 안 된다. 구도자가 만약 '나는 사람들을 제도하였다'고 하는 생각을 일으켰다면 그는 진실한 구도자가 아니다. 구도자들은 일체의 생각을 버리고, 형태에 집착한 마음을 버리고 소리나, 냄새나, 감촉이나, 마음의 대상에 집착하는 마음을 일으켜서도 안 된다. 법(法)에 집착하는 마음을 일으켜서도 안 된다. 또한 법 아닌 것에 집착하는 마음을 일으켜서도 안 된다. 법은 법이 아니며, 법 아닌 것도 법 아닌 것이 아니기 때문이니라.'

부처가 설법한 대상인 '수보리'는 특정한 인물이라기보다 '구도자'들을 가리키는 대명사로서 부처는 이 경전을 통해 도를 통해 부처를 이루려는 구도자들에게 다이아몬드와 같은 진리의 금강석으로 극명하게 그 지름길을 제시해 주고 있는 것이다.

그러므로《금강경》은 삶의 지침서인 다른 경전들보다 난해하며 자칫 아전인수 식으로 그 뜻을 받아들였다가는 사도(邪道)에 빠질 수 있는 함정을 지닌 위험한 경전이라고도 불리고 있는 것이다.

부처는 누구를 위해서라든가, 무엇을 위해서라든가 하는 모든 욕망과 집착, 분별 등을 버리는 한 방법으로 가장 유명한 말 한 마디를《금강경》에 남겼는데 그 내용은 다음과 같다.

'수보리여, 과거의 마음도 얻을 수 없고, 현재의 마음도 얻을 수 없으며, 미래의 마음도 얻을 수 없기 때문이다(過去心不可得 現在心不可得 未來心不可得).'

그러므로 이 구절 한마디는《금강경》중에서도 핵심으로 손꼽히고 있는 명구인 것이다.

과거의 마음을 얻으려 한다면 사람들은 마땅히 집착에 사로잡히게 될 것이다. 과거는 죽은 것이며 존재하지도 않는 것이다. 미래의 마음을 얻으려 한다면 사람들은 욕망에 사로잡히게 될 것이다. 미래는 환상이며 존재하지도 않는 것이다. 현재의 마음을 얻으려 한다면 사람들은 분별에 사로잡히게 될 것이다. 현재라고 불리는 바로 이 순간도 현재 그 자체는 아닌 것이며 존재하지도 않는 것이다.

그러므로 운암이 서신을 통해 만공에서 물어본 것은 바로《금강경》의 핵심 사상인 '과거, 현재, 미래의 마음을 도무지 얻을 수 없다(三世心都不可得)'라는 말의 도리를 가르쳐 달라는 간절한 선문인 것이다.

만공은 이 편지를 받고 다음과 같이 간단하게 답서하였다.

'위음왕불(威音王佛) 이전에 이미 설(說)해 마쳤느니라.'

만공이 표현한 위음왕불이란 부처가 태어나기 이전에 가장 먼저 성불한 부처를 가리키는 말로 공겁(空劫)을 가리키는 용어이다. 그러므로 '위음왕불 이전'이라 함은 하늘과 땅인 천지가 떨어지기 전(天地未分前)의 태초를 가리키는 말인 것이다. 선가에서는 흔히 이를 '부모미생전(父母未生前)', 즉 부모가 태어나기 전이라는 뜻으로도 사용하고 있는데, 만공이 그렇게 대답한 것은 이러한 뜻이었다.

'태초에 이미 그 답이 있어 물어온 도리에 대해 설(設)해 마쳤거늘 내가 또다시 어찌 부언할 수 있겠는가.'

말하자면 그 답은 네 마음속에 있는 것이니 네가 스스로 원래 태초부터 있어 왔던 그 답을 찾으라는 뜻을 담고 있음인 것이다.

그렇게 답서를 쓰고 나서 마음이 흡족해진 만공은 제자 보월을 불러 곁에 오도록 하였다. 보월이 오자 만공은 자신이 쓴 편지를 내보이며 다음과 같이 말하였다.

"어떠한가."

그러자 갑자기 보월이 소리쳐 말하였다.

"스님 죄송합니다만 도대체 스님께서 누구의 눈을 멀게 하시려고 이런 짓을 하고 계시는 겁니까."

난데없이 제자 보월로부터 준엄한 항의를 받게 되자 만공이 말하였다.

"그러하면 자네가 내 대신 답서를 써보시게나."

그러자 보월은 먹을 듬뿍 묻혀 붓을 들어 종이에 다음과 같이 써내려갔다.

'덕숭산 만공 스님의 회상(會上)을 등지고 영남으로 간 것은 심중에 나머지 의심을 끊지 못함이러니(不絶餘疑) 지금에도 나머지 의심을 끊지 못하였도다. 차후엔 나머지 의심을 끊어 다시는 이런 짓을 하지 말도록 하라(更絶餘疑).'

그리고 나서 보월은 편지를 모두 불태워 버리기 시작하였던 것이다.

보월이 쓴 이 답서에는 깊은 뜻이 숨어 있었다.

즉, 편지를 보내온 운암이 범어사의 혜월 스님 회상이었으므로 그가 만공과 헤어져 영남으로 떠나갔음은 의심을 끊지 못하여 갔음이라 말하고 앞으로는 이런 식의 장난은 더 이상 해오지 말라고 꾸짖은 것이었다. 운암은 진심으로 불법의 도리에 대해 물어온 것이 아니라 만공의 선기를 시험하기 위해 도전장을 보내온 것에 지나지 않았다. 또한 보월이 편지를 불태워 버린 것은 스승 만공을 뛰어넘은 명답을 보여준 것이었다.

'위음왕불 이전에 이미 설해 마쳤으니 이를 들어보도록 하라'는 만공의 대답도 이미 부질없는 부언이어서 자칫하면 사람들의 눈을 멀게 할지도 모르니 그러한 편지를 보내는 그 자체가 현재의 마음을 얻으려 하는 분별함이요, 미래의 마음을 얻으려 하는 욕망 때문임을 꾸짖고 아예 그 편지를 모두 불태워 버린 것이었다.

만공이 문자로써 위음왕불 이전의 태초를 가리켰다면 제자 보월은 그 태초 이전의 공겁(空劫)을 가리켜 보인 것이었다.

보월이 편지를 불태워 버리는 모습을 보자 만공은 통쾌하게 웃으면서 손뼉을 쳤다고 전해지고 있다. 그리고 나서 다음과 같이 말하였다고 한다.

"보월, 자네한테 오늘에야 밥값을 받았네."

제자 보월로부터 '밥값을 받음(飯價收獲)'으로써 만공은 비로소 보월의 법을 인가하게 되는 것이다.

마침내 제자 보월의 법을 인가하고 나서 만공은 보월에게 다음과 같은 게송을 내린다.

색이 공함에 공마저 공하여
공과 색이 함께 공하였으니
또한 일러라 이 무엇인고
○
겨울 날씨가 차기도 하여라.
色空空亦空 空色兩俱空
且道是何物 ○猛冬薄寒

생전에 만공은 꼭 두번만 남 앞에서 눈물을 보였다고 전해지고 있다. 한번은 스승 경허가 천화(遷化)하여 경허의 다비(茶毘)를 모실 때였고, 또 한번은 이토록 사랑하던 제자 보월이 마흔 살을 겨우 넘기고 젊은 나이로 열반에 들었을 때였다. 그때 보월은 보덕사에 주석하고 있었는데 이미 수많은 납자가 모여들어 만공의 회상보다 더 번성을 이루고 있을 정도였다.

그러한 제자 보월이 먼저 열반에 들자 만공은 피를 토하면서 수많은 대중들 앞에서 눈물을 흘렸다고 전해지고 있다.

만공이 얼마나 보월의 죽음을 슬퍼하였던가는 그가 남긴 시를 보면 알 수가 있다. 만공은 제자 보월이 가고 없는 보덕사에 들러 다음과 같이 노래하였다.

송백은 다만 푸르고 꽃은 스스로 붉었는데
기러기는 이미 가고 나만 홀로 남아 울고 있구나.
松柏但青花自紅　鴻雁已去自歸鳴

7

만공도 세월과 더불어 늙어 갔다.

어느 해 여름 만공은 상경하여 선학원에서 같은 경허의 제자인 한 스님과 나란히 앉아 있었다. 스님이 만공을 보면서 한참 보더니 불쑥 입을 열어 말하였다.

"만공 자네도 이미 많이 늙었구료."

그러자 만공이 웃으면서 대답하였다.

"허공도 또한 늙었거니 색신이야 어찌 늙지 않겠소이까(虛空 亦老 色身豈不老乎)."

나이가 들면서 만공은 그가 남긴 선시 중 가장 유명한 노래를 한 수 남긴다. 제목하여 '참회게문(懺悔偈文)'이라 하였는데, 만 공도 나이가 들어 늙어 가자 아직 참회할 죄업이 남아 있음을 문 득 느끼기라도 하였음일까.

일체가 바람으로 좇아 나고
일체가 바람으로 좇아 멸하는 것이니
바람이 불어오는 곳을 요달하면
생도 없고 또한 멸도 없으리라
이렇게 불러 답을 얻을 때가
법안으로 성품을 보는 때이니라.
一切隨風生　一切隨風滅
了得風來處　無生亦無滅
此召得答時　法眼見性時

— 참회게문

말년에 만공은 서산 앞바다에 있는 간월암을 복원하고 중창하 였다. 간월암은 조선조에 들어와 배불정책의 화를 입어 절이 헐 리고 그 자리에 묘가 들어서 있던 것이었다.

만공은 이 옛 절터에 간월암을 복원하고 그 첫 사업으로 1942 년 여름부터 조국 해방 천일 기도를 올리기 시작하였는데 천일

기도를 끝내고 회향 3일 만에 8·15해방을 맞게 되었던 것이다.

해방을 맞은 만공은 덕숭산 산정에 전월사(轉月舍)란 떳집〔茅屋〕을 짓고 그 곳에서 여생을 보냈다.

이 무렵 만공은 자신을 찾아온 어느 학인과 그가 남긴 선화 중 가장 유명한 선문답을 나누게 되는데 그 내용은 다음과 같다.

어떤 학인이 산정까지 올라 전월사를 찾아와 만공에게 물었다.

"불법이 어디에 있습니까."

이에 만공이 대답하였다.

"다못 네 눈앞에 있느니라(祇在目前)."

그러자 그 학인이 다시 물어 말하였다.

"내 눈앞에 있다는데 어째서 저에게는 보이지 않습니까."

만공은 단숨에 꾸짖어 말하였다.

"너에게는 너라는 것이 있기 때문에 보이지 않느니라."

말이 막혀 버린 학인은 그러나 물러서지 않고 만공에게 다시 방향을 돌려 물었다.

"그러하면 스님께서는 보셨습니까."

"너 혼자만 있어도 안 보이는데 나까지 있다면 더욱 보지 못하느니라."

그러자 학인이 다시 물었다.

"나도 없고 스님도 없다면 볼 수 있겠습니까."

만공은 꾸짖어 말하였다.

"나도 없고 너도 없는데 보려고 하는 자가 누구이냐(無我無汝

可求見是何誰)."

이 선문답을 통해 짐작할 수 있듯 만공은 불법을 '자기 속에 들어 있는 나를 찾아가는 길'이라고 표현하고 있다. 그리하여 만공은 '나를 찾아야 할 나'에 관한 법훈들을 수없이 남겼다.

'사람이 만물 가운데에서 가장 귀하다는 것은 나를 찾아 얻을 수 있는 데 있다.'

나를 찾아가는 길이야말로 생과 사가 없는 절대의 자유를 찾아가는 길이라고 역설한 만공이 남긴 몇 가지 법훈들을 살펴보기로 하자.

'나라는 존재는 절대 자유로운 것이며, 모든 것은 내 마음대로 자재(自在)할 수 있어야 할 것임에도 불구하고 우리 인간은 어느 때 어느 곳에서도 자유가 없고, 무엇 하나 임의로 되지 않는 것은 망아(忘我)가 주인이 되고 진아(眞我)가 종이 되기 때문이다.'

'사회에서 뛰어난 학식과 인격으로 존경을 받는 사람이라 할지라도 자기 자신의 나를 찾지 못하면 그 사람은 정신을 잃어버린 미친 사람에 불과할 따름이다.'

'각자가 다 부처가 될 성품을 지녔지만 내가 나를 알지 못하기 때문에 부처를 이루지 못하는 것이다.'

'부처를 대상으로 하여 구경(究竟 : 사리의 마지막)에 이르면 내가 곧 부처인 것이 발견되나니 결국 내가 내 안에서 나를 발견해야 하는 것이다.'

'보고 듣고 얻는 지식으로써는 나를 찾아낼 수 없는 것이다. 나라는 생각만 해도 그것은 벌써 내가 아닌 것이다.'

'나 속에 들어 있는 진짜의 나'를 찾는 길이야말로 부처를 이루는 길이라고 설법하는 만공의 역설은 '너 자신을 알라'고 외치는 소크라테스(B.C. 470~399)의 목소리를 떠올리게 한다.

자기 자신의 혼(魂 : Psyche)을 소중히 해야 할 필요성을 끊임없이 역설한 소크라테스는 그리하여 우리에게 끊임없이 한 가지 질문을 던져왔던 것이다.

'너 자신을 알라.'

마침내 만공은 병석에 눕게 된다. 일찍이 자신의 오랜 도반이었던 한 스님에게 탄식하여 말하였듯 허공이 늙으니 그의 색신도 함께 늙어 병들어 버린 것이었다.

해방 되기 전해인 갑신년(甲申年) 사월초파일의 어느 늦은 봄. 부처님이 탄생한 바로 그날 아침. 만공은 병석의 머리맡에서 까치가 우는 소리를 듣고 몸을 일으켜 앉는다. 나무 위에서 우는 까치의 울음소리를 부처의 목소리로 전해 들은 만공은 떨리는 손을 들어 붓에 먹을 듬뿍 묻혀 다음과 같은 시를 써내려갔다.

피곤한 인생 산란한 봄꿈이여
아침에 우짖는 까치 부처의 소리를 토하는구나
갑인년 사월초파일에
백초가 푸르니 붉음도 알겠도다.
困人春夢亂　朝鵲吐佛吟
甲寅四八日　百草靑知紅
　　　　　─ 사월초파일 병석에서 읊노라(四月八日 枕席吟)

일찍이 만공은 다음과 같이 말한 적이 있다.

"나는 무한극수적(無限極數的) 수명을 가진 존재로 죽을래야 죽을 수 없는 금강불괴신(金剛佛壞身)이라.

이 육체의 생사는 나의 옷을 바꾸어 입는 것에 불과할 뿐, 인간이라면 자신이 소유한 생사의 옷쯤은 자유자재로 벗고 입을 줄 알아야 한다."

자신이 말하였던 대로 마침내 생사의 옷을 갈아 입을 때가 찾아온 것을 깨달은 만공은 병든 몸을 일으켜 다음과 같은 최후설(最後說)을 하였다.

"내가 이 산중에 와서 납자(衲子)들을 가르치고 있는 지 40여 년인데 그간에 선지식을 찾아왔다 하고 나를 찾아온 이가 적지 않았지만 찾아와서는 다만 내가 사는 집인 이 육체의 모양만 보고 갔을 뿐이요, 정말 나의 진면목은 보지 못하였다. 나를 못 보았다는 것이 문제가 아니라 나를 못 보는 것이 곧 자기를 못 본 것이니 그게 문제인 것이다.

자기를 못 보므로 자기의 부모, 형제, 처자와 일체(一切) 사람들을 다 보지 못하고 헛되게 돌아다니는 정신병자들일 뿐이니 이 세계를 어찌 암흑세계라 하지 아니할 것인가.

도(道)는 둘이 아니지만 도를 가르치는 방법은 각각 다르니 내 법문을 들은 나의 문인들은 도절(道節)을 지켜 내가 가르치던 모든 방식까지 잊지 말고 지켜 갈지니 도절을 지켜 가는 것이 곧 법은(法恩)을 갚는 것이 되고 정신적, 시간적으로도 공부의 손실이 없게 되는 것이다.

도량(道場), 도사(道師), 도반(道伴)의 3대 요건이 갖추어진 곳을 떠나지 말 것이며 석가불(釋迦佛) 삼천운(三千運 : 석가모니가 입적하신 후 3천 년)에 덕숭에서 삼성(三聖) 칠현(七賢)이 나고 그 외에 무수한 도인들이 출현할 것이니라.

나는 육체에 의존하지 아니하는 영원한 존재임을 알라. 내 법문이 들리지 않을 때에도 사라지지 않는 내 면목을 볼 수 있어야 하는 것이다.″

최후설을 마친 만공은 1946년 병술년(丙戌年) 10월 12일, 시자들을 보고 물을 떠오라고 일렀다. 시자들이 목욕물을 떠오자 스스로 몸을 씻어 자신이 평생토록 입고 가던 육신의 옷을 씻어 내렸다. 목욕을 하고는 깨끗한 옷으로 갈아입고 단좌한 후 거울을 가져오라고 하였다. 시자가 거울을 가져오자 만공은 물끄러미 거울에 비친 자신의 모습을 들여다보더니 껄껄 웃으면서 말하였다.

″자네와 내가 이제 이별할 인연이 되었나 보구려. 그럼 잘 있게나.″

그리고 나서 만공은 문득 입적하였다.

입적하기 직전 거울을 보고 거울에 비친 자신의 형상을 보면서 '자네와 내가 이제 이별할 때가 되었다'며 작별 인사를 나누는 만공의 최후는 서산 대사의 임종게를 떠올리게 한다.

서산 대사 청허 휴정(淸虛 休靜)은 세수 85세, 법랍으로는 67세가 되던 해, 조선 선조 37년 1월 묘향산 원적암(圓寂庵)에서 마지막으로 설법을 하고 다음과 같은 임종게를 남긴다.

천 생각 만 생각이
붉은 화로의 한 점 눈발이다
진흙소가 물 위로 떠다니나니
대지와 허공이 함께 찢어진다.
千思萬思是 紅爐一點雲
泥牛水上行 大地虛空裂

　임종게를 남기고 서산은 주위의 시자들에게 거울을 가져오도
록 이른다. 시자들이 거울을 가져오자 서산은 거울에 비친 자신
의 모습을 물끄러미 들여다보면서 다음과 같은 노래를 부른다.

　팔십 년 전에는 그대가 나였더니
　팔십 년 후 오늘에는 내가 그대로구나.
　八十年前渠是我 八十年後我是渠

　깨닫기 전 태어났을 때는 부모로부터 물려받은 그대의 모습이
나였는데 깨닫고 이제 돌아갈 때에는 내가 바로 그대로구나 하
는 서산의 마지막 유언은 만공이 열반 직전에 목욕을 하고 단좌
하여 거울을 통해 들여다본, 지금껏 나라고 불리던 육신의 형상
인 자네를 향해 마지막 작별 인사를 나누는 모습과 상통하고 있
는 것이다.
　만공의 이러한 의미 있는 최후설은 연극을 마친 배우가 막이
내린 후 거울 앞에서 지금껏 자신이 해왔던 배우로서의 분장을

지우고 본래의 자신으로 돌아가 끝나 버린 연극의 배우 역할에게 작별 인사를 고하는 장면을 떠올리게 하는 것이다.

만공에게 있어 죽음은 새로운 연극에서 새로운 역할을 맡으러 떠나는 단역배우의 무대인사와 같은 것에 지나지 않음인 것이다.

만공의 이러한 연극배우적 최후설은 또 다른 허응 보우의 임종게를 떠올리게 한다.

보우는 조선시대 스님으로서 출생연도는 불명이다. 호는 허응 또는 나암(懶庵)이라 하였는데 강원도 백담사에서 오랫동안 주석하고 있었다. 독실한 불신자였던 명종의 모후 문정왕후가 섭정할 때 강원 감사의 천거로 광주 봉은사(奉恩寺)에 있으면서 봉은사를 선종(禪宗), 봉선사(奉先寺)를 교종(敎宗)의 수사찰(首寺刹)로 정하고, 승과(僧科)를 회복하고 승려에게 도첩(度牒)을 주고 불교를 부흥하던 조선 중기의 대표적 고승이었다.

그러나 마침내 문정왕후가 죽게 되자 보우는 유신(儒臣)들의 참소로 명종 20년인 1565년에 제주도로 귀양을 떠난다. 그곳에서 제주 목사 변협(邊協)에게 피살되는데 피살되기 직전 자신의 죽음을 예감한 허응 보우는 다음과 같은 절창의 임종게를 짓는다.

요술쟁이가 요술쟁이 고향을 찾아들어와
오십 년 동안이나 온갖 미친 놀음을 모두 놀았다
인간의 영화와 치욕을 모두 장난쳐 버리고
중의 허수아비 껍질을 벗고 맑은 하늘에 오른다.

幻人來入幻人鄉　伍十餘年作戲狂
弄盡人間榮辱事　脫僧傀儡蒼蒼

　이처럼 승려에게 있어 도를 이루었을 때 부르는 '오도송'과 죽
기 직전에 토하는 '임종게'는 각별한 의미를 지니고 있음인 것이
다. 이와 같은 뜻을 지닌 '임종게'를 한 사람만 더 예를 들기로
하자.

　고려 말기의 스님 백운 경한(白雲 景閑 : 1299~1375)은 원나라
호주(湖州)에 들어가 석실 청공(石室 淸珙)을 찾아 법을 묻고 귀
국하여 단좌사념(端坐思念) 끝에 도를 깨쳤다. 공민왕이 입성하
라 하였으나 이를 사양하였으며 해주 신광사(神光寺)에서 종풍
을 휘날리다 우왕 원년인 1375년, 사람들을 모아놓고 최후설을
한 후 다음과 같은 임종게를 남겼다.

　인생이 칠십을 산다는 것은
　옛날로부터 드문 일이다
　칠십칠 년 전에 왔다가
　칠십칠 년 후에 떠난다.
　人生七十歲 古來亦稀有 七十七年來 七十七年去

　곳곳이 다 돌아갈 길이요
　물건마다 바로 고향이거늘
　무엇하러 배와 노를 장만해

특히 고향에 돌아가려 하는가.

處處皆歸路 頭頭是在鄉 何須理丹楫 特地欲歸鄉

내 몸은 본래 없는 것이요
마음도 또한 머무르는 곳 없나니
재를 만들어 사방에 흩지고 말고
시주의 땅을 차지도 하지 말아라.

我身本不有 心亦無所在 作灰散四方 勿占檀那地

보우의 마지막 노래처럼 만공은 요술쟁이의 고향에서 온갖 미친 요술놀음을 실컷 놀다가 중의 허수아비 껍질을 모두 다 벗어버리고 맑은 하늘로 올라가 버린 것이며, 백운 경한의 마지막 노래처럼 75년 전에 왔다가 75년 후에 본래 없고, 머무르는 곳도 없는 무(無)로 돌아간 것이었다.

이때 만공의 나이는 세수(世壽)로는 75세, 중의 나이 법랍(法臘)으로는 62세였다.

만공의 최후는 그가 입적하기 4년 전 임오년(壬吾年)인 1942년의 일을 떠올리게 한다.

그해 겨울은 눈이 몹시 왔었다.

여승들의 수도처인 견성암에서 공양 청반(請飯)하기 위해 지명(智明)이라는 비구니가 만공을 만나러 왔었다. 그때 비구니들은 견성암으로 내려가는 눈길을 말끔히 쓸어놓고 스님을 모시러 와 다음과 같이 말하였다.

"노스님, 눈길을 깨끗이 쓸었습니다. 어서 가십시다."

그런데 만공은 제자리에서 꼼짝도 하지 않았다.

"내려가는 눈길을 깨끗이 쓸어놓았대두요. 어서 가시지요."

그러자 만공이 말하였다.

"나는 너희들이 쓸어놓은 길로는 안 가련다(我當不行汝等掃
路)."

그러자 지명이 어리둥절해 물어 말하였다.

"그럼 스님께서는 어느 길로 가시겠습니까."

이에 만공은 딴전을 부리면서 말하였다.

"너희 절 부처님의 모양이 하얗더구나."

이 짧은 선화에서도 알 수 있듯 평생을 남이 '쓸어놓은 길(掃
路)'로는 다니지 않던 만공. 남이 만들어놓은 길로는 다니지 않
고 자신만의 길을 만들어 길 없는 길을 가던 만공은 열반에 듦으
로써 독자적인 삶의 길을 떠나게 된 것이었다.

다비를 모시던 그 즉시 흰 연기가 안개처럼 피어오르고 홀연
히 백학(白鶴) 한 마리가 나타나 공중을 배회하다 오색광명이 하
늘을 수놓았다던가, 어쨌다던가.

문도(門徒)들이 영골(靈骨)을 모아 덕숭산 산록(山麓)에 둥근
석탑을 만들어 봉안하고 만공 월면을 상징하는 둥근 달 모양의
만공탑(滿空塔)을 건립하였는데, 어쨌든 이로써 경허의 수법제
자인 세 명의 월륜은 영원히 하늘에 올라 어둠을 비추는 세 명의
달이 되었음이다.

맏형인 수월은 북으로 가 북방을 비추는 상현달이 되었고, 혜

월은 남으로 가 남방을 비추는 하현달이 되었으며, 만공은 홀로 중부에 남아 보름달인 만월이 되었던 것이다.

　그리하여 세 명의 달이 이루어내는 달빛은 어느 날 어느 한 시에도 우리나라의 전역을 잠시도 비우지 않고 낱낱이 비추고 있음으로써 비록 캄캄한 밤이라 할지라도 가야 할 먼 길은 밤에도 또렷이 그 모습을 드러내고 있는 것이다.

〈4권에서 계속〉